JAMIE SHAW

Rock my Body

Jamie Shaw

Rock my Body

Roman

Deutsch von
Veronika Dünninger

blanvalet

Die Originalausgabe erschien 2015
unter dem Titel »Riot« bei Avon Impulse, an imprint of
HarperCollins*Publishers*, New York.

Verlagsgruppe Random House FSC® N001967

1. Auflage

Redaktion: Hannah Jarosch
Umschlaggestaltung und -motiv: © Johannes Wiebel | punchdesign,
unter Verwendung von Motiven von Shutterstock.com
LH · Herstellung: sam
Satz: Buch-Werkstatt GmbH, Bad Aibling
Druck und Bindung: GGP Media GmbH, Pößneck
Printed in Germany
ISBN: 978-3-7341-0355-1

www.blanvalet.de

Für jede Leserin,
die sich in Joel verliebt.

1

»Küss mich!«, befehle ich dem glücklichsten Typen des Abends.

Als er sich mit seiner Milchbubi-Frisur vor einer Weile zu mir an die Bar des *Mayhem* setzte, mied ich jeglichen Blickkontakt, wandte ihm demonstrativ den Rücken zu und schlug die Beine auf der anderen Seite übereinander. Es war nicht geplant, mit ihm rumzuknutschen, aber jetzt habe ich keine andere Wahl.

Ein dümmlicher Ausdruck huscht über sein Gesicht. Der Junge könnte niedlich sein, wenn er eben nicht so verdammt dümmlich aussehen würde. »Hä?«

»Oh, Herrgott noch mal!« Ich verschränke die Finger in seinem Nacken und ziehe ihn mit einem Ruck an mich heran, neige den Kopf zur Seite und hoffe, dass er schnell von Begriff ist. Meine Lippen öffnen sich, meine Zunge kommt zum Spielen heraus, und einen Augenblick später kapiert er es endlich. Seine gierigen Finger vergraben sich in meinen schokoladenbraunen Locken – für die ich heute Morgen *Stunden* gebraucht habe.

Na toll!

Aus den Augenwinkeln sehe ich Joel Gibbon mit einem wasserstoffblonden Groupie im Arm an mir vorbeischlendern. Er ist zu sehr damit beschäftigt, dem Mädchen irgendwas ins Ohr zu flüstern, um mich zu bemerken. Es juckt mich in den Fingern. Am liebsten würde ich ihm die Faust ins Gesicht rammen und ihn an den, zu diesem lächerlichen Iro gestylten, Haaren ziehen, damit er auf mich aufmerksam wird.

Ich bin drauf und dran, Milchbubi von mir wegzustoßen, als Joel endlich den Kopf hebt und meinem Blick begegnet. Ich knabbere an Milchbubis Unterlippe und zupfe ein bisschen an ihr herum. Joels Mundwinkel verziehen sich zu einem lässigen Grinsen. Das ist absolut *nicht* die Reaktion, die ich mir erhofft habe. Er geht weiter, und sobald er außer Sichtweite ist, löse ich meine Lippen von Milchbubis, schubse ihn zurück zu seinem eigenen Hocker und wirbele dann in die entgegengesetzte Richtung herum, um meine kichernde beste Freundin mürrisch anzusehen.

»Ich fass es nicht!«, rufe ich einer viel zu amüsiert dreinblickenden Rowan zu. Wie kann sie den Ernst dieser Situation nicht erfassen?!

Doch bevor ich sie schütteln und zur Vernunft bringen kann, klopft mir Milchbubi auf die Schulter. »Ähm …«

»Gern geschehen«, sage ich mit einer wegwerfenden Handbewegung. Ich bin nicht gewillt, meine Zeit noch eine Minute länger mit einem Typen zu verschwenden, der nicht zu schätzen weiß, welchen Aufwand es erfordert, Haare *so* zu wellen – oder der sie zumindest unter Umständen zerzaust, von denen ich auch etwas habe …

Rowan lächelt ihn entschuldigend an, ich hingegen stoße einen tiefen Seufzer aus.

Ich bin nicht wegen Milchbubi so aufgebracht. Ich bin aufgebracht wegen dieses bescheuerten Bassgitarristen von *The Last Ones to Know.* »Dieser Mann bringt mich noch um den Verstand«, knurre ich.

Rowan grinst breit, und ihre blauen Augen funkeln verschmitzt. »Du warst schon vorher nicht bei Verstand.«

»Er bringt mich auf Mordgedanken«, präzisiere ich, und sie lacht.

»Warum sagst du ihm nicht einfach, dass du ihn magst?« Sie rührt mit zwei winzigen Strohhalmen in ihrem Cocktail, während ihr Blick immer wieder hoch zur Bühne huscht. Sie wartet auf Adam.

Vermutlich wäre ich eifersüchtig, wenn die beiden nicht so ekelhaft perfekt zueinanderpassen würden.

Letztes Semester flog ich fast aus meinem Wohnheim, weil ich Rowan bei mir und meiner Mitbewohnerin einziehen ließ. Aber Rowans Arschloch von damaligem Freund, mit dem sie auch noch zusammenlebte, hatte sie betrogen, und sie wusste nicht, wohin. Und außerdem ist sie nun mal meine beste Freundin seit dem Kindergarten. Also ignorierte ich die schriftlichen Verwarnungen meiner Wohnheimbetreuerin. Und bevor diese mich letztendlich rausschmeißen konnte, zog Rowan auch zu Adam. Aber irgendwann später, nach einem »Übernachtungsgast« zu viel, wurde ich trotzdem gemeldet, woraufhin Rowan und ich uns eine Dreizimmerwohnung in einer Wohnanlage in der Nähe des Campus suchten. Ihr Name steht genau neben meinem auf dem Mietvertrag. Aber im Grunde ist die Wohnung in ihrem Fall nur Fassade, damit sie ihren Eltern nicht beichten muss, dass sie in Wirklichkeit mit drei unglaublich heißen Rockstars zusammenlebt. Sie schläft bei Adam im Bett, sein Bandkumpel Shawn im zweiten Schlafzimmer und Joel, dieser heiße, idiotische, völlig durchgeknallte Nomade, schläft in den meisten Nächten auf ihrer Couch.

»Weil ich ihn *nicht* mag«, erwidere ich. Als ich bemerke, dass mein Glas leer ist, schnappe ich mir Rowans, trinke es mit einem großen Schluck aus und winke dem Barkeeper.

»Warum bringt er dich dann um den Verstand?«

»Weil *er mich* nicht mag.«

Rowan sieht mich mit hochgezogenen Augenbrauen an, aber ich erwarte auch nicht, dass sie es versteht. Verdammt, ich verstehe es ja selbst nicht mal. Es war mir in meinem ganzen Leben noch nie so wichtig, dass ein Mann mich mag. Und ich will nicht einmal, dass Joel mich nur *mag* – ich will, dass er den Boden küsst, auf dem ich gehe, und mich anbetet. Ich will, dass er mich anfleht, mit ihm zusammen zu sein, und sich dann die Augen ausweint, wenn ich ihm sage, dass ich kein Mädchen für eine feste Beziehung bin.

Als der Barkeeper herüberkommt, um unsere Bestellungen entgegenzunehmen, ordere ich für uns beide Shots. Mit unseren achtzehn Jahren sind Rowan und ich zwar bei Weitem noch nicht alt genug, um Alkohol trinken zu dürfen, aber unsere gefälschten Ausweise und die Stempel auf unseren Handrücken behaupten etwas anderes.

»Für sie einen doppelten«, sagt Rowan und zeigt mit einem Daumen auf mich.

Mein mürrischer Gesichtsausdruck weicht einem Lächeln. »Siehst du? Das ist der Grund, weshalb ich dich liebe.«

Wir haben eben unsere Kurzen hinuntergekippt und die Shotgläser auf den Tresen geknallt, als irgendetwas Schweres auf meiner Schulter landet. Leti hat sich zwischen unsere Stühle geschoben und stützt sich mit dem linken Ellenbogen auf mich und mit dem rechten auf Rowan. Er hat sich mit irgendeinem tätowierten Muskelprotz auf der Tanzfläche verausgabt, und trotzdem riecht er, als wäre er eben aus der Dusche gestiegen, frisch und sexy sauber.

»Was gibt's zu feiern?«

Ich stöhne auf, und Rowan schüttelt warnend den Kopf.

»Oh«, sagt Leti. »Joel?«

»Er ist so ein Arsch!«, beklage ich mich.

»Hast du nicht erst letztes Wochenende die Nacht mit ihm verbracht?«

»Ja!«, rufe ich. »Gott, was ist eigentlich sein Problem?!«

Leti lacht und massiert meine Schultern. »Wenn du ihn magst, dann sag es ihm doch einfach.«

Okay, erstens einmal: Was glauben die beiden eigentlich? In welchem verdammten Universum würde das je funktionieren? Joel ist der ultimative Aufreißer. Frauen aufreißen ist geradezu sein Hobby. Er ködert sie mit seinen Bad-Boy-Haaren und seinem absolut unwiderstehlichen Lächeln, bevor er sie verschlingt und wieder ausspuckt. Joel zu *mögen*, ist wie Eis essen. Solange man das Eis schleckt, ist alles großartig. Aber dann hat man es aufgegessen, und zurück bleibt nur dieses verzehrende Gefühl der Leere. Ja, na klar, man kann ins Geschäft gehen und sich noch eins kaufen, aber was ist, wenn es die Sorte nicht gibt, die man haben will? Was dann?

Und zweitens: Vergessen die beiden, wen sie hier vor sich haben? Männer sind hinter *mir* her, nicht umgekehrt.

»Ich mag ihn nicht!«, protestiere ich.

Rowan und Leti tauschen einen Blick und sagen dann gleichzeitig. »Sie mag ihn.«

»Ich hasse euch Miststücke!«

Ich springe von meinem Hocker, um mich ins Gewühl zu stürzen. Das *Mayhem* ist der größte Klub in der Stadt, und heute Abend treten *The Last Ones to Know* als Vorgruppe einer Band auf, die noch bekannter ist als sie. Dementsprechend ausgelassen ist schon jetzt, vor Konzertbeginn, die Stimmung auf der Tanzfläche. Im Klub dröhnt lauter House, der den Boden beben und die Wände wackeln lässt. Ich habe die Absicht, mir die Seele aus dem Leib zu tanzen, bis mein Gehirn vor geisttötender Erschöpfung heiß läuft und runterfährt.

»Ach, komm schon, Dee!«, sagt Rowan in flehendem Ton, als ich mich entferne.

»Sei nicht sauer!«, ergänzt Leti.

Ich drehe mich zu ihnen um und stemme die Hände in die Hüften. »Kommt ihr zwei jetzt mit, oder was?«

Vier Songs lang tanze ich eingequetscht zwischen Rowan und Leti. Dann verebbt die Musik, und die Roadies beginnen mit dem Soundcheck. Die Menge teilt sich auf – eine Hälfte strömt zur Bühne, um sich gute Plätze zu sichern; die andere Hälfte zieht sich an die Bar zurück, um zu Atem zu kommen und sich volllaufen zu lassen. Rowan, Leti und ich schließen uns letzterer Hälfte an, schnappen uns die besten Plätze an der Bar und setzen uns dann so hin, dass wir die Bühne im Blick haben.

Wie jedes Mal, wenn Adam einen Auftritt hat, wird Rowan ganz rastlos, zappelt mit den Füßen und kann die Hände nicht stillhalten. Sie knibbelt an dem hübschen rosa Nagellack herum, mit dem ich ihr heute Morgen die Nägel lackiert habe. Ich sage ihr, dass sie das lassen soll, aber Rowan würde eher spontan in Flammen aufgehen, als ein Mal auf mich zu hören.

Adam betritt die Bühne als Erster, und die Menge flippt völlig aus. Danach folgen Shawn, der Leadgitarrist und Backgroundsänger, Cody, der nervige Rhythmusgitarrist, der die Frechheit besaß, mich nach meiner Nummer zu fragen, Mike, der hinreißende Drummer, der mir in den letzten paar Monaten ans Herz gewachsen ist, und Joel, der Fluch meiner Existenz.

Joel lässt den Blick über die erste Reihe schweifen, und ich weiß, was er sieht: willige Gesichter und kaum bedeckte Brüste. Diese Mädchen sind nichts als Lidschatten und Titten auf zwei Beinen, genau so, wie Joel sie mag. Und nachdem Adam offiziell bekannt gegeben hat, dass er nicht mehr zu haben ist, können Joel und Shawn erst recht aus dem Vollen schöpfen. Cody kriegt die, die übrig bleiben, während Mike sie meidet wie die Pest – die jede einzelne dieser Tussis vermutlich hat, zusammen mit einer Million anderer ansteckender Krankheiten, vor denen liebestolle Teenager im ersten Highschooljahr von ihren Biologielehrern gewarnt werden.

»Lasst uns backstage gehen«, schlage ich Rowan vor und rutsche bereits von meinem Hocker. Ich habe etwas, was diese Groupies nicht haben: eine beste Freundin mit einem Dauer-Backstagepass, den ich zu meinem Vorteil zu nutzen gedenke.

»Wolltest du nicht hier draußen bleiben?«, fragt Rowan. Adam versuchte, sie zu überreden, mit in den Backstagebereich zu kommen – und dort zu bleiben –, als er hinter die Bühne musste, um sich auf den Auftritt vorzubereiten. Denn Rowans dunkelblonde Haare, ihre großen blauen Augen und knackige zierliche Figur wirken nicht unbedingt schwanzabstoßend. Aber ich bestand darauf, an der Bar zu bleiben, um trinken zu können.

»Das wollte ich. Und jetzt will ich es nicht mehr.«

Sie und Leti folgen mir zur Tür, durch die man in den Bereich hinter der Bühne gelangt. Rowan muss dem Türsteher davor nicht einmal ihren Spitznamen sagen, damit sie uns hineinlassen. Die meisten Typen kennen sie als Peach – so taufte Adam sie damals. Damals, als er sich noch nicht die Mühe machte, sich die Namen von Mädchen zu merken oder ihre Gesichter einzuprägen. Jetzt ist er ihr mit Haut und Haaren verfallen.

»Was denn?«, fragt sie, als sie mich dabei ertappt, wie ich sie mustere.

Na klar, sie ist umwerfend, aber das sind viele andere Mädchen auch, die sich Adam an den Hals werfen. Irgendetwas an ihr hat ihm den Kopf verdreht … vielleicht ihre Unschuld. Vielleicht sollte ich es einmal damit versuchen. Aufhören, so forsch zu sein, öfter flache Schuhe tragen, ab und zu die Klappe halten.

Ich lache, als mir bewusst wird, dass ich mir das nicht einmal vorstellen kann. »Ach nichts.«

Ich gehe mit Rowan und Leti im Schlepptau seitlich an der Bühne vorbei und hintenherum zu der Seite, auf der Joel steht. Meine Absätze klappern über die Stufen der Treppe, die nach oben führt. Als wir angekommen sind, werfe ich mir meine langen schokoladenbraunen Haare über die Schultern, ziehe mein hautenges Kleid ein bisschen höher und frische meinen Lipgloss auf.

Es fällt mir schwer, nicht wie ein Groupie zu kreischen, wenn ich den Jungs dabei zusehe, wie sie die Bühne rocken, vor allem aus diesem Blickwinkel. Die Art, wie Joels Haare wie blonde, tödlich aussehende Stacheln unter dem nebligen blauen Schimmer der Scheinwerfer glänzen. Die Art, wie seine Finger über die Saiten tanzen, ohne dass er dabei auf die Gitarre hinunterschauen muss. Die Art, wie seine blauen Augen immer wieder meinem Blick begegnen und seine Mundwinkel sich zu einem Grinsen verziehen. Seine Präsenz auf der Bühne ist magnetisch. Sie verwandelt mein Blut in Lava und macht es mir unmöglich zu denken. Ein Teil von mir will sich unnahbar geben, aber der andere Teil weiß nur zu gut, was mich erwartet, wenn ich mich Joel hingebe.

Als seine unglaublich blauen Augen das nächste Mal meinen Blick auffangen und ihn so lange erwidern, dass ich unter der Hitze dahinschmelze, erröte ich. Ich muss irgendetwas tun, um mich wieder in den Griff zu bekommen. Mit einem teuflischen Lächeln sage ich: »Ro, vielleicht solltest du besser kurz die Augen zumachen.«

Ohne das Kleid anzuheben, winde ich mich mit einer anmutigen Bewegung aus meinem schwarzen Spitzentanga und lasse ihn von einem manikürten Zeigefinger baumeln. Joels Hände sind mit der Gitarre beschäftigt, doch sein Blick bleibt fest auf mich gerichtet. Als ich ihm mein Höschen zuwerfe, fängt er es in der Luft auf und spielt den Song zu Ende. Der Tanga baumelt an seinem Handgelenk. Dann stopft er ihn in seine Gesäßtasche und zwinkert mir auf eine Weise zu, bei der jedes andere Mädchen weiche Knie kriegen würde.

»Ich kann nicht glauben, dass du das eben getan hast!«, brüllt Leti über die Musik hinweg.

»Ich schon!«, brüllt Rowan zurück, und ich muss lachen.

»Ich gehe zurück an die Bar«, informiere ich die beiden, und meine Freundin sieht mich fragend an.

»Warum?«

Die Wahrheit ist: Ich will sehen, ob er mir folgt. Und falls er es nicht tut, muss ich weit genug entfernt sein, um so tun zu können, als wäre es mir egal.

Am Fuß der Treppe wende ich mich um und halte Rowan zurück, die Anstalten macht, mich zu begleiten. »Ich hole mir noch was zu trinken. Bleib du hier. Warte auf Adam.«

Sie runzelt die Stirn, aber ich lächele sie nur an und gehe rückwärts auf die Tür zu. »Wir sehen uns später.«

An der Bar setze ich mich neben den heißesten Typen, den ich finden kann, und schenke ihm ein Lächeln. Zwei Minuten später habe ich einen Drink und eine Ablenkung.

»Und, gefällt dir die Band?«, fragt er mit einem Nicken in Richtung Bühne.

Ich zucke die Schultern. »Sie sind ganz okay.« Sie sind

auch das Letzte, worüber ich im Augenblick reden möchte, denn ich muss unbedingt aufhören, mir den Kopf darüber zu zerbrechen, was passieren wird, wenn die Show zu Ende ist. Aber Gott hasst mich offenbar.

»Ich bin mit den meisten von ihnen auf die Highschool gegangen«, prahlt der Typ, als könnte er etwas vom Rockstar-Ruhm für sich beanspruchen, nur weil er sich eine Postleitzahl mit ihnen geteilt hat.

Ich muss mich beherrschen, nicht lauthals loszuprusten, und es gelingt mir nur mit Müh und Not, das Lachen zu verbergen, indem ich schnell an meinem Drink nippe.

»Wart ihr befreundet?«, frage ich. Es interessiert mich nicht die Bohne, aber ich muss irgendwie das Gespräch in Gang halten.

Er beginnt zu schwafeln – von den Kursen, die sie zusammen hatten, und wie er sie einmal in einer Talentshow gesehen hat und darüber, dass er in seinem letzten Highschooljahr auf einer von Adams Partys war. Ich plane gerade in Gedanken meine Flucht, als der Blick meines Gegenübers über meine Schulter huscht. Er reißt die Augen weit auf, und ungebändigte Augenbrauen schießen hoch in Richtung Stirn. Seine Hand klammert sich an meinen Unterarm, als wäre er eine Rettungsleine, und ich drehe den Kopf genau im richtigen Moment, um mit meinen Lippen Joels Wange zu streifen.

»Belästigt dich der Kerl etwa?«, raunt er mir ins Ohr. Er betrachtet mich forschend, bevor sein Blick auf die Hand des Typen fällt, die prompt von meinem Arm zurückzuckt, auch wenn der Rest von ihm in eine Art Schockstarre verfallen ist. Mit seinen weit aufgerissenen Augen und der heruntergeklappten Kinnlade scheint der Typ so geblendet von seinem Star zu sein, dass ich unwillkürlich einen raschen Blick auf seinen Schoß werfe, um zu sehen, ob er womöglich einen Ständer hat.

»Du kennst Joel Gibbon?«, stößt er atemlos hervor, womit er mich aus meiner Detektivarbeit reißt.

»Wen, ihn?«, frage ich und zeige mit einem Finger beiläufig auf die Person neben mir. Innerlich bin ich das reinste Nervenbündel, weil Joel mir gefolgt ist. Nach außen hin gebe ich mich leicht gelangweilt und völlig unbeeindruckt.

»Oh mein Gott!«, sagt der Typ. »Ich bin ein absoluter Fan!«

»Offenbar seid ihr auf dieselbe Schule gegangen«, ergänze ich, ohne Joel anzusehen, der noch näher an mich herantritt und seine kräftigen Arme um meine Schultern legt. Da niemand sonst zu sehen ist, nehme ich an, dass der Rest unserer Gruppe noch immer im Backstagebereich abhängt, um von dort aus der anderen Band bei ihrem Auftritt zuzusehen.

Ich spüre Joels Lachen an meinem Rücken. »Ach ja? In welchem Jahrgang warst du denn?«

Die Jungs unterhalten sich, und ich schalte auf Durchzug, bis der heiße Fanboy endlich ein Foto mit Joel bekommen hat und abschwirrt. Und dann höre ich wieder Joels verführerische Stimme an meinem Ohr.

»Bist du bereit, von hier zu verschwinden?«

»Bist du bereit, damit aufzuhören, dich wie eine männliche Hure zu benehmen?«

Er besitzt die Frechheit zu lachen. »Warum, bist du etwa eifersüchtig?«

Und wie. »Warum sollte ich denn eifersüchtig sein?« Ich schiebe seine Arme weg und wende mich auf dem Hocker zu ihm um. »Ich bin schließlich diejenige, mit der du immer nach Hause gehst.«

»Das ist ja interessant«, sagt er grübelnd, mit einem aufreibenden Funkeln in seinen eisblauen Augen.

Joel beginnt den Abend im Allgemeinen mit einer anderen – oder ein *paar* anderen –, und an Abenden, an denen ich nicht da bin, geht er auch mit ihnen nach Hause. Aber an Abenden, an denen ich da bin, landet er letztendlich doch immer an meiner Seite – dank angestrengter Bemühungen meinerseits, die ich allmählich leid bin.

»Und wenn ich Nein sage, was wirst du dann tun? Stattdessen mit einer von denen abziehen?«

»Du sagst nicht Nein.«

Ich schnaube verächtlich. »Das zeigt nur, wie viel du weißt.«

Als ich mich von ihm wegdrehe, drückt er sich wieder von hinten an mich und presst die Lippen an mein Ohr. »Du sagst nicht Nein, weil du all die Dinge kennst, die ich mit dir anstellen werde.«

Er fängt an, mir genau diese Dinge im Detail zu beschreiben, und ich bohre unwillkürlich meine Zehen in die Sohlen meiner Peeptoes. Eine Gänsehaut wandert von den Fußknöcheln bis hoch zu meinen Ohren. Abrupt springe ich von meinem Hocker und laufe los.

»Wo gehst du hin?«, ruft Joel mir nach.

»Ich will sehen, ob du ein Mann bist, der hält, was er verspricht!«

2

Bis wir den Bandbus auf dem Parkplatz des *Mayhem* erreicht haben, haben Joels fummelnde Hände mein Blut in Wallung gebracht. Wenn er sie nur noch ein einziges Mal über die Rundung meines Hinterns gleiten gelassen und fest zugepackt hätte, ich schwöre es, dann hätte ich auf der Stelle alle Hüllen fallen lassen, egal, wo wir zufällig gestanden hätten.

Ich greife nach der Bustür, doch mir bleibt nicht einmal Zeit, sie aufzuziehen, bevor Joel sich schon von hinten an mich drängt und mich dagegen presst. Ich stemme mich gegen das kalte schwarze Metall, während er seine Hände flach auf meine Handrücken drückt. Er verschränkt seine Finger mit meinen und schiebt unsere Hände höher, reibt seine Jeans an mir und küsst meinen Nacken. Ich belohne ihn, indem ich mit meinen Hüften kreise und meinen Hintern fest an seiner eindrucksvollen Härte reibe, bis er mich rasch herumwirbelt und meinen Mund auf eine Art in Besitz nimmt, die alles um mich herum verschwimmen lässt. Der Mond und die Sterne werden schwarz. Aller Sauerstoff entweicht aus meiner Lunge. Mein Herz hört auf zu schlagen, und das Einzige, was ich spüren kann, sind Joels Zähne, die an meiner Lippe knabbern, und die kalte Metallverkleidung des Busses, die auf meiner nackten Haut brennt.

Ich lasse eine Hand nach unten wandern und reibe damit über seinen Schritt, was mich vermutlich noch mehr erregt als ihn. Ein tiefes Stöhnen entsteht in seiner Kehle, und er zerrt mich ungeduldig von der Tür fort, damit er sie öffnen kann.

»Scheiße!«, flucht er, als sie sich nicht bewegt. Er rüttelt noch einmal an ihr, doch sie gibt nicht nach.

Ich bin so frustriert, dass ich am liebsten schreien würde. Stattdessen gelingt es mir zu sagen: »Hast du keinen Schlüssel?«

»Nicht bei mir.« Er sieht sich auf dem stillen Parkplatz um, bis er etwas entdeckt, bei dessen Anblick seine Mundwinkel nach oben wandern. Er schnappt sich meine Hand und zieht mich über den Parkplatz. Es wimmelt von Autos, aber alle Leute sind im Klub, um die Hauptband zu sehen. Deshalb mache ich mir keine Sorgen, als Joel die Heckklappe irgendeines schwarzen Trucks herunterklappt, der mit Sicherheit niemandem gehört, den er kennt.

Mir bleibt kaum Zeit, verblüfft aufzukreischen, als er mir die Hände um die Taille legt und mich mühelos hinaufhebt. Er stellt sich zwischen meine Knie, vergräbt die Finger in meinen Haaren und zieht mich wieder an seinen Mund. Er küsst mich so, wie ich schon den ganzen Abend geküsst werden will. Meine Hände fummeln an dem Knopf seiner Jeans, noch bevor mein Verstand überhaupt begreift, was sie da tun, während seine an meinen Schenkeln nach oben gleiten und mein Kleid bis zu den Hüften hochschieben. Bevor es mir gelingt, seinen Knopf zu öffnen, erledigt er es für mich. Er greift in seine Hose und holt seinen Schwanz raus. Eine Sekunde später begehrt er zwischen meinen Beinen Einlass, und ich will ihn so dringend, dass ich mich wundere, überhaupt das Wort über die Lippen zu bringen.

»Kondom«, keuche ich, wobei mein Atem eine winterliche Wolke bildet.

»Leg dich hin!«, befiehlt er mir atemlos, fischt ein Kondom aus seiner Hosentasche und reißt die Verpackung auf. Ich sehe zu, wie er es überstreift, und verstärke unwillkürlich den Druck meiner Schenkel um seine Hüften, voller Vorfreude auf das, was kommen wird. Seine Finger wandern hoch, um über den dünnen Stoff über meinen harten Nippeln zu streicheln, dann fordert er mich mit einer sanften Bewegung noch einmal dazu auf, mich zurückzulegen.

Ich kann nicht glauben, dass wir es hier tun, mitten auf einem verdammten Parkplatz, auf dem Truck irgendeines Fremden. Aber ich bin mir ziemlich sicher, wenn ich ihn nicht bald in mir spüre, dann werde ich irgendetwas Demütigendes tun – wie zum Beispiel ihn anflehen und darum zu betteln, dass er mich vögelt.

Und das hätte er wohl gern!

Ich strecke mich auf dem harten Metall aus, packe Joels weiches T-Shirt mit einer Hand und ziehe ihn näher an mich. Die Finger in seinem Shirt vergraben, schlinge ich die Beine um seine Hüften, und seine Hände umklammern meine Taille, als er mit einem einzigen langen Stoß sanft in mich hineingleitet. Ich spüre jeden Zentimeter, den er tiefer in mich eindringt, während das Stöhnen, das mir über die Lippen kommt, in den Nachthimmel emporsteigt.

In einem überwältigenden Tempo stößt er immer wieder in mich, als auf einmal mehrere Stimmen zu hören sind. Rasch richte ich mich auf und sehe in die Richtung, aus der sie kommen. Auch Joel hält in seiner Bewegung inne, doch die Gruppe geht einfach weiter, ohne uns zu bemerken. Joel beginnt wieder, sich in mir zu bewegen, langsamer jetzt, aber ich bin mit den Gedanken noch woanders – bis er mir das schulterfreie Kleid über die Brüste hinunterzieht und meine bereits harten Nippel der eisigen Luft aussetzt, die sich in der Kälte sofort weiter aufrichten und ein noch dunkleres Rosa annehmen. Als er sie mit den warmen Kuppen seiner Daumen streichelt, muss ich mir auf die Lippe beißen, um nicht laut zu wimmern. Es fühlt sich so gut an, dass ich ihn, als er eine seiner Hände fortzieht, fast anflehe, mich weiter zu berühren. Stattdessen schlingt er einen Arm um meinen Rücken, um mich festzuhalten, beugt sich vor und legt seine brennend heißen Lippen um eine eiskalte rosafarbene Brustwarze. Mein Kopf sackt nach hinten, meine Finger vergraben sich in seinen Haaren, beschwören ihn wortlos, niemals mit dem aufhören, was er mit seiner Zunge gerade tut, ganz gleich, ob uns jemand dabei sehen kann oder nicht.

Seine Hüften bewegen sich unaufhörlich, während er erst den einen und dann den anderen Nippel neckt und jedes Neuron in meinem Gehirn in den Wahnsinn treibt. Seine stacheligen Haare und Bartstoppeln kitzeln meine Handflächen, und ich dränge ihn, sich zu nehmen, so viel er will. Ich pulsiere um ihn herum und habe das Gefühl, gleich in tausend Teile zu zerspringen. Seine Zunge huscht über den rosa Nippel, den er zwischen seinen Lippen hält, und ich schließe mich reflexartig noch fester um ihn. Es ist, als ob mein Körper versucht, ihn gleichzeitig in sich hineinzuziehen und hinauszudrängen, was bedeutet, dass er ebenso verwirrt ist wie der Rest von mir.

»Joel«, stöhne ich. Immer wieder spanne und entspanne ich die inneren Muskeln, immer wieder werde ich zerrissen und wieder zusammengefügt. Ich bin noch nicht gekommen, aber Gott, ich bin kurz davor. Ich bin so, so, so kurz davor.

Joel richtet sich auf und reibt mit einem Daumen meine geschwollene Klitoris. Ich spiele mit meinen noch immer feuchten Nippeln und sehe zu, wie er den Daumen zu seinem Mund führt und ihn ableckt.

»Ich bin schon jetzt klatschnass«, keuche ich. Frustration schleicht sich in meine Stimme, denn ich taumele am Rande des Abgrunds und will nur noch, dass er mich endlich hinunterstößt. Wenn Sex in der Öffentlichkeit mehr mein Ding wäre, dann wäre ich bereits gekommen, aber es ist nicht leicht, sich zu entspannen, wenn der vernünftige Teil von mir – egal, wie klein dieser Teil vielleicht auch sein mag – sich Sorgen macht, ertappt und möglicherweise festgenommen zu werden.

»Ich weiß«, ist alles, was er sagt. Seine eisblauen Augen fest auf mich geheftet, lässt er den Daumen sinken und bewegt ihn in kreisenden Bewegungen über meine feuchte Knospe. Einmal … zweimal … *oh* … *Gott* … dreimal … viermal. Meine Hüften zucken. Wieder führt er die Hand an den Mund. Langsam gleitet er mit der Zunge um seinen feuchten Daumen und leckt jedes bisschen von mir ab.

Der Anblick dieses unglaublich heißen, verdammten Rockstars, der heute Abend jedes Mädchen hätte haben können, das er wollte, und der in diesem Augenblick alles von mir kostet … er entfacht ein glühend heißes Feuer, das in meinem Innersten ausbricht und jede Zelle in meinem Körper erfasst. Ich schließe die Augen und vergrabe die Finger in meinen eigenen Haaren, da es nichts anderes gibt, woran ich mich festklammern könnte. Meine Beine zittern wie wild.

Auf einmal dringt Joel mit voller Kraft in mich, presst meine Knie an seine Hüften und stößt so fest zu, als wolle er sicherstellen, dass nur noch er und nie wieder ein anderer Mann seinen Platz in mir hat.

»Du fühlst dich so verdammt gut an«, knurrt er, und seine heisere Stimme lässt das Feuer in mir noch heißer lodern, bis ich schließlich um ihn herum dahinschmelze.

Eine weiße Wolke gekeuchter Flüche wirbelt von meinen Lippen auf einen Baldachin brennender Sterne zu, und Joel pulsiert in mir, während er eine ebensolche Wolke hochschickt. Er pumpt in mich, bis er nichts mehr zu geben hat, dann stützt er sich mit beiden Händen auf der Ladefläche des Trucks ab. Er lässt den Kopf sinken, und seine Schultern heben und senken sich mit jedem keuchenden Atemzug. Als sich sein Atem beruhigt hat, hebt er das Kinn und schenkt mir ein selbstzufriedenes Lächeln, bei dem sich meine inneren Muskeln prompt wieder anspannen. Er schließt die Augen und stößt einen Laut aus, der mich dazu bringt, es gleich noch einmal zu tun. Jedes Mal, wenn ich mich anspanne, bewegt er sich unwillkürlich in mir. Wenn er sich nicht bald zurückzieht, dann hat er besser noch ein weiteres Kondom in seiner Hosentasche, denn dann werden wir es eindeutig brauchen.

Ich bin mir nicht sicher, ob ich enttäuscht oder erleichtert bin, als er langsam aus mir gleitet. Aber als er auf die Ladefläche des Trucks springt und sich neben mir erschöpft auf den Rücken fallen lässt, den Arm eng an meinen geschmiegt, bin ich rundum zufrieden.

»Das war verdammt heiß«, sagt er, und ich lächele vor mich hin, während ich irgendwie die Kraft aufbringe, das Oberteil meines Kleides wieder hoch- und den Rock wieder hinunterzuziehen.

»Kann ich meinen Slip wiederhaben?«, frage ich.

»Nein.«

»Warum nicht?«

»Weil ich ihn behalte.«

Mein Lächeln wird noch breiter. Gemeinsam starren wir zum Nachthimmel hoch. Trotz der Kälte ist mir glühend heiß. Ich weiß, ich sollte aufstehen und weggehen, versuchen, so zu tun, als wäre ich nicht ähnlich überwältigt wie er von dem, was wir eben getan haben, aber ich bin viel zu befriedigt, um mich zu bewegen. Zu befriedigt, um *nicht* zu lächeln und einfach reglos neben ihm liegen zu bleiben.

Selbst als das Konzert vorbei ist und der Besitzer des Trucks fluchend auf uns zugerannt kommt und dabei wilde Todesdrohungen ausstößt, kann ich nicht anders, als zu lachen. Joel schnappt sich meine Hand, hinterlässt dem Truckfahrer ein klebriges Souvenir und stürmt mit mir über den Parkplatz zurück, durch die offenen Türen des *Mayhem*.

Drinnen trennen wir uns, und ich schlüpfe auf die Damentoilette, wo ich mein Bestes gebe, um mich wieder einigermaßen zurechtzumachen. Ich fahre mir mit den Fingern durch meine gründlich zerzausten Locken, so gut es geht, frische mein Make-up auf und versuche dann, mir dieses alberne Grinsen aus dem Gesicht zu wischen.

Ja, Sex mit Joel ist umwerfend. Immer umwerfend. Auf eine atemberaubende, lebensverändernde, absolut unglaubliche Art umwerfend. Aber es ist trotzdem nur Sex, und ich will nicht, dass er oder irgendjemand sonst es für etwas anderes hält und mehr hineininterpretiert. Ich will mich niemals dabei ertappen, dass ich ihn so ansehe wie diese anderen Mädchen – mit einem dümmlichen Lächeln im Gesicht und verzweifelter Hoffnung in den Augen.

Als ich in den Backstagebereich komme, hängt er mit den anderen Typen aus den beiden Bands ab, zusammen mit Rowan und Leti.

Meine beste Freundin wirft mir einen prüfenden Blick zu. »Hattet ihr gerade *Sex*?«, fragt sie prompt.

Meine Augen weiten sich, und ich ramme Joel einen Ellenbogen in den Magen.

Aber er lacht nur. »Ich habe nichts gesagt!«

»Woher weiß sie es denn dann?«

»Mädchen«, sagt Leti und fuchtelt mit einer Hand vor meinem Gesicht herum, »du siehst so was von durchgebumst aus.«

Die Jungs brechen alle in johlendes Gelächter aus. Adam hebt eine Hand und klatscht Joel ab, und ich registriere dankbar, dass Rowan ihn dafür in die Seite knufft.

Ich zucke die Schultern und greife mir eine Flasche Wasser vom nächstbesten Tisch. Ich schraube den Deckel ab und gebe mich betont cool. »Wie auch immer. Ich habe nur versucht, etwas zu beweisen.«

»Was denn?«, fragt Joel, während ich einen Schluck trinke. Ich lasse die Flasche sinken und grinse ihn an.

»Du bist kein Mann, der hält, was er verspricht.«

3

Als Rowan mich vor Joels Schnarchen warnte, verglich sie ihn mit einem Eisbären, der einen Exorzisten benötigt. Aber das Geräusch, das mich am Morgen nach dem Konzert weckt, klingt eher nach einem dämonischen Rottweiler, der versucht, sich durch Zement zu beißen.

Ich trete nach dem Rottweiler, um ihn zu wecken. Er liegt auf dem Rücken, und ich liege auf der Seite, das Gesicht von ihm abgewandt.

Er zuckt kurz zusammen, aber schon bald darauf beginnt der Dämonenhund wieder damit, auf Zement rumzukauen.

»Joel.« Ich fasse mit einer Hand hinter mich und tätschele sein stoppeliges Gesicht. »Wach auf.«

Er schlägt nach meinem Arm und winselt, ich solle aufhören.

»Steh schon auf«, stöhne ich, wälze mich herum und versuche ihn mit Händen und Füßen aus meinem Bett zu schubsen. »Zeit für dich zu gehen.«

Er rollt sich auf mich, damit ich ihn nicht mehr schubsen kann, legt sich mit seinem ganzen Gewicht auf mich und presst mich in die Matratze.

Hellwach und *absolut* nicht glücklich darüber, greife ich in seine Haare und ziehe so seinen Kopf langsam von meinem Kissen hoch, in das er sein Gesicht vergraben hat. Nase an Nase, schenkt er mir ein hemmungslos freches Grinsen, dann beugt er sich vor und presst die Lippen zu einem Kuss auf meine, der dafür sorgt, dass sich mein Griff lockert und Hitze in meine Wangen steigt.

Nach dem Konzert gestern begleitete er mich nach Hause und machte jedes einzelne Versprechen wahr, das er mir am Abend an der Bar ins Ohr geflüstert hatte. Er ist wie eine Droge in meinen Adern, eine, mit der ich aufhören muss, bevor ich mich völlig verliere. Ich versuche, die Willenskraft aufzubringen, ihn abblitzen zu lassen, aber sein Name ist nur ein schwacher Protest auf meinen Lippen. Nur ein atemloses Wort, das ich zustande bringe, bevor seine Lippen zu meinem Hals hinabwandern und mir auch noch das letzte Fünkchen Entschlossenheit rauben.

Eine halbe Stunde später, als ich den Flur hinunter in Richtung Bad gehe, ist Joel noch immer in meinem Zimmer. Jeder Schritt, den ich mache, ruft mir in Erinnerung, wie viele der letzten vierundzwanzig Stunden er in mir war. Ich habe ihn ausgestreckt auf meinem Bett zurückgelassen, damit ich kalt duschen und versuchen kann, einen klaren Kopf zu bekommen – was nahezu unmöglich ist, wenn ich ihn mir nackt auf meiner Bettdecke vorstelle, mit seinen zerzausten Haaren und den Kratzern, die meine Fingernägel auf seiner Haut hinterlassen haben.

Nach einer schnellen Dusche ziehe ich mich an und schminke mich vor dem Spiegel im Bad, dann gehe ich zurück in mein Zimmer, mit einem Handtuch um den Kopf geschlungen und einer Miene, die Ungeduld markiert. Sie hilft mir, das Lächeln zu verbergen, das sich jedes Mal auf mein Gesicht schleichen will, wenn Joel mich auch nur ansieht.

»Du bist noch hier?«, frage ich mit einem kurzen Seitenblick auf ihn, bevor ich mich an meinen Frisiertisch setze und beginne, meine nassen Haare zu kämmen.

Er steht grinsend auf, hebt die Arme über den Kopf und streckt sich. Er ist in seine verwaschene Jeans geschlüpft, die tief auf seinen Hüften sitzt, mühsam zusammengehalten von einem zu lockeren Nietengürtel. Irgendetwas an Typen mit Tattoos – irgendetwas an Joel, mit dem auf seinen Unterarm tätowierten Gitarrenhals und dem schwarzen Schriftzug, der sich an seinen Rippen hochschlängelt – sorgt dafür, dass meine Gehirnfunktion völlig aussetzt. Der Anblick seines muskulösen, tätowierten Oberkörpers lässt mich beinahe sabbern, und als ich den Blick hebe, wird mir bewusst, dass er mich dabei ertappt hat, wie ich ihn anstarre. Einer seiner Mundwinkel verzieht sich zu einem großspurigen Grinsen, das meine Wangen erröten lässt. Schnell schaue ich weg. Ich wünschte, er würde endlich sein verdammtes Hemd anziehen, damit ich nicht mehr gegen das Verlangen ankämpfen muss, ihn zurück auf mein Bett zu schubsen und wieder über ihn herzufallen.

»Kannst du mich zu Adam fahren?«, fragt er.

Die meisten Nächte verbringt Joel auf der Couch im Wohnzimmer der Wohnung, die Adam, Shawn und Rowan sich teilen. In manchen Nächten schläft er bei mir. Und in anderen Nächten pennt er bei irgendwelchen hohlköpfigen Groupies, die sich wirklich selbst mit der Faust ins Gesicht schlagen sollten.

Ich wusste, dass er mich bitten würde, ihn hinzufahren, weshalb ich Rowan und Leti bereits eine SMS geschrieben und angekündigt habe, sie zum Frühstücken abzuholen. Aber ich lasse Joel trotzdem zappeln. Die Versuchung ist einfach zu groß, um ihr zu widerstehen. »Ich glaube, ich habe heute Morgen schon genug für dich getan, meinst du nicht auch?«

Er lacht und stellt sich hinter mich, schenkt mir im Spiegel ein zuckersüßes Lächeln. »Du siehst heute Morgen wunderschön aus.«

Er kriecht mir so schamlos in den Hintern, dass es mir schwerfällt, sein Lächeln nicht zu erwidern. Ich schaffe es nur mit Mühe, eine ernste Miene zu bewahren. »Soll das etwa heißen, dass ich an anderen Morgen nicht wunderschön aussehe?«

»Heute siehst du *besonders* umwerfend aus«, sagt er und legt sein Kinn auf meine Schulter. Dann grinst er mein Spiegelbild so spitzbübisch an, dass ich gegen meinen Willen lachen muss.

»Wie auch immer. Zieh dein Hemd an, dann werde ich darüber nachdenken.«

Ich fahre ihn – und verfluche mich dafür, dass ich es tue. Von dem atemberaubenden Sex haben wir beide etwas, aber seit wann gehören auch noch ein kostenloses Hotelzimmer und ein gratis Taxiservice zu diesem Arrangement? Nächstes Mal werde ich ihn gleich danach rausschmeißen – völlig egal, wie großartig die morgendlichen Freizeitaktivitäten auch sind.

Nachdem ich Leti abgeholt habe, setze ich Joel bei Adam ab und tausche ihn gegen Rowan. Dann kutschiere ich mich und meine beiden besten Freunde zu IHOP. Dank meiner Fahrkünste und der Fähigkeit, Rowans Flehen, langsamer zu fahren, zu ignorieren, schaffen wir es noch vor dem Ansturm der Kirchgänger und müssen nicht erst auf einen freien Tisch warten.

»Also, ich nehme an, ihr fragt euch alle, warum ich euch heute hierher bestellt habe«, verkündet Leti, sobald wir in einer Nische Platz genommen haben. Er faltet die Hände auf dem Tisch, und ich tausche einen Blick mit Rowan. Sie sitzt neben ihm und sieht ebenso verwirrt aus wie ich.

»Äh, *ich* habe *euch* hierher bestellt«, erinnere ich ihn.

Leti streckt die Hände über den Tisch aus und ergreift meine. Er trägt ein lavendelfarbenes My-Little-Pony-Shirt, seine gewellten, im Ombré-Stil gefärbten Haare hat er sich mit einer bunten Regenbogen-Sonnenbrille, die auf seinem Kopf sitzt, aus der Stirn geschoben. »Süße«, sagt er, »das hier ist eine Intervention.«

»Ach ja?«, fragt Rowan.

Dank Joel habe ich gestern Nacht so gut wie keinen Schlaf bekommen, deshalb bin ich nicht in der Stimmung für irgendwelche Spielchen. »Wovon zum Teufel redest du?«, frage ich und entziehe ihm gleichzeitig meine Hände.

Ich starre Leti mit gerunzelter Stirn an, als die Bedienung, eine ältere Frau mit einigen Pancakes zu viel auf den Hüften, an unseren Tisch kommt, um unsere Getränkebestellung aufzunehmen. Sobald sie wieder gegangen ist, lächelt Leti mich an und sagt in einem neckischen Tonfall: »Der erste Schritt besteht darin zuzugeben, dass du ein Problem hast.«

Ich sehe ihn mit einer hochgezogenen Augenbraue an. »Und was genau ist mein Problem, Ponyjunge?«

»Du bist süchtig. Und wir sind hier, um dir zu helfen.«

Mein Blick huscht hinüber zu Rowan, aber sie hebt nur die Schultern und schüttelt den Kopf.

»Okay. Ich beiße an.« Ich nehme Letis Hände theatralisch wieder in meine und beuge mich über den Tisch, um ihm auf halbem Weg entgegenzukommen. »Wonach bin ich süchtig? High Heels? Haarspray?«

»Oh, nach etwas viel Schlimmerem«, antwortet er lächelnd.

»Lipgloss? Glitzer-Nagellack?«

Er grinst mich frech an. »Du bist süchtig nach dem, was

schuld an diesen grässlichen violetten Ringen unter deinen Augen ist, und ich wette, der Verdächtige ist heiß, hat stachelige Haare und spielt in einer Band.«

Ich muss gegen meinen Willen kichern, bevor ich Letis Hände loslasse. »Eifersüchtig?«

»Total.« Er wendet sich schmollend an Rowan. »Bist du sicher, dass keiner der anderen Bandmitglieder schwul ist?«

»Ganz sicher.«

»Bi?«

Rowan schüttelt den Kopf. Lange blonde Strähnen lösen sich aus ihrem unordentlichen Haarknoten. »Tut mir leid, nicht, dass ich wüsste.«

»Neugierig? Verwirrt? Beeinflussbar?«

Rowan und ich lachen beide, und Leti lässt sich seufzend auf seinem Platz zurücksinken.

Nachdem unsere Getränke gebracht worden sind und ich drei Zuckertütchen auf einmal aufgerissen habe, fragt er: »Was genau *seid* ihr zwei, du und dieser Irokesenmann, denn nun eigentlich?«

Er und Rowan starren mich erwartungsvoll an, während ich den Zucker in meinen Kaffee rühre. »Warum müssen wir denn unbedingt irgendetwas *sein*?«

Ich erwarte nicht, dass sie es kapieren. Rowan ist nach einer gescheiterten dreijährigen Beziehung Hals über Kopf mit einem Mann zusammengezogen, in den sie bis über beide Ohren verliebt ist. Und Leti flirtet viel herum, aber er scheint noch immer auf den Richtigen zu warten. Wenn wir nicht befreundet wären, da bin ich sicher, würden die beiden mich für eine Schlampe halten. Und streng genommen kann ich ihnen da nicht mal widersprechen, aber na und? Ich mag Männer. Ich mag Sex. Und solange ich dabei auf Verhütung achte und niemand verletzt wird … Was spielt es dann für eine Rolle, mit was und mit wem ich meine Nächte verbringe?

Leti nimmt seine Sonnenbrille aus dem Haar und zeigt damit auf mich. »Na ja, ihr zwei seid nicht *nichts.* Das mit euch läuft jetzt schon seit Monaten. Wie viele Male macht das? Ungefähr eintausend?«

»Was tut das denn zur Sache?«, frage ich abwehrend. »Es ist mit ihm einfach noch nicht langweilig geworden.«

Rowan sieht mich vielsagend an. »Erinnerst du dich noch daran, dass du mir ständig gesagt hast, ich würde Adam mögen, aber ich immer beharrlich erklärt habe, wir seien nur Freunde?«

Ich hebe die Hände, um diesem Wahnsinn Einhalt zu gebieten. »Joel und ich sind *nicht* du und Adam.«

»Ach *nein?*«, fragt Leti.

Ich zeige mit einem glitzernd violett lackierten Finger erst auf ihn, dann auf Rowan. »Hört zu, Ladys, das hier ist nicht irgendein kitschiger Disneyfilm, in dem Rowan ihren Traummann findet und die besten Freunde der beiden letztendlich auch zusammenkommen, und am Ende alle eine einzige große, glückliche, schrullige, verrückte Familie sind. Wir reden hier von *mir.* Und *Joel.*«

»Okay. Erstens«, beginnt Rowan, während sie ihren Orangensaft mit einem Strohhalm umrührt, »Adams bester Freund ist Shawn, nicht Joel. Joel ist eher eine Art … Maskottchen.« Sie grinst vor sich hin und hält im Rühren inne. »Und zweitens bist du in letzter Zeit ein bisschen anders.«

»Bin ich nicht«, streite ich ab. Ich schenke unserer Bedienung ein übertriebenes Lächeln, als sie unser Gespräch unterbricht, indem sie uns das Essen bringt. Rowan schnappt sich sofort den Sirup und ertränkt ihre Pancakes in der zähen Flüssigkeit. Dann reicht sie ihn mir, und ich tue dasselbe.

»Bist du doch«, beharrt sie. »Du legst Wert darauf, was Joel von dir hält. Du legst sonst nie Wert darauf, was irgendjemand von dir hält.« Sie gießt eine zweite Schicht Sirup über die Pancakes.

»Das mit Joel ist ein Spiel.«

»Und was ist der Preis, wenn du gewinnst?«

Ich will gerade etwas Schlagfertiges erwidern, als mein Mund auf einmal zuklappt und mir die Augen fast aus dem Kopf fallen. Rowan will den Kopf drehen, aber ich packe sie am Arm und halte sie davon ab. »Nicht hinschauen.«

»Warum denn nicht?«, fragt sie, und ich versuche verzweifelt, mir eine glaubhafte Lüge einfallen zu lassen.

»Jimmy ist eben hereingekommen«, platze ich raus und nehme den erstbesten Namen, der mir in den Sinn kommt.

»Wer ist denn Jimmy?« Sie macht wieder Anstalten, sich umzuwenden, doch ich reiße sie prompt zurück. Leti hat sich inzwischen auf seinem Platz ganz umgedreht, aber er ist es auch nicht, um den ich mir Sorgen mache.

»Ein Typ, mit dem ich vor ein paar Wochen rumgemacht habe«, lüge ich. »Er hört nicht auf, mich anzurufen. Du musst mich von hier wegbringen!« Mein Fuß klopft unter dem Tisch gegen Letis Bein wie ein Specht, und allmählich dämmert ihm die Erkenntnis. Ich werfe meine Handtasche auf den Tisch. »Leti, kannst du uns die Pancakes einpacken lassen und mit meiner Karte zahlen?«

Er nickt und rutscht aus der Nische, um Rowan hinauszulassen, und ich lege ihr einen Arm um die Schultern und schnelle herum wie ein geübter Bodyguard, der sie vor irgendwelchen Paparazzi schützt. Ich halte sie an meine Seite gedrückt, bis wir durch die Doppeltür in die strahlende Morgensonne treten, und dann fange ich an, ihr alles über den fiktiven Jimmy zu erzählen.

Als wir auf dem Weg zu meinem Auto an einem silbernen Cobalt vorbeikommen, hebe ich die Stimme und schmücke die Geschichte noch ein bisschen weiter aus, um zu verhindern, dass Rowan auf ihn aufmerksam wird. »Und *dann*«, rufe ich, wobei ich die Hände in die Luft reiße, »besaß er auch noch die *Frechheit*, mir zu sagen, ich würde ihn nie vergessen! Ich meine, *hallo*? Wenn er aufhören würde, mich alle zwei Minuten anzurufen, dann könnte ich es vielleicht!«

Rowan kichert und geht weiter, ohne den Wagen – und mein hämmerndes Herz – zu bemerken. »Klingt, als ob er dich wirklich mag.«

»Er und eine Million andere Typen. Er hatte seine Chance, aber er hatte ständig seine Hände auf mir, Ro. Und sie waren nicht wie Joels Hände, denn die sind einfach … Na ja, Adam spielt auch Gitarre, daher weißt du es ja selbst.« Sie errötet, und ich schwafele weiter. »Aber die Hände von diesem Typen … Gott, es war, als würde man mit einer Krake knutschen!«

Sie lacht hysterisch, und mein Herzschlag beruhigt sich allmählich. Als wir das Auto erreichen, schließe ich auf, und sie steigt ein. Ich öffne die Autotür, rutsche aber nicht neben sie auf den Fahrersitz. »Scheiße«, sage ich, »ich habe vergessen, Leti zu sagen, welche Karte er benutzen soll. Meine Visa ist gesperrt.«

Sie legt eine Hand an den Türgriff, um auszusteigen. »Ich sag's ihm.«

»Nein!« Ich setze ein gezwungenes Lächeln auf, als Rowan mich verblüfft ansieht, und schiebe nach: »Ich mache das schnell. Bleib, wo du bist. Ich bin gleich wieder da.«

Ich sprinte zurück, warte vor dem Eingang auf Leti und nehme meine Handtasche, als er sie mir reicht.

»Ihr Ex?«, fragt er, und ich nicke, während ich meine Schlüssel durchgehe, um den schärfsten zu finden.

Brady hat Rowans Herz in eine Million Teile zerbrochen, als er sie betrogen hat – und diese Teile dann zu Staub zertreten, als er es *wieder* getan hat –, und seitdem warte ich auf eine Gelegenheit, ihn dafür büßen zu lassen. Er ist mit einem Mädchen hier und kann von Glück sagen, dass Rowan bei mir war, sonst hätte ich ihm mitten im IHOP die Augen ausgekratzt.

Ich halte einen scharf gezackten Schlüssel hoch, grinse Leti an und sage: »Einfach lächeln und so tun, als ob du das gleich nicht hörst.« Als wir an Bradys Cobalt vorbeikommen, kratzt mein Schlüssel mit einem kreischenden Geräusch eine tiefe Kerbe in den silbernen Lack, über die ganze Länge. Leti und ich grinsen wie zwei Irre. Bis wir in meinen Wagen springen, lachen wir hysterisch.

»Was denn?«, fragt Rowan und sieht fragend zwischen uns beiden hin und her.

»Ach nichts.« Ich lasse den Motor an und zwinkere Leti im Rückspiegel zu. Als ich rückwärts aus der Parklücke schieße, füge ich hinzu: »Danke, dass du mich von hier wegbringst, Ro. Ich liebe dich.«

Ich lächele über ihre verwirrte Miene. Keine halbe Minute später vergeht mir das Lachen jedoch: Denn Leti fällt auf einmal wieder ein, worüber wir vorhin im IHOP geredet haben.

»Also«, beginnt er und beugt sich zu Rowan und mir nach vorne, »zurück zu Joel.«

»Ich könnte dieses Auto auf der Stelle zu Schrott fahren, weißt du.«

Meine Warnung entlockt ihm nur ein amüsiertes Schnauben. »Ach wirklich? Und das wäre besser, als einfach zu deinen Gefühlen zu stehen?«

Ich werfe ihm einen vernichtenden Seitenblick zu, doch anstatt sich zurückzuziehen, grinst er nur noch breiter, und schließlich bin ich es, die den Blick abwendet. »Was denn für Gefühle?«

»Rührselige. Die sich vermutlich wie Schmetterlinge anfühlen. Oder Kartoffelbrei.«

Vom Beifahrersitz her ertönt ein Piepsen, als Rowan erfolglos versucht, ein Kichern zu unterdrücken.

Ich ignoriere sie und drücke noch ein bisschen mehr aufs Gas, um die Zeit, die Leti hat, um mich zu ärgern, zu verkürzen. »Neeein, ich habe nichts dergleichen«, widerspreche ich ihm. Aber ich kann geradezu spüren, wie ihn das nur noch weiter anspornt.

»Und was ist mit Joel? Ich möchte wetten, sein Bauch ist voooll mit Kartoffelbrei.«

»Joel hat in seinem ganzen Leben noch nie Kartoffelbrei gegessen«, entgegne ich und verfluche mich prompt dafür, dass ich überhaupt auf Letis alberne Kartoffelbrei-Analogie eingestiegen bin.

Ich fahre mit vierzig Meilen durch eine 25er-Zone, als Rowan einwirft: »Er hat gesagt, dass du etwas ganz Besonderes bist.«

Leti und ich wenden ihr beide ruckartig den Kopf zu, und es ist nur ihrem entsetzten Blick zu verdanken, dass ich gerade noch rechtzeitig auf die Bremse trete, um nicht eine rote Ampel zu überfahren. »Er hat *was* gesagt?«

Sie hat eine Hand gegen das Armaturenbrett gepresst und klammert sich mit der anderen an die Armlehne zu ihrer Rechten. »Wärst du bitte so nett, uns *nicht* umzubringen?«

»Sag mir, was er gesagt hat, dann werde ich darüber nachdenken.«

Einer nach dem anderen lösen sich Rowans Finger vom

Armaturenbrett, und sie holt einmal tief Luft, als die Ampel auf Grün springt und ich sanft wieder Gas gebe. »Ich habe ihn gefragt, warum es ihn immer wieder zu dir zieht, obwohl das eigentlich so gar nicht seine Art ist. Daraufhin hat er gesagt, du wärst etwas ganz Besonderes.«

»Was soll das denn heißen?«

Rowan schüttelt den Kopf. »Das habe ich ihn auch gefragt, aber er hat nur gelächelt und die Schultern gezuckt.«

Typisch Joel. Ich sehe stirnrunzelnd auf die Straße vor mir, und Leti säuselt: »Siehst du! Kar-tof-fel-brei!«

»*Voll* ist Joel in der Tat nicht selten«, sage ich, »aber dafür ist ganz sicher kein Kartoffelbrei verantwortlich. Wenn er findet, dass ich so etwas Besonderes bin, warum hat er dann gestern Abend mit diesem Groupie rumgemacht?«

»Er wählt jedes Mal dich, wenn er bei dem Kings-Trinkspiel eine Kusskarte zieht«, bemerkt Rowan, doch ich schnaube nur verächtlich.

»Er hat aber auch nichts dagegen, wenn andere Mädchen *ihn* wählen.« Als wir das letzte Mal spielten, hatte eine Tussi Glück und zog alle drei Kusskarten, die noch auf dem Stapel lagen. Und sie wählte jedes einzelne Mal Joel.

Leti kichert. Er weiß sofort, auf welchen Abend ich anspiele. »Er hat dir die Haare aus dem Gesicht gehalten, als du dir die Seele aus dem Leib gekotzt hast, weil du aus Wut darüber eine Margarita nach der anderen trinken musstest.«

»Siehst du?«, sage ich. »Joel füllt meinen Bauch mit Margaritas, nicht mit Kartoffelbrei.«

»Und Kotze«, ergänzt Rowan, und ich pruste los.

Es gelingt mir, ohne quietschende Reifen an der nächsten Ampel zu halten.

»Und Kotze.«

4

»Ich rufe dich an.«

Das waren Joels letzte Worte, als ich ihn bei Adams Wohnung absetzte. Es ist das, was er *immer* zum Abschied sagt. Und er tut es immer – wenn es ihm passt.

Manchmal gehe ich dran, und manchmal gehe ich nicht dran.

In den letzten eineinhalb Wochen hätte ich abgenommen. Aber in den letzten eineinhalb Wochen hat er nicht angerufen.

Daher ist es alleine seine Schuld, dass ich am Mittwochabend mit jemandem rumknutsche, der als Kind offenbar irgendeinen entsetzlichen Unfall auf einem Bauernhof hatte und eine Zungen-Nottransplantation benötigte, für die nur eine Kuh als Spender zur Verfügung stand. Ich schwöre bei Gott, ich hatte in meinem ganzen Leben noch nie so viel Zunge im Mund. Es ist, als ob sich dieser Typ für Quantität statt Qualität entschieden und es sich zur Aufgabe gemacht hat, bei dieser Methode alles zu geben. Und mit *alles* meine ich: seine ganze verdammte Zunge.

Ich drehe den Kopf zur Seite, und Kuhzunge lässt seine Lippen daraufhin zum Glück zu meinem Hals hinunterwandern. Ich liege auf dem Rücken, auf seinem Bett, in seinem Schlafzimmer. Die Kurse diese Woche haben genervt. Die Arbeit im Restaurant diese Woche hat genervt. Überhaupt nichts von Joel zu hören, hat genervt. Von ihm hören zu wollen, hat genervt. Meine ganze Schicht habe ich heute Abend damit verbracht, an ihn zu denken. Ständig schielte ich auf mein Handy, um zu sehen, ob er mir eine SMS geschrieben hatte, obwohl ich verdammt genau wusste, dass er vermutlich bereits schwer keuchend im Bett irgendeines anderen Mädchens lag. Und da wurde mir klar, dass ich irgendetwas unternehmen muss.

Leti hatte recht: Joel ist ein Problem. Er gibt mir das Gefühl … einsam zu sein. Verrückt. Verzweifelt.

Kuhzunge, der sich mir als Aiden vorstellte, obwohl ich seinen Namen gar nicht wissen wollte, war der erste Typ, der mich anlächelte, nachdem ich beschlossen hatte, dass ein One-Night-Stand genau das war, was der Arzt verordnet hatte. Daher begleitete ich ihn nach Hause. Wenn ich anfing, mich wieder wie mein altes Selbst zu benehmen, dann würde ich vielleicht auch anfangen, mich wieder wie mein altes Selbst zu fühlen. Zumindest hoffte ich das. Der einzige Grund, weshalb es sich angefühlt hat, als sei Joel der einzige Mann, der mir etwas bedeutet, war, dass ich ihn zu dem einzigen Mann *gemacht* habe, der mir etwas bedeutet.

Ich will Joel vergessen. Doch als ich jetzt in Aidens braune Augen starre, kann ich nicht verhindern, mir zu wünschen, sie wären blau. Ich wünschte, seine weichen braunen Haare wären stachelig und blond. Ich wünschte, sein Lächeln würde ein Glühen in meinem Inneren auslösen, anstatt dieses lauwarmen Gefühls, das an abgestandenes Badewasser erinnert.

»Zieh deine Hose aus!«, befehle ich ihm, und er verschwendet keine Zeit, um meiner Aufforderung nachzukommen. Ich ziehe meine ebenfalls aus und fordere ihn dann auf, ein Kondom zu holen.

»Scheiße!«, ächzt er und sieht mich panisch an. »Ich habe keines.«

»In meiner Handtasche.« Ich schubse ihn zu der Kommode, auf der sie liegt, und bleibe geduldig liegen, während er danach greift und den halben Inhalt auf dem Boden verstreut.

»Entschuldigung«, stammelt er, bevor ihm bei dem Versuch, die erste Hälfte einzusammeln, auch noch die andere Hälfte runterfällt.

»Kümmere dich später darum«, zische ich und bemühe mich, nicht allzu genervt zu klingen. Ich hatte eigentlich gehofft, inzwischen in atemberaubender Ekstase zu sein. Stattdessen liege ich allein und frustriert auf einem Bett, das nach Hundehaaren riecht – was etwas beunruhigend ist, da ich keine Spur von einem Hund gesehen habe.

Aiden schnappt sich das Kondom vom Boden und reißt die Verpackung auf, streift es über und klettert wieder auf mich. Ich spreize die Beine, und er macht es sich dazwischen bequem und versucht sofort, in mich einzudringen. Aber ich bin knochentrocken, und mein Körper scheint zu streiken.

»Küss mich oder irgendwas«, dränge ich Aiden. Und bereue den Vorschlag nur Sekunden später, als er seine große Zunge wieder in meinen Mund schiebt und mich fast damit erstickt. Ich ziehe mich so rasch wie möglich von ihm zurück und ändere meine Strategie. »Nimm einfach Spucke.« Ich würde ja Gleitmittel vorschlagen, aber da dieser Typ nicht mal Kondome besitzt, wäre es wohl ein Wunder, wenn er ein gutes Gleitmittel griffbereit hätte.

Aiden schenkt mir ein jungenhaftes Lächeln, dann krabbelt er an meinem Körper nach unten.

»Oh, nein, das habe ich nicht …«

Er spreizt meine Beine und beginnt, an mir zu schlabbern

wie ein übereifriges Hündchen. Statt zu stöhnen oder mich zu winden oder es irgendwie zu *genießen*, schließe ich die Beine ein wenig und starre an die Decke, mit gerümpfter Nase und hochgezogenen Augenbrauen.

Als er mit der Zunge in mir herumstochert wie ein aggressiver Ameisenbär, schreie ich auf, was er offenbar als Ermunterung auffasst. Noch mehr Stochern. Ich starre weiter an die Decke. Dann schließe ich die Augen und versuche, mich zu entspannen, aber meine Gedanken kreisen ständig um Joel. Wenn Joel mich leckt, dann tut er es langsam und intensiv und genießerisch, und er kostet jeden Moment davon aus.

Ich fange gerade an, in Fahrt zu kommen, als Aiden fragt: »Gefällt dir das?«

Ich ignoriere ihn und versuche Joels Bild wieder heraufzubeschwören. Die Art, wie seine Hände meine umfassen, wenn ich so verrückt vor Lust bin, dass ich nicht weiß, was ich mit ihnen tun soll. Wie stark sich seine Arme anfühlen, wenn er sie mir um die Taille schlingt und mir nicht gestattet, mich unter ihm herauszuwinden.

»Mm, gefällt dir das?«, fragt Aiden noch einmal. Wenn er nur ein Fünkchen Anstand besäße, dann würde er einfach *aufhören zu reden.*

»Ja«, lüge ich und bete, dass er endlich die Klappe hält. Während er weiter an mir rumschlabbert, stelle ich mir vor, wie Joels Zunge ganz sanft über meine empfindlichsten Stellen leckt.

Das Stochern beginnt von Neuem, dann fragt er mich zum dritten verdammten Mal, ob es mir gefällt.

»Ja!«, brülle ich, als mir dämmert, dass er niemals lange genug den Mund halten wird, um mich auch nur in die Nähe eines Orgasmus bringen zu können.

Was bedeutet, dass ich ihn entweder vortäuschen oder noch mehr Kuhzunge-Lecken, Hündchen-Schlabbern und Ameisenbär-Stochern über mich ergehen lassen muss.

»Oh«, sage ich, bäume mich auf und verdrehe gleichzeitig die Augen. »Oh Gott!« Ich liefere eine pornoverdächtige Vorstellung ab und ziehe ihn dann zu mir hoch. Als er sich hinunterbeugt, um mich zu küssen, stemme ich mich rasch gegen seine Schultern und rolle ihn auf den Rücken. Wenn er mir diese Zunge noch ein einziges Mal in den Mund steckt, werde ich ersticken und sterben. Was, wenn man bedenkt, wie dieser Abend bis jetzt verlaufen ist, gar nicht mal so übel klingt.

Ich setze mich rittlings auf ihn und lasse mich auf ihn sinken. Er stöhnt laut genug, um die ganze Nachbarschaft zu wecken. Na toll! Ich bin sicher, dass er vor mir kommt, wenn ich mich nicht beeile, und dann werde ich auf mich allein gestellt sein.

Ich stütze mich mit den Händen auf seiner Brust ab. Doch an den Stellen, an denen Joels Körper schlank und muskulös ist, ist Aidens schwabbelig und weich. Ich gleite mit den Händen seitlich an seinen Hals und halte mich stattdessen dort fest. Aber er schwitzt so stark, dass es sich anfühlt, als würde ich einen gebutterten Schweinswal berühren, daher wische ich mir die Hände an seinem Kopfkissen ab und lehne mich zurück. Da ich nicht weiß, wohin mit meinen Händen, fahre ich mir damit durch meine eigenen Haare. Es gelingt mir, mich einmal auf und ab zu bewegen, bevor Aiden stöhnend kommt und ich den Fehler erkenne, den ich begangen habe. Langsam lasse ich die Arme wieder sinken. Ich bin nicht sicher, ob ich geschmeichelt sein soll, dass mein Anblick genügt hat, um ihn zum Orgasmus zu bringen, oder ob ich ihn lieber empört erwürgen soll, bevor ich meine Sachen packe und die Flucht ergreife.

»Das war der Wahnsinn!«, keucht er, als ich von ihm absteige und mich auf die Seite rolle. Er schlingt einen Arm um mich, was ich nur deshalb zulasse, weil ich heute Nacht wirklich nicht allein sein will.

»*Du* bist der Wahnsinn!«, sagt er.

Ich wünschte, ich könnte ein Lächeln zustande bringen oder ihm wenigstens glauben, aber es gelingt mir nicht.

Als ich aufwache, ist es draußen noch dunkel und still. Ein schwerer Arm liegt auf mir, und ein Gesicht ist in meinen Haaren vergraben. Doch kein Schnarchen dröhnt an meinem Ohr. Enttäuschung wallt in mir auf, als mir einfällt, wo ich bin. Ich kneife die Augen fest zusammen und kaue auf der Innenseite meiner Unterlippe. Mit einem schweren Seufzer winde ich mich unter dem Arm hervor, sammele meine Kleider vom Boden ein und ziehe mich an. Ich würdige den Fremden, der reglos auf dem Bett liegt, keines Blickes, bevor ich auf Zehenspitzen aus dem Zimmer schleiche. Ich habe die Kunst des Davonschleichens perfektioniert, seit mir mit dreizehn mein Dad das erste Mal Hausarrest erteilte. Bis ich meinen Führerschein hatte, war ich darin eine Expertin.

Ich drehe den Knauf von Aidens Wohnungstür so vorsichtig, als würde ich eine Bombe entschärfen. Dann drücke ich die Tür sachte auf, trete hinaus auf die Veranda vor dem Haus und ziehe die Tür hinter mir zu. Ich lasse den Knauf erst los, als die Tür vollständig geschlossen ist, lasse ihn ganz langsam zurück in die Ausgangsposition gleiten.

Im Auto auf dem Parkplatz lege ich die Stirn aufs Lenkrad. Ich wünschte, ich hätte einen Typen in irgendeiner Bar und nicht während der Arbeit aufgegabelt. Dann hätte ich mich wenigstens sinnlos volllaufen lassen können und wäre jetzt immer noch weggetreten. Stattdessen bin ich nüchtern und hellwach und habe viel zu viele Dinge im Kopf.

Wider besseres Wissen fahre ich nach Hause, dusche und ziehe mich um, kaufe mir unterwegs einen Kaffee und fahre zu Adams Wohnung. Ich trage eine heiße Kombi aus Top, Rock und High Heels, mit der vollen Absicht, Joel bereuen zu lassen, dass er mich gestern Abend nicht angerufen hat. Aber als ich auf dem Parkplatz stehe und im Rückspiegel mein Spiegelbild betrachte, sehe ich nur die violetten Ringe unter meinen Augen und die Blässe meiner Haut. Ich sehe genauso aus wie meine Mutter. Mit einem angewiderten Knurren schicke ich Rowan eine SMS, anstatt hochzugehen.

Fahr dich heute zum College. Steh vor eurem Haus. Beeil dich.

Um die Wartezeit zu überbrücken, klatsche ich mir noch ein bisschen mehr Make-up ins Gesicht und schneide vor dem Spiegel eine Grimasse, in dem Versuch, mich von der Frau zu unterscheiden, die meinen Dad betrogen und ihn als ein weinendes Häuflein Elend zurückgelassen hat. Ich habe ihre braunen Augen, ihre dunklen Haare, ihren olivfarbenen Teint. Das reinste Waffenarsenal. Sie hat ihres eingesetzt, um das Herz meines Vaters zu erobern und es dann zu brechen. Ich setze meines ein, um sicherzustellen, dass niemand mir je dasselbe antut. Niemals werde ich mich in Sachen Liebe oder Zuneigung von einem einzigen Menschen abhängig machen, wenn ich sie mir doch von jedem holen kann.

Na ja, *fast* jedem.

Eine Viertelstunde später ruht mein Kopf an der Scheibe, und ich singe zu einem Lied im Radio mit, und Rowan schlüpft auf den Beifahrersitz. Ich stelle die Musik leiser und ignoriere den fragenden Blick, den sie mir zuwirft.

»Willst du darüber reden?«, fragt sie und schnallt sich an, während ich rückwärts aus der Parklücke fahre.

»Worüber?«

»Über den Grund, weshalb du mich an einem Donnerstagmorgen abholst.«

»Weil ich früh aufgewacht bin.«

»Dann lass uns darüber reden, warum du nicht hoch in die Wohnung gekommen bist.«

Ich sehe ihr in die Augen, lasse keine Missverständnisse aufkommen. »Nein.«

Rowan seufzt und lehnt sich auf ihrem Sitz zurück. Sie starrt schweigend aus dem Fenster.

Aber keine Minute später platzt es aus mir heraus: »War er überhaupt da?«

Sie weiß, auf wen ich anspiele. Ohne mich anzusehen, schüttelt sie den Kopf. »Ich habe ihn diese Woche nicht oft gesehen.« Sie wirft mir einen prüfenden Blick zu, ertappt mich bei einem Stirnrunzeln und ergänzt rasch: »Aber gestern hat er nach dir gefragt.«

»Was hat er gesagt?«

»Er wollte wissen, was du gestern Abend gemacht hast. Ich habe gesagt, dass du arbeitest.«

Arbeiten? Wohl eher krampfhaft versucht, Kunden nicht mit den kostenlosen Gebäckstangen zu ersticken.

»Soll ich ihm sagen, dass er dich anrufen soll?«, fragt Rowan.

Beinahe fahre ich den Wagen in den Straßengraben.

»Nein!« Ich starre sie an, als hätte sie ihren verdammten Verstand verloren. »Auf keinen Fall! Bist du verrückt?!«

Sie verzieht das Gesicht und umklammert ihren Gurt. »Okay, dann solltest du ihn anrufen. Ihn anrufen oder ihn vergessen, Dee, denn du drehst allmählich ein bisschen durch.«

Die Untertreibung des Jahrhunderts. Es fühlt sich an, als ob jedes Mal irgendein durchgeknalltes, hormongesteuertes Mädchen die Kontrolle über meinen Körper übernimmt, sobald ich Joels Gesicht vor mir sehe. Am liebsten würde ich mir dann mit der Faust gegen den Kopf hämmern, bis sie geht oder ich mich bewusstlos geschlagen habe.

»Hast du eigentlich den Vorschlag für dein Marketingprojekt eingereicht, für den gestern Abgabetermin war?«, wechselt Rowan das Thema. Ihr Ton verrät, dass sie sich die Antwort bereits denken kann.

Die kurze Antwort ist Nein. Die lange Antwort ist die Ausrede, die ich meinem Professor genannt habe – und die ein totes Großelternteil und eine verwaiste Katze beinhaltete.

»Ich habe meinem Professor gesagt, dass ich meinen Vorschlag nachreiche.«

Rowan sieht mich missbilligend an. »Dieses Projekt macht den Großteil deiner Note aus, Dee. Du kannst so was nicht ständig auf die lange Bank schieben, sonst fällst du noch durch. Wenn du deine Energie mal auf dein Studium verwenden würdest statt auf Joel …«

Ich werfe ihr einen warnenden Blick zu, und sie bricht ihre Standpauke sofort ab.

»Ich mache es dieses Wochenende«, sage ich.

»Dieses Wochenende sind wir im *Mayhem.*« Die Jungs treten wieder auf, und wir haben noch nie eines ihrer hiesigen Konzerte verpasst.

»Ich mache es am Sonntag.«

Nach unseren Kursen setze ich Rowan bei Adam ab und fahre zurück zu meiner eigenen Wohnung, um mich für die Arbeit umzuziehen. Ich komme zu spät, schnauze meinen Boss an, als er mich deswegen zur Rede stellen will, und verbringe den Großteil meiner fünfstündigen Schicht damit, darüber nachzudenken, was zum Teufel ich eigentlich mit meinem Leben anfangen will.

Ich will mit Sicherheit später einmal nicht in einem Laden wie diesem arbeiten und mich mit Stammkunden wie Miss Gable herumschlagen müssen, die glaubt, dass *Kellnerin* nur ein anderes Wort für Sklave ist.

Heute Abend forderte sie mich allen Ernstes dazu auf, ihr einen Salat nur mit Romanaherzen anstelle unserer üblichen Mischung zu bringen. Als ich mich bei einem Kollegen darüber beklagte, sagte er mir, er würde im Allgemeinen das ganze andere Zeug für sie herausfischen. Ich starrte ihn an, bis er sich entfernte, und begann dann, den Salat für Miss Gable zu zerpflücken – und servierte ihr extra nur alle anderen Salatsorten. Ich sagte ihr, die Romana Salatherzen seien uns ausgegangen, versprach, ihr zum Trost beim Nachtisch ein paar Schokoladenpralinen mehr draufzulegen, und verarschte so mit einem einzigen Streich die Kundin und das Restaurant zugleich. Und trotzdem heimste ich ein dickes Trinkgeld ein. Aber es entschädigte mich weder für die alten Männer, die mich anzubaggern versuchten, noch für die unsicheren jungen Mädchen, die ihre Freunde zwangen, mit dem Trinkgeld zu knausern, weil sie mich ein bisschen zu lange anstarrten.

Niemand würde von mir behaupten, dass ich für jegliche Art von Kundenservice geschaffen bin. Aber das Problem ist, ich bin eigentlich auch nicht fürs College geschaffen. Wenn ich ans College dachte, dachte ich an Männer und Partys und noch mehr Männer und noch mehr Partys. Ich dachte nicht an Studieren und Hausaufgaben und Prüfungen und richtiges *Lernen.* Im letzten Semester habe ich die meisten meiner Kurse nur knapp bestanden. Dieses Semester stehe ich schon jetzt unmittelbar davor durchzufallen. Die Zwischenprüfungen sind nächste Woche, und mein Dad wird über meine Noten alles andere als glücklich sein.

Ich bezweifle, dass er mir je die finanzielle Unterstützung verweigern würde, aber ich hasse es, ihn zu enttäuschen. Nicht dass mich das in der Vergangenheit davon abgehalten hat, es zu tun … aber ich fühle mich danach jedes Mal beschissen.

Mein Dad liebt einfach zu sehr. Er hat meine Mom auch noch geliebt, nachdem sie ihn verlassen hatte, und ich glaube, er liebt sie sogar immer noch. Er gibt sich selbst die Schuld daran, dass sie gegangen ist, was mit ein Grund dafür ist, weshalb ich ihr am liebsten mit einem Stein den Kopf einschlagen würde. Als ich elf war, hatte sie eine Affäre mit irgendeinem Loser, den sie von der Highschool kannte und mit dem sie letztendlich nach Vegas durchbrannte. Der einzige Versuch, seitdem Kontakt mit mir aufzunehmen, bestand in einer Facebook-Freundschaftsanfrage, die ich sofort ablehnte, bevor ich sie blockierte.

Sie hat meinen Dad nicht genug geliebt, aber das ist nicht der Grund, weshalb ich sie hasse. Ich hasse sie, weil sie so getan hat, als würde sie ihn lieben. Sie hat ein Eheversprechen gegeben, das sie nicht gehalten hat, und meinen Dad damit allein gelassen, mich großzuziehen. Manchmal frage ich mich, ob er mich so sehr liebt, weil ich ein Teil von ihr bin. Es vergeht kein Tag, an dem ich keine Angst habe, irgendwann vielleicht einmal genauso wie sie zu werden.

Und deshalbe werde ich diese drei giftigen Worte nie zu irgendjemandem sagen. Nie.

Joel würde sie sowieso niemals hören wollen, was einer der Gründe ist, weshalb ich ihn mir nicht aus dem Kopf schlagen kann.

Nachdem ich fünf zermürbende Stunden mit halbherzigem Bedienen zugebracht und noch einmal zwanzig Minuten in albtraumhaftem Verkehr festgesteckt habe, schalte ich in meinem Zimmer das Licht an, schleudere meine Schuhe von den Füßen und lasse mich mit dem Gesicht voran auf mein Bett fallen. Ich habe mein Handy heute Abend so oft aus meiner Gesäßtasche herausgefummelt, dass ich überrascht bin, dass mein Hintern noch nicht wund gescheuert ist. Es hält mich jedoch nicht davon ab, es noch einmal hervorzuziehen – und aufzustöhnen, als wieder keine Nachrichten oder entgangenen Anrufe von dem idiotischen Gitarristen zu sehen sind, der offenbar meine Nummer verloren hat.

Die Wange tief in die Decke gedrückt, rufe ich seinen Namen auf meinem Display auf und halte den Daumen über seiner Nummer in der Schwebe. Ich kämpfe gegen den Drang an, ihn anzurufen und zu bitten vorbeizukommen. Mit einem ärgerlichen Knurren lasse ich das Telefon aufs Bett fallen und schließe die Augen.

Ich habe gerade einen seltsamen Traum über klingelnde Telefone, als mich ein »Hallo?« aus dem Schlaf reißt.

Nur halb wach schlage ich die Augen auf. Ich bin noch immer vollständig angezogen und liege auf meiner Bettdecke anstatt darunter.

»Hallooo?«, fragt die vertraute Stimme noch einmal.

Ich stemme mich von der Matratze hoch und schaue entgeistert auf mein Handy. Joels Name steht auf meinem Display, zusammen mit einer Zeitanzeige, die von zwölf Sekunden auf dreizehn, vierzehn, fünfzehn springt.

»Irgendjemand da?«

Oh. Mein. Gott. Verdammt, ich bin mit dem Gesicht auf das Handy gekommen und habe ihn angerufen! Im Schlaf! *Wer tut denn so was?!*

Ich unterbreche so schnell wie nur menschenmöglich die Verbindung, aber ein paar Sekunden später beginnt mein Handy zu klingeln. Wie gelähmt sitze ich da und starre es an, als wäre es vom Teufel besessen. Nach dem dritten Klingeln wird mir klar, dass ich entweder abnehmen oder riskieren muss, dass diese ganze Situation noch peinlicher wird, als sie ohnehin schon ist.

»Hallo?«, melde ich mich so beiläufig wie möglich. Ich versuche nicht wie eine absolute Vollidiotin zu klingeln, die im Schlaf Leute anruft.

»Hast du mich eben angerufen und dann aufgelegt?«, fragt Joel, und ich verspüre das dringende Bedürfnis, meinen Kopf gegen eine Wand zu knallen. Mir mit der Hand an die Stirn zu klatschen, reicht in diesem Fall einfach nicht aus.

»Warum zum Teufel sollte ich dich denn anrufen und dann auflegen?«

»Weil du mich insgeheim liebst und meine Stimme hören willst?«

Er hat es als Witz gemeint, aber ich reagiere trotzdem gereizt. »Ich muss mit dem Hintern irgendwie ans Handy gekommen sein, als ich geschlafen habe. Bild dir bloß nichts ein.«

Joel lacht leise. »Das heißt, dein *Hintern* ist heimlich in mich verliebt. Interessant.«

»Ich lege jetzt auf.«

»Ich bin froh, dass dein Hintern angerufen hat«, fährt er fort, ohne auf meine leere Drohung einzugehen. »Ehrlich gesagt, habe ich eben an ihn gedacht.«

Ich schwanke zwischen Kichern und Augen verdrehen und sage deshalb gar nichts.

»Komm und hol mich ab.«

Ich will es. Ich will es aufrichtig, unbedingt. Aber stattdessen entgegne ich: »Leg dir ein Auto zu.«

»Komm schon. Ich vermisse dich.«

Der verrückte Teil von mir möchte ihn fragen, warum er sich dann nicht gemeldet hat, aber der vernünftige Teil weiß, dass er einfach nur sagt, was er sagen muss, um heute Nacht zu kriegen, was er will. Und Joel will immer nur das eine. »Ich bin müde. Ich habe letzte Nacht kein Auge zugetan.«

»Heißes Date?«, witzelt er. Er hat keine Ahnung, wie sehr ich mich freue, dass er mich genau das gefragt hat.

»Ich nehme an, so könnte man es nennen.« Ich grinse, weil ich das Gefühl habe, bei unserem Gespräch endlich die Oberhand zu gewinnen.

»Ich dachte, du musstest arbeiten?«

»Musste ich auch.«

Eine verlegene Pause entsteht, dann wage ich ihn aufzuziehen. »Du bist doch nicht etwa eifersüchtig, oder?«

»Warum sollte ich eifersüchtig sein?«, gibt er zurück. »Ich hatte gestern Abend selbst ein heißes Date.« Als ich darauf nicht reagiere – weil mir nichts, rein gar nichts Schlagfertiges einfällt –, fährt er fort: »Bist *du* etwa eifersüchtig?«

»Oh, und *wie*«, spotte ich, in der Hoffnung, dass er nicht merkt, dass ich es tatsächlich bin. Was ich brauche, ist eine Gummizelle und Eiscreme. Einen riesigen Berg Eiscreme, mit Beruhigungspillen obendrauf.

»Im Ernst, hol mich ab.«

»Im Ernst, warum hast du kein Auto?«

»Brauche keines.«

»Du brauchst in diesem Moment eines, oder? Denn ich komme nicht vorbei, um dich abzuholen.«

»Warum nicht?«

»Um dir klarzumachen, dass du ein Auto brauchst. Du

hast Geld, Joel. Warum legst du dir nicht ein Auto oder eine Wohnung zu? Ich kapier's einfach nicht.« Ich drücke die Decke fest an mich. Ich bin erleichtert, endlich seine Stimme zu hören, nachdem ich mich ganze eineinhalb Wochen danach gesehnt habe.

»Das Leben ist lustiger, wenn man solche Dinge nicht besitzt«, behauptet er.

»Wie denn das?«

»Du musst dir keine Sorgen um Ratenzahlungen oder Rechnungen machen. Du hast eine Ausrede, um jeden Tag bei deinen Freunden abzuhängen. Du weißt nie, wo du am Abend landen wirst. Du kannst hingehen, wohin immer du willst, und tun, was immer du willst.«

»Na ja, ich garantiere dir, du hättest in diesem Augenblick weitaus mehr Spaß, wenn du ein Auto hättest«, wende ich ein.

»Das heißt, ich kann vorbeikommen, solange du mich nicht abholen musst?«

Weil ich der Versuchung einfach nicht widerstehen kann, erlaube ich es ihm. Aber eine halbe Stunde später, als er immer noch nicht aufgetaucht ist, wird mir bewusst, dass er vermutlich ein Mädchen gefunden hat, das gewillt war, ihn abzuholen, und mich inzwischen vermutlich völlig vergessen hat. Ich schlüpfe aus dem sexy Nachthemd, das ich angezogen habe, und stattdessen in übergroße Baumwoll-Boxershorts und ein abgewetztes Unterhemd, dann krieche ich unter die Decke und schalte das Licht aus. Ich bereue meine Entscheidung, nicht zu ihm gefahren zu sein. Alles in mir – sowohl der geistig gesunde Teil als auch der weniger zurechnungsfähige – verflucht mich dafür, nicht in mein Auto gestiegen zu sein. Irgendwann falle ich in einen traumlosen Schlaf.

Ein Geräusch weckt mich, und ich öffne die Augen, als auf einmal das Licht angeht. Ich blinzele und sehe Joel am Türrahmen meines Schlafzimmers lehnen. Seine Haare sind immer das Erste, was mir ins Auge springt, wenn ich ihn sehe – an den Seiten kurz geschnitten und zu einem stacheligen blonden Kamm hochfrisiert, der mittig auf seinem Kopf nach hinten verläuft. Und dann diese Augen. Das strahlendste Blau, das ich je gesehen habe. Er trägt eine schwarze Leinenjacke über einem langen neongrünen Band-T-Shirt und verwaschene blaue Jeans. Das weit geschnittene T-Shirt verbirgt seine harten Muskeln, aber meine Finger erinnern sich genau an ihre Konturen.

»Wie bist du hier reingekommen?«, murmele ich, und Joel lässt Rowans Schlüssel von seinem Finger baumeln.

»Peach lässt die einfach herumliegen.«

»Mach das Licht aus«, stöhne ich. Ich kneife die Augen fest zusammen und vergrabe das Gesicht im Kissen, um mein Lächeln zu verbergen.

Joel schaltet das Licht aus und tritt an die andere Seite meines Betts.

»Wie spät ist es?«, nuschele ich.

»Zwei Uhr.« Ich höre, wie seine Schuhe mit einem dumpfen Geräusch auf den Boden fallen, und dann das Rascheln von Stoff. Normalerweise schläft er nur mit Boxershorts bekleidet, aber ich weiß, dass er nicht nur zum Schlafen hierhergekommen ist.

»Warum hat es so lang gedauert?«, frage ich, noch immer nicht ganz wach.

»Weil ich zu Fuß gegangen bin.« Er hebt die Decke an und kriecht neben mir ins Bett.

Ich kann nicht glauben, dass er den ganzen Weg gelaufen ist. Mit dem Auto ist es nicht allzu weit, aber zu Fuß braucht man wahrscheinlich über anderthalb Stunden. Ich versuche noch, mir darüber klar zu werden, was das zu bedeuten hat, als sich eine eiskalte Hand unter den Saum meines Shirts schiebt. Ich kreische los und entziehe mich mit einem Ruck seinem Griff.

Joel lacht. »Meine Hände sind kalt!«

»Was du nicht sagst.« Ich schubse ihn weg und rutsche bis an die Bettkante. »Ich bin müde. Du hättest früher kommen sollen.« Eigentlich will ich ihn nicht abblitzen lassen. Aber er soll gefälligst begreifen, dass ich ihm nicht auf Abruf zur Verfügung stehe, egal, wie sehr ich es vielleicht selbst will.

Er kuschelt sich von hinten an mich, doch noch weiter von ihm wegrutschen kann ich nicht. Seine kalte Hand streichelt wieder über meinen Bauch, aber da er sie diesmal über dem Oberteil lässt, lasse ich ihn gewähren. »Willst du wirklich so zu mir sein, nachdem du mich gezwungen hast, den ganzen Weg hierher zu Fuß zu gehen?« Seine Hand wandert höher, umfasst eine Brust. Zwischen meinen Beinen verspüre ich ein angenehmes Ziehen, und Verlangen breitet sich in mir aus.

»Ich habe dich zu gar nichts gezwungen.«

Joel streichelt mit dem Daumen meinen weichen Nippel, der sich unter seiner Berührung sofort aufrichtet. »War der Typ gestern Abend besser als ich?«

Als er mit seinen eiskalten Fingern in meinen Nippel kneift, krümme ich den Rücken und presse den Hintern an seinen Schritt. Er schiebt seine Hüften vor, schmiegt sich an mich. Ich widerstehe dem Drang, mich augenblicklich zu ihm herumzurollen, um mich in dem Gefühl verlieren zu können, das seine Lippen jedes Mal in mir auslösen, wenn sie meine erobern und alles andere um mich herum ausblenden. »Ich kann mich nicht erinnern.«

»Nicht daran erinnern, wie gut er war, oder nicht daran erinnern, wie gut ich bin?«

»Nicht daran erinnern, wie gut du bist«, lüge ich in einem Versuch, Joels Selbstvertrauen einen Dämpfer zu verpassen. Im Moment ist es nämlich eindeutig er, der hier die Kontrolle hat. Ich bin wie Wachs in seinen Händen.

Aber das alles spielt keine Rolle mehr, als er sich vorbeugt und mit seiner seidigen Zungenspitze über meinen Nacken gleitet, seine Lippen an mein Ohr bringt und mit einer Stimme, die meine Haut kribbeln lässt, flüstert: »Dann lass mich deiner Erinnerung auf die Sprünge helfen.«

5

Leeres Bett. Stille Wohnung. Nur sein Geruch, der noch in meinen Laken hängt, und die Schmerzen in meinen Muskeln beweisen, dass Joel gestern Nacht wirklich hier war. Ich rolle mich auf den Bauch und drücke mir das Kissen fest auf den Hinterkopf, versuche mir einzureden, dass ich froh bin, allein aufzuwachen – dass ich es *vorziehe*, allein aufzuwachen.

»Dir ist schon klar, dass du in deinem Kühlschrank nur Butter und Essiggurken hast, oder?«

Ich ziehe das Kissen weg und starre Joel an, als wäre er ein Gespenst. Er steht auf der Türschwelle, mit einem Päckchen Butter in einer Hand und einem halb leeren Glas Essiggurken in der anderen. Mit gerunzelter Stirn schaut er mich an.

»Wie soll ich dir denn so Frühstück machen?«, beschwert er sich.

Ein unbeschreibliches Gefühl durchströmt mich und erwärmt mein ganzes Inneres. Ich bin mir ziemlich sicher, dass ich gleich Regenbogen kichern oder zu Glitzer explodieren werde. Wie viele Schmetterlinge muss ein Mädchen im Bauch haben, bevor es sich selbst in einen Schmetterling verwandelt?

»Unten an der Ecke gibt es einen Coffeeshop«, sage ich.

»Von was *lebst* du denn?« Er hält sich die Butter vors Gesicht und kneift die Augen zusammen. Sein stacheliger Irokesenschnitt ist perfekt in Form gebracht, und ich frage mich, wie viele meiner Haarpflegeprodukte er mischen musste, damit seine Haare so senkrecht abstehen. »Diese Butter ist sowieso nicht mehr gut. Sie ist vor zwei Monaten abgelaufen.«

»Im Gefrierfach ist noch Eiscreme …«

Ich kichere über den Blick, den er mir zuwirft. Er schüttelt den Kopf. »Wir müssen einkaufen gehen.«

»Wir?«

»Ja, wir.« Sein herrlicher Mund verzieht sich zu einem schiefen Grinsen. »Fährst du mich, oder zwingst du mich wieder zu laufen?«

Auch wenn es verlockend wäre zu sehen, ob Joel wirklich zu Fuß gehen würde, wenn ich mich weigern würde zu fahren, nehme ich ihn mit zum Supermarkt. Es fühlt sich irgendwie … *intim* an. Ich bin noch nie mit einem Typen einkaufen gegangen. Ich werfe ihm von der Seite immer wieder einen verstohlenen Blick zu, während wir über den Parkplatz gehen. Als ich mir einen Einkaufswagen schnappe und ihn vor mir her ins Geschäft schiebe, lächelt er mich an.

»Das ist also dein Ding?«, frage ich ihn bei dem Regal mit den Müslis. Joel wirft mehrere Packungen in den Wagen – alle mit irgendwelchen Zeichentrickfiguren und bunten Marshmallows verziert – und sieht mich verständnislos an. »Deine Masche oder so«, füge ich erklärend hinzu. »Erst Sex mit Mädchen zu haben und dann mit ihnen einkaufen zu gehen.«

Ohne die Stimme auch nur zu senken, sagt er: »Ich habe dich ungefähr eine Million Mal gevögelt, und ich bin noch *nie* mit dir einkaufen gegangen.«

Die alte Frau, die gerade an uns vorbeigeht, hat ihn definitiv gehört, denn sie wirft uns hinter ihrer riesigen Brille einen empörten Blick zu. Ich lächele sie zuckersüß an und ramme Joel den Ellenbogen in die Seite, aber er grinst nur. Ich hebe das Kinn und sehe ihn tadelnd an. Unbekümmert steckt er eine Hand in meine Gesäßtasche und kneift mich fest in den Po.

»Du bist schrecklich«, sage ich, ohne seine Hand wegzuschlagen.

»Und du stehst drauf«, erwidert er, und ich mache mir nicht einmal die Mühe, es zu leugnen. Er tätschelt mein Hinterteil, bis ich schließlich ein paar Schritte weitergehe und er seine Hand fortziehen muss. Als ich mich zu ihm rumdrehe, sehe ich, dass er mir bewundernd auf den Hintern starrt. Ich laufe weiter und genieße es, seinen Blick auf mir zu spüren.

»Kannst du mir die Milch da oben herunterholen?«, frage ich, als wir bei den Milchprodukten angelangt sind. Normalerweise hole ich mir an der Uni oder in dem Coffeeshop um die Ecke einen Kaffee, aber wenn wir heute allen Ernstes in meiner Wohnung frühstücken wollen, brauche ich irgendetwas für meinen Kaffee. Die Milch mit Crème-brulée-Geschmack, die ich will, steht ganz hinten im obersten Fach.

Joel verschränkt die Arme vor der Brust und lehnt sich gegen die weiß getünchte Wand. Grinsend schüttelt er den Kopf.

Ich funkele ihn wütend an, aber dann tue ich genau das, was er will: Ich gehe auf die Zehenspitzen und strecke einen Arm so weit wie möglich nach oben. Mein Po wölbt sich, mein Shirt rutscht hoch, und meine Brüste nähern sich der eisigen Luft der Kühltheke. Meine Nippel werden hart und reiben an dem Stoff meines Tops. Ich wende mich Joel zu und ziehe eine Schnute. »Ich komme nicht ran.«

»Brauchst du Hilfe?«

»Ja, bitte.«

Seine Lippen verziehen sich zu einem zufriedenen Lächeln. Er stellt sich hinter mich und presst seinen Unterleib an meinen Po, während er gleichzeitig einen Arm ausstreckt und nach oben ins Regal fasst. »Die hier?«, fragt er und zeigt absichtlich auf die falsche Packung, nur um mich zu quälen.

»Die daneben«, sage ich.

Mit den Fingern der linken Hand umfasst er meine Hüfte und zieht mich noch fester an sich. Mit der rechten deutet er auf die Milch auf der falschen Seite. »Die hier?«

»Nein, die auf der anderen Seite.« Ich stelle mich wieder auf die Zehenspitzen, um etwas Reibung zwischen uns zu erzeugen. Dann hebe ich den Arm und zeige auf die Sorte, die ich will, im vollen Bewusstsein, dass mein Shirt wieder hochrutscht und dabei meinen straffen Bauch entblößt.

»Ach, du meinst die hier.« Während Joel mit der rechten Hand nach der Packung greift, schlängelt sich seine linke um meine Taille. Seine Finger streichen leicht über meinen Bauch und wandern unter mein hochgerutschtes Top. Ich bekomme am ganzen Körper eine Gänsehaut und erschauere. Er presst die Lippen an mein Ohr und flüstert: »Ich kann es kaum erwarten, mit dir wieder nach Hause zu kommen.«

Ich bezweifele, dass er es wortwörtlich meint, aber mein Körper reagiert sofort. Ich bin drauf und dran, ihn auf irgendeine schmuddelige Toilette zu zerren, damit er mich gegen eine Wand drücken und vögeln kann.

»Wir sollten uns aufteilen, damit wir hier schneller fertig werden«, schlage ich vor, und wir laufen eilig in entgegengesetzte Richtungen los.

Ich weiß nicht einmal, was zum Teufel ich eigentlich brauche, daher werfe ich einfach wahllos ein paar Dinge in den Wagen – Speck, Eier, Brot, Schlagsahne, XL-Kondome –, bevor ich mich wieder auf die Suche nach Joel mache.

Ich finde ihn in Gang sechs, mit zwei Mädchen, die noch nicht allzu lange volljährig sein können.

Ich weiche zurück, um nicht gesehen zu werden, und beobachte, wie er mit ihnen flirtet. Sie lachen und kichern, werfen die Haare zurück und klimpern mit den Wimpern. Schließlich schmiegen sie sich für ein Foto von beiden Seiten an ihn.

Sie scheinen Fans zu sein, und gegen Fans habe ich nichts. Ich habe auch nichts gegen Fotos. Ich habe nicht einmal etwas dagegen, dass eine der beiden ihre, wie ich vermute, Telefonnummer auf einen Zettel kritzelt und diesen Joel reicht. Ich *habe* etwas dagegen, dass er den Zettel einsteckt und eine Hand ausstreckt, um mit ihrer Halskette zu spielen.

Ein Teil von mir will am liebsten auf die drei zumarschieren und mein Revier abstecken, will die Mädchen darauf hinweisen, dass Joel *mir* gehört und sie besser damit aufhören, ihn anzumachen, wenn ich ihnen nicht die Augen auskratzen soll. Aber ich werde Joel nicht die Befriedigung verschaffen und mir vor ihm so die Blöße geben. Vor allem dann nicht, wenn er sich einfach weiter wie eine männliche Hure benimmt und mich in den Wahnsinn treibt. Stattdessen beiße ich die Zähne zusammen, lasse meinen Einkaufswagen an Ort und Stelle stehen und verlasse den Supermarkt hoch erhobenen Hauptes – auch wenn meine Backenzähne sich gegenseitig zu zermalmen drohen. Ich steige ins Auto, schieße rückwärts aus der Parklücke und fahre nach Hause. Als mein Handy unterwegs piepst, ignoriere ich es einfach. Ich nehme es erst sieben Piepstöne und zwei entgangene Anrufe später in die Hand, nachdem ich meine Wohnungstür hinter mir zugeknallt und mich auf die Couch geworfen habe.

Wo zum Teufel steckst du?

Joels letzte einer langen Reihe von Nachrichten – die erst verwirrt, dann besorgt und schließlich wütend klangen – macht mich einfach nur sauer. Mein Handy kriegt den Großteil meiner Wut ab, als ich zurücktippe:

Zu Hause. Sah so aus, als hättest du eine neue Mitfahrgelegenheit, daher dachte ich, dass ich überflüssig bin.

Wovon zum Teufel redest du?

Ich mache mir nicht die Mühe, ihm zu antworten. Egal, was ich schreibe, ich würde ja doch nur eifersüchtig klingen – denn ich *bin* eifersüchtig. Ich hoffe, dass Joel diesen Weibern nach dem Vögeln ein Frühstück macht, an dem sie alle ersticken.

Hast du mich allen Ernstes in dem verdammten Supermarkt stehen lassen?

Ich antworte nicht.

Das ist einfach nur beschissen!

Ich antworte nicht.

Du bist doch total durchgeknallt!

Ich schicke ihm ein Bild von Marilyn Monroe, auf dem sie eine Kusshand in die Kamera wirft, bevor ich mein Telefon stumm schalte und es auf den Couchtisch werfe.

Als Rowan anruft, kaue ich eben wütend auf einer unglückseligen Essiggurke.

»Hast du wirklich mit Joel geschlafen und ihn dann im Supermarkt stehen lassen?«

»Er hat es sich selbst zuzuschreiben«, behaupte ich, und sie beginnt zu lachen.

Ich höre Joel im Hintergrund brüllen: »Ich hab's dir ja gesagt!«

»Was hat er denn getan?«, fragt sie.

»Er hat mich in den Supermarkt geschleift, und als ich ihn für zwei Minuten allein lasse – zwei verdammte Minuten, Rowan! –, zieht er los und lässt sich von irgendeiner Tussi die Nummer geben!«

Sie brüllt Joel an: »Du bist mit ihr einkaufen gegangen und hast dir von irgendeinem anderen Mädchen die Nummer geben lassen?«

»Sie hat sie mir einfach gegeben«, brüllt er zurück.

»Und du hast sie eingesteckt?«

»Er ist ein Arschloch«, sage ich und beiße noch ein Stück von meiner Essiggurke ab.

»Es ist ja nicht so, als ob ich vorgehabt hätte, auf der Stelle mit ihr nach Hause zu fahren oder so!«, beharrt Joel, als ob das etwas ändern würde. Ich kann fast hören, wie Rowan die Augen verdreht.

»Joel, du solltest jetzt vermutlich besser still sein«, rät sie ihm.

»Warum?«

»Weil ich dir sonst eine knallen werde, und zwar heftig.«

»Wie auch immer«, höre ich ihn sagen. »Dee ist verrückt.«

Ich höre ein lautes Klatschen, gefolgt von einem »Autsch! Was zum Teufel!« Dann lautes Gelächter – ich nehme an, es sind Shawn und Adam.

»Noch ein Wort, Joel!«, warnt Rowan ihn, und ich lächele mit vollem Mund. »Bleib kurz dran«, sagt sie zu mir, »ich gehe nach draußen.«

Eine Tür geht auf und wieder zu. Schritte. »Er ist so ein Arschloch«, sagt sie schließlich. »Tut mir leid, dass er das getan hat.«

»Das muss es nicht.«

»Dir scheint es gut zu gehen.«

»Mir geht es immer gut.«

Eine kurze Pause, dann: »Bist du jetzt über ihn hinweg?«

»Es gibt nichts, über das ich hinwegkommen müsste.«

»Du weißt, was ich meine. Bist du fertig mit ihm?«

»Vorläufig.«

Eine längere Pause, dann: »Kommst du morgen trotzdem mit ins *Mayhem*?«

»Das lasse ich mir auf keinen Fall entgehen«, sage ich. In Gedanken plane ich bereits mein Outfit, das Joel bereuen lassen wird, es auch nur in Erwägung gezogen zu haben, ein anderes Mädchen anzurufen.

Rowan seufzt schwer ins Telefon. »Du bist absolut nicht fertig mit ihm.«

6

Im Kampf ums soziale Überleben gibt es einen Schlüssel zum Sieg: Tu so, als ob du bereits gewonnen hättest. Auf der Highschool funktionierte diese Strategie bei den biestigen Cheerleadern, die wütend darüber waren, dass ihre Sportler-Freunde mich nach der Schule anriefen. Und sie wird jetzt bei diesem einen Typen funktionieren, der zu dumm ist zu begreifen, dass er nie versuchen sollte, eine Bessere zu finden als mich. Weil ich nun mal die Beste bin.

In meinem kürzesten Rock und knappesten Top betrete ich das *Mayhem* wie ein Feldherr, der bereit ist, die Kapitulation seines Feindes entgegenzunehmen. Ich habe meine Rüstung: die Pailletten, die auf meinem Top glitzern, und die schwarzen Stiefel, die mir bis zu den Knien reichen. Ich habe meine Waffen: das tief ausgeschnittene Dekolleté, in das ich meine Brüste gezwängt habe, die verführisch unbedeckte Hautpartie zwischen Stiefeln und Rock und den mattschwarzen, glitzernden Nagellack, der in der gedämpften Beleuchtung des Klubs schimmert. Und ich habe meine Kriegsbemalung: mein raffiniertes Augen-Make-up, meine dichten schwarzen Wimpern und meine feuchten rosaroten Lippen. Ich bin angezogen, um meine Beute zu erlegen, und ich bin bereit, den ersten Treffer zu landen, als ich bei Joels Anblick wie angewurzelt stehen bleibe. Rowan und Leti bleiben ebenfalls stehen und drehen sich zu mir um. Ich zögere nur kurz, dann setze ich meinen Feldzug fort.

Er steht mit zwei heißen Mädchen im Arm am anderen Ende der Bar – und wenn ich heiß meine, dann meine ich *richtig* heiße Mädchen: mit Riesentitten, langen Beinen und Haaren, die wie für einen Werbespot gestylt sind. An der Art, wie er mich anschaut und dabei einen Mundwinkel nach oben zieht, erkenne ich, dass Joel gerade dabei ist, das Feuer zu eröffnen.

Ich ignoriere ihn und quetsche mich in eine Lücke zwischen Shawn und Adam. Leti stellt sich hinter mich. Adam räumt seinen Hocker, damit Rowan sich setzen kann, und umarmt sie von hinten mit beiden Armen.

»Du bist hübscher als die da«, flüstert mir Leti ins Ohr.

Rowan hat es offenbar nicht gehört, denn sie beugt sich zu mir herüber, um mir genau dasselbe zu versichern. Die Tatsache, dass beide der Meinung sind, es extra betonen zu müssen, verunsichert mich und lässt mich das Gegenteil vermuten. Ich gehe in die Offensive und werfe ihm den Fehdehandschuh hin. »Hat dir dein langer Fußmarsch nach Hause gefallen, Joel?«

Er grinst mich mit funkelnden blauen Augen an und nimmt meine Herausforderung an. »Ich musste nicht zu Fuß gehen. Die Nummer dieses Mädchens kam mir sehr gelegen.«

Ich verziehe keine Miene. Er soll nicht sehen, wie verletzt ich bin.

»Wie kannst du nur hier stehen und so lügen?«, brüllt Shawn neben mir.

»Ich musste dich abholen und deinen erbärmlichen Arsch retten«, ergänzt Adam, und ich stimme in das Gelächter der anderen ein. Joel kocht vor Wut.

»Wisst ihr, worüber *ich* gern reden würde?«, wirft Mike ein, der auf der anderen Seite von Shawn sitzt. Alle Augen richten sich auf ihn. »Hauptsache, über *irgendetwas* anderes.«

Mike ist das einzige Bandmitglied, das nicht ständig von irgendwelchen Groupies umringt ist, die versuchen, ihm an die Wäsche zu gehen. Aber das auch nur, weil er nicht an ihnen interessiert ist. Er ist ein bisschen kleiner als Joel, Adam und Shawn, aber er ist größer als Cody und etwas stämmiger. Seine Augen haben einen warmen Braunton, und er hat einen richtigen Wuschelkopf. Ich hätte nichts dagegen, meine Finger in seinem kastanienfarbenen Haar zu vergraben ... Ein Jammer, dass er lieber Bier trinkt und Videospiele spielt, als ein bisschen Spaß zu haben.

Shawn lacht und stößt mit seiner Bierflasche gegen Mikes. Ich verdrehe die Augen, bestelle beim Barkeeper einen Wodka Cranberry und bitte ihn, großzügig einzuschenken. Ich trinke das Glas in großen Schlucken aus, während ich mit einem Ohr dem Geplänkel der Jungs lausche und dabei überlege, ob ich mich woanders hinstellen soll, damit ich meinen nächsten Drink nicht selbst bezahlen muss. Ich suche die andere Seite der Bar ab, als ich auf einmal Cody, den dritten Gitarristen der Band, in der Menge auftauchen sehe.

Ich lernte ihn an demselben Abend kennen, an dem Adam ein öffentliches Spektakel daraus machte, Rowan zu bitten, mit ihm zusammen zu sein. Ich saß nach der Show neben Joel im Bus, als sich Cody auf den Platz neben mir fallen ließ.

»Soll ich dir den Bus zeigen?«, fragte er. Sein anzügliches Grinsen verriet mir, dass er bereits davon ausging, dass meine Antwort Ja lauten würde. Und ich wusste auch genau, welches Zimmer er mir zeigen wollte: das mit dem Bett mit den schwarzen Satinbettlaken, von dem Rowan mir erzählt hatte. Ich hatte kein Interesse daran, dort mit irgendjemand anderem außer Joel reinzugehen. Oder Shawn. Oder auch nur Mike. Aber mit Sicherheit nicht mit diesem verdammten Cody. Irgendetwas an der Art, wie er mich ansah, sorgte dafür, dass ich ihm am liebsten ein Knie in die Eier gerammt hätte.

»Ich hatte gehofft, Joel würde ihn mir zeigen«, sagte ich laut, sodass Joel es hören konnte.

Er klinkte sich aus der Unterhaltung mit den anderen aus, drehte den Kopf in meine Richtung und schenkte mir dieses Lächeln, bei dem sich meine Kleider zu klein und der Abstand zwischen uns zu groß anfühlten. Ich hatte ihn erst am Abend zuvor kennengelernt, aber wir hatten bereits in jedem Winkel meines Wohnheimzimmers Sex gehabt, hatten es auf echte Rockstar-Art miteinander getrieben.

Cody glitt mit einer Hand über meinen Rücken und legte mir den Arm um die Taille. »Ich bin dran.«

Mein Kopf ruckte zu ihm rum. »Wie bitte?«

»Du siehst aus, als könnte man Spaß mit dir haben. Joel war schon an der Reihe.«

»Ist das jetzt dein verdammter Ernst?« Ich war nicht irgendein Sexspielzeug, das herumgereicht wurde, und ich hatte auch nicht vor, dort zu sitzen und ihn in diesem Glauben zu lassen.

Joel lachte schallend auf. »Code, ist das wirklich der beste Spruch, den du auf Lager hast?«

»Ich dachte nicht, dass ich bei einem Mädchen wie ihr einen Spruch brauche«, sagte Cody, während er mich noch immer mit diesem überheblichen Lächeln angrinste, das ich ihm am liebsten aus dem Gesicht schlagen wollte.

Joel zog mich auf seinen Schoß, um mich von Cody abzuschirmen, aber ich kochte vor Wut. Ich spielte mit dem Gedanken, dem Idioten meinen Stilettoabsatz zwischen die Beine zu rammen, als Joel sein Gesicht in meinen Haaren vergrub und mit seinen rauen Fingerspitzen über meinen nackten Schenkel glitt. »Ignoriere ihn einfach. Ich habe nicht vor, dich zu teilen.«

Das brachte mich schließlich dazu, den Blick von Cody abzuwenden und stattdessen Joel anzusehen. Er schenkte mir ein warmes Lächeln, das mich prompt besänftigte.

»Wie wäre es, wenn ich dir jetzt den Bus zeigen würde?«, fragte er, und dann küsste er mich, und Cody verschwand.

Jetzt ist es Joel, von dem ich will, dass er verschwindet, und dazu brauche ich Cody. Seit jenem Abend hat er keine Gelegenheit ausgelassen, um mich wissen zu lassen, dass er es immer noch will. Augenzwinkern hinter Joels Rücken. In mein Ohr geflüsterte Bemerkungen, wenn Joel nicht in der Nähe ist.

Als er mich an der Bar entdeckt und seinen lüsternen Blick ganz bewusst über jeden Zentimeter meines Körpers schweifen lässt, verziehe ich keine Miene und zeige ihm nicht den Mittelfinger. Ich lasse ihn sich sattsehen und warte, bis er bemerkt, dass ich ihn direkt anschaue. Er kräuselt zufrieden die Lippen, und ich löse mich von der Bar. Er geht auf mich zu, ich gehe auf ihn zu, und als wir uns am Rand der Tanzfläche treffen, nehme ich seine Hand und ziehe ihn ins Gewühl. Inmitten dieses wilden Durcheinanders und all der tanzenden Körper schlinge ich ihm die Arme um den Hals und presse mich an ihn, woraufhin er den Griff um meine Taille verstärkt.

»Endlich fertig mit Joel?«, fragt er grinsend. Dank meiner High Heels sind wir auf Augenhöhe, eine Annehmlichkeit, die ich nicht habe, wenn ich mit großen Kulleraugen zu Joel hochstarre. Vielleicht sind kleine Männer doch nicht so schlecht.

Ich lege ihm einen Finger an die Lippen. »Hör auf zu reden.«

Cody schiebt meinen Finger beiseite, der amüsierte Gesichtsausdruck ist verschwunden. Er macht den Mund auf, um etwas zu sagen, aber ich will wirklich, *wirklich* nicht reden.

Deswegen küsse ich ihn.

Ich verliere mich in der Musik, die den Boden vibrieren lässt, und Cody und ich knutschen und reiben uns aneinander, bis mein Gehirn nach Sauerstoff lechzt. Aber selbst dann höre ich nicht auf. Ich tanze, bis meine Muskeln brennen, und dann tanze ich weiter durch das Feuer, bis ich sie fast nicht mehr spüren kann. Ich schließe die Augen und tue so, als ob Codys Hände einfach nur Hände wären. Als ob ich einfach nur tanzen würde, eintausend Hände überall auf mir, unter blinkenden blauen Lichtern in einem Meer warmer Körper.

Seine Hände sind auf meinem Bauch, meinen Beinen, meinem Hintern, meinen Brüsten. Ich lasse zu, dass sie mich berühren und drücken und in einem serotoningeschwängerten Dunstschleier halten. Er fährt über meine Rundungen, findet die besten Stellen meines Körpers – denn er weiß mich auf eine Art zu schätzen, auf die Joel es niemals tun wird. Weil Cody noch nie eine Frau wie mich hatte – und Joel mich schon viel zu oft.

Als sich Cody von mir löst und sagt, dass er aufs Klo muss, flehe ich ihn fast an, nicht damit aufzuhören, mich zu berühren. Stattdessen trage ich ihm auf, mir einen Drink mitzubringen.

Ich tanze mit geschlossenen Augen und in die Höhe gereckten Armen alleine weiter, als irgendjemand sich von hinten an mich schmiegt und sich ein kräftiger Arm um meine Taille legt. Es ist mir egal, wer es ist – ich schlinge ihm einfach die Arme um den Nacken und tanze weiter.

»Mit Cody kannst du mich nicht eifersüchtig machen«, sagt mir eine Stimme leise warnend ins Ohr. Joel. Er drückt eine Hand fest auf meinen Bauch und gleitet mit der anderen an der glühend heißen Unterseite meines erhobenen Arms hoch. Er nimmt meine Hand und wirbelt mich herum.

Als ich ihm Auge in Auge gegenüberstehe, höre ich auf zu tanzen und funkele ihn wütend an. »Es dreht sich nicht alles nur um dich, Joel.«

Er zieht mich fest an sich und schaut finster auf mich herab. »Du solltest dich von ihm nicht so anfassen lassen.«

»Und warum nicht?«, frage ich und lege die Hände auf seinen harten Bizeps.

»Weil er nicht ich ist.«

»Gott sei Dank!«, fauche ich. Ich stemme mich gegen ihn, doch da Joel sich nicht von der Stelle rührt, taumele ich letztendlich einen Schritt nach hinten.

»Du magst ihn doch nicht einmal«, fährt er mich an.

Ich lache ihm ins Gesicht, und er versteift sich. »Tut mir leid, dir das sagen zu müssen, Süßer«, entgegne ich, lege ihm eine Hand an die Wange und schenke ihm mein entzückendstes Lächeln, »aber mir liegt an *keinem* der Typen etwas, die mich anfassen.« Sein Blick verhärtet sich. Ich kann nicht erkennen, ob es Eifersucht oder Wut ist, die in seinen Augen lodert. Aber es macht keinen Unterschied: Ich fühle mich tollkühn und beschließe, noch mehr Öl ins Feuer zu gießen.

Joel entfernt sich, kurz bevor Cody mit unseren Drinks wiederkommt. Ich nehme meinen Drink und trinke ihn auf ex. Dann werfe ich den Plastikbecher auf den Boden und schnelle herum, presse den Hintern an Cody und bewege mich zum Rhythmus der Musik mit langsamen, kreisenden Bewegungen an seinem Körper nach unten. Jetzt, da ich weiß, dass Joel uns zusieht, bin ich entschlossen, eine Show abzuziehen.

Als die Lichter ausgehen und Cody in den Backstagebereich gehen muss, bin ich davon überzeugt, in jedem beliebigen Striplokal der Stadt vortanzen zu können und sofort als die Hauptattraktion engagiert zu werden. Ich müsste mir nicht mal mehr ein Outfit dafür kaufen, denn ich habe ja bereits einen ganzen Kleiderschrank davon zu Hause.

Ich bahne mir langsam einen Weg zurück an die Bar, als Leti an meiner Seite auftaucht und sich meinen Schritten anpasst. »Was zum Teufel war *das* denn eben?«

Ich grinse ihn an und hake mich bei ihm unter. Seine Haut ist ebenso heiß wie meine, daher nehme ich an, dass er auch gerade von der Tanzfläche kommt. »Ich habe nur ein bisschen Spaß.«

»Du magst Cody doch nicht einmal.«

»Aber er mag mich«, erkläre ich. »Und außerdem hat Joel uns zugesehen.«

Leti legt die Stirn in Falten. »Ich hoffe, du weißt, was du tust …«

Ehrlich gesagt, ich habe keine verdammte Ahnung, aber ich lächele, und Leti verstummt. An der Bar wartet ein heißer Typ auf ihn, daher lasse ich seinen Arm los und rutsche auf einen Hocker neben Rowan.

»*Cody*, Dee?«, sagt sie naserümpfend, als würde sein Name einen schlechten Geschmack in ihrem Mund hinterlassen. Sie trägt eines von meinen Kleidern – ein figurbetontes dunkelblaues Teil, das jeder ihrer Kurven schmeichelt. Sie wollte unbedingt flache Schuhe dazu tragen. Irgendwann gab ich nach, da ich bereits meine ganze Energie darauf verwendet hatte, sie zu überreden, keine Leggings anzuziehen.

Ich zucke die Schultern. »Er ist gar kein so schlechter Tänzer.«

»Grapscher, meinst du wohl.« Sie hat die Brauen zusammengezogen und sieht mich mit ihren blauen Augen verständnislos an. »Das war einfach nur verwirrend.«

»Aber Joel war eifersüchtig«, erkläre ich lächelnd und nehme einen Schluck aus ihrem Becher.

Meine Argumentation trägt nicht dazu bei, ihre missbilligende Miene zu besänftigen. »War es das wert?«

Ich nicke mit Nachdruck. »Absolut.«

Nach drei weiteren Drinks sitze ich noch immer an der Bar und schwärme von Mark, dem freiwilligen Feuerwehrmann, mit dem Leti flirtet. »Ihr zwei passt perfekt zueinander«, rufe ich. Ich spüre, wie der Alkohol durch meine Adern pumpt. »Ihr solltet entzückende Babys zusammen machen.«

Leti und Mark lachen. Beide sind absolut hinreißend – Leti mit den goldenen Haaren und umwerfenden goldenen Augen, und Mark mit den Grübchen in den Wangen und den dichten Wimpern.

»Du bist ziemlich fantastisch, weißt du das?«, sagt Mark, woraufhin ich ihm gleich noch ein bisschen mehr verfalle.

»Ich *weiß*!«, rufe ich und mache eine Handbewegung, mit der ich fast mein Getränk umstoße. »Danke!«

Rowan nimmt meinen Becher, damit ich nicht alle vollspritze. »Gehen wir in den Backstagebereich.«

»Siehst du den Typen da oben?«, frage ich Mark, ohne auf Rowan zu achten, und zeige in Richtung Bühne.

»Du meinst den, mit dem du getanzt hast?«

»Nein. Den Idiotischsten da oben. Den mit den idiotischen Haaren und dem idiotischen Lächeln. Den, der sich für sooo heiß hält.«

Leti lacht, während Mark die Bühne mit den Augen absucht.

»Sie meint den Typen mit dem Iro«, hilft ihm Leti auf die Sprünge, obwohl es doch völlig offensichtlich ist, wen ich damit gemeint habe.

»Ah. Was soll mit ihm sein?«, fragt Mark.

»*Er* begreift nicht, wie fantastisch ich bin.«

Mark streicht mir eine lange Locke nach hinten. »Na ja, dann hat *er* dich nicht verdient.«

»Meinst du wirklich?«

»Genau das sagen wir doch schon die ganze gottverdammte Zeit!«, wirft Rowan ein.

Ich sehe finster zur Bühne, und mein benebelter Blick bleibt an Joel hängen. Er strahlt auf die vorderste Reihe hinunter. Seine blonden Stacheln und weißen Zähne schimmern unter den hellen Scheinwerfern, die seinen ganzen Körper in goldene Strahlen tauchen. »*Er* muss das begreifen«, erkläre ich.

Wenn Joel sich darüber im Klaren wäre, dass er mich nicht verdient hat, gäbe es kein Problem. Das Problem ist, er denkt, dass ich ihn nicht verdient habe. Er denkt, dass ich nur ein x-beliebiges Mädchen bin.

Ich reiße mich von seinem Anblick los und wende meine Aufmerksamkeit wieder Leti und seinem Feuerwehrmann zu. »Wollt ihr zwei mit in den Backstagebereich kommen?«

Mark lächelt Leti an. »Ich glaube, ich würde lieber noch etwas trinken. Und du?«

»Wir sehen uns morgen«, sagt Leti zu mir.

Ich kichere, denn seine Botschaft ist angekommen. Eigentlich war ausgemacht, dass ich ihn später heimfahre, aber es sieht so aus, als ob er inzwischen andere Pläne hätte. Ich zwinkere ihm zu, dann hake ich mich bei Rowan unter und stütze mich auf dem Weg zum Backstagebereich auf sie.

Von der Bühnenseite aus sehe ich der Band zu, den Blick brav von Joel abgewandt. Ich kann spüren, dass er mich beobachtet, und auch Rowan raunt mir zu, dass er immer wieder zu mir hinübersieht. Aber ich habe nicht vor, ihm die Befriedigung zu verschaffen, auch nur einen flüchtigen Blick in seine Richtung zu werfen. Stattdessen sehe ich zu, wie Mike sein Schlagzeug zum Leben erweckt, ich sehe zu, wie Shawn seine Gitarre schreddert, ich sehe zu, wie Cody nach Aufmerksamkeit giert, und ich sehe zu, wie Adam die Menge in Stimmung bringt. Er hat eine fantastische Stimme, aber seine Show ist sogar noch besser als sein Gesang. Er weiß genau, was er tun muss, um das Publikum anzustacheln. Er heizt die Stimmung im Saal dermaßen an, bis der ganze Klub zu vibrieren scheint. Mit seinen zotteligen braunen Haaren, den mit Armbändern verzierten Handgelenken und den schwarzen Fingernägeln ist er der Inbegriff eines Bad Boys – und genau der Typ, von dem ich niemals gedacht hätte, dass meine beste Freundin je mit ihm zusammenleben würde.

Die Art, wie er Rowan jedes Mal ansieht, wenn sich ihre Blicke treffen ... Mich hat ein Mann noch nie so angesehen. Es ist, als ob er ihr sein Herz offenbart, als ob er ihr wortlos verspricht, dass es ihr und nur ihr gehört.

Die Art, wie Cody mich ansieht, sagt mir nur, dass sein Schwanz mir gehört, und auch das nur für die nächsten paar Stunden.

Aber er ist sowieso nicht derjenige, von dem ich so angesehen werden will.

Als die Jungs die Bühne verlassen, warte ich, bis Cody auf mich zukommt.

»Hat dir unser Auftritt gefallen?«, fragt er auf seine übliche selbstgefällige Art. Seine Augenfarbe ist von einem solch matten Blau, dass sich schwer sagen lässt, ob es überhaupt Blau ist. Seine Nase ist zu breit, und seine Lippen sind zu schmal.

»Immer«, antworte ich mit einem verführerischen Lächeln. »Gebt ihr noch eine Zugabe?«

»Ja, aber danach gehöre ich ganz dir.«

Ich Glückspilz.

Während die Jungs noch einen letzten Song spielen, wendet sich Rowan an mich. »Du hast aber nicht ernsthaft vor, heute Abend mit ihm zu schlafen, oder?«

»Mit Cody?«, schnaube ich verächtlich. »Nicht in einer Million Jahre.«

»Gott sei Dank!« Sie seufzt. »Ich habe mir schon Sorgen gemacht.« Sie mustert mich einen Moment, dann verengen sich ihre Augen. »Was hast du dann vor?«

»Außer Joel dazu zu bringen, mir seine unsterbliche Liebe zu gestehen?«, sage ich lachend. Als Rowan nicht in mein Lachen einstimmt, verdrehe ich die Augen und sage: »Ehrlich gesagt, ist genau das der Plan. Joel dazu zu bringen, mir seine unsterbliche Liebe zu gestehen.«

»Warum kannst du dir nicht einfach einen normalen Typen suchen?«, fragt Rowan, und meine Nackenhaare stellen sich auf.

»Du meinst, so wie du?«

»Das ist etwas anderes.«

»Inwiefern?«

»Weil ich nicht *versucht* habe, Adam dazu zu bringen, sich in mich zu verlieben.«

War ja klar, dass sie den Nagel auf den Kopf treffen musste, ohne es überhaupt zu beabsichtigen.

»Na ja, tut mir leid, dass nicht jeder so perfekt ist wie du, Rowan«, fahre ich sie an. »Tut mir leid, dass nicht jede einen Rockstar hat, der ihr zu Füßen liegt.«

»Das habe ich nicht gemeint …«

»Na klar, egal!«, unterbreche ich sie brüsk und wende mich wieder der Band zu. Mein Blick gleitet über Joel hinweg, doch wandert dann, wie von ihm angezogen, zu ihm zurück.

»Dee …«

»Ich will mich nicht mit dir streiten«, warne ich sie.

»Ich mich auch nicht mit dir …«

»Schön. Dann lass es gut sein.«

Nach dem Konzert mischen sich die Jungs unters Volk, posieren mit den Fans für Fotos und geben Autogramme.

Ich drängele mich zu Cody durch und flüstere ihm ins Ohr: »Lass uns zum Bus gehen.« Dann lasse ich meine Lippen über seine Ohrmuschel gleiten, bevor ich ein Stück zurückweiche und ihn anschaue. Der Blick in meinen Augen sagt ihm alles, was er wissen muss. Er lässt alles stehen und liegen und sprintet mit mir zum Bus.

7

Mit Cody zu knutschen ist nicht viel anders, als mit ihm zu tanzen. Er weiß, was er tut. Und auch wenn der logische Teil meines Gehirns sich daran erinnert, dass er ein verdammt schmieriger Typ ist, führt der hormonüberflutete Teil dazu, dass ich ihn ertrage. Seine Hände sind überall, meine geschlossenen Augen blenden alles um mich herum aus. Der einzige Unterschied zwischen hier und dem *Mayhem* ist, dass wir uns jetzt auf einer Sitzbank befinden und nicht auf der Tanzfläche, und dass statt Musik nur sein angestrengtes Keuchen zu hören ist.

Es ist still. Zu still. Ich hasse es, wenn es so still ist. Es lässt zu viel Raum zum Nachdenken.

»Warte«, sage ich, als Cody eine Hand unter mein Top schiebt und meine Brust zusammenquetscht. Ich habe nicht die Absicht, einen Schritt weiter zu gehen. Joel müsste jetzt jeden Augenblick kommen, was auch der Grund dafür ist, weshalb ich darauf bestanden habe, auf dem Unterdeck des Busses zu bleiben, anstatt nach oben zu gehen. Ich hoffe, dass es Joel in Rage bringt, mich mit Cody auf frischer Tat zu ertappen. Ich hoffe, dass er sich in einen Neandertaler verwandeln und mich über seine Schulter werfen, nach oben tragen und auf eine Weise in Besitz nehmen wird, die es ihm unmöglich macht, mich jemals wieder gehen zu lassen.

Cody schiebt, ohne auf meinen Einwand zu achten, mein Top über den BH hoch.

»Cody, hör auf!«, rufe ich und versuche gleichzeitig, das Top wieder herunterzuziehen.

»Komm schon, zier dich nicht!« Er neigt den Kopf hinunter zu meinem Dekolleté und leckt mit der Zunge zwischen meinen Brüsten hindurch.

»Cody!« Meine Finger krallen sich in seine Haare, aber es gelingt mir nicht, seinen Kopf nach oben zu ziehen. »Im Ernst, hör auf!«

Er umklammert meine Handgelenke und drückt sie fest auf die Bank, während er auf mich rutscht und mit der Zunge an meinem Hals hochschlabbert. »Gott, so wollte ich dich haben, seit ich dich das erste Mal gesehen habe.«

Sein Becken reibt sich an meinem, presst meinen Körper in das steife graue Leder. Auf einmal droht mich blinde Panik zu überwältigen. Angst lodert in meinen Adern und vereitelt jeden Versuch, meine Handgelenke Codys eisernem Griff zu entwinden. Sein Gewicht und meine schweißnasse Haut, die an dem Leder klebt, machen es mir unmöglich, mich zu bewegen. Tränen brennen mir in den Augen, der Atem bleibt mir in der Lunge stecken, und ich habe das Gefühl zu ertrinken.

»Cody!«, stoße ich schließlich hervor. Meine Stimme klingt genauso verzweifelt und verängstigt, wie ich mich fühle. Ich winde mich und trete um mich. Meine Handgelenke schmerzen, als würden die Sehnen darin jeden Moment zerreißen. »Bitte!«

Er stöhnt und reibt sich an mir. »Du bist so heiß!«

Ein Schluchzer entweicht meiner Kehle, als Cody eines meiner Handgelenke loslässt und seinen Arm zwischen unsere Körper zwängt, um mich zwischen den Beinen zu berühren.

In diesem Augenblick hasse ich mich dafür, dass ich so angezogen bin. Dass ich einen Rock trage, der es ihm mühelos ermöglicht, mich so zu berühren. Was habe ich mir eigentlich dabei gedacht? Ich denke mir nie etwas.

Ich stemme mich mit aller Kraft gegen seine Schulter, aber er ist einfach zu stark.

»Cody, hör bitte auf!«, flehe ich. Ich versuche, gegen die Sitzbank zu treten, um seiner reibenden Hand zu entkommen. Ich drehe den Kopf zur Seite und fange an zu weinen, schluchze mehrmals »Nein« und »Stopp«, aber ohne Erfolg.

Und dann schwingt die Tür auf, und Joel kommt herein. Er hat ein Mädchen im Arm. Verblüffung zeichnet sich auf seinem Gesicht ab, als er Cody auf mir sieht. Ich wappne mich, warte auf die unvermeidliche Verachtung, die folgen wird. Aber dann begegnet er meinem Blick. Seine Augen füllen sich mit Wut, Wut auf Cody, und nur eine Sekunde später wird Cody von mir heruntergerissen und landet auf dem Boden.

Ich fühle mich schwerelos, während ich mich aufrappele und Richtung Tür stürze. Adam und Rowan haben nach Joel und dem Mädchen den Bus betreten und alles gesehen. Shawn und Mike sind unmittelbar hinter ihnen. Ich stürme an ihnen vorbei, mit hochgerutschtem Rock, zerzausten Haaren und einem mit Mascara verschmierten Gesicht, der mir in schwarzen Schlieren über die Wangen läuft.

Ich stolpere fast die Busstufen hinunter. Meine Atmung ist abgehackt, und ich versuche verzweifelt, das Schluchzen zu unterdrücken. Ich zerre meinen Rock so weit wie möglich hinunter und renne dann zu meinem Auto. Ich habe nicht einmal meine Schlüssel bei mir, aber ich muss weg vom Bus. Ich muss weit weg.

»Dee!« Rowans Hände landen auf meinen Schultern, halten mich mitten auf dem Parkplatz auf. »Was ist dort drinnen passiert?«

Ich will es ihr sagen, aber ich weiß, dass ich, sobald ich den Mund aufmache, wieder in Tränen ausbrechen werde. Ich werde hier mitten auf dem Parkplatz zusammenbrechen, und ich werde nicht in der Lage sein, mich noch weiter zusammenzureißen. Also beiße ich mir auf die Lippe und schüttele den Kopf, flehe sie wortlos an, mich nicht zu bedrängen.

Als ich meinen lilafarbenen Civic erreiche, lasse ich mich auf die Knie fallen und taste nach dem Versteck für den Ersatzschlüssel unter dem Fahrgestell. Der scharfe Kies bohrt sich in meine Knie und beweist mir, dass das hier nicht nur ein böser Traum ist. Ich bin noch immer panisch, und alles in mir schreit danach, so schnell wie nur menschenmöglich von hier zu verschwinden. Meine Hände öffnen zitternd das Kästchen, nehmen den Schlüssel heraus und lassen das Kästchen auf den Boden fallen. Ich lasse es einfach liegen und versuche verzweifelt, den Schlüssel in das Schloss zu schieben.

Plötzlich liegt Rowans Hand auf meiner. Sie nimmt mir den Schlüssel ab und legt mir einen Arm um die Schultern, führt mich herum auf die Beifahrerseite und hilft mir einzusteigen. Dann rutscht sie auf den Fahrersitz und schaut mich an.

Ich sehe ihr an, dass sie mich umarmen will, dass sie will, dass ich ihr erzähle, was passiert ist, damit sie mir versichern kann, dass alles gut werden wird. Aber das ist es nicht, was ich im Moment von ihr brauche. Im Moment brauche ich sie, damit sie mich nach Hause fährt.

Ich starre auf meine zitternden Hände in meinem Schoß, bis sie endlich den Motor anlässt. Sie fährt mich zu unserer Wohnung und begleitet mich nach oben. Sobald wir die

Wohnung betreten haben, ziehe ich mich ins Bad zurück. Ich stelle das Wasser an und steige unter die Dusche, ohne mich vorher auszuziehen. Ich will nicht nackt sein. Ich will nur weinen, ohne dass mich irgendjemand hört.

Und ich tue es. Sobald mir das Wasser übers Gesicht strömt, beginnen die Tränen zu fließen. Ich lasse mich nach unten sinken und rolle mich in der Ecke zusammen, dann schlinge ich die Arme um meine Beine und vergrabe schluchzend das Gesicht. Ich weine so heftig, dass ich mich auf allen vieren über dem Abfluss übergeben muss. Ich bin erbärmlich. Gott, ich bin so verdammt erbärmlich.

Als Rowan schließlich die Tür zum Badezimmer öffnet, ist das Wasser kalt geworden, aber ich sitze noch immer zusammengekauert in der Ecke der Dusche. Vollständig angezogen steigt sie zu mir hinein und nimmt mich fest in die Arme. Ich vergrabe den Kopf an ihrer Schulter und lasse die letzten Tränen auf ihre bereits nasse Haut tropfen. Sie hält mich fest, bis ich mich allmählich beruhige, dann hilft sie mir aus der Dusche und trocknet mich ab.

Sie nimmt zwei T-Shirts und zwei Yogahosen aus meiner Kommode. Wir schlüpfen beide in die Schlafsachen und klettern auf mein Bett. Sie setzt sich hinter mich und fährt wortlos mit einer Bürste durch meine nassen Haare. Die Stille im Zimmer ist schwer und schnürt meine Kehle zusammen. Um die wieder aufsteigende Übelkeit zu bezwingen, sage ich das Einzige, was mir einfällt: »Ich wollte dich vorhin bei dem Konzert nicht anfahren.«

Rowan hält in ihrer Bewegung inne, schlingt mir die Arme um die Schultern und presst die Wange an meinen Hinterkopf. »Ich könnte ihn umbringen, Dee.« Als ich nichts erwidere, ergänzt sie: »Damit darf er nicht davonkommen. Du musst ihn anzeigen.«

Ich lege die Hände auf ihren schlanken Arm und schüttele den Kopf.

»Warum nicht?«

»Es ist schließlich nicht so, als ob er mich vergewaltigt hätte«, sage ich, und bei dem Wort drängt bittere Galle in mir hoch. Mein Magen rumort, und ich schließe die Augen, um nicht würgen zu müssen. Aber er war kurz davor. Er war so kurz davor.

»Aber er ...« Rowans Stimme bricht.

Er hat mich angefasst. Er hat mir wehgetan. Er hat sich mir aufgezwungen, und wenn Joel nur ein paar Minuten später aufgetaucht wäre ...

»Er ist verdammt noch mal zu weit gegangen«, führt Rowan ihren Satz zu Ende. »Dazu hatte er kein Recht, Dee. Das war *Körperverletzung*.«

»Ich habe ihn zuerst geküsst«, sage ich. Ich habe ihn angebaggert, und selbst im Bus hatte ich zu Beginn Spaß. Cody ist ein guter Küsser. Es hat mir gefallen, mit ihm rumzuknutschen.

Ich schließe die Augen und atme langsam durch die Nase aus, als mein Magen erneut zu rebellieren droht.

Rowan dreht mich an den Schultern zu sich herum. Mit ernster Miene sagt sie: »Das spielt keine Rolle ... Das weißt du doch hoffentlich, oder?« Als ich nicht antworte, drückt sie meine Schultern. »Hast du Nein gesagt?«

Anfangs nicht. Ich hätte es früher sagen sollen. »Ja, aber ...«

»Kein Aber. Wenn du Nein gesagt hast, dann heißt das auch verdammt noch mal Nein.«

Sie kapiert es nicht, aber das erwarte ich auch nicht. Rowan hätte sich nie in eine solche Lage gebracht. Sie hätte sich nie so erniedrigt, indem sie mit einem Typen wie

Cody rummacht. Sie hätte nie etwas mit diesem Typen angefangen, mit dem ich an dem Abend neulich nach der Arbeit nach Hause gegangen bin. Sie hätte auf der Highschool nie der Reihe nach jeden Typen aus dem Footballteam gevögelt.

Weil sie keine Schlampe ist. Aber ich bin es!

Auf einmal klopft es an der Wohnungstür. Ich breche in Panik aus und flehe Rowan an, nicht aufzumachen. Ich will niemanden sehen. Ich will nicht, dass irgendjemand *mich* sieht. Als Joel und die Tussi in seinem Arm und Rowan und Adam und, Gott, einfach *jeder* Zeuge davon wurden, wie ich im Bus Rotz und Wasser heulte, da war ich mir nicht sicher, welches Gefühl stärker war: die Erleichterung darüber, dass sie im rechten Moment aufgetaucht waren, oder die Demütigung, dass sie mich so sahen.

Rowan und ich warten beide darauf, dass die Person vor der Tür wieder geht, aber stattdessen klopft es noch einmal.

»Ich sehe nur schnell mal nach, wer es ist«, sagt Rowan und verlässt das Schlafzimmer.

Ich bleibe auf dem Bett liegen, außer Sichtweite der Wohnungstür, und höre, wie sie an die Tür geht und öffnet.

»Geht es ihr gut?«, höre ich Joel fragen. Ich ziehe mir das Kissen auf den Schoß und wünschte, es wäre groß genug, um mich darunter zu verstecken.

»Ja«, sagt Rowan. »Ich meine, es wird ihr bald wieder gut gehen.«

»Wo ist sie?« Seine Stimme hallt von dem Flur vor der Wohnungstür wider.

Ich bete stumm, dass Rowan ihn nicht hereinlässt. Ich will nicht den Ausdruck in seinen Augen sehen, wenn er mich anschaut. Mitleid? Abscheu? Wut? Ich will nichts von alledem sehen.

Gott, bitte geh einfach weg! Ich will sein Gesicht nicht sehen.

»Sie schläft«, lügt Rowan, und ich vergrabe die Nase in dem zu fest gestopften Kissen. Ich wünschte, ich könnte mich darin verkriechen, sodass niemand mich je findet. »Ich sorge dafür, dass sie dich anruft, okay?«

»Bleibst du heute Nacht hier?«, höre ich Adams Stimme.

»Ja.«

»Hier ist ihre Handtasche«, sagt Joel so leise, dass ich ihn kaum hören kann.

Rowan stöhnt laut auf. »Oh mein Gott, was ist denn mit deiner Hand passiert?«, fragt sie erschrocken.

»Er hätte sie nicht anfassen sollen«, antwortet er in einem Ton, bei dem mir ein Schauer über den Rücken läuft, gefährlich und unversöhnlich.

Ich würde gern wissen, was mit seiner Hand los ist, aber da wird die Tür bereits leise ins Schloss gezogen. Ich schlurfe zu meiner Schlafzimmertür, die einen Spaltbreit offen steht, äuge hinaus und sehe, dass Rowan in den Flur hinausgegangen ist und die Tür hinter sich geschlossen hat. Wenn ich nicht körperlich und emotional so ausgelaugt wäre, dann hätte ich vielleicht ein Ohr an die Tür gelegt, um den Rest ihrer Unterhaltung zu belauschen. Aber stattdessen klettere ich zurück ins Bett, ziehe mir die Decke bis zum Hals hoch und tue so, als wäre dieser Abend nur ein böser Traum. Als hätte ich Cody nicht dazu eingeladen, mich am ganzen Körper zu berühren.

Als hätte ich nicht verdient, was passiert ist.

8

Am nächsten Morgen reißt mich das Geräusch meines eigenen gequälten Stöhnens aus einem unruhigen Schlaf. Jeder Muskel in meinem Körper schmerzt, als wäre ich von einem Auto überfahren worden. Als ich die Hände auf die Matratze stütze und mich aufrichten will, stöhne ich laut auf und sinke wieder zurück. Ich betrachte meine Handgelenke, und Tränen brennen mir in den Augen: dunkelrote und violette Flecken verunstalten meine Haut.

»Dee?«, ruft Rowan von der anderen Seite meiner geschlossenen Tür. »Alles in Ordnung?«

Gestern Abend versuchte sie, neben mir ins Bett zu kriechen, um mir Trost zu spenden, aber ich wollte einfach nur meine Ruhe. Ich sagte ihr, ich wolle allein sein, und sie verließ widerstrebend mein Zimmer und schlief in ihrem eigenen Bett. Ich weiß nicht, was schlimmer für mich ist – dass Cody gestern seine Hände überall auf mir hatte oder dass ich danach in der Dusche zusammengebrochen bin wie ein hilfloses Opfer.

Rowan rüttelt am Türknauf. »Dee, geht es dir gut?«

Ich räuspere mich, es fühlt sich an, als ob ich Kies in der Kehle hätte. »Ja, alles bestens.«

Ein langer Augenblick der Stille verstreicht, und ich weiß, dass sie noch immer hinter der Tür herumhängt. »Ich mache Frühstück. Willst du irgendwas?«

Sie wird sich wundern, wenn sie den Kühlschrank aufmacht und nichts außer abgelaufener Butter und einem Glas Essiggurkenwasser darin vorfindet. »Nein«, antworte ich. »Ich lege mich wieder ins Bett.« Ich zögere kurz, bevor ich hinzufüge: »Du solltest zurück zu Adam fahren. Ich werde vielleicht noch eine Weile schlafen.«

Rowans Stimme klingt traurig und vorsichtig, als sie sagt: »Dee, kann ich kurz reinkommen?«

Mit einer nervösen Geste versuche ich mir mit den Fingern durch die Haare zu fahren, aber mir entfährt lediglich ein scharfes Zischen, als ein zuckender Schmerz mich an die blauen Flecken erinnert. »Ich bin müde, Ro. Ich rufe dich an, okay?«

Ich meine, sie seufzen zu hören, bevor sie mit sturer Beharrlichkeit sagt: »Ich werde hier sein, wenn du aufwachst.«

Ich ignoriere sie, als sie später wieder an meine Tür klopft, um mir ein Mittagessen anzubieten. Ich ignoriere sie, als sie Leti anschleppt, der mich zu überreden versucht, aus meinem Zimmer zu kommen. Ich ignoriere sie, als sie bettelt, droht und mich mit Erdbeerpancakes und Schokoladeneis zu bestechen versucht. Und ich schlafe ein, während ich die Nachrichten und Anrufe ignoriere, die ich fast am laufenden Band von Joel bekomme.

Am nächsten Morgen ist es seine Stimme, die mich weckt.

»Dee, mach auf!« Er hämmert so laut gegen meine Tür, dass ich im Bett hochfahre und mich mit meinem ganzen Gewicht auf meine verletzten Handgelenke stütze.

»Scheiße!« Ich lege die Hände in den Schoß und beiße die Zähne zusammen.

»Ich mach keine Witze, Dee! Peach sagt, du hast noch gar nichts gegessen. Ich habe dir etwas vom IHOP mitgebracht, und du wirst jetzt herauskommen und es essen.«

»Geh weg!«, knurre ich. Joel ist der letzte Mensch auf der

Welt, den ich im Moment sehen will. Mich zu einem verdammten Idioten zu machen, um seine Aufmerksamkeit zu bekommen, war nicht mein Plan.

»Willst du dich allen Ernstes dort drinnen verstecken und in Selbstmitleid versinken?«

»Verpiss dich!«

»Das ist nicht das Mädchen, das ich kenne!«

»Du kennst mich nicht!«

»Letzte Chance«, warnt er.

»Sonst was?«, fordere ich ihn heraus.

Ich höre gedämpfte Stimmen, dann sagt Joel: »Scheiße, ja, ich werde diese Tür eintreten! Was hat sie denn vor? Sich zu Tode hungern?« An mich gewandt, droht er: »Eins.«

Ich starre zornig auf die geschlossene Zimmertür und gehe nicht auf seine dämliche Warnung ein.

»Zwei.«

»Leck mich, Joel!«

»Drei.«

Ein zufriedenes Lächeln umspielt meine Lippen, als nichts passiert, doch dann stürmt Joel zwischen gesplittertem Holz mit fliegenden Armen und Beinen durch die Tür.

»Was zum Teufel?«, kreische ich mit weit aufgerissenen Augen, nachdem er mit einem Schmerzensschrei auf dem Boden gelandet ist.

Ich springe aus dem Bett und laufe zu ihm hinüber und verharre über seinen ganzen einen Meter achtzig, die sich auf dem Boden winden. Er hält sich die Schulter und stößt eine Reihe von Flüchen aus, die ich in dieser Zusammensetzung noch nie gehört habe. Die Knöchel seiner einen Hand sind mit einem Verband umwickelt, und sein Gesicht ist eine schmerzverzerrte Grimasse.

»Scheiße, verdammt, ich habe mir die Schulter ausgerenkt!«, flucht er. Rowan und Leti kommen ins Zimmer und stellen sich neben mich.

»Hast du dir wirklich die Schulter ausgerenkt?«, fragt Rowan.

Leti schüttelt mitleidig den Kopf. »Ich habe dir ja gesagt, dass das keine gute Idee ist.«

»Nein«, faucht Joel, »ich mache nur Witze, Peach. Mir macht es einfach Spaß, ohne einen verdammten Grund auf dem Boden herumzurollen!«

Sie tritt ihn gegen das Schienbein, und ich pruste los. Ich bin noch immer stocksauer auf ihn, aber ich muss einfach lachen, als ich ihn dort liegen sehe, einbandagiert und mit einer ausgerenkten Schulter, während meine beste Freundin ihm einen Tritt verpasst, obwohl er bereits besiegt am Boden ist. Er ist ein Häuflein Elend.

»Freut mich, dass du das so witzig findest«, knurrt er zu mir hoch.

»Ich habe dich nicht gebeten herzukommen.«

»Oder die Tür aufzubrechen«, ergänzt Leti.

»*Oder* die Tür aufzubrechen.«

Joel setzt sich auf und funkelt mich zornig an, doch dann fällt sein Blick auf meine Handgelenke. »Scheiße … Dee …«

Rowan und Leti folgen seinem Blick und ziehen scharf die Luft ein. Rasch verstecke ich die Hände hinter dem Rücken. »Das ist nicht der Rede wert. Hört schon auf, mich so anzustarren.«

»Ist das der Grund, weshalb du nicht rauskommen wolltest?«, fragt Rowan. Da mein Zimmer über ein eigenes kleines Bad verfügt, konnte ich ihr gestern den ganzen Tag aus dem Weg gehen, trotz ihrer zahlreichen Versuche, mich herauszulocken. Wenn ich mich recht erinnere, versuchte sie mich heute Morgen dazu zu überreden, zur Uni zu fahren, aber ich bin mir ziemlich sicher, dass ich ihr gesagt habe, meine Professoren könnten mir gestohlen bleiben.

»Mir war einfach nicht danach. Keine große Sache.«

Rowan tritt auf mich zu, als wolle sie mich umarmen, hält inne und beendet ihre Attacke dann, indem sie mir die Arme um den Hals wirft. Da meine Handgelenke außer Gefecht gesetzt sind, mache ich keine Anstalten, sie wegzuschieben.

»Es geht mir gut«, beharre ich. Letis Hand landet auf meiner Schulter. Er sieht mich so mitleidig an, dass ich prompt die Augen verdrehe.

»Wisst ihr, wem es *nicht* gut geht?«, schaltet sich Joel ein. »Dem Typen auf dem Boden mit der ausgerenkten Schulter. Will mir vielleicht irgendjemand hochhelfen und mich ins Krankenhaus fahren?«

»Warum sollten wir das tun, wenn es hier Pancakes gibt, die darauf warten, gegessen zu werden?«, frage ich, und Rowan kichert, bevor sie mich loslässt und Leti hilft, Joel vom Boden hochzuraffen.

Im Warteraum des Krankenhauses sitze ich zwischen Joel und Rowan, Leti auf Rowans anderer Seite. Ich habe die Beine übereinandergeschlagen und einen Teller mit sirupgetränkten Pancakes auf dem Schoß, der sich rasch in einen Teller mit einer Siruppfütze verwandelt. Ich habe Rowan angeboten zu teilen, aber sie lehnte ab, weil ihr der Geruch von Desinfektionsmittel den Appetit verdorben hatte. Vermutlich hätte der Geruch auch mir auf den Magen geschlagen, wenn er nicht stattdessen damit beschäftigt gewesen wäre, sich anzufühlen, als ob er sich jeden Moment selbst auffressen würde.

»Was ist denn mit deiner Hand passiert?«, frage ich Joel. Meine Neugier ist zu groß, um sie im Zaum halten zu können.

Er wirft einen Blick auf Rowan, die daraufhin den Boden anstiert. Sie weiß es also bereits. Aber was immer passiert ist, sie hat es mir verheimlicht.

»Codys Gesicht«, antwortet Joel mit einem Unterton, der geladen ist von latenter Aggression, die fast greifbar ist.

»Hast du etwa dafür gesorgt, dass es ihm leidtut?«, frage ich, und Leti antwortet, bevor Joel die Gelegenheit dazu hat.

»Er hätte ihn fast umgebracht.« Als ich mich vorbeuge und ihn fragend ansehe, fährt er fort: »Ich kam aus dem *Mayhem*, um Mark den Bus zu zeigen ... Shawn und Mike mussten Cody aus dem Bus tragen. Er sah aus, als hätte Rocky Balboa beschlossen, sein Gesicht als Sandsack zu benutzen.«

»Er wollte nicht aufhören zu reden«, erklärt Joel ungerührt.

Ich stelle den Teller auf den Boden und beginne sanft, den Verband von seiner Hand zu wickeln. Joel sieht mir stumm dabei zu und lässt es geschehen. Ich lege die Stirn in Falten, als ich die tiefroten Schürfverletzungen und Platzwunden erblicke. »Das hättest du nicht tun müssen ...«

»Doch, das musste ich«, sagt er schlicht.

Ich lasse seine Hände los, die ich zärtlich gehalten habe, und ziehe mich wieder zurück. Ich bin mir nicht sicher, wie ich mich bei dem fühlen soll, was ich soeben erfahren habe. Ich starre vor mich hin und versuche, aus dieser ganzen Geschichte schlau zu werden. Was könnte Joel dadurch gewinnen, dass er sich eingemischt hat?

Eine Krankenschwester taucht auf, um Joel abzuholen. Sie hat den Blick auf ein Klemmbrett geheftet, doch als sie ihn hebt, schwindet ihr freundliches Lächeln. Mit seinem Iro, den zerschlissenen Jeans und aufgeschürften Knöcheln bietet er einen schlimmen Anblick. Trotzdem sieht er verdammt heiß aus – eine Tatsache, die ich zu ignorieren versuche.

Sie räuspert sich. »Joel Gibbon?«

Joel nickt zu mir hinüber. »Nehmen Sie sie zuerst dran.«

Ich zucke zusammen. Die Schwester mustert mich prüfend, bis ihr Blick auf meine Handgelenke fällt. Mein Gesicht glüht vor Verlegenheit.

»Es geht mir gut«, knurre ich leise.

»Ja, natürlich«, sagt er ärgerlich. Er steht auf und sieht mich ungeduldig an. »Wir warten, Deandra.«

Ich kneife die Augen zusammen und stehe ebenfalls auf. Gefolgt von Rowan, Leti und Joel, der das Schlusslicht bildet, betrete ich eine durch einen Vorhang abgetrennte Nische in der Notaufnahme. Mir wird ein Schmerzmittel für meine verletzten Handgelenke verschrieben und ein Stapel Broschüren zum Thema häusliche Gewalt in die Hand gedrückt. Joel bekommt einen Vortrag darüber zu hören, wie unvernünftig es ist, mit der Schulter Türen einzurennen und mit den Fäusten Gesichter einzuschlagen. Er wird zum Röntgen gebracht, wo sich herausstellt, dass seine Schulter stark geprellt, aber nicht schlimmer verletzt ist. Dann bekommt er ebenfalls ein Schmerzmittel verschrieben, das wir auf dem Heimweg abholen.

Ich ignoriere ihn, während wir die Stufen zu dem Wohnhaus hinaufsteigen und durch die Flure bis zu meiner Wohnungstür gehen. Sobald wir drinnen sind, halte ich schnurstracks auf mein Zimmer zu, aber er folgt mir dicht auf den Fersen.

»Geh weg, Joel!«, befehle ich ihm und sehe ihn zornig an.

»Erst wenn du mit mir geredet hast.«

Rowan räuspert sich und zieht sich in Richtung Wohnungstür zurück. »Ich gehe ein paar Sachen einkaufen.« Sie packt Leti am Ärmel und schleift ihn hinter sich her, und ich sehe den beiden mit finsterer Miene nach, selbst nachdem die Tür schon hinter ihnen ins Schloss gefallen ist.

Die Arme vor der Brust verschränkt, werfe ich Joel einen ungeduldigen Blick zu und warte darauf, dass er sagt, was zum Teufel er zu sagen hat. Aber er erwidert einfach nur wortlos meinen Blick, zwingt mich zu einem stillen Patt, bei dem ich keine Chance habe, als Sieger hervorzugehen.

»Was willst du von mir?«, fauche ich.

Seine ausdruckslose Miene verrät absolut nichts. »Wie kommst du darauf, dass ich irgendetwas von dir will?«

Weil es das ist, was Männer tun. Sie tun so, als ob sie sich einen Dreck für dich interessieren, aber nur, weil sie etwas wollen. Und dann, wenn sie es nicht kriegen, versuchen sie es sich trotzdem zu nehmen.

Meine Fingerspitzen streichen geistesabwesend über meine Handgelenke, als Joel meine Hände sanft zu sich hinüberzieht. Seine Daumen streicheln über die empfindlichen Stellen, unter denen mein Puls pocht. Er betrachtet die misshandelte Haut, und aus seiner Miene spricht ein solch aufrichtiges Mitgefühl, dass es mir fast den Atem raubt. »Er hätte dir das nicht antun dürfen.«

Ich ziehe meine Hände zurück und versuche, meine Emotionen wieder in den Griff zu bekommen. Ich bin ärgerlich auf Joel, weil er sie hervorgelockt hat. Den gestrigen Tag habe ich damit verbracht, mit den Tränen zu kämpfen und sie hinunterzuschlucken, und wenn er mich jetzt dazu bringt, zusammenzubrechen, dann wird diese ganze Mühe umsonst gewesen sein. »Ich hätte ihn nicht anbaggern dürfen.«

Es ist die Wahrheit, aber Joel verzieht das Gesicht so voller Verachtung, dass ich den Blick von ihm abwende. »Entschuldigst du gerade allen Ernstes sein Verhalten?«

Ich zucke die Schultern. Ich habe keinen blassen Schimmer, was zum Teufel ich hier tue, aber zu leugnen und zu lügen erscheint mir leichter, als die Wahrheit zu sagen und zu weinen.

»Dee«, beschwört mich Joel, und seine schlanken Finger umfassen sanft meine Schultern, »du weißt, dass nichts von dem, was passiert ist, deine Schuld war, oder? Cody ist ein Stück Scheiße. Wir haben ihn aus der Band geschmissen. Es waren alle dafür. Es stand nicht einmal zur Debatte.«

»Ihr habt ihn aus der Band geworfen?«, wiederhole ich. Ein ängstliches Gefühl steigt in mir hoch.

Joel nickt und streicht meine dichten schokoladenbraunen Haare zurück.

»Das hättet ihr nicht tun sollen.« Ich hasse es, dass die Band jetzt darunter leiden muss, nur weil ich so dumm war, Spielchen spielen zu müssen, die ich nicht gewinnen konnte.

»Warum denn? Du musst ihn nie wiedersehen …«

Gott, er kapiert es einfach nicht! »Vielleicht *will* ich ihn ja wiedersehen!«, brülle ich. Er soll bemerken, wie empört ich bin, aber ich will nicht erklären müssen, weswegen. Wenn ich ihm mein Herz ausschütten würde, dann müsste ich zugeben, wie blöd ich bin, wie verrückt ich nach ihm bin, was ich alles bereue. Aber stattdessen ergänze ich nur die Liste der Dinge, die ich bereue, indem ich Worte brülle, die ich nicht meine.

Joel lässt die Arme sinken, als hätte ich ihn eben ins Gesicht geschlagen. »Ist das etwa dein Ernst?«

»Wer weiß!«, blaffe ich und reiße die Arme hoch. »Vielleicht hätte ich mit ihm rumgevögelt, während du das nächste Mal damit beschäftigt bist, eines dieser Mädchen aus dem Supermarkt zu vögeln!« Er sieht mich entgeistert an, und ich zeige wütend mit einem Finger auf ihn. »Weißt du was, ich bin dir keine Erklärung schuldig. Ich habe dir noch nie etwas bedeutet, warum zum Teufel tust du jetzt so, als ob es anders wäre?«

»Niemand tut so, als ob!«, brüllt er so laut zurück, dass ich zusammenzucke. »Verdammt, Dee, du bedeutest mir etwas, sonst wäre ich gar nicht hier! Die Einzige, die im Moment so tut, als ob, bist du.«

Mein humorloses Lachen durchschneidet den Raum zwischen uns. »Na schön, Joel. Da du mich offenbar auf einmal zu kennen glaubst: Wobei genau tue ich so, als ob?«

»Du tust so, als ob es dir gut ginge.«

Die Wahrheit seiner Worte durchbohrt mein Herz. Instinktiv nehme ich meine Abwehrhaltung ein. »Es geht mir *immer* gut. Du musst nicht mein verdammter Ritter auf dem weißen Pferd sein.«

»Gut, denn ich bin nicht dein verdammter Märchenprinz. Ich bin nur ein Mann, dem du verdammt noch mal etwas bedeutest, und daran wird sich nichts ändern, egal, ob du es willst oder nicht.« Mit einer wegwerfenden Handbewegung wendet er sich von mir ab, dann reißt er die Wohnungstür auf und knallt sie hinter sich zu.

Ich stehe wie angewurzelt in meinem Wohnzimmer und versuche den Sinn seiner Worte durch diesen frustrierenden Nebel in meinem Kopf zu verstehen. Ich bedeute ihm etwas? Verdammt, seit wann *das* denn?

Wütend sprinte ich zur Tür und reiße sie auf, trete in den Flur hinaus und schreie ihm hinterher: »Wohin zum Teufel gehst du?«

»Was geht's dich an?«, brüllt er zurück, ohne seine Schritte zu verlangsamen.

»Joel!«

Er bleibt stehen, seine Schultern spannen sich an. Dann

dreht er sich um und ruft mir zu: »Werkzeug holen, um deine verdammte Tür zu reparieren! Oder hast du ein Problem damit?«

Als er sich wieder abwendet, laufe ich ihm nach. Eine Million Fragen rangeln auf meiner Zunge um die ersten Plätze, aber die, die ich ihm ins Gesicht schleudere, lautet: »Warum? Warum bedeute ich dir auf einmal etwas, Joel? Ich habe dir noch nie etwas bedeutet!«

Binnen einer Sekunde wirbelt er herum und drückt mich mit seinem Körper gegen die Wand. Seine Augen lodern wie eine Butanflamme, und ich recke das Kinn weit nach oben, um seinen hitzigen Blick zu erwidern. Er nimmt seine Hände von meinen Schultern, um sie an meine Wangen zu legen, und dann sagt er in einem solch ernsten Tonfall, dass ich eine Gänsehaut kriege: »Weil ich gesehen habe, was er dir angetan hat, und ich ihn verdammt noch mal fast *umgebracht* hätte, Dee.«

Das Feuer in seinen Augen zieht mir den Sauerstoff aus der Lunge. Joel schaut mich forschend an. Ich will ihn küssen. Ich will mich auf die Zehen stellen und ihn dafür küssen, weil er all das getan hat, weswegen ich ihn eben angeschrien habe, aber bevor ich es tun kann, liegen seine Lippen schon auf meinen.

Meine Finger krallen sich in den dünnen Stoff über Joels harten Schultern, die sich unter meiner Berührung anspannen, als er mir seinen unverletzten Arm um den Rücken legt und mich hochhebt. Nur mit diesem einen Arm trägt er mich zurück zu meiner Wohnung, während ich mich an ihm festklammere. Wir purzeln auf die Couch, unser Verlangen nacheinander ist verzweifelt und verzehrend, ein Rausch von Küssen und Berührungen, der mich zu überwältigen droht, bis ich schließlich von seinem Schoß rutsche und aufstehe.

Atemlos hebe ich eine Hand, als er sich ebenfalls erhebt und mich wieder in die Arme ziehen will. Ich will ihm sagen, dass ich nicht bereit dafür bin. Nicht bereit dafür bin, ihm oder irgendeinem anderen zu geben, was Cody von mir wollte. Und ich bin erst recht nicht bereit, es Joel zu geben, wenn sich offensichtlich irgendetwas zwischen uns verschoben hat, das sich – was immer es auch ist – beängstigend anfühlt.

Er sinkt auf die Couch zurück, wartet auf meine Erklärung. Als ich ihm keine gebe, streckt er nur eine Hand nach mir aus und umschließt meine Finger mit seinen. Dann zieht er sanft an meiner Hand, bis ich schließlich nachgebe und seitlich auf seinen Schoß krieche. Ich lege die Wange an seine Brust, und er hält mich fest an sein Herz gedrückt.

»Du hast mir schon *immer* etwas bedeutet, Dee.«

»Hör auf, das zu sagen«, flehe ich, aber mein Herz beginnt, verräterisch zu galoppieren.

»Warum?«

Weil du es nicht ernst meinst. Weil ich jemanden brauche, der es ernst meint. Weil ich die Tatsache hasse, dass ich das brauche. »Hör einfach auf.«

»Nein.«

»Bitte.«

»Nein.«

Entnervt löse ich mich von ihm und krabbele ans andere Ende der Couch. »Es kann nicht sein, dass dir jemand etwas bedeutet, den du gar nicht kennst, Joel.«

Er funkelt mich wütend an. »Ich möchte wetten, du kennst meine Lieblingsfarbe, mein Lieblingsessen und meine Lieblingsband.«

Grün, Mozzarellasticks und die Dropkick Murphys. »Und?«, gebe ich aufgebracht zurück. »Das würde nur beweisen, dass *ich dich* kenne, nicht umgekehrt.«

»Lila, Eiscreme und Paramore«, sagt er, und meine Wut ebbt mit jeder richtigen Antwort mehr und mehr ab.

Ich verschränke die Arme vor der Brust und recke trotzig das Kinn. »Und wenn schon. Du tust so, als ob irgendetwas von diesem Scheiß eine Bedeutung hätte.«

Joel verlagert seine Haltung auf der Couch, sieht mich ernst und aufrichtig an. »Es bedeutet, dass wir genügend Zeit miteinander verbracht haben, um diese Dinge voneinander zu wissen, Dee. Wie kannst du nur dasitzen und allen Ernstes so tun, als würden wir uns nicht kennen? Wir haben den Valentinstag zusammen verbracht, Herrgott noch mal!«

»Das Einzige, was wir je hatten, war Sex!«, protestiere ich.

»Und danach?«

Ich werfe die Arme hoch, denn er ist offensichtlich übergeschnappt. »Hatten wir mehr Sex!«

Joel lässt sich nicht beirren. *»Zwischen dem ganzen Sex, Deandra!«*, knurrt er.

Ich funkele ihn wütend an, doch dann runzele ich die Stirn, als ich darüber nachdenke. »Wir haben uns Pizza bestellt.«

»Und?«

»Und Filme auf Lifetime angesehen.« An dem Abend, *zwischen* dem ganzen Sex, saßen wir Schulter an Schulter auf der Couch, mit einer Schachtel Pizza halb auf Joels Schoß und halb auf meinem, und kommentierten die Filmfiguren. Wir gaben ihnen fürchterliche Beziehungstipps, über die wir beide lachen mussten, bis Joel Seitenstechen bekam und ich Tränen in den Augen hatte.

Als meine Mundwinkel bei der Erinnerung langsam nach oben wandern, erwidert Joel mein Lächeln, und seine Augen leuchten auf, als würde er gerade ebenfalls daran denken. »Was glaubst du, mit wie vielen Mädchen ich so abgehangen und mir Filme reingezogen habe?«

Als ich keine Antwort gebe, zieht er meine Beine in seinen Schoß. »Hör zu«, sagt er. »Es ist schließlich nicht so, als ob du mich je als festen Freund haben wolltest. Also hör auf, so zu tun, als wärst du sauer, weil ich keine Freundin haben wollte.« Ich mache den Mund auf, um ihm zu widersprechen, aber er lässt mich nicht zu Wort kommen. »Du wolltest nur, dass ich dir nachlaufe, so wie jeder andere Typ auch. Und dann hättest du mich fallen lassen, genau wie all die anderen.« Ich würde etwas dagegenhalten, wenn ich könnte, aber das kann ich nicht, daher schweige ich einfach. Als ich meine Beine wegziehen will, verstärkt er den Griff um sie. »Das werde ich nicht tun. Das werde ich *niemals* tun.«

»Na toll.«

Er ignoriert meinen Sarkasmus. »Aber du wirst mir immer etwas bedeuten«, fährt er fort. »Denn du bist mehr als diese biestige Person, die du vorgibst zu sein. Du bist auch das Mädchen, das sich mit mir am Valentinstag grottenschlechte Filme angesehen und mich mit Crackern zwangsernährt hat, als ich an Silvester stockbesoffen war.«

Mir hat es die Sprache verschlagen, und Hitze steigt mir in die Wangen. Er spricht so ernst, so aufrichtig wie niemals zuvor.

»Behaupte von mir aus, so lange du willst, dass ich das nur vorspiele«, fährt er fort, »aber es stimmt nicht, und keiner von uns beiden kann irgendetwas daran ändern.«

»Soll das heißen, du bittest mich, deine Freundin zu sein?«, frage ich, um einen beiläufigen Ton bemüht, während eine Million nervöser Schmetterlinge in meinem Bauch herumflattern. Ich weiß nicht, welche Antwort ich mir von ihm wünsche: Wenn sie Nein lautet, wird es mich verletzen. Wenn sie Ja lautet, wird es ihn verletzen.

»Damit du mich abblitzen lassen kannst?«, fragt er mit einem schiefen Grinsen. »Nein, das tue ich nicht.«

9

»Und, wie lief's mit Joel?«, fragt Rowan von der Couch aus, sobald wir allein sind.

Wir haben den Abend damit verbracht, drei Rockmusikern, die keine Ahnung hatten, was sie taten, bei dem Versuch zuzusehen, meine Tür zu reparieren. Adam und Shawn bemerkten die blauen Flecken an meinen Handgelenken, sagten aber nichts, und ich ertränkte mein Unbehagen in Unmengen von Frozen Margaritas mit extra viel Tequila. Vermutlich hätte ich besser für die große Prüfung morgen lernen sollen, aber um nichts in der Welt wollte ich mir das Spektakel in meiner Wohnung entgehen lassen. Bis die Jungs gingen, hatten sie es lediglich geschafft, die alte Tür aus den Angeln zu heben. Sie schlugen mir vor, stattdessen einen dieser Perlenvorhänge zu kaufen, um ein bisschen Privatsphäre zu haben.

Ich stehe auf der Schwelle zu meinem Zimmer, zucke die Schultern und betrachte kopfschüttelnd den leeren Türrahmen. »Er glaubt, dass ich ihm etwas bedeute.« Seit unserem Gespräch habe ich keinen Zweifel mehr, dass Joel das wirklich *glaubt*. Bleibt nur die Frage, wie lange das anhalten wird.

»Das glaube ich auch«, sagt Rowan und erklärt, als sie meinen verblüfften Blick sieht: »Er hat sich die Hand blutig geschlagen und deine Tür zertrümmert.«

Ich lasse mich neben ihr aufs Sofa fallen. »Ja, weil er ein Idiot ist.«

Sie kichert. »Ja, das ist er, aber ein Idiot, der dich mag.«

»Ich Glückspilz.«

Sie sieht mich nachdenklich an. »Ist es denn nicht das, was du wolltest?«

Ich reibe mir die Augen. »Ja«, gestehe ich, »aber nicht, wenn er sich nur dazu verpflichtet fühlt.«

»Was meinst du damit?«

Mit einem Seufzer lasse ich die Hand in den Schoß sinken. »*Davor* hätte er das nicht getan.« Ich muss nicht näher erklären, was ich damit meine, denn mein ganzes Leben wird ab jetzt in das Davor und das Danach dieses einen Vorfalls eingeteilt werden.

»Vielleicht war das einfach sein Weckruf …«

»Ja, vielleicht«, sage ich, zu erschöpft, um ihre Seifenblase platzen zu lassen. Rowan will, dass ich glücklich bin, und das will ich auch, aber die Art von Glück, die ich mit irgendwelchen Männern erlebe, ist flüchtig, und die Art von Glück, die ich mit Joel erleben würde, würde mich verschlingen.

Nachdem ich mir das Gesicht gewaschen und Rowan eine gute Nacht gewünscht habe, rolle ich mich unter der warmen Decke zusammen, wobei ich aufpasse, dass ich meine Handgelenke aufs Kissen und nicht darunter lege. Meine Augen fallen zu und blenden die Gegenwart aus, und ein Traum zieht mich in die Vergangenheit.

»Dee, komm runter«, sagt meine Mutter, genau wie damals, als ich sie zum allerletzten Mal sah.

Ich war elf Jahre alt und starrte vom oberen Ende der Treppe hinunter auf ihre gepackten Taschen neben der Haustür. »Wohin gehst du?«, fragte ich.

»Komm zu mir runter, damit ich dir einen Kuss geben kann.«

Widerstrebend stieg ich die Treppe hinab und stellte

mich vor ihre ausgebreiteten Arme, ohne ihre Umarmung zu erwidern. Sie küsste mich auf den Kopf. »Sei schön artig zu deinem Dad, okay?«

Ich starrte zu ihr hoch, als sie mich losließ und mir ein zuckersüßes Lächeln schenkte, das ich nicht zu erwidern versuchte. Ich wusste, dass sie uns verließ. Was ich nicht wusste, war, dass ich sie nie wiedersehen würde. Sie warf einen letzten Blick auf meinen Vater, der auf der Couch saß, den Kopf in die Hände gestützt, bevor sie sich abwandte, auf die Veranda vor dem Haus trat und die Tür hinter sich zuzog.

Als die Tür mit einem Klicken ins Schloss fällt, wache ich auf. Mein Gesicht ist tränenüberströmt. Ich wische die Tränen wütend fort und schleudere mein nasses Kissen in den schmalen goldenen Strahl, den die Morgensonne auf meinen Fußboden malt. Ich verfluche mein Unterbewusstsein dafür, dass es mich von *ihr* hat träumen lassen. Ich habe nicht mehr um sie geweint, seit ich damals in Rowans Armen die letzte Träne vergossen habe. Mein Dad weinte auch – wenn er dachte, dass ich ihn nicht hörte, und das werde ich ihr nie verzeihen.

Sekunden später habe ich das Handy an meinem Ohr und ihn in der Leitung.

»Hey, Schatz.«

Ich breche fast zusammen, als ich seine sanfte Stimme höre.

»Dee?«

»Hey, Dad. Wie geht's dir?«

»Alles in Ordnung?«, fragt er. Seine Besorgnis um mich gibt mir Kraft.

»Ja, ich bin nur eben aufgewacht. Ich habe von dir geträumt.«

»Oh. Was denn?«

»Ich habe geträumt, ich wäre zu Hause und müsste noch immer deine Schweinekoteletts mit grünen Bohnen essen«, lüge ich.

Mein Dad bricht in schallendes Gelächter aus, das meine Tränen trocknet und mich lächeln lässt. Auch wenn er es war, der mich großgezogen hat: Kochen gehörte nicht gerade zu seinen Stärken. Er brachte es nicht fertig, Schweinekoteletts zu braten, ohne dass sie anbrannten. »Mach nur so weiter, dann werden wir das an allen Feiertagen essen, an denen du nach Hause kommst«, zieht er mich auf.

Ich wische mir mit dem Handballen die letzten Tränen fort. »Ich vermisse dich, Dad.«

»Ich dich auch. Also, wirst du mir jetzt sagen, was los ist, oder muss ich erst Rowan anrufen?«

Gott, so vieles ist los. Ich wüsste gar nicht, wo ich anfangen sollte. Aber ich kann meinem Dad nichts von alledem erzählen, sonst würde er verlangen, dass ich auf ein anderes, näheres College wechsele. Es war ohnehin schon schwer genug, ihn allein zurückzulassen. Außerdem würde er darauf bestehen, dass ich Cody anzeige. Aber Rowan und ich haben diese Diskussion bereits geführt, und ich werde meine Meinung nicht ändern. Ich will das, was mit Cody passiert ist, hinter mir lassen und vergessen, auch wenn ich weiß, dass es unvernünftig von mir ist, ihn nicht zur Rechenschaft zu ziehen. Aber so ist es nun einmal. Außerdem nehme ich an, dass Cody Joel nur deshalb nicht angezeigt hat, weil ich dieses Druckmittel gegen ihn in der Hand habe.

»Ich glaube, ich will meinen Job kündigen«, antworte ich meinem Dad. Das ist zumindest ein Teil der Wahrheit, und es ist das, was ich ihm sagen kann. Ich habe gestern Abend eine Schicht geschwänzt, wofür ich vielleicht, vielleicht auch nicht, gefeuert werde, und ich habe nicht das Bedürfnis, mich diese Woche mit nervtötenden Gästen herumzuschlagen oder möglicherweise Aiden über den Weg zu laufen – nach dem, was vor ein paar Abenden mit ihm gelaufen ist. Jetzt wird mir bei der Erinnerung daran nur noch schlecht.

»Ist irgendetwas vorgefallen?«

»Nein. Ich hasse einfach andere Leute.«

Mein Dad lacht wieder, womit er mir noch ein Lächeln entlockt. »Du weißt, dass du dir diesen Job gar nicht erst hättest suchen müssen. Ich will, dass du dich ausschließlich auf dein Studium konzentrierst. Wie läuft es denn?«

Ich richte mich auf und setze mich im Schneidersitz hin, stütze die Ellenbogen auf die Knie und zupfe an meinen zerzausten Haaren. »Die Zwischennoten werden bald bekannt gegeben … und meine werden nicht allzu gut sein. *Aber*«, schiebe ich nach, bevor er mich unterbrechen kann, »ich werde mich bessern, ich schwöre es.«

Nach einer kurzen Pause fragt er: »Und was heißt das, *nicht allzu gut*?«

Eine weitere Pause folgt, dann gestehe ich: »Vermutlich wäre es besser, wenn ich dir das nicht sage.«

Mein Dad seufzt. »Aber du wirst dafür sorgen, dass sie besser werden?«

»Ich fange heute damit an.«

»Versprichst du es mir?«

»Hoch und heilig.«

»Und du wirst bald einmal übers Wochenende nach Hause kommen, um deinen guten alten Dad zu besuchen?«

Ich kichere ins Telefon. »Natürlich. Ostern steht ja vor der Tür. Ich werde sogar die ganze Zeit kochen, wenn ich zu Hause bin.«

»Ich glaube, ich würde dich lieber irgendwohin einladen,

um die ganzen guten Noten zu feiern, die du bekommen wirst.«

Oh, Daddys Art, mir Schuldgefühle zu machen, und er ist ziemlich gut darin. »Abgemacht.«

Sobald ich aufgelegt habe, entwerfe ich einen Schlachtplan, wie ich mein Versprechen halten kann. Schritt eins: meinen Geschichtskurs schwänzen, weil ich nicht für die große Zwischenprüfung gelernt habe, die heute ansteht. Schritt zwei: mit einer vorgetäuschten Erkältung zum Arzt gehen, um eine Entschuldigung dafür zu haben, dass ich die große Zwischenprüfung versäume, die heute ansteht.

Ich besuche meine beiden ersten Vorlesungen, schwänze aber den letzten Kurs. Ich sitze im Wartezimmer des studentischen Gesundheitszentrums, als mein Handy piepst und eine SMS von Joel eintrifft.

Komm nach deinen Kursen vorbei.

Warum?

Brauche ich einen Grund?

Ehrlich gesagt, brauchst du jetzt 10 Gründe, sonst komme ich nicht vorbei.

Ich grinse breit, als eine Nachricht nach der anderen eintrudelt.

1. Ich vermisse deinen heißen Körper.

2. Ich vermisse dein schönes Gesicht.

3. Ich will sehen, was du anhast.

4. Mir ist langweilig, und ich habe Hunger, deshalb sollten wir essen gehen.

5. Adam ist mit Schreiben beschäftigt und will sich von mir nicht helfen lassen.

6. Shawn will mir sein Auto nicht leihen, weil er blöd ist.

7. Habe ich schon erwähnt, dass du heiß bist?

8. Du lächelst genau in diesem Moment.

9. Du bedeutest mir etwas. :)

Als ein Schatten über mich fällt, hebe ich den Kopf und blicke in das mürrische Gesicht einer wütenden Mrs. Doubtfire. »Haben Sie das Schild nicht gesehen?«

Natürlich habe ich das Schild gesehen. Dieses dämliche Schild, das einen darauf hinweist, im Gebäude das Handy auszuschalten. Das, auf das niemand achtet. »Was für ein Schild?«

»Sie müssen Ihr Handy ausschalten«, verlangt sie.

Ich stelle es auf lautlos und stopfe es in meine Handtasche, während ich die Frau mit einem zuckersüßen Lächeln töte. Ein paar Minuten später wird mein Name aufgerufen, und ich werde in ein Behandlungszimmer geführt, wo ein frischgebackener Assistenzarzt mir meine rührselige Geschichte abkauft. Er schreibt mir eine Entschuldigung und stellt mir ein Rezept aus – das ich auf dem Weg nach draußen in den Abfalleimer werfe –, bevor ich zum Auto laufe und dabei mein Handy wieder aus der Handtasche krame.

10. Ich habe eine Überraschung für dich.

Oh, dieser Junge spielt gern dreckige Spiele.

Was für eine Überraschung?, schreibe ich zurück.

Eine Überraschung, die du dir hier abholen musst.

Als ich merke, dass ich gleichzeitig wütend bin und lächele, knurre ich mein Handy an und stecke es wieder ein. Zwanzig Minuten später steht mein Wagen vor Adams Wohnhaus, und meine Absätze klappern den Flur im vierten Stock hinunter.

Ich klopfe an die Tür zu Wohnung 4E und höre Rowan im gleichen Moment brüllen: »*Nein!* Du bleibst in der Küche!« Ein paar Sekunden später reißt sie mit einem genervten Gesichtsausdruck die Tür auf. Ich hebe eine Hand und wische ihr etwas Mehl von der Nase, bevor ich ihr ins Wohnzimmer folge.

Adam sitzt am Küchentresen und wippt mit einem Fuß, während er eine Handvoll Schokoladentropfen aus einer Glasschale nimmt und den Kopf in den Nacken legt, um sie zu essen. Rowan stürzt auf ihn zu und packt sein Handgelenk, bevor er sie sich in den Mund stecken kann, zerrt seine Hand über die Glasschale und schlägt auf sie ein, bis er die Schokolade wieder fallen lässt.

Shawn, der an der Wand lehnt, lacht, greift in die Tüte mit den Schokoladentropfen in seiner Hand und stopft sich eine ganze Ladung davon in den Mund.

»Und wieso darf er welche essen?«, beklagt sich Adam und nickt zu Shawn hinüber.

»Weil *er* zum Supermarkt gefahren ist und Nachschub

besorgt hat«, antwortet Rowan. Sie setzt sich an die andere Seite des Tresens neben Joel, der mich anlächelt, als hätte er ein Geheimnis, das er kaum noch für sich behalten kann.

»Gib mir was ab!«, fordert Adam Shawn auf, doch der steckt sich noch eine weitere Schokoladung rein, sodass ernsthaft Erstickungsgefahr besteht, und wirft Adam mit vollem Mund ein gehässiges Grinsen zu.

»Hol's dir doch!«, nuschelt er undeutlich.

»Shawn«, bellt Rowan. »Gib Adam etwas von dieser verdammten Schokolade ab, sonst verprügele ich dich mit dem Holzlöffel.« Sie fuchtelt ihm mit der Waffe ihrer Wahl vor der Nase herum. »Und du weißt, dass ich es tun werde!«

Shawn und Adam lachen beide, und Shawn legt ein einziges Schokoladenstückchen vor Adam auf den Tresen. Adam funkelt erst die Schokolade und dann Shawn wütend an, bevor er sie sich in den Mund steckt.

»Cookies?«, frage ich, während ich mich auf den Hocker neben Adam setze.

»Joel hat nicht aufgehört zu winseln, wie langweilig ihm ist und wie sehr er sich diese Cookies wünscht«, erklärt Rowan. »Und deshalb wird er jetzt lernen, wie man sie macht.«

»Ich hab's mir anders überlegt«, sagt Joel und taucht einen Finger in den Teig.

»Du wirst es lernen!«, keift Rowan, und ich beiße mir auf die Lippen, um mir das Lachen zu verkneifen. Ich weiß, dass es ihr manchmal auf die Nerven geht, mit drei Männern zusammenzuleben, aber heute müssen sie es geschafft haben, sie richtig auf die Palme zu bringen.

»Euch ist aber schon klar, dass ihr Rockstars seid, oder?«, sage ich und schaue abwechselnd zwischen den dreien hin und her. Manchmal ist es nicht leicht, die Musiker, die ein

Publikum in eine kreischende Menge verwandeln, mit den Typen in Einklang zu bringen, die hier abhängen und so stinknormale Dinge tun, wie Cookies mit Schokostückchen zu backen.

Sie starren mich an, als wäre es ihnen eben erst wieder eingefallen, und Joel lächelt breit. »Sie hat recht. Ich bin zu cool für diesen Scheiß.«

Rowan schlägt ihm mit dem Holzlöffel auf den Arm, und Joel schreit auf und fängt wieder an, brav den Teig zu rühren.

Ich muss mich immer noch beherrschen, nicht laut loszuprusten, und frage scheinheilig: »Ist das etwa meine Überraschung?«

Joels blaue Augen richten sich auf mich, und sein Gesicht leuchtet vor Aufregung. »Bitte, Peach!«, fleht er. »Lass mich ihr die Überraschung geben!«

Rowan seufzt und entlässt ihn mit einer Handbewegung, bevor sie eine Rolle Backpapier hervorholt. »Wie du willst. Geh schon. Aber du bekommst keinen einzigen Cookie.«

Joel verzieht schmollend das Gesicht. »Im Ernst?«

»Na schön«, knurrt Rowan. »Ein paar bekommst du. Aber hau jetzt ab, bevor ich meinen Kopf noch in den Ofen stecke.«

Adam und Shawn grinsen, und Joel beugt sich rasch hinunter, um meiner besten Freundin einen Kuss auf die Wange zu drücken. »Ich liebe dich, Peach!«

Er rauscht an mir vorbei ins Wohnzimmer. Ich rutsche von meinem Hocker und gehe zu Rowan auf die andere Seite des Tresens. Sie legt das Blech mit Backpapier aus, und ich beginne, den Teig zu Kugeln zu formen. Wir haben in einen wortlosen Rhythmus gefunden, als Joel endlich damit fertig ist, irgendetwas aus einem Rucksack neben der Couch hervorzukramen. Er stellt sich neben Adam und lächelt mich mit einer Hand hinter dem Rücken an.

»Bist du so weit?«

»Das sollte besser die beste Überraschung aller Zeiten sein«, warne ich ihn. Er hat diese Sache wirklich zu epischen Ausmaßen aufgebauscht.

»Weißt du noch, dass du mir erzählt hast, du würdest gern zum *Manifest* gehen?«

»Du hast doch nicht etwa ...«, hauche ich. Meine Hände verharren im Teig, und ich schaue ihn mit offenem Mund an. *Manifest* ist ein riesiges Musikfestival, das jedes Jahr stattfindet, aber wo und wann genau bleibt im Vorfeld ebenso geheim wie die Künstler, die dort auftreten. Das Festival wurde vor ein paar Wochen angekündigt, aber die Tickets waren binnen vierundzwanzig Stunden ausverkauft.

Mit einer theatralischen Geste zieht Joel die Hand hinter dem Rücken hervor, und ich starre auf die Tickets, die er darin hält.

»Oh mein Gott!«, kreische ich und ziehe ihn an der Hand fast über den ganzen Tresen. Sechs Tickets. Sechs verdammte Tickets für eine verdammte ausverkaufte Show! »Oh mein *Gott*!«

Wie angewurzelt stehe ich da, als Joel sagt: »Wie? Bekomme ich dafür nicht mal einen Kuss?«

Ich stürze um den Tresen herum und werfe mich in seine Arme. »Wie hast du die denn bekommen?«

Er drückt mich fest an sich und stellt mich wieder auf die Füße. Er strahlt, als wäre ich es gewesen, die ihm gerade eine Überraschung bereitet hätte, nicht umgekehrt. »Ziemlich viele Freunde von uns treten dort auf.«

Adam und Shawn fangen an, die Namen von Bands herunterzurasseln, während ich wieder auf die Tickets in Joels

Hand starre, überwältigt und zugleich mit einem irgendwie flauen Gefühl in der Magengegend.

»Ich befürchte, ich kann nicht mitkommen«, murmele ich.

»Was?!«, ruft Joel. »Nächste Woche sind Frühjahrsferien! Warum kannst du nicht mitkommen?«

Ich *weiß*, dass er das hier tut, um zu beweisen, dass ich ihm wichtig bin. Wenn ich annehme – was hat das dann zu bedeuten? »Ich muss ein Projekt fertigmachen.«

»Seit wann kümmerst du dich denn um Projekte?«, fragt Rowan misstrauisch.

»Seit ich meinem Dad versprochen habe, meine Noten zu verbessern.« Es gibt wirklich ein Projekt, und ich habe wirklich ein Versprechen gegeben.

Shawn löst sich von der Wand und reicht Adam die Tüte mit den Schokodrops. »Was für ein Projekt denn?«

»Für meinen Marketingkurs«, erkläre ich. »Ich muss ein hiesiges Unternehmen finden, mir ein paar Werbemaßnahmen dafür einfallen lassen und dann nachhalten, wie sich diese Werbemittel auf das Geschäft auswirken. Das Projekt zieht sich durch das ganze Semester, und wir sollten unseren Vorschlag letzte Woche einreichen. Aber das habe ich nicht getan.« Ich ignoriere Rowans Stirnrunzeln. Ich hatte ihr versprochen, mich letztes Wochenende dranzusetzen, aber dann … kam etwas dazwischen. »Es macht den Großteil meiner Note aus«, sage ich abschließend.

Stille macht sich breit. Nach einer Weile meldet sich Adam zu Wort, den Mund voller Schokolade. »Wie wär's mit einer Band?«

»Hä?«

»Wie wär's, wenn du das Projekt für eine Band statt für ein Unternehmen machst?« Die Schokolade versucht angestrengt, den Weg durch seine Kehle zu finden, und seine

Stimme klingt vorsichtig, als er ergänzt: »Wir müssen einen neuen Gitarristen finden …«

Stimmt. Weil ich die Sache mit dem letzten Gitarristen vermasselt habe.

Ich sträube mich gegen die Schuldgefühle, die ihre eisigen Finger um meinen Hals legen, und sage: »Warum holt ihr nicht einfach Cody zurück?«

Alle drei Jungs starren mich an, als hätte ich eben vorgeschlagen, Keksteig vom Boden zu lecken.

Das scheppernde Geräusch, mit dem die Ofentür zuknallt, lässt mich zusammenzucken. Rowan schnellt mit einem übertriebenen Lächeln zu mir herum. Sie wischt sich die Hände an ihrer Jeans ab. »Ich finde, ein Bandprojekt klingt nach einer tollen Idee«, sagt sie. »Du könntest dir Flyer und Online-Werbung und so ausdenken. Und man könnte ganz leicht herausfinden, wie gut das funktioniert, denn wenn sie einen Gitarristen finden, dann hat es das.« Ihre Mundwinkel wandern triumphierend nach oben, und ich sehe die Flyer bereits vor mir.

»Ich könnte bei dem Festival Werbung machen«, überlege ich laut. Dieses Projekt wäre leicht, und es ist das Mindeste, was ich für die Jungs tun kann, nach dem, was sie für mich getan haben.

»Das heißt, du kommst mit?«, fragt Joel. Er dreht mich an den Schultern zu sich herum und schenkt mir ein hoffnungsvolles Lächeln, dem ich unmöglich widerstehen kann.

Ich reiße ihm ein Ticket aus der Hand, schnappe mir Adams Schokoladenstückchen und lasse mich auf die Couch fallen, um einen längst überfälligen Projektvorschlag zu schreiben.

10

Die Woche vor dem Festival vergeht wie im Flug. Ich kündige meinen Job, besuche meine Collegeveranstaltungen, bringe die Jungs dazu, endlich meine Tür zu reparieren – und träume von Cody. Jede Nacht seit Samstag – abgesehen von der einen Nacht, in der ich von meiner Mom geträumt habe – wache ich in kalten Schweiß gebadet auf, während Codys Gesicht allmählich hinter meinen Augenlidern verblasst. Er sieht mich immer so an, als ob er mich bei lebendigem Leib auffressen will, sagt mir, wie heiß ich bin und wie sehr er mich begehrt. Jeden Morgen bin ich in Versuchung, in Yogahosen und Kapuzenpullis zu schlüpfen – weit geschnittene Kleidung, um meine Kurven zu verbergen und zu verhindern, dass irgendjemand auf falsche Gedanken kommt.

Und genau deshalb ziehe ich stattdessen immer meine kürzesten Röcke und Schuhe mit meinen höchsten Absätzen an und setze meine entschlossenste Miene auf. Ich habe nicht vor, mich wegen ihm fortan zu verstecken, auch wenn meine Kleidung etwas lockerer an meinem Körper sitzt, weil ich weder essen noch schlafen kann und mich kleiner fühle, als ich bin. Die verblassenden Blutergüsse an meinen Handgelenken sind eine ständige Erinnerung daran, dass er mehr als nur ein Albtraum war, und ich verstecke sie unter Armbändern und -reifen oder niedlichen fingerlosen Handschuhen. Bisher habe ich das Leben wie einen Laufsteg behandelt, über den ich mit einem Selbstbewusstsein stolziert bin, das ich eines Tages wieder zu verspüren hoffe.

Am Freitag stehe ich mit Rowan in dem einzigen privaten Zimmer des Tourbusses der Band und sehe an mir herunter auf die Klamotten, in die sie mich gesteckt hat. Das übergroße lilafarbene Tanktop – damit komme ich klar. Die abgeschnittenen Jeansshorts – die sind auch okay. Aber die schwarz-weißen Chuck Taylors an meinen Füßen? »Du willst mich wohl verarschen!«

Rowan kichert. Wir haben vor dem Gelände, auf dem das Musikfestival stattfinden wird, geparkt und bereiten uns auf unseren ersten Tag mit Konzerten und allgemeinem Chaos vor. Und ich habe den Eindruck, dass sie das hier viel zu sehr genießt. Normalerweise bin *ich* es, die *sie* einkleidet, nicht umgekehrt.

Sie hat aus mir ihre persönliche Szene-Barbiepuppe gemacht.

So muss sich die Hölle anfühlen.

»Muss ich mir die Haare etwa auch zu einem zerzausten Knoten hochstecken?«, schnaube ich verächtlich, während ich in den flachsten Schuhen der Welt mit den Zehen wackele. Sie könnten niedlich sein, wenn sie einen Keilabsatz oder so hätten, aber die Jungs haben mir nachdrücklich geraten, flache Schuhe zu tragen, weil mir andernfalls irgendwann die Füße abfallen würden – was zu einer langen und beunruhigenden Diskussion über Amputationen führte, von der ich in den nächsten Wochen vermutlich Albträume haben werde.

»Ehrlich gesagt, solltest du das vermutlich tun«, sagt Rowan und hält mir ein Haargummi hin. »Dort draußen ist es verdammt heiß.«

Ich zeige mit einem manikürten Fingernagel auf sie, als

würde ich versuchen, mir die Höllenhunde vom Leib zu halten. Auch wenn wir uns in einer für Mitte März unvorstellbar heißen Hitzewelle im Krokodilland Georgia befinden, habe ich nicht die Absicht, Rowans College-Gammellook-Frisur zu imitieren. »Ausgeschlossen. Wenn ich schon diese grauenhaften Schuhe tragen muss, dann werde ich wenigstens meine Haare offen lassen.«

Ein paar Stunden später kleben mir meine schokoladenbraunen Locken am Rücken, und ich schlurfe neben meiner besten Freundin und vier absolut heißen Rockstars an einer Reihe von Zelten entlang. Als die Jungs sagten, dass das Festival »unten im Süden« stattfinden und es »warm« werden würde, hatte ich keine Ahnung, dass es sich anfühlen würde, als würde ich am Äquator sonnenbaden. Musik weht vom Bereich der Bühnen herüber und dringt in meine verschwitzten Ohren, aber jetzt sind wir erstmal auf der Suche nach etwas zu essen. »Kann ich mir deinen Haargummi leihen?«, bettele ich Rowan an. »Nur für … vielleicht eine Stunde.«

Sie schüttelt den Kopf. »Ich habe dir extra gesagt, du sollst einen mitnehmen.«

Ich werfe beide Arme hoch. »Und wo hätte ich ihn hintun sollen? Ich trage schon ungefähr fünfzig Milliarden Armbänder!« Ich habe bei fast jedem Merchandise-Zelt einer Band, an dem wir vorbeigekommen sind, eines gekauft, denn sie bedecken meine verblassenden Blutergüsse, geben mir das Gefühl dazuzugehören, und sehen weitaus cooler aus, als ich je freiwillig zugeben würde.

Ohne Vorwarnung stellt sich Joel vor mich hin und wirft mich über seine gesunde Schulter. Seine andere ist noch immer nicht ganz verheilt, aber die Abschürfungen an seiner Hand sehen nicht mehr ganz so fürchterlich aus. »So«, sagt er, als ich auf seiner Schulter kopfüber herunterhänge wie eine matschige Nudel, »jetzt hast du die Haare aus dem Nacken, und deine Füße tun auch nicht mehr weh. Hör also auf zu jammern!«

Adam, Shawn und Mike fangen an zu lachen, aber ich bin so froh und erleichtert über die Pause für meine Beine, dass es mir nichts ausmacht. »Gott sei Dank.«

Joel trägt mich den ganzen Weg bis zum Grillplatz, wo er mich wieder auf dem Boden absetzt und wir uns alle ans Ende der Schlange stellen. Ich erkläre beharrlich, dass ich nichts essen will, aber Joel bestellt mir trotzdem ein Sandwich. Nachdem die Jungs aus der Bandkasse die Rechnung bezahlt haben, lassen wir uns an einem langen Picknicktisch nieder.

Heute habe ich überall, wo es nur möglich war, neongrüne Flyer hingeklebt. Zusammen mit den Handzetteln, die ich verteilt, und den Anzeigen, die ich online gepostet habe, beschert uns das hoffentlich zahlreiche Teilnehmer für die Auditions nächstes Wochenende. Ich nehme dieses Projekt und meine Verpflichtung gegenüber der Band so ernst wie noch nie etwas zuvor – ich werde bei jedem einzelnen Vorspielen dabeisitzen und sicherstellen, dass ich diese Sache bis zum Schluss durchziehe. Je früher sie einen Ersatz für Cody finden, desto früher werde ich das Gefühl haben, dass er nicht *fehlt*, dass er nicht wiederauftauchen und zu Ende führen wird, was er begonnen hat.

»Und, amüsiert ihr euch?«, fragt Adam Rowan und mich. Er zieht an einer frisch angezündeten Zigarette und löst mit seiner freien Hand geistesabwesend ein paar Strähnen aus Rowans zerzaustem Haarknoten.

»Abgesehen von den Stalkern, ja«, knurrt sie und schlägt seine Hand beiseite. Ich kichere. Zu Hause sind die meisten Leute daran gewöhnt, die Bandmitglieder zu treffen. Fans bitten um Fotos und versuchen mit ihnen abzuhängen, aber im Allgemeinen flippen sie nicht aus und tun nichts Verrücktes – wie zum Beispiel, uns überallhin zu folgen. Hier gehören *The Last Ones to Know* zu einer der kleineren Bands, aber es gab ein paar hartgesottene Fans, die sich nur schwer abschütteln ließen, darunter ein seltsames kleines Mädchen in einem Band-T-Shirt, das so laut kreischte, dass ich dachte, sie würde gleich in Ohnmacht fallen.

Adam lächelt und beugt sich vor, um Rowan auf einen Mundwinkel zu küssen, zärtlich, auf eine Art, bei der meine eigenen Wangen ebenso rot anlaufen wie ihre. Ich wende den Blick ab und sage: »Ich wünschte nur, wir wüssten, wo und wann die ganzen Bands spielen.«

Manifest ist ähnlich wie das *Mayhem* ein organisiertes Chaos. Ein Teil der Anziehungskraft dieses Festivals besteht darin, dass der Zeitplan für die Auftritte nicht im Voraus bekannt gegeben wird. Die Philosophie dahinter ist, dass die Besucher wahllos irgendwelche Bühnen auswählen und neue Musik erleben und Fans neuer Bands werden sollen – was großartig ist, bis man seine Lieblingsband verpasst, weil man keine Ahnung hatte, wo oder wann sie auftritt.

»Welche Band willst du denn sehen?« Joel sieht hinter seiner Sonnenbrille zu mir herüber. Er trägt lange schwarze Jeansshorts und ein königsblaues Tanktop, das unter den Achseln extra weit geschnitten ist. Es hängt locker über seinem durchtrainierten Körper und entblößt den tätowierten Schriftzug, der an seiner Seite verläuft. Er sieht durch und durch wie ein absoluter Rockstar aus. Selbst Mädchen, die die Band nicht kennen, starren ihn an, als ob sie wüssten, dass er einfach ein bekannter Musiker sein *muss,* und ich gebe jedes Mal vor, es nicht zu bemerken.

»*Cutting the Line*«, sage ich wie aus der Pistole geschossen, »und vielleicht die *Lost Keys.*« Beide Bands sind im Moment richtig angesagt – so angesagt, dass ich die meisten ihrer Mitglieder erkennen würde, wenn sie mir hier über den Weg liefen. Ich habe nach ihnen Ausschau gehalten, aber bis jetzt kein Glück gehabt.

»Okay.« Joel zückt sein Handy. »Ich habe Phils Nummer. Wer hat Vans?«

Meine Augen weiten sich, als mir bewusst wird, dass er im Begriff ist, einem der Gitarristen der *Lost Keys* eine Nachricht zu schicken, und die Jungs eben gefragt hat, wer die Nummer des Leadsängers von *Cutting the Line* hat. Van Erickson ist ein Gott, und *Cutting the Line* live erleben zu können, war einer der Hauptgründe für mich, überhaupt zu dem Festival zu gehen.

»Machst du Witze?«, hauche ich.

Joel starrt durch die schwarzen Gläser seiner Sonnenbrille herunter auf sein Handy, aber seine Mundwinkel verziehen sich zu einem amüsierten Grinsen.

»Ich habe die von Van«, sagt Adam und tippt bereits eine Nachricht.

Rowan und ich tauschen einen Blick. Eine Minute später weiß Joel, wo und wann die *Lost Keys* spielen, und Adam hat Zeit und Ort des Auftritts von *Cutting the Line.*

»Ich kann nicht glauben, dass ihr die wirklich kennt«, sage ich, zu verblüfft, um das gegrillte Pulled-Pork-Sandwich in der Alufolie vor mir zu essen. Joel nimmt seines in die Hand und beißt einmal kräftig davon ab.

»Wir haben im letzten Sommer ein paarmal als Vorgruppe für die *Lost Keys* gespielt«, erzählt Shawn, der am anderen Ende des Tisches sitzt. »Und *Cutting the Line* sind zu einer unserer Shows gekommen, als wir in der Nähe ihres Wohnorts aufgetreten sind.«

Mir steht noch immer der Mund offen. Adam bläst eine Rauchwolke in Rowans Richtung. »Sie werden heute Abend auch alle beim Lagerfeuer sein«, ergänzt er.

Unser Bus steht auf dem Zeltplatz, der für die Hauptacts reserviert ist, da die Jungs eine Sondergenehmigung bekommen haben, um dort zu parken. Die Organisatoren des Festivals haben ihnen den Gefallen getan, da sie wollen, dass sie nächstes Jahr auftreten, und mir wurde wieder einmal vor Augen geführt, dass Joel, Adam, Shawn und Mike – egal, wie gut ich sie auch kenne – in erster Linie gottverdammte Rockstars sind. Eines Tages werden sie vielleicht sogar so groß sein wie Van Erickson.

Nach dem Mittagessen trennen sich unsere Wege – Ro und Adam gehen zurück zum Bus, um sich, so meine Vermutung, um den Verstand zu vögeln; Shawn und Mike machen sich auf den Weg zu den Hauptbüros, um sich bei den Organisatoren für den Parkplatz zu bedanken; und Joel bietet an, mich zu begleiten, wohin auch immer ich gehen will.

Während die Sonne rings um uns herum goldene Strahlen wirft, zeige ich wahllos auf irgendeinen Bühnenbereich. »Die Bühne dort drüben sieht riesig aus. Ich möchte wetten, da tritt eine richtig große Band auf.«

Joels Blick folgt meinem ausgestreckten Finger, und er lächelt. Seine Sonnenbrille hängt in dem lockeren Ausschnitt seines Tanktops, und seine Haut hat bereits eine goldene Bräune bekommen, trotz der Sonnencreme, die wir immer wieder auftragen. »Manchmal stellen sie kleine Bands auf große Bühnen, nur um die Leute zu verwirren.«

»Es gibt nur eine Möglichkeit, das herauszufinden!« Ich ziehe ihn tiefer ins Gewühl, schlängele mich durch die immer dichter werdende Masse von Körpern, bis wir genau mittendrin sind. Durch die Nächte, die ich durchgebüffelt habe, um meine Noten zu verbessern, und den wiederkehrenden Albträumen von Cody war ich die ganze Woche wie benebelt vom Schlafmangel. Mein Körper wird von Koffein und manischer Aufregung am Laufen gehalten, und ich habe vor, die Welle zu reiten, bis sie bricht.

»Warst du schon mal vorne im abgesperrten Bereich?«, fragt Joel. Er sieht sich um, als würden wir in einem Aquarium voller Piranhas schwimmen. »Ich könnte sehen, wer spielt und ob wir vielleicht in den Käfig gehen können …«

Jede Bühne ist von einem Maschendrahtzaun umgeben, der sie vom Publikum trennt, und auch wenn es toll wäre, so nah dran zu sein – ich will lieber mitten im Gewühl bleiben. Ein Strandball segelt vom Himmel, und ich hebe zusammen mit Dutzenden anderer Leute die Hände, um ihn wieder in die Luft zu schleudern. »Kommt nicht infrage. Das wird großartig!«

»Wenn irgendjemand versucht, dich in die Luft zu heben«, warnt mich Joel, »tritt ihn einfach in die Eier, okay?«

Ich lache. »Aber Crowdsurfen sieht so witzig aus!«

Er schüttelt den Kopf, schiebt mich vor sich und legt mir die Arme um die Schultern. »Die Typen in dieser Menge würden dich bei lebendigem Leib auffressen …« Er schlingt die Arme fester um mich. »Und ich will heute Abend eigentlich nicht im Gefängnis landen.«

Mein Kichern wird von einem kollektiven Kreischen der Menge übertönt, als das Banner im Hintergrund der Bühne entrollt wird und den Namen einer richtig großen Hardcore-Rockband enthüllt. Joel lässt mich los, damit wir beide die Hände in die Luft hochreißen und zusammen mit allen anderen jubeln können. Eine Sekunde später betritt die Band die Bühne, und die Leute flippen völlig aus. Das Drängeln und Schubsen beginnt noch bevor die Musik einsetzt, und Joel und ich strömen mit Hunderten von Leuten auf die Bühne zu. Die Musik beginnt, dröhnt aus Lautsprecherboxen, die größer sind als ich, und ich lache, aber ich kann es selbst nicht einmal hören. Ich hüpfe im Takt mit allen anderen um mich herum auf und ab, singe bei bekannten Songs aus vollem Halse mit, aber höre nur den alles übertönenden, kollektiven Gesang der Menge und das Grölen des Leadsängers vorne auf der Bühne.

Wie inmitten einer tosenden Welle werde ich bei jedem meiner Hüpfer hin und her und vor und zurück geworfen, aber Joel gelingt es, dicht hinter mir zu bleiben. Seine kräftigen Hände legen sich immer wieder um meine Taille, um mich zu halten oder in die eine oder andere Richtung zu ziehen, während ich mich in der Musik, dem Springen, dem Gedränge all der Leute um mich herum verliere. Ich bin Teil eines lebenden, atmenden Ozeans, reite auf Wellen, die meinen Körper mit Rauschmitteln durchfluten, die mir das Gefühl geben, als könnte ich bis an mein Lebensende jede Sekunde jedes Tages aus vollem Halse singen.

Bis die Band ihren Gig beendet hat, ist meine Kehle heiser und meine Glieder erschöpft. Joel nimmt meine Hand und führt mich aus der Menge, die sich bereits zerstreut, und sobald ich genügend Platz dafür habe, springe ich auf seinen Rücken. Die Arme fest um seinen Hals geschlungen, presse ich das Gesicht an seine Schulter und lächele an seine glühend heiße Haut.

»Joel?«, sage ich, als er mich huckepack zwischen den kleinen Grüppchen von Leuten hindurchträgt, die nach dem Konzert zurückgeblieben sind.

»Ja?«

»Danke.« Ich drücke ihn noch fester, womit ich mir neidische Blicke von jedem Mädchen einhandele, das an uns vorbeiläuft.

»Wofür?«, fragt er.

Für alles. Für die Tickets, für den Spaß, dafür, dass er mir geholfen hat, das wirkliche Leben für ein paar Stunden zu vergessen. Dafür, dass er mich aufgefangen hat, als ich aufgefangen werden musste, und mich getragen hat, als ich getragen werden musste. »Für heute.«

Er wirft mir über die Schulter einen Blick zu, und ich widerstehe dem Drang, ihn zu küssen.

»Ich glaube, die Sonne setzt dir allmählich zu«, sagt er lächelnd.

Er trägt mich bis zum Rand des Festivalgeländes und setzt mich im Schatten einer großen Eiche ab. Nebeneinander strecken wir uns auf dem ausgedörrten Gras aus und lauschen auf die fernen Klänge der Musik, die vom Wind herübergetragen werden.

»Wie fühlt sich das eigentlich an?«, frage ich, während ich zu den Blättern hochsehe, die in den Zweigen über uns rascheln. Ein Kaleidoskop aus Grün und Gelb wiegt sich in dem Baldachin und wirft Muster aus Licht und Schatten über unsere Haut.

»Wie fühlt sich was an?«

»Auf der Bühne zu stehen. Vor so vielen Leuten aufzutreten.« Ich drehe ihm den Kopf zu. Joel starrt in den Himmel. Sein Gesicht schimmert im Sonnenlicht, seine blonden Haarstacheln schneiden harte Schattenlinien ins Gras, und seine Haut ist noch immer gerötet von der Hitze und der Anstrengung.

Er lässt sich einen Moment Zeit, dann steigt seine Stimme zu den Blättern empor. »Hast du je irgendetwas getan und in diesem Augenblick gewusst, dass du genau das tust, wozu du bestimmt bist?«

Er sagt es mit einer Selbstsicherheit, die ich selbst noch nie verspürt habe und nach der ich mich genau jetzt sehne. »Nicht wirklich.«

»Wenn wir auf die Bühne gehen«, fährt er fort, »und das Publikum singt jeden unserer Songs mit ... das ist er. Das ist der Augenblick, in dem ich weiß, dass ich genau das tue, wozu ich auf dieser Erde bestimmt bin, denn es gibt kein besseres Gefühl als das.«

Ich schließe die Augen, sehne mich nach einem solchen Moment, frage mich, wie er sich anfühlen würde – und bezweifle, dass ich das je erfahren werde. Rowan, mein Dad, meine Vertrauenslehrer, mein Studienberater – sie alle haben mir zu helfen versucht herauszufinden, was ich mit meinem Leben anfangen will, aber vielleicht gibt es gar nichts herauszufinden.

»Entschuldige«, sagt Joel nach einer Weile, »das klang einfach nur abgedroschen. Adam kann es vermutlich besser erklären.«

Mit immer noch geschlossenen Augen schüttele ich den Kopf. »Das klang perfekt.«

Als ich spüre, wie er sich neben mir bewegt, und die Augen aufschlage, sehe ich, dass er sich, auf einen Ellenbogen gestützt, zu mir gedreht hat. Mein Blick fällt auf seine Lippen, und meine eigenen beginnen vor Erinnerungen zu kribbeln: Sie erinnern mich an seine Küsse im *Mayhem*, vor dem *Mayhem*, in meinem Auto, auf einem Truck, in einem Flur.

Seit Montag hat er keinen Annäherungsversuch mehr unternommen, und auch wenn es mir gefallen hat, mit ihm abzuhängen, vermisse ich die Zeit, als wir nicht länger als ein, zwei Stunden zusammen sein konnten, ohne uns schließlich wegzuschleichen, um irgendwo rumzumachen. Jetzt ist es, als ob die Hitze zwischen uns erloschen ist, und alles, was geblieben ist, ist sein freundliches Lächeln und sein wunderbares Lachen, was genug sein sollte. Aber das ist es nicht.

Ich will ihn fragen, warum er mich nicht küsst, warum er nur über mir verharrt mit seinen hinreißenden Lippen und seinen schönen Augen, aber dann öffnen sich genau diese Lippen, und er fragt: »Bist du je vor vielen Menschen aufgetreten?«

»Ich hatte ein paar Tanzaufführungen«, antworte ich widerstrebend. Ich sehe wieder hoch zu den Blättern über uns, während in mir das Bild von meinem Dad mit einer Videokamera in der Hand und meiner Mom mit einem stolzen Lächeln im Gesicht aufsteigt. Ich habe dieses Lächeln immer nur dann gesehen, wenn ich für Aufführungen oder Partys oder Fotos wie eine Plastikpuppe herausgeputzt war. Mir war nie bewusst, dass ich für sie nur ein Spielzeug war – bis zu dem Jahr, in dem sie mich für immer beiseitelegte.

»Du tanzt?«, fragt Joel, und ich stopfe meine Emotionen zurück in die Katakomben meines Herzens.

»Früher.«

»Warum hast du aufgehört?«

Als meine Mom uns verließ, begann ich alles zu hassen, was mich an sie erinnerte. Bis heute kann ich den Geruch von Kokosparfüm oder den Geschmack von Zitronenbaisertorte nicht ausstehen. Sie ist der Grund, weshalb ich nicht mehr Ballett getanzt habe, seit ich elf Jahre alt war, der Grund, weshalb ich es nicht über mich bringen kann, Ballerinas zu tragen, selbst wenn sie im Trend liegen.

»Hatte einfach keine Lust mehr«, sage ich. Ich stehe auf, um mich einem weiteren Verhör zu entziehen. »Wollen wir zurück zum Bus gehen?«

Joel macht keine Anstalten, sich zu erheben. Stattdessen folgen mir seine blauen Augen von seinem Platz auf dem Gras aus, und er fragt: »Warum tust du das?«

»Warum tue ich was?«

»Jedes Mal dichtmachen, wenn ich dich etwas Persönliches frage.«

»Ich weiß auch nichts Persönliches über dich«, wende ich ein. Es war als Feststellung gemeint, ein Hinweis, dass es auch besser so ist. Stattdessen fasst er es als Aufforderung auf.

»Ich habe früher gezeichnet«, erzählt er, und ich hebe fragend eine Augenbraue.

»Hä?«

»Ich habe früher gezeichnet.« Er stemmt sich vom Boden hoch und steht auf, wischt sich das Gras von den Shorts. »Das wissen nicht viele Leute über mich. Ich habe auch ein bisschen gemalt, aber nicht ganz so viel. Musik- und Kunstunterricht waren so ziemlich die einzigen Gründe, weshalb ich auf der Schule geblieben bin.«

»Warum hast du denn damit aufgehört, wenn du es so geliebt hast?«

Er richtet sich auf. »Ich verrate es dir, wenn du es mir verrätst.«

Ich schürze die Lippen und schlage ihm dann einen Deal vor. »Verrate es mir *und* zeichne etwas für mich, dann kommen wir ins Geschäft.«

Joel wägt einen Moment lang ab, bevor er entgegnet: »Wann hast du Geburtstag?«

»Dreißigster Mai.«

»Ich werde dir zu deinem Geburtstag etwas zeichnen. Wie wär's damit?«

Ich weiß nicht, warum ich will, dass er mir etwas zeichnet,

aber ich will es. Ich will, dass er mir etwas zeichnet, das nur für mich bestimmt ist, etwas, das ich behalten kann. »Versprich es«, verlange ich, und er zögert keine Sekunde.

»Ich verspreche es.« Die Aufrichtigkeit in seinen blauen Augen zeigt mir, dass er es ernst meint.

»Also, du zuerst«, sage ich.

»Ich habe damit aufgehört, weil es mir einfach nicht mehr so wichtig war.«

»Warum nicht?«

Er zuckt die Schultern. »Früher habe ich meistens gezeichnet, wenn ich allein war, und jetzt bin ich nie allein.«

Ich starre ihn einen langen Moment an, und dann seufze ich ergeben. Jetzt bin ich an der Reihe. »Ich habe mit dem Tanzen aufgehört, weil es der Traum meiner Mom war, nicht meiner.«

Das ist nicht die ganze Wahrheit, aber es kommt der Wahrheit näher als alles, was ich je irgendjemandem erzählt habe.

11

»Ich sage ja nur, wir sollten uns die Beweislage ansehen«, sagt Rowan, als ich dabei bin, alle Klamotten aus meinem Koffer zu ziehen, und mich in einem Tornado aus Nicht-Röcken und Nicht-Kleidern wiederfinde. Draußen tummeln sich die Rockstars nur so – darunter insbesondere einer, der sich vorgenommen zu haben scheint, nicht zu bemerken, wie heiß ich noch immer bin –, und ich stecke mit Kleidern aus einem Kommissionsladen und einer modisch zurückgebliebenen besten Freundin im Bus fest.

»Das werde ich dir nie verzeihen«, jammere ich und verfluche mich gleichzeitig dafür, dass ich ihr erlaubt habe, für mich zu packen.

Sie ignoriert mich und beginnt stattdessen an den Fingern abzuzählen. »Erstens, Joel hat dir diese Tickets besorgt.«

»Ich meine, was zum Teufel ist das denn?« Ich halte ein viel zu großes T-Shirt hoch, das aussieht, als könnte es mich vollständig verschlucken. »Sehe ich vielleicht so aus, als ob ich zweihundertfünfzig Kilo wiege?«

»Zweitens, er hat deine Tür repariert.«

»Und das hier!« Ich begutachte angeekelt ein Paar lächerlich lange Shorts. »Selbst wenn ich vierzig Jahre alt und Mutter von fünf Kindern wäre, würde ich mich darin nicht einmal *tot* sehen lassen.«

»Drittens, er ist den ganzen Tag nicht von deiner Seite gewichen.«

»Ich sollte einfach nackt auf diese Party gehen«, grummele ich.

»Viertens, er hat jede andere Frau ignoriert, die versucht hat, seine Aufmerksamkeit auf sich zu ziehen …«

»Rowan«, unterbreche ich sie schnaubend. Ich drehe mich in der Hocke um und funkele sie wütend an. »Ist dir denn nicht klar, was all diese Indizien bedeuten? Er will, dass wir *Freunde* sind.«

Vor nicht einmal zwei Stunden lag ich neben ihm auf dem Rücken, und anstatt sich auf mich zu wälzen oder mich auch nur zu *küssen*, was er sich bis vor Kurzem noch niemals hätte verkneifen können, bestand er darauf, übers Tanzen zu reden. Und Zeichnen. Und alles andere, nur nicht darüber, warum er nicht mehr an mir interessiert ist. Was – aus meiner Sicht – das Einzige ist, worüber wir wirklich reden sollten.

Rowan sieht mich mit einer hochgezogenen Augenbraue an. »Erinnerst du dich noch daran, dass ich anfangs dachte, Adam wollte nur mit mir befreundet sein, und du mich deswegen immer als Dummkopf bezeichnet hast?«

Ich wende meine Aufmerksamkeit wieder dem Koffer zu, lasse meinen Frust an Kleidern aus, die durchs Zimmer geschleudert werden.

»Ich sage es dir ja nur ungern«, fährt sie ungerührt fort, »aber *du* bist ein Dummkopf.«

»Er hat die ganze Woche nicht einmal *versucht*, mich zu küssen«, murre ich, bevor ich aufstehe und den Koffer aufs Bett wuchte. Eine Klamottenlawine fällt von dem Berg, den ich aufgetürmt habe, aber es ist einfach nichts dabei, was mir gefällt. »Wir hängen zusammen ab, wir haben Spaß. Er sagt, ich bedeute ihm etwas, aber alles, was er gerade will, ist sich *unterhalten*. Er will nicht einmal mehr Sex mit mir haben!«

Ich bin so frustriert darüber, was dort im Gras unter

diesem Baum passiert oder eher *nicht* passiert ist, dass ich schreien könnte, aber ich versuche mich zusammenzureißen. Ich werde nicht versuchen, ihn eifersüchtig zu machen. Ich werde nicht betteln. Wenn er will, dass wir Freunde sind, meinetwegen.

Aber das heißt nicht, dass ich dabei nicht heiß aussehen kann. Ihm sollte unmissverständlich vor Augen geführt werden, was ihm entgeht.

»Vielleicht will er *mehr* als nur Sex«, entgegnet Rowan, und ich werfe ihr einen Blick zu, der besagt: *Willst du mich verarschen?*

»Dee, ich lebe mit Joel zusammen, okay? Ich *bin* mit ihm befreundet, und glaub mir, er würde niemals den ganzen Tag mein Zeug für mich rumtragen oder mir den letzten Schluck von seinem Wasser geben.«

»Es ist etwas anderes, wenn man miteinander im Bett war, bevor man einfach nur befreundet ist«, kläre ich sie auf. Ja, Joel war heute süß zu mir. Nein, es hat nichts zu bedeuten. »Vielleicht glaubt er, dass er diese Dinge tun muss.« Oder vielleicht hat er noch immer das Gefühl, wegen der Sache mit Cody in meiner Schuld zu stehen. Eines Tages wird er vielleicht zu dem Schluss kommen, dass wir quitt sind, und dann wird das zwischen uns gar nichts mehr sein.

Rowan lässt sich seufzend rückwärts auf das schwarze Satinbett fallen.

Ich stupse ihren Fuß an. »Ich brauche eine Schere«, sage ich.

»Wofür?«

»Um dich dafür umzubringen, dass du mich überredet hast, beim Kofferpacken auf dich zu hören.« Als sie mich wütend anfunkelt, verdrehe ich die Augen. »Ich will versuchen, aus diesem T-Shirt etwas Vorzeigbares zu machen.«

Nachdem sie mir von unten eine Schere geholt hat, breite ich eines meiner neuen Band-T-Shirts auf dem Bett aus und trenne einen der Ärmel ab, sodass das Shirt auf einer Seite schulterfrei ist. Dann schneide ich beim anderen Ärmel so viel Stoff ab, bis nur noch ein schmaler Streifen davon übrig ist, und binde ihn oben zu einem niedlichen Knoten. Ich schneide auf dieser Seite des Oberteils Schlitze bis ganz nach unten, dann schneide ich eine glatte Linie hindurch und binde die Enden des Stoffs zu noch mehr hübschen Knoten. Ich ziehe mir das mit Knoten und kleinen Schlitzen an der Seite versehene Top über den Kopf und frage Rowan, wie ich aussehe.

Obwohl sie den Kopf schüttelt, schleicht sich ein Lächeln auf ihr Gesicht. »Du siehst aus wie ein verdammter Rockstar.«

Draußen riecht die Luft schwer nach Regen, der noch nicht gefallen ist, und das offene Gelände neben den Bussen ist voller Leute, die lachen und trinken und sich gegenseitig mit Wasserpistolen jagen. Sänger und Gitarristen und Drummer. Roadies und freiwillige Festivalmitarbeiter und Frauen. Sooo viele Frauen.

Schatten senken sich von allen Seiten über das riesige Lagerfeuer, in der Dämmerung glimmen Zigarettenspitzen wie Glühwürmchen. Mädchen mit gefärbten Haaren und Piercings tänzeln mit Wunderkerzen herum oder werfen sich Männern an den Hals, die tagsüber aufgetreten sind. Als eine barbusige junge Frau mit riesigen künstlichen Titten auf uns zuhüpft, bin ich zu beschäftigt damit, auf ihren wippenden Vorbau zu starren, um zu bemerken, dass sie versucht, mir eine Wunderkerze in die Hand zu drücken. Stattdessen nimmt Rowan sie entgegen, und das Busenwunder tänzelt weiter. Ein paar Typen gaffen, ein paar sabbern, und doch gibt es auch andere, die sie kaum eines Blickes würdigen. Rowan und ich starren ihr mit offenen Mündern hinterher.

»Oh …«, beginne ich.

»Mein …«, ergänzt Rowan.

»Gott.«

Wir sehen uns an, Augen und Münder weit aufgerissen.

»Was zum Teufel war *das* denn?«, ruft Rowan, und ich schüttele nur den Kopf.

»Eine Wunderkerzen-Fee?«

Sie lässt das kurz auf sich wirken. Dann prusten wir beide lauthals los.

»Oh mein *Gott!*«, keucht sie inmitten ihres Lachanfalls. Doch plötzlich umklammert sie entsetzt meine Schultern. »Mein *Freund* läuft hier auch irgendwo rum!«

Als wir Adam finden, ist er bereits etwas unsicher auf den Beinen. Er steht in einer Gruppe von etwa einem Dutzend Leuten und versucht sich zwei Groupies vom Leib zu halten, die zwei Wunderkerzen wie ein Kruzifix gekreuzt vor ihrer Brust halten. Als er Rowan entdeckt, ruft er: »Peach! Hast du das Weihwasser mitgebracht?«

Joel, Shawn und Mike und ein paar andere Typen, die in der Nähe stehen, johlen, und die Mädchen bei Adam ziehen schmollend eine Schnute.

»Braucht ihr irgendwas?«, fragt Rowan die Mädchen, inzwischen völlig geübt darin, aufdringliche Groupies in die Schranken zu weisen. Sie stellt sich neben ihren Freund und mustert die beiden mit einem Blick, der töten könnte.

»Wer zum Teufel bist du denn?«, fragt die eine.

»Bist du taub?«, stichele ich hinter ihnen. »Das ist Peach!«

»Und wer zum Teufel bist *du*?«, faucht mich das Mädchen an.

Rowan nickt grinsend zu mir herüber. »Sie ist die Zweitbesetzung der Wunderkerzen-Fee!«

Ich verziehe den Mund zu einem breiten Grinsen und verbeuge mich schwungvoll, woraufhin die Tussis beleidigt abziehen, mit verwirrten Mienen auf ihren säuerlichen Gesichtern.

»Wunderkerzen-Fee?«, fragt Joel. Statt des Achselshirts trägt er jetzt ein Hemd. Es steht offen, entblößt kräftige Muskeln unter sonnengebräunter Haut. Seine Cargoshorts hängen tief auf seinen Hüften und werden von einem geflochtenen Gürtel zusammengehalten. Meine Zunge rollt sich von hinten an meine Zähne, vermisst den kalten Geschmack des Nippelrings, wenn sich meine Lippen darum schließen.

»Oh, du weißt schon, wer.« Ich reiße mich von seinem Anblick los und hebe die Hand ein bisschen höher als meinen Kopf. »Ungefähr so groß. Hat in ihrem ganzen Leben noch nie einen Cheeseburger gegessen. Titten bis hier.« Ich halte die Hände einen knappen halben Meter vor meine Brust. Joel lacht. Shawn grinst in seinen roten Plastikbecher. Er hat den Arm um eine niedliche Brünette gelegt – die ihr Top anhat, Gott sei Dank –, und ich wundere mich, dass Joel nicht selbst irgendeine Tussi im Arm hat.

Wie aufs Stichwort stellt er sich neben mich und schlingt mir einen Arm um die Taille. »Du meinst bestimmt Izzy.«

Ich sehe ihn mit einer hochgezogenen Augenbraue an, frage ihn aber nicht, warum er ihren Namen kennt. Es gibt ein paar Dinge, die ich einfach *nicht* wissen will.

Die Jungs beginnen damit, Rowan und mir die anderen Leute in der Runde vorzustellen, wobei sie ein paar Namen mit Insiderwitzen ergänzen, denen ich keine Beachtung schenke – denn ich bin zu beschäftigt damit zu ignorieren, wie sich Joels Oberkörper an meine Seite presst und wie seine Finger die Seitenschlitze in meinem Shirt finden und über meine Haut streicheln.

»Du hättest das mit einem unserer Shirts machen sollen«, flüstert er mir ins Ohr, während seine Hand tiefer in einen Schlitz gleitet. Wenn er nur mit mir befreundet sein will, macht er seine Sache verdammt schlecht, denn mein Gehirn wird überflutet von allen möglichen, garantiert *nicht* freundschaftlichen Bildern.

»Warum?«, bringe ich mit einer erstaunlich festen Stimme zustande.

»Weil ich das noch ewig zu hören bekommen werde.«

»Was meinst du damit?«, frage ich. Stirnrunzelnd sehe ich zu ihm hoch.

Er weist mit dem Kinn auf ein ein paar Meter entfernt stehendes Grüppchen, und ich folge gerade noch rechtzeitig seinem Blick, um mitzubekommen, wie sich der Leadsänger von *Cutting the Line* dazugesellt. Van Erickson umarmt und klatscht Leute ab, mit denen er offenbar befreundet ist, darunter Adam, Mike und Shawn, dann schweift sein Blick durch die Runde. Er landet auf mir, bleibt hängen, und mein Gehirn stellt jegliche Aktivität ein. Der Druck von Joels Fingern um meine Taille verstärkt sich.

»Ich mag dein Shirt«, sagt Van. Ein selbstbewusstes Grinsen umspielt seine breiten Lippen. Mit seinen zerzausten schwarzen Haaren, die an den Spitzen blondiert sind, und den winzigen Metallstangen in seinen Ohren und Augenbrauen sieht er aus, als wäre er eben von der Titelseite eines Rockmagazins gestiegen.

Ich starre hinunter auf mein Shirt. Jetzt verstehe ich, was Joel gemeint hat. Auf dem Shirt steht der Name von Vans Band, und der Sänger nimmt dies zum Anlass, um offen mit mir zu flirten. Ich habe oft genug diesen Blick bei Männern gesehen und diesen Unterton in der Stimme gehört, um zu wissen, worauf er aus ist. Joel ahnt es ebenfalls, denn er drückt mich noch fester an sich. Und diese kleine Geste weckt eine Million mehr Schmetterlinge in meinem Inneren als der Anblick von Van Erickson.

»Danke«, sage ich, außerstande, das Lächeln zu unterdrücken, das sich auf meinem ganzen Gesicht ausbreitet.

»Warum hast du nicht eines von ihren angezogen?«, fragt Van mit einem Nicken in Joels Richtung. Es ist offensichtlich, dass er genau das tut, was Männer nun mal tun, wenn sie sich gegenseitig aus dem Rennen werfen wollen, daher beschließe ich – obwohl es der verdammte Van Erickson ist, der da vor mir steht –, mich bei Joel für all die Gefälligkeiten, die er mir diese Woche erwiesen hat, zu revanchieren.

»Oh, ich wollte keines von ihren zerschneiden«, sage ich, zupfe am Saum meines schwarzen *Cutting the Line*-Shirts und betrachte das Logo darauf. »Von dieser Band hier habe ich noch nie gehört. Sind die gut?«

Als ich wieder zu Van hochsehe, starrt er mich an, als hätte ich ihm eben gesagt, dass ich mit einer gespaltenen Zunge geboren wurde. Ich bewahre mir meine ernste, unschuldige Miene, aber Joel hält nicht länger als ein paar Sekunden durch und bricht in lautes Gelächter aus, das meine Mundwinkel ebenfalls zucken lässt.

»Sie verarscht dich, Mann!«, ruft Joel, und ich lächele breit. »Sie weiß, wer ihr seid. Sie ist ein Riesenfan.«

Zu meiner Erleichterung lacht Van ebenfalls. »Ich wäre fast drauf reingefallen«, sagt er an mich gewandt. Er nimmt ein Bier von einem Mädchen entgegen, ohne sie zu beachten. »Wie heißt du?«

»Dee«, antworte ich.

Mit zwei großen Schritten kommt er zu uns herüber und gibt mir die Hand. »Ich bin Van.«

Drei Biere später sitze ich zwischen Joels gespreizten Beinen im Gras und höre Van zu, der von den internationalen Tourneen seiner Band und ihren verrückten Konzerten erzählt. Joel hat das Kinn in meine Halsbeuge gelegt und die Arme um meine Mitte geschlungen. Rowans Behauptung, ich sei ein Dummkopf, wirbelt in Endlosschleife in meinem Kopf herum.

Freunde berühren sich nicht so, wie Joel mich berührt. Seine Finger spielen mit den Fransen meiner abgeschnittenen Shorts, erkunden die offenen Schlitze in der Seite meines Shirts und fahren mir durch die Haare. Es ist, als ob er weiß, dass ich seit über einer Woche keinen Orgasmus mehr hatte, und entschlossen ist, mich zum Explodieren zu bringen.

»Oh!«, holt er mich auf einmal aus meinen nicht jugendfreien Gedanken zurück. »Dee hat mir heute eine Frage gestellt, zu der ihr Jungs auch was sagen könnt. Sie wollte wissen, wie es sich anfühlt, auf der Bühne zu stehen.«

Es folgen ein paar stereotype Antworten – es ist, als wäre man high, als wäre man in einem Traum, als wäre man ein Held –, dann sinniert Van: »Es ist, als würde einem der Schwanz von tausend Tussis gleichzeitig gelutscht werden.«

Schallendes Gelächter ringsherum ertönt, und ich verdrehe die Augen.

»Ich weiß ja nicht«, widerspricht ihm Joel. »Dee kann diese Sache mit ihrer Zunge machen, bei der …«

Ich ramme ihm einen Ellenbogen in den Magen, um ihn zum Schweigen zu bringen, und alle lachen nur noch lauter.

»Verdammt«, sagt Van mit einem anzüglichen Grinsen. »Jetzt bin ich aber neugierig. Lust, es mir zu zeigen, Dee?«

»Na klar.« Ich schenke ihm ein strahlendes Lächeln und spüre, wie sich Joel hinter mir versteift. Vans Grinsen wird noch breiter, aber es fällt in sich zusammen, als ich die Finger um Joels Handgelenk lege und seine Hand an meinen Mund führe. Ich drehe meinen Oberkörper etwas zur Seite, damit Joel zusehen kann, wie ich mit meiner Zunge langsam über die Länge seines Zeigefingers gleite und leicht an der Spitze sauge. Ich öffne die Lippen und lecke in sinnlichen Wellen über seine Fingerkuppe. Zum Schluss stecke ich mir seinen Finger tief in den Mund und umspiele ihn mit der Zunge, während ich ihn langsam wieder aus dem Mund gleiten lasse. Ich knabbere mit den Zähnen sanft über seine Fingerkuppe und lasse dann sein Handgelenk wieder los.

Als ich meine kleine Vorführung beendet habe, starrt Joel mich an, als würde er mich am liebsten gleich hier vor allen Leuten vögeln, und ich grinse zufrieden.

»Ach du heilige Scheiße!«, haucht jemand in unserer Nähe, was Joel aus seinem benommenen Zustand reißt. Er schiebt mich von seinem Schoß und zieht mich auf die Beine. Eine Sekunde später hat er meine Hand umfasst, und ich werde in Richtung Parkplatz gezerrt.

»Verdammter Glückspilz!«, sagt irgendjemand.

Ein Chor anzüglicher Rufe folgt uns, wird jedoch von dem Rauschen des Bluts in meinen Ohren und dem Hämmern meines Herzens in meiner Brust übertönt.

Wir schaffen es nicht einmal bis zum Bus, bevor Joel herumschnellt und seine Lippen auf meine presst. Ich schlinge ihm die Arme um den Hals, atme ihn ein wie Sauerstoff, den ich dringend benötige. Seine Hände umfassen meinen Hintern und heben mich vom Boden hoch. Ich schlinge die Beine um ihn und klammere mich an seinen kräftigen, muskulösen Körper, während er mich weiter in die Dunkelheit trägt.

Meine Rückseite wird flach gegen die Wand irgendeines Busses gedrückt, und Joel löst seine Lippen von meinen. »Scheiße«, keucht er, die Stimme heiser vor Verlangen.

Ohne ihn drohe ich zu ersticken, daher umfasse ich seinen Hinterkopf und führe seine Lippen zurück zu meinen. Ich stöhne auf, als seine Zunge wieder in meinen Mund gleitet und er die Hüften an mich presst. Er treibt jedes Neuron in meinem Gehirn in den Wahnsinn. »Joel!«, keuche ich atemlos, während ich die Beine fester um ihn schlinge und ihn dorthin schiebe, wo ich ihn am dringendsten brauche.

Er unterbricht unseren Kuss, als er sich mit der Stirn an den Bus hinter mir lehnt und die Stoppeln an seinem Kinn meine Wange streifen. »Dee, wenn du nicht bereit dafür bist … dann musst du es mir jetzt sagen. Und du darfst so verdammte Dinge … mit deiner Zunge nicht machen.« Seine Hüften zucken bei der Erinnerung reflexartig, und er stöhnt, als sich die Härte in seinen Shorts an mir reibt. Seine Finger spannen sich um meine Oberschenkel an, seine Stirn ruht noch immer am Metall. »Gott, ich bin ein solches Arschloch.«

»Was redest du denn?« Ich fahre ihm mit den Fingern durch die Haare, während ich darauf warte, dass mein Herz aufhört, wie wild in meiner Brust zu hämmern.

Er vergräbt das Gesicht in meinem Nacken und küsst die Stelle unter meinem Ohr, als könnte er die Lippen nicht von mir lassen. »Ich wollte dich kennenlernen.« Er gleitet mit der Zunge über meine Haut, und ich drücke ihn noch fester an mich. »Ich glaube nur nicht, dass ich die Hände noch länger von dir lassen kann.«

»Dann tu es nicht.« Ich lege den Kopf in den Nacken, damit er meinen Hals besser erreichen kann. Er bedeckt meine

Haut mit kleinen Küssen und erkundet die Stelle über meinem Schlüsselbein. Ich presse mich an ihn, und er erwidert den Druck. »Ich habe dich vermisst«, hauche ich.

Joel löst sich von mir, um mich zu betrachten. Er lässt seinen Blick von meinen Augen zu meinen Lippen wandern, als sei er sich nicht sicher, woher die Worte gekommen sind und ob ich wirklich die Person bin, die sie gesagt hat. Ich werde allmählich verlegen, frage mich, ob ich mit vier gehauchten kleinen Worten zu viel gesagt habe. Aber dann küsst er mich wieder und verscheucht all meine Sorgen. Er küsst mich, bis ich völlig und absolut verloren bin.

»Wir müssen zum Bus«, sagt er.

Ich knabbere an seinen Lippen. »Okay.«

Er stellt mich auf die Füße. Unterwegs dreht er sich immer wieder zu mir um, küsst und berührt mich und verschlingt mich mit halb geschlossenen Augen. Bis wir den Bus erreicht haben, ist mein BH aufgehakt, der Knopf seiner Shorts geöffnet, und meine Lippen prickeln von seinen leidenschaftlichen Küssen. Im Bus fallen wir auf eine Sitzbank, und Joel lässt sich zwischen meine Beine sinken. Seine Lippen gleiten hinunter zu meinem Hals, und ich stöhne leise. Die Lederbank klebt an jedem Zentimeter meiner entblößten Haut, seine Hand schiebt sich unter mein Shirt, und er ist so schwer – Gott, er ist so schwer –, und die Luft ist zu dünn, meine Lunge ist zu eng, und ich kriege keine Luft, oh mein Gott, ich kriege keine Luft – ich kriege keine Luft, ich kriege keine Luft, ich kriege keine Luft!

»Dee?«, dringt Joels Stimme gedämpft zu mir durch. Das Blut rauscht so laut in meinen Ohren, dass mir fast schwarz vor den Augen wird. Er zieht mich nach oben in eine aufrechte Position, und ich beuge mich sofort nach vorne und ringe verzweifelt nach Atem.

»Durchatmen«, fordert er mich auf, während er den Druck seiner Hand auf meinem Rücken verstärkt, sodass ich mich noch tiefer hinunterbeuge und den Kopf zwischen meine Knie lege.

Sauerstoff dringt in meine Lunge, als ich aufstöhne, und entweicht, als ich anfange zu schluchzen. Tränen brennen in meinen bereits feuchten Augen, und ich verharre in meiner gekrümmten Haltung, damit Joel sie nicht sieht.

»Alles okay?«, fragt er mich leise. Doch er weiß, dass es das nicht ist.

Ich kann nur den Kopf schütteln. Ich hasse mich dafür, dass ich vor ihm zusammenbreche. Wieder einmal. Aber Codys Gesicht erschien plötzlich vor mir, und seine Hand war unter meinem Shirt, und …

»Es tut mir leid«, sagt Joel und streichelt mir sanft über den Rücken. »Ich wollte nicht … ich hätte nicht …«

Als ich mich aufsetze, sieht er noch verzweifelter aus, als ich mich fühle, sodass ich mich gleich noch mehr hasse – was ich nicht für möglich gehalten hätte.

»Wir müssen das nicht tun«, sagt er, die Hand noch immer fest und beschützend auf meinem Rücken. Als ich aufstehe, lässt er sie sinken.

»Ich kann nicht glauben, dass er Sex für mich ruiniert hat«, sage ich, zu aufgebracht, um meine Gedanken für mich zu behalten. Cody hat mir den Schlaf geraubt. Er hat mir den Appetit geraubt. Er hat mir mein Selbstvertrauen geraubt. Letzten Mittwoch habe ich auf dem Campus einen Typen gesehen, der Ähnlichkeit mit ihm hatte, und mich letztendlich auf einer Toilette übergeben.

Er hat mir alles geraubt.

»Dee, wenn du nicht bereit bist, dann müssen wir nicht …«

»Ich will aber!« Ich wirbele zu ihm herum, wische mir

wütend eine Träne aus dem Auge. Nur diese eine, und dann werde ich keine einzige Träne mehr vergießen. »Ich will ja, aber es ist, als ob er mich gebrochen hat, Joel.«

Ich starre in Joels besorgte Augen, und mein Herz zieht sich vor Sehnsucht nach ihm schmerzhaft zusammen. Ich vermisse es, mehr als nur befreundet mit ihm zu sein. Ich vermisse es, ihn auf eine Weise zu haben, die mir das Gefühl gibt, ihn besser zu kennen, als ihn irgendjemand sonst je kennen könnte.

»Weißt du, was ich im Moment mehr will als Sex?«, fragt er, während er die Finger ausstreckt, um sie um meine zu legen. »Ich will dich einfach nur halten.«

Noch eine Träne entweicht aus meinem Augenwinkel und dann noch eine.

»Komm her.« Er zieht mich sanft auf seinen Schoß.

Ich setze mich rittlings auf ihn, und seine Arme umschlingen mich fest. Wir legen das Kinn in die Schulterbeuge des anderen, und ich drücke ihn fest an mich. Stille Tränen kullern auf seine goldbraune Haut.

»Du bist nicht gebrochen«, versichert er mir.

Warum ist er überhaupt noch hier? Warum hält er mich fest an sich gedrückt, wenn er mich doch besser wegstoßen sollte? Denn dort draußen gibt es jede Menge Frauen, die nicht in Tränen ausbrechen, wenn er versucht, ihnen die Kleider auszuziehen.

»Ich hasse das«, gestehe ich in einem Flüsterton, der genauso geschlagen klingt, wie ich mich im Inneren fühle.

»Das ist keine große Sache. Wir müssen nichts tun.«

Ich weiche ein Stück von ihm zurück und starre ihn aufgebracht an. »Ist dir das hier denn gar nicht wichtig? Bedeutet es dir gar nichts?«

»Natürlich bedeutet es mir …«

»Dann sag: *Ich hasse das hier auch, Dee.* Sag mir, wie sehr das alles nervt, weil du in diesem Augenblick lieber in mir sein würdest. Sag mir, wie wir das wieder hinbiegen können. Sag mir nur nicht, dass es keine große Sache ist. Denn es ist eine verdammt große Sache, Joel.«

Seine Augen verdüstern sich langsam, und seine Stimme klingt entschlossen, als er sagt: »Steh auf!«

»Hä?«

»Steh. Auf.«

Ich rutsche von seinem Schoß und stehe auf, und er legt seine großen Hände um meine Beine und hält mich vor sich fest. »Bist du sicher, dass du das willst?« Er starrt zu mir hoch.

Es klingt wie eine Warnung, aber was immer er vorhat – mit seinen Händen auf meiner Haut und diesem Blick, mit dem er mich ansieht: Ja, ich will, dass er es tut. »Ja.«

»Dann zieh deine Shorts aus.«

Als ich zögere, befiehlt er mit einem einzigen Wort: »Jetzt.«

Meine Finger öffnen den Knopf meiner Shorts, und Joel lässt meine Beine los und lehnt sich zurück.

»Zieh sie aus. Und danach dein T-Shirt.«

Ein Schauder jagt mir den Rücken hinunter, und ich schiebe meine Shorts langsam runter und ziehe sie aus, streife mir das Top über den Kopf und werfe es beiseite. Mein BH, auf unserem schamlosen Weg zum Bus bereits aufgehakt, rutscht über meine Arme und fällt zwischen uns. Ich kicke ihn zur Seite.

Ohne den Blick von mir abzuwenden, lässt Joel seine Hände über die Rückseite meiner Oberschenkel gleiten und senkt sein Gesicht auf meinen Bauch. Seine Lippen berühren eine empfindliche Stelle in der Nähe meines Bauchnabels, und er sieht mich unverwandt an, während er mir das Salz von der Haut leckt.

Meine Augen schließen sich flatternd, seine kräftigen Hände wandern meine Schenkel hinauf und umfassen meinen Po. Meine Finger liegen auf seinen warmen Schultern und bohren sich in seine Haut, als seine feuchten Lippen eine Spur sanfter Küsse am Bund meines Höschens entlangziehen. Die Art, wie er mich küsst, ist sinnlich. Schwindelerregend. Er hakt einen Finger in den seidigen Stoff und zieht ihn über die Vertiefung meines Beckens hinunter. Eine Sekunde später sind seine Lippen wieder auf mir, gleiten hinab in die erregte Mulde in meinem Körper und machen mich rasend vor Verlangen.

»Joel«, keuche ich, und er unterbricht seine süße Folter.

Er steht auf, und ich öffne die Augen. Er beginnt mich leidenschaftlich zu küssen, löst sich nur lange genug von mir, um mir zu befehlen, mein Höschen auszuziehen. Während ich mich aus ihm winde, kickt er seine Shorts und Boxershorts von sich, dann streckt er sich auf der Sitzbank aus und zieht mich auf sich, verschränkt seine Finger mit meinen und benutzt sie, um seine eigenen Hände neben seinem Kopf festzuhalten.

Ich weiß, was er tut. Er überlässt mir die Kontrolle, gibt alle Macht ab. Und es funktioniert. Ich neige die Lippen zu seinen hinab und küsse ihn gierig. Ein Pochen zwischen meinen Beinen fleht darum, berührt und besänftigt zu werden, und ich löse mich von seinem Mund und öffne die Lippen, um etwas zu sagen. Aber noch bevor ich es tun kann, presst er den Mund bereits an meine Kehle, und die Worte verpuffen ungesagt, weil ich mir auf die Unterlippe beißen muss.

»Hast du ein Kondom?«, frage ich atemlos, während er leckt, küsst und knabbert.

Joels Antwort kommt leise und sexy. Der Hauch seines Atems gleitet über die Feuchtigkeit, die er auf meiner Haut hinterlässt. »Oben.«

Oben scheint so weit weg. Zu weit weg. Seine Hände werden noch immer von meinen Fingern auf die Lederpolster gedrückt, und er liegt nackt unter mir. Alles, was ich will, ist, ihn zu haben. Ihn zu behalten.

»Ich nehme die Pille«, sage ich. Das weiß er bereits, aber im Augenblick soll es auch nicht als Information dienen, sondern als Lösungsvorschlag.

Sein Kopf sinkt auf das Polster zurück, und er starrt mir in die Augen, beantwortet meine unausgesprochene Frage mit einem einzigen Wort: »Okay.«

Eine Hand lasse ich neben seinem Kopf liegen, die andere schiebe ich zwischen uns. Ich lege die Finger um seine Härte, drücke seine Spitze fest an meinen warmen, feuchten Eingang. Er vergräbt seine freie Hand in meinen Haaren und zieht mich an seine Lippen, während ich mich langsam auf ihn herabsenke. Ich stöhne an seinem Mund, und unsere ineinander verflochtenen Finger umklammern einander noch fester.

Als er ganz in mir ist, hole ich einmal tief Luft. Mein Körper pulsiert um ihn herum.

»Gott, du fühlst dich so verdammt gut an«, sagt er. Er hat die Augen geschlossen und die Lippen geöffnet, als würde er sich ganz auf das Gefühl unserer beiden, miteinander verbundenen Körper konzentrieren.

Ich umfasse seine Hand in meinen Haaren und drücke sie wieder hinab auf das Leder und bewege mich dabei auf ihm einmal auf und ab.

Joel stöhnt auf, und ich beiße mir auf die Lippe, um nicht noch lauter zu stöhnen. Ohne Kondom fühlt er sich warm und hart und seidig an. Ich hatte bis jetzt noch kein einziges Mal Sex ohne Kondom und dachte immer, dass Männer lügen, wenn sie behaupten, es würde sich ohne so viel besser anfühlen.

»Dee«, sagt Joel, und ich küsse meinen Namen von seinen Lippen, bewege mich in einem langsamen, gleichmäßigen Rhythmus. Er erwidert meinen Kuss, bis mein ganzer Körper Feuer gefangen hat, und dann löst er seine Lippen von meinen. Meine Zunge gleitet an sein Ohrläppchen, und ich sauge an der weichen, empfindlichen Haut. Seine Finger verstärken ihren Griff um meine und ermuntern mich dazu, an seinem Hals zu knabbern. »Du musst langsam machen, wenn du willst, dass ich noch eine Weile durchhalte«, keucht er.

»Das ist es nicht, was ich will«, schnurre ich an seiner Halsbeuge.

»Was willst du denn?«

»Ich will, dass du in mir kommst.«

Ein leises Knurren ertönt tief in Joels Brust. Er streckt langsam seine Arme aus, zieht mich mit sich und bringt meinen Oberkörper dadurch nah vor sein Gesicht. Er führt seinen Mund an meine Brust und nimmt einen Nippel zwischen seine Lippen. Ich keuche unwillkürlich auf, als seine Zunge nass und fest über die rosige Spitze huscht und erst die eine und dann die andere neckt. Als meine Hüften aufhören, sich zu bewegen, fangen seine an, und er dringt immer wieder in mich ein, während jeder Muskel in meinem Körper vor Anspannung zittert.

»Komm du zuerst für mich«, verlangt er unter mir. »Ich will spüren, wie du kommst.«

Seine Worte ziehen an einem Faden irgendwo tief in mir, und ich löse mich um ihn herum auf. Meine Finger, die Knöchel weiß verfärbt, lockern ihre Umklammerung. Joels

Hände fliegen an meine Hüften und halten sie fest, während er meinen Orgasmus mit seinen Stößen in ungeahnte Höhen treibt. Meine Fingerspitzen bohren sich in das graue Leder, und seine krallen sich in meine Hüften, als er sich mit einem solch kräftigen Stoß in mir ergießt, dass ich fast auf ihm zusammenbreche. Ich schaffe es, mich irgendwie aufrecht zu halten, und lasse ihn in mir kommen, bis er nichts mehr zu geben hat. Dann lege ich mich mit meinem ganzen Gewicht auf ihn, ein Ohr an seine Brust gebettet, und fahre ihm mit den Fingern durchs feuchte Haar. Die Spitzen kitzeln meine Haut. Sein Herz hämmert laut und schnell, doch seine Hände sind genau das Gegenteil, sanft und zart, und streicheln langsam über meinen Rücken.

»Warum haben wir das eigentlich noch nie getan?«, fragt Joel.

Ich kichere an seiner Brust, schwindelig vor Erleichterung, dass ich nicht völlig gebrochen bin, und berauscht von dem besten Sex meines ganzen Lebens.

Er streicht mir die Haare aus dem Gesicht, und ich recke das Kinn, um mit einem zufriedenen Lächeln auf meinem Gesicht zu ihm hochzusehen.

»Weißt du, wie viele Mädchen mir schon weismachen wollten, sie würden die Pille nehmen?«, fragt er, und mein Lächeln schwindet.

»Ich habe nicht gelogen«, beteuere ich mit einer Stimme, die auf einmal all der Wärme beraubt ist, die ich noch vor wenigen Sekunden verspürt habe. Ich versuche mich hochzustemmen, aber seine Arme hindern mich entschlossen daran.

»Ich weiß. Genau das versuche ich dir ja zu sagen.« Er streicht mit den Daumen über meinen Oberarm. »Ich war noch nie so mit jemandem zusammen.«

»Noch nie?«, frage ich und beobachte ihn dabei genau.

Er schaut an die Decke, und seine Stimme ist nachdenklich, als er sagt: »Noch nie.«

Ich sollte ihm erlauben, den Blickkontakt zu meiden. Ich sollte den Mund halten. Ich sollte nicht so tun, als ob irgendetwas von alldem etwas zu bedeuten hat.

»Ich auch nicht«, gestehe ich, und Joel senkt den Blick und erwidert meinen.

Er starrt mich einen langen Moment an, und ich weiß, dass er sich fragt: Warum er? Genau wie ich mich frage: Warum ich? Aber keiner von uns stellt die Frage laut. Stattdessen sagt er: »Ich will nicht, dass du mit irgendeinem anderen so zusammen bist.«

»Das werde ich nicht.« Sex ohne Kondom mit Joel war umwerfend, aber mit jedem anderen wäre es beängstigend und das Risiko nicht wert.

»Das habe ich nicht gemeint«, sagt er. Er atmet einmal tief durch und starrt dabei wieder an die Decke. »Ich will nicht, dass du mit irgendeinem anderen zusammen bist. Punkt.«

Ein Rauschen setzt in meinem Gehirn ein, so laut, dass seine Worte nur langsam in meinen Verstand sickern. »Bittest du mich etwa um ein Date?«

»Nein.«

»Was willst du denn dann damit sagen?«

Er schließt die Augen, und seine Brust hebt und senkt sich, als er seufzt. »Verdammt, wenn ich das wüsste.«

Ich kann nicht anders. Ich muss einfach lachen. Er hält die Augen weiter geschlossen, doch ein Lächeln schleicht sich auf seine Lippen.

»Du redest Unsinn.«

»Ich weiß.«

»Wenn ich mit niemand anderem zusammen sein soll, mit wem soll ich denn dann zusammen sein?«

»Mit mir.«

»Das heißt, du bittest mich doch um ein Date …« Mein Herz hämmert, und meine Hände sind verschwitzt, während meine Gedanken sich überschlagen. Wenn er es tut, was werde ich dann erwidern? Wenn ich ihn abblitzen lasse, was wird dann aus uns?

»Nein«, sagt er, schlägt die kobaltblauen Augen auf und richtet seinen Blick auf mich. Mein Brustkorb entspannt sich, und ich versuche mir einzureden, dass es vor Erleichterung ist. »Interpretiere nicht mehr in meine Worte hinein, Dee. Ich bitte dich nicht um ein Date. Ich bin nur ein Kerl ohne Haus oder Auto, der dir nichts weiter bieten kann und der dir sagt, dass du niemand anderen vögeln sollst außer mich.«

Ich muss durch und durch vekorkst sein, denn ich glaube nicht, dass ich ihn je mehr begehrt habe als in diesem Augenblick. Mein Blick wandert zu seinem Mund. »Okay«, sage ich und drücke meine Lippen auf seine.

Der Kuss ist sanft und kurz, und er endet zu früh, weil Joel sich von mir löst, um zu fragen: »Okay?«

»Okay, ich habe dich verstanden«, ergänze ich, und dann küsse ich ihn wieder, außerstande, irgendwelche Versprechen zu geben, die ich nicht halten kann, selbst wenn es Versprechen sind, die ich geben will.

12

»Was zum Teufel stimmt nicht mit ihm?«, fragt Rowan, als wir am nächsten Morgen über das riesige Gelände neben den Bussen schlendern, während die Jungs duschen. Gestern Nacht bin ich eingeschlafen, kaum dass mein Kopf das Kissen berührt hat, und zum ersten Mal seit Samstag habe ich nichts geträumt. Ich hatte keine Albträume. Ich wurde nicht durch Erinnerungen an Cody aus dem Schlaf gerissen, sondern von Rowan, die mir etwas zuraunte und zur Treppe deutete. Sie wartete ungeduldig, bis ich geduscht und mich angezogen hatte, bevor sie mich aus dem Bus zerrte und sich regelrecht auf mich stürzte. Sie zwang mich, ihr alles zu erzählen, was gestern Nacht passiert war. Und hielt sich die Ohren zu, als ich sie mit Details quälte.

»Aber weißt du, was das Seltsame dabei ist?«, frage ich.

Rowan steigt über eine weggeworfene Bierdose und schaut mich von der Seite erwartungsvoll an.

»Dass er sich geweigert hat, mich um ein Date zu bitten, war mit ein Grund dafür, weshalb es so heiß war.« Ihr steht die Verwirrung deutlich ins Gesicht geschrieben, und ich muss unwillkürlich lachen. »Im Ernst. Jeder andere Typ hätte mir gesagt, was auch immer er glaubt, dass ich hören will. Er hätte mich um ein Date gebeten und wäre dann losgezogen und hätte mich betrogen oder sonst irgendwas, wenn ich lange genug bei ihm geblieben wäre.« Rowan zuckt zusammen, und ich beeile mich, sie von dem Gedanken an ihren Dreckskerl von Exfreund abzulenken. »Aber Joel war aufrichtig zu mir. Außerdem hat er gesagt, er will nicht, dass ich mit anderen Typen schlafe, und, Gott, Ro, es war einfach so verdammt heiß.«

»Aber wäre es nicht besser gewesen, wenn er dich doch um ein Date gebeten hätte?«, fragt sie und ergänzt, nachdem ich nichts darauf erwidere: »Du hättest doch Ja gesagt …«

Ich werfe mir die Haare über die Schulter zurück, um sie von den Schweißperlen in meinem Nacken zu lösen. »Was sollte das denn bringen? In ein paar Wochen würden wir uns sowieso trennen. Das weißt du doch.«

Sie kann nichts dagegenhalten, deshalb verzichtet sie darauf. Stattdessen stößt sie einen hoffnungslosen Seufzer aus und meint: »Ich will nur, dass du glücklich bist, Dee. Diese Sache mit Joel … ja, manchmal macht er dich glücklich, aber manchmal eben auch todunglücklich. Was passiert, wenn wir zurück nach Hause kommen und er wieder anfängt, mit anderen Mädchen rumzumachen?«

Es ist nicht so, als ob ich darüber nicht nachgedacht hätte. Als ich auf ihm lag und er noch immer hart in mir war, sagte er nur, er wolle nicht, dass ich mit anderen zusammen bin. Es war nie die Rede davon, dass er sich ebenfalls daran hält.

»Ich weiß nicht«, gebe ich zu. »Es wird mich ärgern, ja, aber ich werde einfach darüber hinwegkommen müssen.«

»Wie denn?«

»Mich in mein Studium stürzen, so wie du?«

Sie lacht schallend auf, und als ich sie in die Seite knuffe, stolpert sie fast über einen Typen, der weggetreten auf dem Boden liegt. Schließlich lachen wir beide hysterisch, und sie jagt mich den ganzen Weg zurück zum Bus.

Auf dem Oberdeck krame ich ein weißes *The Last Ones to Know*-Shirt hervor und zücke die Schere. Das Shirt, das ich gestern Abend anhatte, war ein Riesenhit, aber das hier arbeite ich etwas anders um. In die Vorderseite mache ich kleine Schlitze, auf der Rückseite schneide ich ein herzförmiges Loch aus. Ich ziehe es über einen knallroten Spitzen-BH, der durch den durchscheinenden Stoff zu sehen ist und durch die Schlitze hervorblitzt.

Joel mustert mich von Kopf bis Fuß, als er unten aus dem Bad kommt und mich auf der Sitzbank erblickt. Er trägt tief sitzende Shorts, aber kein Hemd, seine Haare sind noch feucht und dunkel vom Wasser.

»Weißt du noch, was ich gestern Abend zu dir gesagt habe?«, fragt er, während er mich an einer Hand hochzieht und mich herumdreht.

»Hmmm«, mache ich. *Ich will nicht, dass du mit irgendeinem anderen zusammen bist.* Ich drehe mich einmal langsam um die eigene Achse und lasse mich von ihm bewundern.

»Ja«, sagt er, »*genau das.*«

Ich kichere, doch er erstickt das Geräusch, indem er mich vollständig herumwirbelt und meine Lippen mit seinen erobert. Meine Finger umklammern seine durchtrainierten Oberarme. Ich verliere mich in dem Duft des männlichen Duschgels, der seiner Haut noch immer anhaftet. Ich fühle mich wie in einem Rausch. Als Rowan uns unterbricht, indem sie fragt, ob wir endlich fertig sind und gehen können, nimmt keiner von uns beiden sie zur Kenntnis.

Sie räuspert sich, und als wir auch darauf nicht reagieren, boxt Shawn Joel gegen seine verletzte Schulter.

»Scheiße!«, brüllt Joel und lässt mich los, um sich die schmerzende Stelle zu reiben.

Shawn sieht ihn völlig ungerührt an. »Zeit zu gehen, Loverboy.«

Joel macht im Bad schnell seine Haare, dann schlüpft er

in ein weites Tanktop und schwere Timberland-Stiefel. Es passt alles nicht zusammen, und er sieht absolut chaotisch aus. Und trotzdem ist er einfach so verdammt heiß, dass es kaum auszuhalten ist. Das Einzige, woran ich denken kann, ist die gestrige Nacht. Jedes Mal, wenn mich die Erinnerung an seine Hände auf meinem Körper überfällt, beschleunigt sich mein Herzschlag und meine Wangen beginnen verräterisch zu glühen. Ich gebe der Sonne die Schuld, und prompt reicht mir Rowan die Sonnencreme. Als ich ihre Hand beiseiteschiebe, wirft sie mir einen verwirrten Blick zu, den ich einfach nicht beachte.

Nachdem wir den Tag damit verbracht haben, vor verschiedenen Bühnen im Gewühl abzurocken und unseren Trommelfellen bleibende Schäden zuzufügen, landen wir sechs schließlich am Rand der Hauptbühne. Wir warten auf den Auftritt von *Cutting the Line.* Joels Finger stehlen sich immer wieder durch die Schlitze auf dem Rücken meines Shirts, um die Linie meines BHs nachzufahren. Ich bemühe mich, langsam und gleichmäßig zu atmen, damit meine Lunge überhaupt weiter funktioniert. Ich weiß nicht, weshalb mich seine Hände so faszinieren – sie haben Schwielen vom jahrelangen Gitarrespielen und sind doch geschickter und geübter als alle Hände, die mich je berührt haben. Diese langen Finger gleiten über den Spitzenstoff, schlängeln sich über die winzigen Haken … und auf einmal springt mein BH weit auf. Kreischend presse ich die Arme an meine Seiten, damit er nicht verrutscht. Alle sehen mich an, doch ich lächele und winke ab. Und tue so, als hätte Joel nicht gerade meinen BH aufgehakt. Einhändig. In der Öffentlichkeit.

Er stellt sich hinter mich, drückt mich mit dem Rücken an seine Brust. Ich beiße mir auf die Innenseite der Lippe, denn ich verstehe seine Botschaft klar und deutlich.

Ich will mich eben schon zu ihm umdrehen und ihn zurück zum Bus zerren, als Van hinter der Bühne hervorkommt und auf uns zujoggt. Bei seinem Anblick beginnen die Fans sofort loszuschreien. Wie angewurzelt bleibt er stehen, dann fordert er uns mit einer Handbewegung auf, ihm in den Backstagebereich zu folgen, bevor er wieder kehrtmacht und verschwindet.

»Unser Gitarrist Wade ist höllisch verkatert«, jammert er, als wir hinter der Bühne zu ihm treten. Er zwirbelt ein paar dichte Haarsträhnen zwischen seinen Fingern mit einer Heftigkeit, die mich vermuten lässt, dass er seine Hände beschäftigen muss, damit er sie nicht jemandem um den Hals legen kann.

»Du meinst, zu verkatert, um zu spielen?«, fragt Adam.

»Ich meine, zu verkatert, um sich auf den Beinen zu halten«, knurrt Van und lässt dabei seinen Blick zwischen Joel und Shawn hin- und herwandern. »Kann einer von euch einspringen? Ich schwöre bei Gott, ich schenke demjenigen mein erstgeborenes Kind.«

Bevor Shawn den Mund aufmachen kann, schubse ich Joel von hinten, sodass er einen Schritt nach vorne taumelt. »Joel kann spielen.«

Mit *Cutting the Line* aufzutreten wird die Aufmerksamkeit auf ihn lenken. Sobald die Leute ihn sehen und hören, werden sie wissen wollen, wer er ist und in welcher Band er spielt. Es wird seiner Karriere Auftrieb verleihen, und ich möchte vermeiden, dass er sich die Gelegenheit entgehen lässt.

Joel wirft mir einen kurzen Blick zu, bevor er seine Aufmerksamkeit wieder Van zuwendet. »Ja, na klar. Welche Songs spielt ihr denn?«

»Welche kennst du denn?«, fragt Van, während er Joel bereits zu seinen beiden Bandkumpeln führt, die schon dabei sind, sich für ihren Gig fertigzumachen. Wir anderen begeben uns wieder auf unseren Platz neben der Bühne, und ich werde ganz kribbelig vor Aufregung. Ich kann es kaum erwarten, Joel mit einer der derzeit beliebtesten Bands auftreten zu sehen.

Als sie die Bühne betreten, geht ein begeistertes Kreischen durch die Menge. Van zieht sein Mikrofon aus dem Ständer. »Wie geht's euch, ihr Wichser?«

Die Menge rastet völlig aus, und Van beginnt ebenfalls zu brüllen, sodass alle noch lauter schreien, um die dröhnenden Lautsprecher zu übertönen. »Wade geht's heute nicht so gut«, sagt er und lacht. »Deshalb haben wir heute eine besondere Überraschung für euch. Dieser gut aussehende Wichser hier ist Joel Gibbon von *The Last Ones to Know*. Der Rest seiner Band steht übrigens gleich dort drüben.« Van zeigt in unsere Richtung, und Adam, Shawn und Mike heben die Hände und winken dem Publikum zu. »Ihren Namen solltet ihr euch merken. An denen wird man bald nicht mehr vorbeikommen, glaubt mir. Sie sind eine meiner Lieblingsbands, und es ist mir eine Ehre, dieses Arschloch heute Abend hier bei mir auf der Bühne zu haben.«

Joel lacht und winkt lässig ab. Van grinst anerkennend. Joel wendet sich wieder Wades Gitarre zu und versucht, ein Gefühl für das Instrument zu bekommen, während Van sich daranmacht, den Fans weiter einzuheizen.

»Aber im Ernst«, sagt er. »Besucht ihre Website. Kauft ihr Album. Wenn ihr in Virginia oder irgendwo sonst seid, wo sie auftreten, geht zu ihren Konzerten. Und wenn ihr diesem Typen hier später über den Weg laufen solltet«, ergänzt er mit einer Geste auf Joel, »dann lutscht ihm schön ordentlich den Schwanz, denn er tut uns einen riesigen Gefallen. Ohne ihn würde es heute keine Show geben.«

Das Publikum johlt, und irgendein Mädchen kreischt: »Ich mache es!«

»Darauf möchte ich wetten«, zieht Van sie lachend auf. Ich suche die Menge bereits mit den Augen ab, denn es juckt mir in den Fingern, dieser Tussi die Zähne auszuschlagen.

»Seid ihr Wichser bereit?«, ruft Van. Nebel ringelt sich um seine Knöchel, angestrahlt von roten und orangefarbenen Scheinwerfern, die ringsherum um die Bühne angebracht sind.

Die Fans jubeln. Joel spielt den ersten Akkord und eröffnet die Show, und ab da sehe ich nur noch ihn. Andere Mädchen sehen ihn allerdings auch. Und sie kreischen und strecken die Hände nach ihm aus, während er so lässig spielt, als stünde er mit seiner eigenen Band auf der Bühne. Die Gitarre scheint ein Teil seines Körpers zu sein. Ich bin sicher, er könnte selbst im Schlaf darauf spielen.

Ich singe die Songtexte mit, ich pulsiere geradezu vor Energie, die wie ein Wasserfall durch meinen Körper rauscht. Während ich zum Rhythmus der Musik auf und ab hüpfe, fällt mir wieder ein, dass der Verschluss meines BHs noch offen ist. Mein Lachen handelt mir einen seltsamen Blick von Rowan ein.

»Kannst du meinen BH zumachen?«, brülle ich ihr über die Musik hinweg zu. Sie zieht die Augenbrauen zusammen. Ich drehe ihr, noch immer lachend, den Rücken zu und hebe mein Top hinten an, damit sie an den BH rankommt.

Als die Show zu Ende ist, jubelt die ganze Menge so laut, bis alle Stimmen und Trommelfelle erschöpft sind. Wir gehen in den Backstagebereich, und Joel bleibt kaum Zeit, die Arme auszustrecken, bevor er mich mitten in der Luft auffangen muss. Ich schlinge ihm die Arme um den Hals, und meine Knie werden weich, als er mich hält. »Du warst so unglaublich gut!«

»Geh mit mir zurück zum Bus«, flüstert er mir ins Ohr. Seine Stimme ist leise, verführerisch, und als ich ein Stück zurückweiche, um ihn anzusehen, sind seine Augen voller unausgesprochener Versprechungen, die die Wasserfälle in meinen Adern zum Kochen bringen.

Ich lasse mich langsam zurück auf die Fersen sinken und will etwas erwidern, doch in dem Augenblick gesellt sich der Rest unserer Gruppe zu uns und Van kommt aus der anderen Richtung auf uns zu. Er klopft Joel auf den Rücken. »Ihr müsst mitkommen zur Aftershow-Party.«

»Dee hat Kopfschmerzen«, sagt Joel, ohne den Blick von mir abzuwenden, und Van lacht und schenkt mir ein breites Grinsen.

»Die Party beginnt in einer Viertelstunde. Joel kann sich später um deine Kopfschmerzen kümmern. Oder sucht euch meinetwegen ein Dixi-Klo und treibt es da drinnen. Aber dann muss er seinen Arsch zu unserem Zelt bewegen.«

Eine Viertelstunde später, nachdem Joel erfolglos versucht hat, mich für die Dixi-Klo-Sache zu erwärmen, sitzen Rowan und ich hinten im Merchandise-Zelt von *Cutting the Line.* Van und seine beiden nicht verkaterten Bandkollegen sind damit beschäftigt, Fanartikel zu signieren und die Fans mit Joel und dem Rest von *The Last Ones to Know* bekannt zu machen.

»Networking«, sage ich, während ich mit einem Zeigefinger zwischen den beiden Bands hin- und herwedele.

Rowan nickt und macht mit ihrem Kaugummi eine große Blase. »Manchmal macht es mich nervös.« Als ich sie verwundert anschaue, seufzt sie. »Hast du gesehen, wie viele Leute heute da waren?«

Es war unmöglich, es *nicht* zu sehen. Sobald es sich rumgesprochen hatte, dass – und auf welcher Bühne – *Cutting the Line* spielte, strömten die Festivalbesucher in Scharen herbei, um sich in diesen Wahnsinn zu stürzen.

»Es war, als hätten alle Mädchen im Publikum auf einmal eine Allergie gegen Kleidung entwickelt«, jammert Rowan, und mir entfährt ein Kichern. Überall waren barbusige Frauen zu sehen gewesen, die auf Schultern saßen oder crowdsurften, und ich bin davon überzeugt, dass sich unter ihnen vermutlich die Tussi befand, die angeboten hat, Joel den Schwanz zu lutschen. Ich habe keine Zweifel daran, dass sie es tun würde, wenn sie die Chance dazu bekäme, und dann müsste ich sie umbringen.

»Adam liebt dich«, versichere ich Rowan, aber ich kann ihre Sorge nachvollziehen. Beziehungen erfordern weitaus mehr als nur Liebe, und eine Beziehung mit einem Rockstar wird zwangsläufig auf die Probe gestellt. Oft.

Mein Blick driftet zu Joel, und als könnte er ihn auf sich spüren, sieht er über die Schulter und schenkt mir ein perlweißes Lächeln. Ich versuche es zu erwidern, aber es fühlt sich gezwungen an.

Als er sich wieder umdreht und eine Gruppe Tussis anquatscht, die um seine Aufmerksamkeit buhlen, wende ich mich wieder Rowan zu. Sie sieht zwischen uns hin und her, als ob sie versucht, aus uns schlau zu werden. Als ob das möglich wäre!

»Was findest du eigentlich an ihm?«, fragt sie ernst.

Ich mache eine lässige Handbewegung. »Er ist heiß.«

»Was noch?«

»Er ist ein Rockstar.«

Rowan sieht mich mit zusammengekniffenen Augen an. »Ich glaube, du lügst.«

»Du glaubst ja auch, dass Außerirdische die Pyramiden errichtet haben.«

Ihre Augen bleiben zusammengekniffen, und ich grinse sie an. Sie macht noch eine widerlich große Kaugummiblase und lässt sie vor mir platzen, dann starren wir beide auf die lange Schlange, die sich vor dem Zelt gebildet hat.

Schweigend grübeln wir vor uns hin. In Gedanken zähle ich all die Gründe auf, die ich ihr nicht genannt habe.

Ich mag Joel, weil er mich zum Lachen bringt. Weil er sich meine Launen und Spielchen nicht gefallen lässt. Weil er Türen einrennt und mich überzeugt, dass ich innerlich nicht zerbrochen bin. Weil er mir sagt, dass ich ihm etwas bedeute. Weil ich anfange, es zu glauben.

13

Als Joel und ich zum zweiten Mal Sex ohne Kondom miteinander haben, ist es anders als beim ersten Mal. Wir albern viel rum und variieren immer wieder unsere Stellungen und stoßen Dinge auf dem Küchentresen um. Danach bin ich wie Wachs in seinen Händen. Mit allerletzter Kraft gelingt es mir, wieder in meine Klamotten zu schlüpfen und mich draußen zu den anderen zu gesellen. Das Lagerfeuer ist wieder entfacht und lodert. Überall schwebt eine spürbare Mischung aus Erschöpfung und Aufregung, die Mischung, die Leute freundlich und dümmlich-glücklich stimmt.

Wir finden Rowan, Adam, Shawn und Mike, die mit Van, seinen Bandkollegen, ein paar vertrauten Gesichtern von gestern Abend und noch ein paar anderen, die ich nicht kenne, auf Liegestühlen im Kreis sitzen.

»Der Mann der Stunde!«, ruft Van, und alle jubeln Joel zu und erheben ihre Plastikbecher zu einem Toast. Ich sehe mich gerade nach einem freien Platz um, als mir jemand auf die Schulter klopft.

Zwei hübsche Mädchen grinsen mich an, als ich mich umdrehe – eine klein, eine groß, beide mit Haaren so rot wie Liebesäpfel und milchig weißer Haut. Die kleinere der beiden hat ein Augenbrauen-Piercing und eine Koboldfrisur, die größere hat einen winzigen Diamantstecker in der Nase und Haare bis zur Taille hinab.

»Ich *liebe* dein Shirt«, schwärmt die Große. Sie hat eine

Figur, als wäre sie dazu geboren, durch Musikvideos zu wirbeln, mit langen, langen Beinen und einer schmalen, schmalen Taille.

»Danke …«

»Hast du das selbst gemacht?«, fragt die Kleine. Als ich nicke, sieht sie strahlend zu ihrer Freundin hoch. »Ich hab's dir ja gesagt!«

»Kannst du mir auch so eins machen?«, fragt die Große.

»Und mir?«, schiebt die andere nach.

Ich kann schon gar nicht mehr zählen, wie viele Komplimente ich heute für mein Oberteil bekommen habe. Ein paar Mädchen haben gefragt, wo ich es gekauft habe, und waren schwer beeindruckt, als sie erfuhren, dass es sich um eine Eigenkreation handelte. Aber das hier sind meine ersten Auftragsanfragen, und ich verspüre ein seltsames Gefühl von Stolz. »Ich bräuchte eine Schere …«

»Van!«, ruft das größere Mädchen auf einmal laut, und Van unterbricht seine Flirterei mit der Blondine zu seinen Füßen und schaut zu uns herüber. »Habt ihr eine Schere im Tourbus?«

»Woher zum Teufel soll ich das wissen?«, brüllt er zurück.

Sie verdreht die Augen. »Er ist zu nichts zu gebrauchen«, sagt sie, hakt sich bei mir unter und führt mich fort vom Lagerfeuer.

»Na ja, zu *etwas* ist er zu gebrauchen«, witzelt die Kleine, und sie kichern beide. Meine Neugier ist zu groß, um ihnen nicht zu folgen, daher lasse ich mich widerstandslos mitziehen. Auf dem Weg zu den Bussen erfahre ich, dass die Größere der beiden Nikki und die Kleinere Molly heißt. Nikki bleibt vor einem riesigen, rot-silbernen Bus stehen und holt einen Schlüssel unter dem Trittbrett hervor. Sie schließt die Tür auf und lässt mir den Vortritt.

Der Bus ist sogar noch schöner als der von Joel und den anderen. Die Sitzgelegenheiten sind aus glattem schwarzem Leder, und es riecht wie in einem neuen Auto. Die beiden führen mich zu einer Küche im hinteren Bereich und wühlen in einer Schublade voller Krimskrams, bis sie eine Schere finden. Dann zieht Nikki ihr Shirt über den Kopf, und Molly tut dasselbe, und ich stehe einfach nur da – in einem lächerlich extravaganten Tourbus, mit einer Schere in der Hand, während zwei halb nackte Frauen mir praktisch ihre Oberteile zuwerfen. So muss Joel sich jeden Tag fühlen …

»Und du bist also mit Joel zusammen?«, fragt Molly und hüpft auf den Küchentresen, als ich mich an einem Tisch niederlasse und ihr T-Shirt darauf ausbreite. Nikki reicht mir ein Alcopop, und ich nehme einen großen Schluck. Wer sind diese Mädchen eigentlich, und warum sind wir auf einmal beste Freundinnen?

Ich hebe den Kopf und schaue Molly an. Ich frage mich, worauf sie hinauswill, aber ihr Lächeln ist leicht und aufrichtig, daher beschließe ich, ihr die Wahrheit zu sagen. »Wir sind nicht wirklich zusammen.«

»Na, das ist mir schon klar«, erwidert sie kichernd, »aber ich meine, irgendwie bist du doch mit ihm zusammen, oder? Du bist sein Mädchen?«

Nikki lehnt sich neben ihr gegen den Tresen und beäugt mich, während sie beide auf meine Antwort warten. »Sein Mädchen?«, frage ich.

»Ja. So wie Nikki und ich. Wir sind mit Van zusammen.«

»Ich dachte, diese Blondine dort draußen ist mit Van zusammen?«

Nikki verdreht die Augen. »Vermutlich weiß er nicht einmal, wie dieses Biest heißt.«

»Weiß er auch nicht«, bestätigt Molly lachend. »Ich habe gehört, wie er sie Ashley genannt hat, aber sie hat mir gesagt, dass sie Veronica heißt.«

Nikki schnaubt lachend. »Das klingt nicht einmal ähnlich!«

»Ich weiß!«, sagt Molly hämisch, und Nikki zwinkert mir zu.

»Fragt ihr mich etwa, ob ich Joels *Groupie* bin?«, frage ich rundheraus, als mir allmählich dämmert, worauf das hier hinausläuft.

»Das ist ein so dreckiges Wort«, tadelt sie mich, aber sie sagt es in einem locker-leichten Tonfall und scheint noch immer gut gelaunt zu sein.

Molly nickt mit Nachdruck. »Ja.«

»Ich bin kein Groupie.« Ich wende mich wieder Mollys Shirt zu und beginne die Ärmel abzuschneiden. Ich fühle mich mehr als je zuvor wie ein Groupie und versuche, das Gefühl abzuschütteln.

»Was bist du denn dann?«, bohrt Nikki weiter, und ich wünschte, ich wüsste eine passende Antwort.

»Ich bin mit ihm befreundet.« Schon während mir die Worte über die Lippen kommen, weiß ich, dass sie nicht wahr sind. Joel und ich waren noch *nie* befreundet. Wir waren immer mehr. Und weniger. Nach gestern Nacht lässt es sich nicht mehr leugnen, auch wenn ich beabsichtige, genau das zu tun.

»Schlaft ihr miteinander?«

»Ja«, antworte ich, in der Hoffnung, das Verhör der beiden damit zu beenden.

Meine Hoffnung erfüllt sich nicht. Stattdessen beharrt Nikki: »Dann seid ihr keine Freunde. Wie lange kennt ihr euch denn schon?«

»Ein paar Monate.«

»Schläft er sonst noch mit irgendeiner?«

»Ist das wichtig?« Ärger schleicht sich in meine Stimme, während ich Mollys Shirt bearbeite.

»Oh, und ob das wichtig ist«, erwidert Nikki. »Bei Kerlen wie Joel und Van ist man entweder ein Groupie oder die Freundin. Wenn er noch mit anderen Frauen schläft, bist du ein Groupie. Wenn nicht, bist du seine Freundin.«

»Und was, wenn *ich* mit anderen schlafe?«, halte ich dagegen.

»Dann bist du eine Idiotin.«

Ich funkele sie an, aber sie zuckt nur die Schultern und schenkt mir ein wissendes Lächeln.

Molly lässt die Beine baumeln, während sie dabei zusieht, wie ich meinen Frust an ihrem Shirt auslasse. »Warum solltest du mit irgendjemand anderem schlafen wollen, wenn du *Joel* hast?«, will sie wissen. »Er ist unglaublich heiß. Hast du ihn heute mit Van auf der Bühne gesehen? Er war so gut. Ich hätte ihm am liebsten mit den Zähnen die Kleider vom Leib gerissen. Diese Haare!« Sie kommt regelrecht ins Schwärmen. Ihre Freundin lacht. »Ich möchte wetten, er ist eine echte Kanone im Bett.«

»Bestätigst du es, oder streitest du es ab?«, fragt mich Nikki, und ich kann nicht verhindern, dass sich meine Mundwinkel nach oben verziehen.

»Oooh«, säuselt Molly, »das bedeutet Ja. Oh Gott, *ich hab's gewusst.*« Sie lässt den Kopf nach hinten gegen eine Schranktür sinken, und Nikki und ich lachen beide.

Die Stimmung im Raum lockert sich merklich auf. Auf einmal erwacht Molly wieder zum Leben, ihr Kopf ruckt hoch, und ihre dunklen Augen richten sich auf mich. »Ich würde euch beiden sehr gern Gesellschaft leisten … Ich meine, falls ihr für so etwas offen seid … Du bist wirklich hübsch.«

Meine Augen weiten sich verblüfft, und Nikki fixiert mich mit den Armen vor der Brust verschränkt, als ob ich gerade irgendeiner Art Test unterzogen würde.

»Danke, aber ich glaube eher nicht«, sage ich, woraufhin Nikkis Lächeln breiter wird und sich Mollys Miene zu einem Schmollen verzieht. »Aber du bist auch wirklich hübsch«, schiebe ich rasch nach, und ihre Augen leuchten. Ihre Stimmungsschwankungen bringen mich allmählich ins Schleudern.

»Findest du wirklich?«, piepst sie. »Ich überlege, ob ich mir die Haare blondieren und blaue Strähnchen machen lassen soll.« Sie streicht sich ein Büschel asymmetrischer Stirnfransen in die Stirn. »Dieses Rot wird allmählich so langweilig.«

Nikki stößt sie mit dem Ellenbogen in die Seite, aber Molly scheint es kaum zu bemerken. Sie betrachtet ihre Stirnfransen, als würde sie sich einen Regenbogen aus verschiedenen Farben darin vorstellen. Ich werfe ihr das T-Shirt zu, denn ich bin fertig mit den Änderungen. Sie hält es hoch und kreischt entzückt.

»Das ist ja so cool!« Sie zieht es sich über den Kopf und dreht sich zu Nikki. »Wie sehe ich aus?«

»Total irre«, bestätigt ihre Freundin mit einem anerkennenden Lächeln. Ich habe Mollys Shirt etwas anders als mein eigenes gestaltet, aber Nikki hat recht – es *ist* total irre, und ich wünschte fast, ich hätte es selbst behalten.

Während ich mir Nikkis Shirt vornehme – und wieder ein anderes, völlig neues und individuelles Design ausprobiere –, erfahre ich, dass die beiden jungen Frauen Van vor zwei Jahren kennengelernt haben und dass sie *Cutting the Line* zu den meisten ihrer Konzerte in den USA folgen. Sie bekommen kostenlose Tickets, Backstagepässe und Einladungen zu allen Partys. Sie werden nicht gerade sonderlich respektvoll behandelt, wie mir aufgefallen ist, aber sie scheinen glücklich mit dem, was sie tun. Ich nehme an, Vans Aufmerksamkeit und der Neid anderer Frauen sind das, was ihnen am wichtigsten ist, und mir wird bewusst, dass es einmal eine Zeit gab, als ich selbst nicht viel anders war als sie. Ich schaudere.

Die Mädchen bombardieren mich mit Fragen: Woher ich komme, wie ich Joel kennengelernt habe, ob ich aufs College gehe. Als ich Letzteres bejahe, wollen sie wissen, für welches Hauptfach ich mich entscheiden werde. Ich versichere ihnen, dass ich nicht die geringste Ahnung habe.

Sie stöhnen über Hausaufgaben und die verschwendete Jugend, und Nikki fasst unser kollektives Gefühl zusammen. »Das klingt so erbärmlich.«

»Das ist es auch«, gebe ich ihr recht, während ich schmale Stoffstreifen ihres Shirts zu Knoten binde.

»Weißt du, was du studieren solltest?«, kreischt Molly plötzlich, springt vom Tresen und wirbelt durch die Küche. »Du solltest Modedesign studieren!«

Ich kichere. »Ich bin mir ziemlich sicher, dass *T-Shirt-Zerschneider* kein richtiger Job ist.«

Ich lege letzte Hand an Nikkis Shirt und überreiche es ihr. Sie bewundert mein Werk. »Vielleicht sollte es das sein«, sagt sie und schlüpft hinein.

»Oh, warte!«, schrillt Molly und reißt sich ihr eigenes Shirt wieder herunter. Sie wühlt in der Schublade und wirft mir einen wasserfesten schwarzen Stift zu. »Du musst mein Etikett signieren! Wenn du einmal eine große und berühmte Modedesignerin bist, will ich den Leuten sagen können, dass mein Top eine echte Dee-Kreation ist.«

Ich signiere lachend das Etikett und bin verblüfft, als Nikki mir ihr Shirt reicht und mich ebenfalls darum bittet.

Als wir uns kurz darauf Vans Runde nähern, legt mir Nikki eine Hand auf den Oberarm und hält mich zurück. Sie nickt zum Lagerfeuer hinüber. »Willst du herausfinden, ob du Groupie oder Freundin bist?«

Ich folge ihrem Blick und sehe drei Mädchen, die offenbar alle ein Auge auf Joel geworfen haben. Er sitzt Van gegenüber, ein Bier zwischen den Knien und ein lässiges Lächeln auf dem Gesicht, und unterhält sich mit Mike, der neben ihm sitzt.

Molly quiekt und klatscht in die Hände, und Nikki zieht uns tiefer zurück in die Dunkelheit. Ich weiß, was gleich passieren wird, und ich könnte hinübergehen und mich auf seinen Schoß setzen, um es zu verhindern. Aber ich will es wirklich selbst sehen, daher bleibe ich schweigend zwischen Nikki und Molly stehen und beobachte, wie eines der Mädchen am Feuer sich von der Gruppe löst und zu Joel hinübergeht.

Als sie vor ihm steht, hebt er den Kopf. Sie sagt etwas zu ihm, und er erwidert etwas. Sie reden eine gefühlte Ewigkeit miteinander. Schließlich zeigt das Mädchen mit einem Nicken auf eine, wie ich vermute, dunkle Ecke, die für Blowjobs und Quickies geeignet ist.

»Sie geht aufs Ganze«, flüstert Molly mit viel zu viel Aufregung in der Stimme, und ich widerstehe dem Drang, ihr eine zu knallen.

Joel entgegnet irgendetwas, und sie greift nach seiner Hand. Mir stockt der Atem.

Und dann entzieht er ihr seine Hand und schüttelt den Kopf. Er wendet sich sofort Mike zu und nimmt das Gespräch wieder auf, lässt sie abblitzen. Molly hüpft wie wild um mich herum und trällert: »Freundin, Freundin, Freundin!«

Wenn sie nur wüssten, dass er mir erst gestern Nacht gesagt hat, dass ich *nicht* seine Freundin bin und dass er mich *nicht* um ein Date bitten wird …

Und dennoch: Zu sehen, wie die Tussi unverrichteter Dinge wieder abzieht, gibt mir irgendwie einen kleinen Kick, und als ich auf ihn zugehe und er mich auf seinen Schoß zieht, hüpft mein Herz ebenso fröhlich, wie es Molly eben getan hat. Sie und Nikki werfen mir bedeutungsschwangere Blicke zu, bevor sie mit großem Spektakel ihre neuen Shirts vorführen.

»Wie findest du es, Van?«, fragt Nikki und wirbelt genau vor ihm einmal um die eigene Achse. Dabei rempelt sie Ashley oder Veronica, oder wie zum Teufel die Blondine auch heißen mag, unsanft an.

Van lässt seine Finger mit einer intimen Geste über ihren entblößten Rücken gleiten. »Es gefällt mir.«

Nikkis Gesicht leuchtet auf. Van belohnt sie mit einem Lächeln, doch der Moment ist vorbei, als das Mädchen zu seinen Füßen fragt: »Kann ich auch so eins haben?«

»Nein!«, trällert Molly, wirft sich auf Vans Schoß und legt die Beine über seine Stuhllehne. »Dee muss die Produktion gering halten, um die Nachfrage hoch zu halten. Das sind echte Dees. Außerdem *kennst* du sie doch gar nicht. Und trotzdem willst du sie einfach so um einen Gefallen bitten?«

Ich fange einen Blick von Rowan auf. Sie fragt sich zweifellos, wann *diese* Mädchen mich denn kennengelernt haben, aber die einzige Antwort, die ich habe, ist ein unverbindliches Schulterzucken.

»Und wenn ich dafür bezahle?«, bietet die Blonde an. Sie

steht auf, als Molly ihre Beine herumschwingt und sie fast ins Gesicht tritt.

Ich will eben schon Nein sagen, da ich eigentlich keine Lust habe, noch mehr von der Party zu versäumen, aber Shawn schaltet sich ein, bevor ich den Mund aufmachen kann. »Wie viel würdest du denn dafür bezahlen?«

»Wie viel verlangst du denn?«, will sie wissen.

Die T-Shirts auf dem Festival wurden heute für zwanzig Dollar das Stück verkauft. Ich bin gespannt, ob sie es bereit ist zu zahlen, daher werfe ich den doppelten Betrag in den Ring. »Vierzig Dollar pro Shirt.«

Nikki schnaubt verächtlich. »Ausgeschlossen. Mindestens fünfzig.«

Molly nickt beipflichtend, und bevor ich noch protestieren kann, sagt Shawn: »Behalte unsere Website im Auge.«

Shawn ist gewissermaßen der inoffizielle Manager der Band. Er ist derjenige, der die Konzerttermine fixmacht, der alle auf Zack hält, der die Kontakte zu den richtigen Leuten pflegt. Mit einem Funkeln in den Augen zwinkert er mir zu – und in mir steigt das seltsame Gefühl hoch, dass ich in diesem Augenblick Teil der Band geworden bin.

»Oh, verdammt, das ist eine gute Idee«, sagt Van, und für einen kurzen Moment hört meine Welt sich auf zu drehen. »Ich rede mit unseren Merchandise-Fuzzis und sage ihnen, sie sollen sich bei dir melden.«

Ich bin zu verblüfft, um etwas zu erwidern, daher sitze ich einfach nur da wie ein Idiot, bis jemand das Thema wechselt und sich ein neues Gespräch entwickelt. Ich rede hauptsächlich mit mir selbst, als ich schließlich murmele: »Das können die nicht ernst meinen.«

»Warum denn nicht?«, fragt Joel, womit er mir in Erinnerung ruft, dass ich ja immer noch auf seinem Schoß sitze.

Ich wende den Kopf und sehe ihn entgeistert an. »Alles, was ich tue, ist T-Shirts zerschneiden.«

»Alles, was ich tue, ist Gitarre spielen«, entgegnet er.

Ich drehe mich wieder nach vorne, lehne mich an die harten Konturen seines Körpers und denke mir insgeheim, dass das *absolut* nicht dasselbe ist.

Er legt den Arm fester um mich. »Wenn du gut in etwas bist, es gerne tust und Geld damit verdienen kannst, dann solltest du es anpacken.«

»Du meinst also, ich soll Prostituierte werden?«, witzele ich und spüre sein Lachen an meinem Rücken.

»Mach dich nicht kleiner, als du bist. Du könntest eine Edel-Escortdame sein.«

Zum Glück kann er mein Gesicht nicht sehen, sodass ihm mein amüsiertes Lächeln entgeht. »Du könntest dir mich niemals leisten.«

»Du würdest mich bezahlen lassen?«

»Ich würde dir das Doppelte berechnen.«

»Warum?«

»Gefahrenzulage. Ich glaube, ich habe mir den kleinen Finger verstaucht, als ich ihn mir im Toaster eingeklemmt habe.«

Joel prustet so laut los, dass ich ebenfalls lachen muss. Alle Köpfe rucken zu uns rum. Auf die Frage, was denn so witzig sei, sagt er: »Dee und ich waren vorhin im Bus, und …«

Ich schnelle herum und halte ihm den Mund zu, und sein ersticktes Lachen hallt in meine hohle Hand. Ich wende mich wieder den anderen zu, um seinen Satz mit einer Lüge zu beenden, als er mir die Finger in die Seiten gräbt und beginnt, mich gnadenlos durchzukitzeln. Hysterisch lachend versuche ich von seinem Schoß zu springen.

»Toaster!«, brüllt er, kaum dass ich seinen Mund freige-

geben habe. Die anderen sehen uns an, als hätten wir den Verstand verloren, als wir giggelnd miteinander ringen, bis wir schließlich beide vom Liegestuhl purzeln.

Den ganzen restlichen Abend tut Joel so, als wäre die Erkenntnis, dass ich kitzelig bin, ein verfrühtes Weihnachtsgeschenk. Er macht es zu seiner Mission, alle Stellen zu entdecken, an denen ich empfindlich bin. Und ich spiele gerade mit dem Gedanken, ihm die Finger abzubeißen, als auf einmal irgendjemand die Flyer zur Sprache bringt, die ich überall auf dem Festivalgelände aufgehängt habe und die den Start der Auditions nächste Woche ankündigen.

»Ich habe mich schon gefragt, was es damit auf sich hat«, sagt Van. Sein Blick ist glasig und verrät, dass er mindestens ein Bier zu viel hatte. Rowan und Adam sind bereits zurück zum Bus gegangen, aber wir anderen hängen noch immer unter einem Meer funkelnder Sterne ab.

Van nimmt noch einen Schluck von seinem Bier. »Was ist denn aus dem kleinen Typen geworden?«

»Hieß er nicht Cody?«, fragt jemand anders, und bei dem Namen läuft mir ein kalter Schauder über den Rücken.

»Ja, genau!«, sagt Van. »Den konnte ich noch nie leiden.«

Joels Finger verharren beschützend an meinen Hüften. Ich weiß, dass er versucht, mich zu beschwichtigen, aber es ist ein sinnloses Unterfangen. Dieses Wochenende war eine Illusion. Ich hätte wissen müssen, dass ich irgendwann aufwachen würde.

»Kreative Differenzen«, erklärt Shawn kurz angebunden. Er hockt auf der Kante einer Kühlbox, eine Gitarre im Schoß und einen Fanklub zu seinen Füßen. Seine dichte schwarze Mähne ist zerzaust, und seine Cargoshorts sind völlig zerschlissen. Er wirft nicht einmal einen Blick in meine Richtung, und seine Miene ist gelassen und völlig gleichgültig.

»Ich habe gehört, dass ein Mädchen der Grund war«, wirft irgendein Typ ein, ohne auf Shawns Erklärung einzugehen. Ich spüre, wie sich Joel hinter mir anspannt.

»Wer hat dir das erzählt?«, fragt er.

»Cody«, antwortet der Typ. »Er meinte, irgendeine durchgeknallte Tussi sei völlig verrückt nach ihm gewesen, aber hätte dann behauptet, er habe versucht, sie zu vergewaltigen oder so. Und ihr hättet es ihr abgekauft.«

Alle Augen richten sich auf mich und Joel.

Ich muss mich schwer zusammenreißen, um zu verhindern, dass der Schmerz in meinem Herzen sich nicht auf meinem Gesicht spiegelt.

»Cody ist ein verdammter Lügner!«, faucht Joel, womit er meinen Kampf ausfechtet, für den ich selbst keine Kraft mehr habe.

Cody mag in mancher Hinsicht ein Lügner sein, aber nicht in jeder.

»Er will einfach nur nicht zugeben, dass er ein beschissener Gitarrist ist«, wirft Shawn ein.

»Meine tote Großmutter könnte besser spielen als er«, ergänzt Mike, und Shawn nickt zustimmend.

»Er kann von Glück sagen, dass wir ihn überhaupt so lange behalten haben.«

Ich liebe die Jungs dafür, dass sie für mich lügen. Ich hasse mich dafür, dass ich sie in eine Lage gebracht habe, in der sie es tun müssen.

»Hast du ihn wirklich zusammengeschlagen?«, fragt der Typ an Joel gewandt.

Ich kann nicht länger zuhören. Jede Frage treibt den Dorn tiefer in mein Herz hinein und gräbt die Erinnerungen wieder aus. An diesem Wochenende, auf dem Festival, war es leicht, so zu tun, als wäre die Sache mit Cody eine

Ewigkeit her, als wäre es an irgendeinem fernen Ort irgendeinem anderen Mädchen passiert.

Aber ich bin kein anderes Mädchen, ich bin dieselbe *durchgeknallte Tussi*, die einen Gitarristen in einen Bus gelockt hat, um ihn genau dort zu verführen, wo sein Bandkumpel uns finden würde. Ich bin dasselbe eifersüchtige, egoistische, dumme Mädchen. Dasselbe Mädchen, das einen Streit angefangen hat, den sie nicht beenden konnte. Die ein Spiel gespielt und verloren hat.

»Ich gehe schlafen«, sage ich abrupt, stehe auf und werfe ein mattes Lächeln in die Runde. Ich weiß, dass sie vermutlich alle davon ausgehen, dass ich das betreffende Mädchen bin – es steht geschrieben in meinem leeren Blick, meinem krampfhaften Lächeln, meiner brechenden Stimme. Ich kann nichts dagegen tun, außer mich bis morgen zu verkriechen und zu hoffen, dass ich diese Leute niemals wiedersehen werde.

Ich habe mich noch nicht sehr weit vom Lagerfeuer entfernt, als Joels Finger sich um meine legen, fest und bestärkend.

Ich ziehe meine Hand nicht zurück, obwohl ich es am liebsten tun würde.

Im Bus steige ich auf das dunkle Oberdeck hoch und schlüpfe neben meiner Schlafkoje aus Schuhen und Shorts. Dann krieche ich unter die Decke und versuche zu verschwinden.

»Rutsch mal«, sagt Joel und kriecht schon neben mir unter die Decke, lässt mir keine andere Wahl. Ich rutsche an die Wand, zu betäubt, um mich mit ihm zu streiten.

Er meinte, irgendeine durchgeknallte Tussi sei völlig verrückt nach ihm gewesen, aber habe dann behauptet, er hätte versucht, sie zu vergewaltigen.

»Diese Idioten wussten nicht, was sie da reden«, sagt Joel,

während er eine Hand in die Vertiefung meiner Taille legt. Wir liegen einander zugewandt, Welten zwischen uns, und trotzdem fühlt es sich zu nah an.

»Ich habe gesehen, wie du heute Abend dieses Mädchen hast abblitzen lassen«, sage ich. Es klingt wie ein Vorwurf, und das ist es auch. Im ersten Moment hat seine Abfuhr einen Funken Stolz in meiner Brust erweckt. Jetzt wird dieses Gefühl von etwas anderem überschattet. Etwas Schwerem.

»Ich wusste nicht, dass du das mitbekommen hast.«

»Warum hast du das getan?«

»Ich bin mit dir hier.«

Er sagt es so einfach. Aber der Joel von vor einer Woche war nicht der Typ, der Mädchen aufmerksame Geschenke macht oder mit ihnen übers Wochenende wegfährt. Und er war eindeutig nicht der Typ, der ein hübsches Mädchen abblitzen lässt, egal, wo oder mit wem er zusammen ist. Nichts von alldem ist einfach.

»Joel, letzten Samstag mit Cody … Ich habe versucht, dich eifersüchtig zu machen.«

»Ich weiß.«

Wenn er es wirklich wüsste, dann würde er nicht abstreiten, dass ich eine *durchgeknallte Tussi* bin, wie Cody behauptet hat. Er würde in diesem Augenblick nicht bei mir im Bett liegen. Er würde nicht versuchen, mich zu trösten.

»Ich habe ihn gebeten, mit zum Bus zu kommen«, fahre ich fort, »weil ich wusste, dass du bald nachkommen würdest. Er wollte mit mir nach oben gehen, aber ich habe darauf bestanden, unten zu bleiben. Weißt du, warum?«

Schweigen.

»Weil ich wusste, dass du uns dort überraschen würdest. Ich wusste, du würdest uns rumknutschen sehen, und ich hatte gehofft, es würde dich so eifersüchtig machen, dass dir klar wird, dass du mich mehr willst als irgendeine andere.« Noch während die Worte aus mir heraussprudeln, dämmert mir eine entsetzliche Erkenntnis, und ein humorloses Kichern entfährt mir. »Und weißt du was? Es hat funktioniert. Du hast mich mit zu diesem Festival genommen, du hast mir deine ganze Aufmerksamkeit geschenkt und du hast eine andere abgewiesen, obwohl du nicht einmal wusstest, dass ich es sehe. Das ist genau das, was ich wollte, Joel. Verstehst du das denn nicht? Das zeigt nur, wie verdammt durchgeknallt ich bin. In dem Punkt hatte Cody recht.«

Joels Hand ruht reglos und schwer auf meiner Taille. Als er sie schließlich fortzieht, wappne ich mich innerlich für das Gefühl der Leere, das ich verspüren werde, sobald auch der Rest von ihm gegangen ist.

»Weißt du, was das Verrückteste dabei ist?«, fragt er leise. Er streicht mir eine Haarsträhne hinters Ohr und sagt: »Genau das alles musste passieren, damit ich begreife, dass ich dich tatsächlich schon immer mehr wollte als irgendeine andere.«

Seine Worte dringen tief unter meine Haut, und ich bete, dass er im Dunkeln die Tränen nicht sehen kann, die mir in die Augen treten. Ich will seinen Worten Glauben schenken, ohne Vorbehalte oder Widerworte, aber offensichtlich habe ich noch nicht genug gesagt. Wenn er die ganze Wahrheit kennen würde, dann würde er nicht immer noch neben mir liegen.

»Weißt du, warum ich *wollte*, dass du mich magst?«, fahre ich fort. »Weil alles zwischen uns nur ein Spiel war, das ich gewinnen wollte.«

Mit Aiden zu schlafen. Joel im Supermarkt stehen zu lassen. Mit Cody zu knutschen. Jedes Outfit, das ich kaufte, jeder Fingernagel, den ich lackierte, jedes Parfüm, das ich auflegte. Alles davon gehörte zu einem Spiel, einem dummen Spiel eines dummen Mädchens, das sich verkalkuliert hat.

»Ehrlich gesagt, wollte ich dich gar nicht auf lange Sicht gesehen«, gestehe ich. »Ich wollte dich haben, um dich danach wegwerfen zu können.«

Joels Stimme ist leise, als er mich fragt: »Ist es immer noch ein Spiel?«

Sein Daumen gleitet über die Kante meines Kinns, und es gelingt mir, nicht zurückzuzucken. »Nein.«

»Gut«, sagt er sanft, »ich habe dieses Spiel nämlich satt.« Er rollt sich auf den Rücken, streckt einen Arm unter mich und zieht mich an seine Seite. Und vielleicht bin ich ja doch anders als das Mädchen, das ich noch letzte Woche war, denn anstatt mich zu sträuben, lege ich den Kopf an seine Brust und lasse mich von ihm halten.

Wir liegen lange so da, bis seine Stimme die Stille durchbricht. »Meine Mom ist Alkoholikerin.«

Ich bleibe stumm, atme in gleichmäßigen Zügen. Ich weiß nicht, warum er mir das erzählt, aber ich weiß, dass es einen Grund dafür gibt, und das Mädchen, zu dem ich allmählich werde, will ihn hören.

»Das war sie schon immer. Meine Grandma hat ihr geholfen, mich großzuziehen, aber sie hatte einen Schlaganfall, als ich auf der Highschool war, und lebt seitdem in einem Pflegeheim.« Seine Stimme verliert sich, dann schüttelt er den Kopf, schüttelt unausgesprochene Gedanken ab. »Jedenfalls, danach sind meine Mom und ich umgezogen, und ich kam auf die Schule, auf die auch die Jungs gingen. Ich hörte von ihrer Band und zwang sie dazu, mir beim Gitarrespielen zuzuhören. Einer der Typen, mit denen meine Mom zusammen war, spielte Gitarre. Als er ging, ließ er sein Instrument zurück, und ich brachte mir selbst das

Spielen bei.« Noch eine Pause, noch mehr stille Erinnerungen. »An den meisten Tagen war meine Mom stockbesoffen und streitlustig, daher blieb ich oft bei Adam. Selbst wenn er nicht zu Hause war, schlief ich meistens bei ihm auf dem Boden, weil ich einfach nie zu Hause sein wollte. Damals habe ich viel gezeichnet. Und viel Gitarre gespielt. Ich wurde immer besser. Und weißt du was? Ich war glücklich. Das waren die ersten Jahre meines Lebens, in denen ich mich wirklich glücklich fühlte.«

Ich hatte mir nie Gedanken darüber gemacht, wie Joel aufgewachsen war, wie er die anderen kennengelernt hatte. Ich hatte mir überhaupt nie Gedanken über ihn oder sein Leben gemacht. Jetzt ist er das Einzige, woran ich denken kann, und ich will alles wissen. Ich will die Antworten auf Fragen wissen, die ich jetzt noch nicht einmal weiß.

»Vielleicht ist das der Grund, weshalb ich kein Auto und keine Wohnung oder nicht sonst irgendetwas habe«, fährt er fort. »Ich schlafe gern auf Adams Couch, weil es das ist, was ich getan habe, als ich zum ersten Mal wirklich das Gefühl hatte, eine Familie zu haben. Die Jungs waren wie Brüder für mich, und ihre Mütter kauften mir Klamotten und kochten für mich … Als ich klein war, schenkte mir einer der Freunde meiner Mom einmal etwas zu meinem Geburtstag – ich bekam von ihm sogar diese irre Hot-Wheels-Drachen-Rennbahn, die ich mir sehnlichst gewünscht hatte. Aber eine Woche später zog meine Mom los und verkaufte das alles, um das Geld zu versaufen.« Joel seufzt, seine Brust hebt und senkt sich unter mir, und ich streichele mit einer Hand über sein weiches T-Shirt. »Ich nehme an, ich habe mich einfach daran gewöhnt, nichts zu haben«, sagt er schließlich.

Nach langer, langer Zeit frage ich: »Joel … Warum erzählst du mir das alles?«

Als er nicht antwortet, nehme ich an, dass er eingeschlafen sein muss, doch auf einmal flüstert er: »Weil ich will, dass du es weißt.« Er umarmt mich fester, dann fügt er hinzu: »Und ich fange an zu glauben, dass es vielleicht gar nicht so gut ist, daran gewöhnt zu sein, nichts zu haben.«

14

Ohne das ganze Partyvolk wirkt das *Mayhem* seltsam klein. Die Decke erscheint ein bisschen höher, aber es macht den Anschein, als seien die Wände näher gerückt – als hätten sie sich zusammengezogen, nachdem sie auch vergangenes Wochenende wieder von der Flut an Körpern, die ins Innere geströmt ist, nach außen gedehnt wurden. Es ist zwar Samstag, aber erst früher Nachmittag – die Schlange draußen wird sich frühestens in ein paar Stunden bilden, wenn dieses Gemäuer durch die Magie allzu heller Lichter und allzu lauter Musik wieder zum Leben erweckt wird.

Von einem anderen Winkel des Klubs her hallt das Kreischen einer Bodenreinigungsmaschine herüber.

»Nächster!«, rufe ich, und Leti verlässt den gewölbeartigen Raum, um den nächsten Kandidaten hereinzuführen. Bei dem Großteil der Teilnehmer handelte es sich bis jetzt um hohlköpfige Groupies, die gekommen sind, um Fotos oder Autogramme abzustauben. Gut möglich, dass ich bei einer der Tussis die Beherrschung verloren und damit gedroht habe, ihr ihren Markierstift dorthin zu stecken, wo ihn niemand findet.

Wir sitzen zu sechst an einem langen Klapptisch vor der Bühne. Joel sitzt ganz links, dann komme ich, und neben mir Shawn, Adam, Rowan und Mike. Vor dem Festival hätte ich nicht das Gefühl gehabt, an diesen Tisch zu gehören. Jetzt kann ich fast glauben, dass ich es tue.

Letzten Sonntagmorgen, nachdem ich die Nacht in Joels Armen verbracht hatte, wachte ich früh auf, schlüpfte in meine Shorts und ging nach unten, um eine Kanne Kaffee zu kochen. Shawn stand bereits mit zerzausten Haaren in der Küche, einen dampfenden Becher in den Händen.

»Du bist ja früh auf«, bemerkte er, während ich mir ebenfalls Kaffee einschenkte und Zucker in die Tasse schaufelte.

»Konnte nicht mehr schlafen.« Das war eine glatte Lüge – ich hätte den ganzen Tag durchschlafen können. Ein großer Teil von mir wollte es, solange Joel bei mir im Bett blieb. Wenn er mich in den Armen hält, schnarcht er nicht, und dann schlafe ich besser als allein.

»Sah für mich so aus, als ob du richtig gut schläfst«, sagte Shawn mit einem Grinsen, das ich geschickt übersah.

Ich lehnte mich gegen den Küchentresen und blies Dampfwolken über den Becherrand. »Und, wie ging diese Unterhaltung gestern Abend über die *durchgeknallte Tussi* weiter?«, erkundigte ich mich. Ich sagte es ganz beiläufig, so als würde es mir nichts ausmachen, als würde ich immer über allem drüberstehen, aber Shawns Grinsen verblasste sofort.

»Willst du es wirklich wissen?«, fragte er. Der Dampf über meinem Becher stieg jetzt ungestört in die Höhe, weil ich den Atem angehalten hatte. »Mike und ich haben allen erzählt, dass Cody einmal mit seiner Cousine geschlafen hat.«

Mir klappte die Kinnlade herunter. »*Das* hat er getan?«

»Nein, aber wenn er schwachsinnige Lügen verbreiten will, können wir es auch.« Shawns Grinsen war wieder da, jetzt noch zehnmal frecher, und als ich lachte, lachte er ebenfalls.

Jetzt sitzt er neben mir und hat das Kinn schwer auf seinen Handballen gestützt. »Das ist ein Desaster«, grummelt er.

Dem kann ich nicht widersprechen. Wir alle machten uns große Hoffnungen, als der letzte Kandidat, den Leti hereinbrachte, tatsächlich eine Gitarre dabeihatte, aber diese Hoffnungen zerschlugen sich wenig später, als der Typ erklärte, er hätte keine Ahnung, wie man darauf spielte, und wolle sie sich nur signieren lassen.

»Ab jetzt werde ich jeden Einzelnen vorher durchleuchten«, sage ich mit einem Blick über die Schulter auf die unbesetzte Bar. Die Jungs haben mit dem Besitzer des *Mayhem* vereinbart, dass wir die Auditions hier abhalten dürfen – ich frage mich, wie sauer er wohl wäre, wenn ich das hier zu einer Notfallsituation erklären und seinen Alokoholvorrat plündern würde.

»*Driver?*«, lenkt Rowan meine Aufmerksamkeit von den Flaschen hinter dem Bartresen ab. Am rechten Ende des Tischs war sie in ein Lehrbuch und Hausaufgaben vertieft, aber jetzt gilt ihr ganzes Augenmerk dem schlaksigen Kerl, den Leti eben hereingebracht hat. Seine Haare sind ein wirrer, karottenroter Lockenschopf; er hat sich irgendetwas, das nicht wirklich nach einer Zigarette aussieht, hinters Ohr gesteckt, und … Ist das da etwa ein verdammtes *Banjo?*

»Ist das da etwa ein verdammtes Banjo?«, fragt Rowan, und Mike stöhnt auf und lässt die Stirn auf die Tischplatte fallen. Adam und Joel brechen beide in lautes Gelächter aus, und Shawn stößt einen schweren Seufzer aus.

»Wir suchen keinen Banjospieler, Driver«, sagt er.

Joel beugt sich zu mir hinüber und erzählt, dass Driver einer ihrer Roadies ist und den Bus fährt, wenn die Band auf Tournee geht.

»Gib mir eine Chance, Mann«, sagt Driver zu Shawn. »Dieses Baby hier wird eurem Sound auf die Sprünge helfen.«

»Was hast du gegen unseren Sound?«

Driver legt den Kopf schief, als sei er gründlich verwirrt. »Es fehlt ein Banjo …«

Adam lacht noch lauter, und Joel vergräbt das Gesicht an meiner Schulter, um sein eigenes Lachen zu ersticken.

Shawn blickt noch einen Moment ernst, doch dann zuckt es auch um seine Mundwinkel. Er weist mit einer Hand zur Bühne. »Wie auch immer, Mann. Leg los!«

Die ausgefransten Hosenbeine von Drivers Jeans schleifen auf dem Weg zur Bühne über den Boden. Er stemmt sich hoch, setzt sich auf die Kante und holt die Zigarette – die eindeutig keine ist –, hinter seinem Ohr hervor, fischt ein Feuerzeug aus seiner Hosentasche und steckt sie sich an. Er nimmt einen tiefen Zug, hält ihn einen Moment in der Lunge und stößt ihn dann in einer dicken Rauchwolke aus. Er lächelt uns an, dann nimmt er noch einen tiefen Zug.

»Driver?«, fragt Shawn.

»Ja?«

»Willst du spielen?«

»Oh, Scheiße!«, sagt Driver, den Joint zwischen den Lippen. Er legt sich das Banjo auf dem Schoß zurecht. »Ja. Seid ihr so weit?«

Leises Gekicher wird wieder an meiner Schulter laut und hallt aus Adams Richtung wider, und Rowan gibt ihm einen Klaps auf den Arm. »Komm schon, Driver. Wir haben Hunger«, sagt sie.

»Scheiße, ich auch. Ich bin am Verhungern«, erwidert Driver, und Adam johlt. Joel stützt sich mit einem Arm auf meine Schulter und vergräbt das Gesicht an mir, während sein ganzer Körper bebt. Ich beiße mir auf die Lippen, um nicht selbst loszuprusten.

Driver scheint ebenfalls gut gelaunt, unbeirrt davon, wie wenig ernst ihn alle Anwesenden nehmen.

»Mach schnell, damit wir essen gehen können«, sagt Shawn grinsend.

Den Joint zwischen den Lippen und mit baumelnden Beinen, beginnt Driver sein Banjo zu zupfen. Und eines muss man ihm lassen: Für einen Banjospieler ist er ziemlich gut! Joel jauchzt und schlägt sich aufs Knie, bevor er mich vom Stuhl reißt und mit mir squaredanceähnlich durch den Raum wirbelt. Adam schließt sich uns an und hakt sich bei mir unter, als Joel mich weiterreicht, und Rowan zerrt Mike und Shawn mit sich auf die Tanzfläche. Bis Driver zu Ende gespielt hat, sind wir sechs alle völlig außer Atem und lachen hysterisch. Ich liege auf dem Boden und lache so laut, dass ich nach Luft schnappen muss, Joel lässt sich neben mich fallen, tastet nach meiner Hand und hält sie fest.

Diese Woche hat er fast jede Nacht bei mir verbracht, und an den Abenden, an denen er nicht da war, nahm er, wie Rowan mir berichtete, mit Adams Couch vorlieb – nicht ohne mürrisch zu verkünden, dass er viel lieber bei mir wäre. Über die Tatsache, dass er nicht möchte, dass ich mit anderen Männern schlafe, haben wir nicht mehr geredet. Und wir haben *mit Sicherheit* nicht darüber geredet, dass ich nicht will, dass er mit anderen Frauen schläft. Aber soweit ich weiß, hat er das auch nicht getan.

Leti, der sich während unseres wilden Tanzens wohlweislich außer Reichweite gehalten hat, kommt jetzt auf mich zu und grinst selbstgefällig auf mich hinunter. »Na, ihr seid mir ja zwei süße Turteltäubchen.«

Ich trete ihn gegen den Knöchel, und sein Grinsen wird noch breiter.

»Und, werde ich jetzt in die Band aufgenommen?«, fragt Driver.

Als ich den Kopf vom Boden hebe, sehe ich, wie Adam Driver einen Arm um die Schulter legt. »Auf gar keinen Fall, Mann. Aber wir geben dir ein Abendessen aus.«

Driver scheint einen Moment darüber nachzudenken, dann antwortet er mit einem Schulterzucken. »Cool.«

Wir beschließen, in ein chinesisches Restaurant zu gehen, wo ich mich an einem Tisch mit sechs hungrigen Männern und einem absoluten Vielfraß von einer besten Freundin wiederfinde.

»Hast du etwa vor, das alles aufzuessen?«, fragt Mike Rowan mit einem skeptischen Blick auf ihren Teller.

Ich pruste los. Rowan und ich sind in etwa gleich groß, aber ich schwöre, sie kann das Doppelte unseres Gewichts an Essen verdrücken. Mit ihr zusammen Eis aus einer Packung zu essen, ist, als würde man mit einem Schaufelbagger um die Wette graben. »Sie fängt eben erst an.«

Sie zieht eine Grimasse, den Mund bereits voller Lo Mein.

»Und, wie kommst du mit den Shirts voran?«, erkundigt sich Shawn irgendwann, als ich gerade an einem chinesischen Donut knabbere. Mein Appetit kehrt allmählich wieder, nach und nach.

»Fast fertig. Ich mache dieses Wochenende ein paar Fotos, dann könnt ihr sie nächste Woche auf die Website stellen.«

»Und es ist dir wirklich ernst damit?«

»Soll das ein Witz sein?«, fragt Joel. »Du solltest mal ihre Wohnung sehen. Alles ist voller Shirts. Sie redet nur noch von Knoten und Schlitzen und Schleifen und was weiß ich noch allem.«

Ich werfe kichernd ein Stück Donut nach ihm, und er nimmt es vom Tisch, steckt es sich in den Mund und grinst mich an.

Ich habe viel Arbeit in die Sache investiert, aber nichts davon hat sich wirklich nach Arbeit *angefühlt*. Seit dem Telefonat mit meinem Dad erledige ich mit Feuereifer die überfälligen Hausaufgaben und büffele für meine Prüfungen, weil ich es ihm versprochen habe. Aber ich ertappe mich immer wieder dabei, wie meine Gedanken in Richtung Modedesign abschweifen. Meine Collegeblöcke sind ebenso voll mit Shirtdesigns wie mit Mitschriften aus meinen Kursen.

»Ihr solltet die Shirts mal sehen«, sagt Rowan, nachdem sie ihr Essen endlich verputzt hat. »Sie sind richtig gut.«

»Und sie meint, *richtig* gut«, ergänzt Leti.

»Sie sind ganz okay«, relativiere ich. Worauf ich wirklich stolz bin, sind meine anderen Entwürfe: die von Röcken und Kleidern und sexy kleinen Tops. Aber die mache ich nur so zum Spaß.

»Wisst ihr, was ich schon immer mal haben wollte?«, meldet sich Driver zu Wort. Er sitzt am Ende des Tischs, aber ich kann den Rauch an ihm noch drei Plätze weiter riechen. Er nickt vor sich hin, als er sagt: »Einen Umhang.«

»Einen *Umhang*?«, wiederholt Adam, und Driver nickt noch entschiedener.

»Ja. Mit versteckten Taschen und so. Damit die Cops, wenn sie mich anhalten, nichts bei mir finden können.«

»Könntest du nicht einfach versteckte Taschen in deine Jacke nähen lassen oder so?«

Driver zieht verwirrt die Augenbrauen zusammen. »Meinst du nicht, das wäre zu offensichtlich?«

Adam lacht leise, und Shawn schließt kopfschüttelnd für

einen Moment die Augen. »Meinst du etwa, ein *Umhang* wäre weniger auffällig?«, fragt er.

»Nein, ich glaube, ein Umhang wäre *cooler*«, entgegnet Driver. Er betont das letzte Wort, als wäre Shawn schwer von Begriff.

Shawn stößt einen tiefen Seufzer aus, und Joel und ich grinsen beide vor uns hin.

»Wenn er einen Umhang kriegt«, sagt Adam, »dann will ich auch einen.«

»Kann ich meinen in Sorbet-Orange mit einer vanillefarbenen Borte haben?«, fragt Leti. »Oh! Warte, nein! Orange mit fuchsienfarbenen Pailletten.«

»Das sähe grauenhaft aus«, knurre ich, und Leti schießt prompt zurück.

»Deine *Mom* sieht grauenhaft aus.«

Ich zucke die Schultern. »Meine Mom *ist* grauenhaft.«

Meine Mom war nur schön auf eine Art, die keine Rolle mehr spielen wird, sobald ihre Haut schlaff zu werden beginnt. Innerlich ist sie ekelhaft, und ich bete, die letzten sieben Jahre mögen ihren Tribut von ihr gefordert haben.

Die anderen entwerfen alle weiter laut ihre Umhänge und streiten sich darüber, welcher am coolsten klingt, doch Joel beobachtet mich schweigend. Das tut er jetzt manchmal – er starrt mich an, als wäre ich ein Puzzle, das es zusammenzusetzen, oder ein Labyrinth, durch das es den Weg zu finden gilt. Ein paarmal wollte ich wissen, was er denkt, aber da mir seine Antworten nie gefielen – da sie *immer* eine Frage nach etwas Persönlichem beinhalteten –, habe ich aufgehört zu fragen.

»Du solltest Joel zu seinem Geburtstag nächste Woche einen Umhang mit Irokesenstacheln auf dem Rücken machen«, sagt Adam, und mein Blick huscht kurz zu ihm hinüber, bevor er wieder auf Joel landet.

»Du hast nächste Woche Geburtstag?«

Joel schaut auf seinen Teller hinunter und fischt die Erbsen aus dem gebratenen Reis. »Ja. Keine große Sache.«

Mein Herz hämmert schmerzhaft gegen meine Rippen, als ich an die Geschichte denken muss, die er mir erzählt hat: wie seine Mutter seine Geburtstagsgeschenke veräußerte, um davon ihren Alkohol zu bezahlen. Meine Kindheit war voller Geburtstagspartys mit Prinzessinnen-Mottos und so vielen Geschenken, dass ich gar nicht wusste, was ich mit ihnen allen anfangen sollte. Ich bezweifle, dass es für Joel je eine Geburtstagsparty gab.

»Feiert ihr Jungs eine Party?«, frage ich.

»Normalerweise laden wir ihn ein und füllen ihn gründlich ab«, sagt Adam lachend. »Zählt das?«

Joel schenkt Adam ein aufrichtiges Lächeln, aber ich gehe mit einem kompromisslosen »Nein« dazwischen. Die anderen starren mich an, und ich rudere hastig zurück und schiebe eine für mich typische, weil eigennützige, Begründung nach. »Die letzte Party ist schon viel zu lange her. Ich würde gern eine schmeißen.«

»Das musst du nicht«, stammelt Joel.

Ich tue seinen Einwand mit einer Handbewegung ab. »Ich liebe es, Partys zu schmeißen. Frag Rowan nach meinem sechzehnten Geburtstag. Es war fantastisch!«

Rowan nickt, den Blick fest auf mich geheftet. Sie weiß, dass ich irgendetwas im Schilde führe. »Es war absolut irre«, erzählt sie, ohne einen Takt auszusetzen. »Es gab einen DJ und alles. Und sie hatte drei Dates, und alle mussten oberkörperfrei erscheinen.«

Ich kichere bei der Erinnerung, aber Joel blickt noch immer skeptisch.

»Vertrau mir einfach. Es wird umwerfend werden.«

15

Nachdem ich von Joels Geburtstag erfahren habe, verbringe ich zwei Tage damit, geheime Informationen einzuholen. Die nächsten drei sammele ich alles, was ich benötige. Die zwei darauffolgenden Tage laufe ich wie ein Huhn mit abgehacktem Kopf herum und verfluche Joel dafür, dass er mir nicht ein paar Monate früher von seinem dämlichen vierundzwanzigsten Geburtstag erzählt hat.

»*Scheißkerl!*«, brülle ich, bevor ich den Finger, in den ich mir eben mit der Nadel gestochen habe, in den Mund stecke, um den Blutstropfen wegzusaugen.

Rowan ignoriert mich und hängt die letzten Luftschlangen über einen der Klapptische, die die Wände unseres Wohnzimmers säumen. Sie vollendet ihr Werk und lächelt breit. »Joel wird ausflippen.«

Leti dreht ein Miniatur-Riesenrad auf einem der Tische. Klopfer stehen in jeder Gondel als kleine Willkommensgeschenke für die Gäste. »Du solltest Partyplanerin werden«, sagt er, und ich stöhne nur.

»Partyplanerin. Shirtdesignerin. Umhangschneiderin für die Stars.« In meinem Schoß liegt ein neongrüner Umhang mit schwarzen Stacheln auf dem Rücken. Ich halte ihn hoch und bete insgeheim, dass er Joel gefällt.

Leti dreht die Musikanlage auf, während Rowan die letzten Snacks hinstellt und ich in die Mitte des Zimmers gehe, die Hände in die Hüften stemme und kritisch überprüfe, ob alles bereit ist. Als jemand an die Tür klopft, hole ich einmal tief Luft und öffne.

»Ach du heilige Scheiße!«, ruft Shawn, als er hereinkommt, und die Mienen von Mike und Adam spiegeln seine Begeisterung wider.

»Meinst du, es wird ihm gefallen?«, frage ich, aber Shawn hat keine Chance zu antworten, denn Adam kreischt: »Sind das da etwa *Umhänge*?!«

Er stürzt sich praktisch auf den Stoffhaufen und zieht einen heraus, der genauso aussieht wie der, den er letzten Samstag beschrieben hat – rot mit einem aufgestickten goldenen A, genau wie das Shirt von Alvin von den Chipmunks. Er strahlt wie ein kleiner Junge in einem Süßwarenladen. Gemeinsam mit Rowan habe ich versucht, mich daran zu erinnern, wie die Jungs die ganzen Umhänge beschrieben haben, als sie bei dem Chinesen herumalberten, und ich habe mein Bestes getan, um sie nach ihren Wünschen zu entwerfen. Adams sieht so aus wie Alvins Shirt, Shawns ist schwarz mit einem aufgestickten Batman-Symbol auf dem Rücken, und Mikes ist in Tarnfarben und hat innen eingenähte Taschen. Er jubelt, als er die Spielzeugpistolen findet, die ich in den Taschen versteckt habe, und ich versuche nicht mal, das Strahlen zu unterdrücken, das sich auf meinem Gesicht ausbreitet.

»Leti, deiner ist in meinem Schlafzimmer«, sage ich, und Leti schießt wie ein geölter Blitz aufgeregt den Flur hinunter. Er hat einen Schmollmund gezogen, als er gesehen hatte, dass ich für jeden aus der Band Umhänge genäht habe und keinen für ihn, aber eigentlich wollte ich nur, dass sein hässlicher Sorbet-und-Magenta-Pailletten-Umhang eine Überraschung blieb. Jetzt kommt er zurück, die Schnüre des Umhangs fest um den Hals gebunden, und wirft sich in eine tadellose Superman-Pose. Die anderen Jungs sind ebenfalls dabei, ihre Umhänge mit den Schnüren am Hals zu befestigen, als es auf einmal an der Tür klopft.

»Augen zu«, befehle ich durch die Tür, eine Hand auf dem Knauf.

»Muss das sein?«, winselt Joel von der anderen Seite.

»Ja!«, brüllen alle unisono, und ich kichere.

»Hast du sie zu?«, frage ich.

Als er bejaht, öffne ich die Tür und ziehe ihn am Arm in die Wohnung, drücke ihm eine Plastikkrone auf den Kopf und erlaube ihm, die Augen wieder aufzumachen. Als er sie öffnet, stehen drei Rockstars und ein sehr aufgeregt dreinblickender Leti in selbst genähten Umhängen, strahlend wie kleine Jungen, vor ihm.

»Oh mein Gott!«, ruft Joel mit einem Lachen, das mir verrät, wie begeistert er ist. Ich überreiche ihm seinen Umhang, und er hält ihn hoch und lacht noch lauter. »Das ist verdammt großartig!«

Sein Blick schweift durchs Zimmer, über das Riesenrad mit den Schnapsfläschchen, den Ein-Personen-Bierpong-Tisch, die Stofftiere, die als Preise an der Wand dahinter hängen, und die bemalten Pappfiguren zweier Rockstars mit Löchern, durch die Leute ihre Gesichter stecken können. Auf einem Tisch stehen Unmengen rot-weiß gestreifter Tüten mit Popcorn und Einmachgläser voller Süßigkeiten. Die Hauptattraktion ist eine Zuckerwattemaschine, und das ganze Zimmer ist mit bunten Luftschlangen und Ballons geschmückt.

Als ich Anfang der Woche versuchte, Joel Informationen zu entlocken, um Ideen für das Motto seiner Geburtstagsparty zu bekommen, fragte ich ihn nach seiner Lieblings-Kindheitserinnerung, und er erzählte mir, wie seine Grandma einmal mit ihm in den Zirkus gegangen war. Ich nahm das als Ausgangspunkt, stellte binnen weniger Tage einen Ein-Zimmer-Zirkus auf die Beine, immer mit dem Wissen, dass es die Mühe wert sein würde.

Joels Miene ist absolut unergründlich, während er alles in sich aufnimmt, und ich kaue auf meiner Unterlippe, weil ich auf einmal besorgt bin, es könnte ihm vielleicht doch nicht gefallen. Aber dann sieht er mich schließlich an, und sein sanftes Lächeln verscheucht all meine Befürchtungen. »Das ist zu viel.«

Ich schüttele den Kopf. Es ist nicht zu viel. Es fühlt sich eher an, als ob es nicht genug wäre – nicht nach all dem, was er durchgemacht hat, nicht nach all dem, was *wir* durchgemacht haben –, aber ich nehme an, selbst alle Luftschlangen der Welt könnten das nicht wiedergutmachen.

Joel zieht mich zu einer innigen Umarmung an sich. »Danke«, flüstert er mir ins Ohr.

»Alles Gute zum Geburtstag«, murmele ich, während ich das Gesicht in seiner Halsbeuge vergrabe und seine Umarmung erwidere. Ich habe ihn in den letzten zwei Tagen kaum gesehen, da ich zu beschäftigt mit den Vorbereitungen für die Party war. Ich habe ihn zu sehr vermisst, um auch nur zu versuchen, es mir nicht anmerken zu lassen.

Noch ein Klopfen an der Tür unterbricht unseren Moment, und nach und nach beginnen die restlichen Gäste einzutrudeln: Driver, ein paar andere Roadies, ein Barkeeper aus dem *Mayhem*, ein paar Typen von anderen Bands und ein paar von Joels Highschoolfreunden. Ich habe alle Namen und Telefonnummern von Adam, Shawn und Mike bekommen, und zu meinem Glück waren es alles Namen von Männern. Auch ein paar Mädchen sind unter den Gästen, aber alle am Arm ihrer Freunde, und ziemlich bald wimmelt es in meiner Wohnung nur so von Leuten. Die meisten Gäste tragen Umhänge, die ich zusätzlich gemacht habe – einen ganz besonderen habe ich mir für Driver ausgedacht; mit einem riesigen Hanfblatt auf dem Rücken und versteckten Innentaschen –, und diejenigen, die sich für zu cool für Umhänge halten, scheinen zufrieden damit, Bier und Drinks zu trinken und Pizza und Mozzarellasticks zu essen. Die Zuckerwattemaschine sorgt für Begeisterung, ebenso der Tisch mit Süßigkeiten und die Rockstar-Pappfiguren. Ein paar Typen spielen das Bierpong-Spiel und gewinnen Stofftiere für ihre Dates, und Joel legt das Kinn in meine Schulterbeuge, als wir ihnen eine Zeit lang zusehen.

Joel sitzt lachend auf meiner Couch, umgeben von einem Haufen Freunde, als ich mich in die Küche schleiche, um die Kerzen auf seinen Kuchen zu stecken – er ist aus Vanilleeis, garniert mit Konfettistreuseln. Ich stecke zwei hohe Kerzen an den Seiten hinein und spanne dazwischen ein kleines Banner, auf dem steht: *Alles Gute zum Geburtstag, Joel.*

»Er ist so glücklich«, bemerkt Rowan, die mir gefolgt ist, und als ich einen Blick ins Wohnzimmer zurückwerfe, sehe ich Joel, der an seiner blauen Zuckerwatte knabbert und über irgendetwas lacht, was Adam gesagt hat. »Und du auch«, ergänzt Rowan, und ich ertappe mich bei einem Lächeln. Ich wische es mir rasch aus dem Gesicht, ignoriere das wissende Grinsen, das sie mir zuwirft, und zünde die Kerzen an.

»Mach das Licht aus«, befehle ich, und sie gibt Leti das Signal, auf den Lichtschalter zu drücken. Das Zimmer wird in Dunkelheit getaucht, nur noch erhellt vom Schein der Kerzen, während ich mit dem Kuchen auf Joel zugehe und *Happy Birthday* anstimme. Alle fallen mit ein – bei einigen hört es sich bereits eher nach einem Lallen an. Ich stelle den Kuchen vor ihn auf den Couchtisch. »Wünsch dir was.«

Im flackernden Licht der Kerzen zwischen uns fangen Joels blaue Augen meinen Blick auf. Sie verharren auf mir, keiner von uns wendet den Blick ab, und ein leises Lächeln umspielt seine Mundwinkel. Er bläst die Kerzen alle auf einmal aus, und alle jubeln ihm zu.

Als die Lichter wieder angehen, hat er den Blick immer noch auf mich geheftet. Sein Lächeln lässt mich erröten. Ich flüchte zurück in die Küche, um Plastikteller und einen Tortenheber zu holen. Rowan schaut mich vielsagend an.

»Halt den Mund«, sage ich im Vorbeigehen zu ihr.

Sie läuft mir nach. »Ich habe gar nichts gesagt.«

»Aber gedacht«, behaupte ich.

»Ja, ich neige dazu. Ich bin mir ziemlich sicher, normale Leute denken irgendwelche Dinge.«

Sie schmunzelt, doch ich ignoriere sie. »Schnapp dir die Servietten.«

»Geht klar, Chef.«

Als ich die Küche verlasse, verscheuche ich Rowan mit der Hand, die den Tortenheber hält, und sie ruft mir nach: »Ich denke Diiinge!«

»Du bist duuuumm«, trällere ich zurück, und ihr giggelndes Lachen folgt mir bis ins Wohnzimmer.

Ich schneide für Joel ein Riesenstück Eistorte ab, bevor ich winzig kleine Scheiben für alle anderen abschneide, die ein Stück wollen. Erst als von der Torte nichts mehr übrig ist, fällt mir auf, dass ich gar nichts für mich zurückbehalten habe, doch da zieht mich Joel unversehens auf seinen Schoß und teilt mit mir sein Kuchenstück.

Nach der Torte folgen die meisten Anwesenden Adam für eine Raucherpause nach draußen, und ich beschließe, mir eine Margarita zu mixen. Ich bin eben dabei, Zutaten in einen Shaker zu gießen, als Jenny, ein Mädchen, das in Begleitung der Gäste war, mit denen Joel auf die Highschool gegangen ist, in die Küche kommt, um ihren Pappteller und die Gabel in den Mülleimer zu werfen. Sie stellt sich neben mich und beobachtet über den Frühstückstresen hinweg Rowan und Mike, die mit der gebrauchten Xbox spielen, die Mike uns zum Einzug geschenkt hat. Sie sind von einer Gruppe Typen umgeben, die beeindruckte Kommentare zu ihren Scores abgeben.

»Ich hätte nie gedacht, dass ich es je erleben würde, dass Adam Everest *und* Joel Gibbon eine ernste Beziehung führen«, bemerkt Jenny grüblerisch, und obwohl ich nicht Joels Freundin bin, berichtige ich sie nicht.

»Bist du auch mit ihnen auf die Highschool gegangen?«, frage ich, während ich den Deckel auf meinen Shaker drücke und zu schütteln beginne. Sie nickt.

»Ja. Ich habe meine gesamte Schulzeit dort verbracht.«

»Wie waren sie denn so?« Ich reiche Jenny ein Glas, nachdem ich mir selbst eines eingeschenkt habe.

»Adam war schon auf der Grundschule ein Herzensbrecher.« Sie nimmt das Glas entgegen, das ich ihr hinhalte, und lacht vor sich hin. »Ich kann mich daran erinnern, dass in der dritten Klasse seine Box am Valentinstag randvoll mit Karten war. Er hat das Mädchen ausgewählt, das ihm zusammen mit ihrer Karte die meisten Süßigkeiten geschenkt hat, und sie wurde für diese Woche seine kleine Freundin. Ich glaube, das war die einzige Freundin, die er je hatte, bis *sie* kam.« Sie zeigt mit einem Nicken auf Rowan, und ein kleines Lächeln schleicht sich auf mein Gesicht.

»Shawn und Adam waren unzertrennlich, aber sie waren grundverschieden. Adam hat die Mittagspause meistens mit Nachsitzen verbracht, weil er den Unterricht geschwänzt oder unter der Tribüne mit irgendwelchen Mädchen rumgemacht hat, aber Shawn gehörte in unserer Klasse immer zu den Besten.«

»Wirklich?«, frage ich erstaunt, auch wenn es mir nicht schwerfällt, das zu glauben.

»Ja. Er war diese irgendwie seltsame Mischung aus Traum-Schwiegersohn und Bad Boy. Dem Aussehen nach war er schon immer der typische Bad Boy, aber die Lehrer liebten ihn, weil er immer nur die besten Noten schrieb.« Sie kichert, bevor sie fortfährt. »Ich hatte damals eine Freundin, die total für ihn geschwärmt hat. Ich meine, *viele* Mädchen haben für ihn geschwärmt, aber sie hat ihn wirklich gemocht. Ich glaube, sie spielt mittlerweile auch in einer Band.«

Ihre Stimme verliert sich, als sie an ihre Freundin denkt.
»Und was ist mit Mike?«, frage ich.

»Ich kann mich an Mike vor der Mittelschule nicht erinnern, aber irgendwie blieb er schon damals gern für sich. Ich selbst habe Klarinette gespielt, und ich kann mich erinnern, dass er für vielleicht einen Monat oder so zu unserer Truppe stieß. Und dann ist er mitten in einer Probe einfach gegangen und nie mehr wiedergekommen.«

»Es war zu leicht!«, ruft Mike von der Couch her und verblüfft uns alle mit seinem übermenschlichen Gehör.

Jenny lacht. »Ich glaube, kurz danach hat er die Band mit Adam und Shawn gegründet. Auf der Highschool war er fast die ganze Zeit mit ein und demselben Mädchen zusammen.« Sie dämpft die Stimme zu einem Flüstern. »Aber sie war ein totales Biest.«

»Und was ist mit Joel?«

»Ich glaube, er ist etwa Mitte des ersten Highschooljahres in die Stadt gezogen. Damals hatte er den Iro noch nicht. Er hatte nur eine wilde blonde Wuschelmähne, und die Mädchen liebten ihn. Er hatte irgendwie diesen schäbigen Bad-Boy-Look.«

Ich überlege, ob sie das mit Joels Mom weiß, und dass der schäbige Look vermutlich nicht seine freie Entscheidung war, aber ich frage sie nicht danach.

»Er hat im Unterricht immer in einem Notizbuch vor sich hin gekritzelt, anstatt aufzupassen. Ein paar Lehrer haben ihn richtig genervt, weil sie sagten, er würde sein Potenzial verschwenden, aber ich glaube, er wusste einfach immer, was er mit seinem Leben anfangen wollte, weißt du? Diese ganzen Freistunden, die er im Musiksaal verbracht hat, haben sich letztendlich gelohnt.«

Am Dienstagabend war Joel mit einer Gitarre vorbeigekommen, da er noch an einem Song arbeiten musste, mich aber trotzdem sehen wollte. Wir hatten den Abend zusammen in meinem Wohnzimmer verbracht – er mit Gitarre und Noten beschäftigt, ich mit meinem Aufsatz für den Englischkurs. Widerstrebend hatte ich die ganze Zeit angestrengt versucht, nicht über ihn herzufallen. Während ich ihm dabei zugesehen hatte, wie er konzentriert an seinem Song arbeitete, war ich ihm unwillkürlich immer näher gerückt. Als er schließlich die Gitarre aus der Hand legte, hatte ich binnen Sekunden auf seinem Schoß gesessen, ihm das T-Shirt über den Kopf gezogen und ihn um den Verstand geküsst.

Ich hänge immer noch meinen Gedanken nach, als Joel zurückkommt, und ich nehme einen kräftigen Schluck von meiner Margarita in dem Versuch, wieder einen klaren Kopf zu bekommen.

»Ihr zwei seid wirklich ein süßes Paar«, sagt Jenny. Sie tätschelt meinen Arm und entfernt sich.

»Worüber habt ihr denn geredet?«, fragt Joel, während er ihren Platz einnimmt.

»Über dich«, necke ich ihn.

Ein beschwipstes Lächeln breitet sich auf seinem Gesicht aus, dann fragt er: »Darüber, wie heiß ich bin?«

»Nein.« Ich lache. »Darüber, was für ein Streber du auf der Highschool warst.«

Er folgt mir laut protestierend ins Wohnzimmer: »Ich war kein Streber. Wenn überhaupt, war *Shawn* der Streber.«

»Hey!«, ruft Shawn und erntet damit Gelächter. »Ich war *kein* Streber.«

»Na ja, irgendwie schon«, sagt Mike, woraufhin Shawn ihn böse anfunkelt.

»Hast du Adam nicht immer deine ganzen Hausaufgaben abschreiben lassen?«, fragt Jennys Freund.

»Was hätte ich denn tun sollen?«, spottet Shawn. »Ihn durchfallen lassen?«

Adam klopft ihm auf den Rücken. »Du bist ein guter Freund.«

Shawn schnaubt verächtlich und schlägt Adams Arm beiseite. »Wenn wir schon davon reden. Du schuldest mir noch immer dreißig Dollar dafür, dass ich dir für Mr. Veits Kurs diesen Geschichtsaufsatz geschrieben habe.«

»Joel schuldet *mir* noch immer dreißig Dollar dafür, dass ich es auf meine Kappe genommen habe, als er mit dem Skateboard eine Beule in den Wagen meiner Mom gefahren hat«, hält Adam dagegen.

Als sie anfangen, sich darüber zu streiten, wer wem wie viel schuldet, unterbreche ich sie, indem ich Joel eines seiner Geschenke vom Tisch reiche. »Das hier ist von Blake und Jenny.«

Er beginnt, ein Geschenk nach dem anderen auszupacken, bekommt T-Shirts und CDs und Geschenkgutscheine und teuren Schnaps. Rowan hat für ihn personalisierte Gitarrenplektren besorgt, Leti hat ihm eine absolut coole Sonnenbrille gekauft, und seine Bandkollegen haben alle zusammengelegt, um ihm eine ganz besondere Gitarre, eine Fender, zu schenken, die von allen mit großem Ah und Oh bestaunt wird. Ich überreiche meine Geschenke als Letzte, und ich versuche nicht zu zappeln, als er sie auspackt.

Als er das glänzende grüne Geschenkpapier herunterreißt und ein Graphitstifte-Set zum Vorschein kommt, betrachtet er lächelnd die Schachtel.

»Damit du bei unserem Deal keinen Rückzieher mehr machen kannst«, sage ich nur halb im Scherz.

»Was denn für ein Deal?«, fragt Rowan.

»Er wird mir zum Geburtstag etwas zeichnen.«

»Du zeichnest?«, fragt sie Joel, und endlich sieht er lächelnd zu mir hoch.

»Früher.«

»Er war richtig gut«, sagt Adam.

Ich überreiche Joel mein nächstes Geschenk, bevor irgendjemand noch mehr Fragen stellen kann, die er vielleicht lieber nicht beantworten will.

»Noch eines?« Er legt das Zeichenset behutsam beiseite, nimmt die Schachtel entgegen, die ich ihm hinhalte, und schüttelt sie an seinem Ohr.

»Mach es einfach auf.«

Joel reißt das Geschenkpapier mit einem einzigen Ruck herunter – und zum Vorschein kommt die Hot-Wheels-Drachen-Rennbahn, die er als Kind zum Geburtstag bekam, bevor seine Mom sie verkaufte, um damit ihre Alkoholsucht zu finanzieren.

Adam und Shawn fangen sofort an, von der Rennbahn zu schwärmen und in ihren eigenen Kindheitserinnerungen zu schwelgen, aber ich nehme alles nur als unverständliches

Rauschen wahr. Joels ausdruckslose Miene ist das Einzige, das ich sehen kann. Das Herz rutscht mir in die Hose, als ich sehe, wie er auf die Verpackung starrt, reglos und mit einem versteinerten Gesichtsausdruck.

Ich mache den Mund auf, um etwas zu sagen. Um mich zu entschuldigen. Aber dann sieht er zu mir hoch – seine Augen sind leuchtend und glasig. Mir bleibt kaum Zeit, die Tränen in seinen Augen zu bemerken, bevor er das Geschenk beiseitelegt und auf mich zukommt. Er zieht mich im Vobeigehen vom Boden hoch, den Flur hinunter zu meinem Zimmer und schließt hinter uns die Tür. Und dann stehen wir einfach nur da, ich an seiner Brust mit den Füßen in der Luft, während er das Gesicht an meinem Hals vergraben hat.

»Joel«, beginne ich, im Begriff, mich zu entschuldigen, aber dann erschüttern kleine Schluchzer seinen Körper, und ich weiß nicht mehr, was ich sagen soll. Ich schlinge die Arme fester um ihn und presse die Wange an seine Schläfe. »Hey«, flüstere ich, während ich mit einer Hand über die kurzen Haare neben seinem Irokesenschnitt fahre. Ich drücke ihm einen Kuss seitlich an den Kopf und lasse mich von ihm halten.

Joel schüttelt nur den Kopf. Ich frage ihn, was los ist. Doch er schüttelt ihn nur noch einmal, und dann führt er mich zum Bett und setzt sich, die Arme noch immer um mich geschlungen. Ich stehe vor ihm, während er mich fest an sich drückt. Er presst die Wange an meinen Bauch, sein ganzer Körper zittert von lautlosen Schluchzern, und Tränen laufen mir über die Wangen und tropfen auf seinen Rücken.

»Hey«, mache ich noch einmal leise und streichele mit einer Hand seine breiten Schultern. »Komm schon, hör auf damit. Du verschmierst mir noch mein ganzes Make-up.«

Joel lacht leise an meinen Bauch, und ich lächele und hebe eine Hand, um mir über die Augen zu wischen.

Er holt einmal tief und zittrig Luft und steht dann auf. Er umfasst mein Gesicht mit beiden Händen. Er hält meinem tränenverschmierten Blick einen Moment stand, bevor er mir einen sanften Kuss gibt. »Danke«, flüstert er.

Ich will ihm sagen, dass es nur ein Spielzeug ist, dass er keinen Grund hat, sich bei mir zu bedanken. Aber ich weiß, dass es ihm mehr als das bedeutet, daher trockne ich einfach nur stumm seine Tränen. Und als er mir mit den Daumen über die Wangen streicht, lasse ich ihn auch meine trocknen.

16

»Geh nicht ran«, stöhnt Joel am Morgen nach seiner Geburtstagsparty, aber ich winde mich aus seiner warmen Umarmung und taste nach meinem klingelnden Handy auf dem Nachttisch.

»Hallo?«

»Morgen, Schlafmütze«, schmettert mein Dad ins Telefon.

Ich lasse mich wieder auf die Matratze fallen und grunze. »Wie spät ist es?«

»Fast Mittag. Die halbe Nacht auf Kneipentour gewesen?«

Ich antworte mit einem amüsierten Kichern. »Was weißt du denn über Kneipentouren?«

»Was glaubst du, was ich mit meiner ganzen Zeit anfange, seit du ausgezogen bist?«

Ich lache schallend auf und reiße Joel damit aus dem Schlaf, in den er sofort wieder gesunken ist. Er dreht mir das Gesicht zu. »Wer ist dran?«, murmelt er.

»Ist da ein Mann bei dir?«, fragt mein Dad.

»Mein schwuler Freund, *Dad*«, beeile ich mich zu antworten, wobei ich das letzte Wort extra für Joel betone. »Er hat gestern nach einer Geburtstagsparty bei mir übernachtet.«

»Ein schwuler Freund?«, fragt mein Dad.

»Ein schwuler Freund?«, echot Joel.

»Leti, erinnerst du dich?«

»Ach ja. Wer hatte denn Geburtstag?«

»Ein anderer Freund von mir. Joel«, antworte ich, und Joel zieht eine Augenbraue hoch.

»Ein oder *dein* Freund?«

»Ein Freund«, sage ich und rolle mich von Joel weg auf die Seite, sodass ich mit dem Gesicht zur Bettkante liege. Er streicht mir die Haare aus dem Nacken, und dann spüre ich seinen warmen Atem an meinem Hals, während ich angestrengt versuche, meinem Dad zu folgen.

»… wollte nur hören, wann du zu Ostern nach Hause kommst«, sagt er, als Joels seidige Zunge über die zarte Haut hinter meinem Ohrläppchen streicht. Meine Augen gehen flatternd zu, und ich beiße mir auf die Lippe. »Dee?«, sagt mein Dad.

Ich springe aus dem Bett und schlurfe davon, außer Reichweite für Joel.

»Ja. Ich komme am Mittwoch vor Ostern nach Hause«, sage ich und beobachte währenddessen, wie sich Joel auf meinem Bett streckt. Er hebt die Arme über den Kopf, spannt seine Bauchmuskeln straff an. Als er mich dabei ertappt, wie ich ihn anstarre, zwinkert er mir zu, und ich drehe mich schnell zur Wand um.

»Ich habe für dieses Jahr an Pollo Cacciatore auf Garganelli-Pasta gedacht. Meinst du, wir können herausfinden, wie man das macht?«

Am ersten Ostern, nachdem meine Mom uns verlassen hatte, versuchte mein Dad ein Osteressen zu kochen, aber der Schinken war verbrannt, der Kartoffelbrei dünnflüssig und die Grüne-Bohnen-Kasserolle schwarz verkohlt. Wir saßen beide am Tisch, starrten auf unsere Teller und dachten an meine Mom, bis er abrupt aufstand und mich in die Küche schob.

»Na schön, wir werden Linguini alla Pomodoro Caprese machen«, sagte er, und ich mit meinen elf Jahren hatte keine Ahnung, dass er sich einfach irgendwelchen Unsinn ausdachte. Letztendlich kochten wir einen Haufen verschiedene Nudelsorten, schnitten frische Tomaten und Paprika klein und mischten alles mit Fertig-Tomatensoße. Mein Dad und ich verputzten alles bis auf den letzten Bissen und schworen, es sei die beste Mahlzeit, die wir je hatten – und das war es wirklich. Es war auch das beste Ostern meines Lebens.

Seitdem versuchen wir jedes Jahr, irgendetwas besonders Kompliziertes zu kochen, und selbst in den Jahren, in denen wir kläglich gescheitert sind, haben wir uns kaputtgelacht und die essbaren Reste gegessen.

Ich fixiere lächelnd meine lavendelfarbene Wand. »Ja, ich glaube, das könnten wir hinkriegen. Das klingt wunderbar.«

Ich beende das Telefonat mit meinem Vater und wende mich wieder Joel zu, funkele ihn wütend an und zeige mit einem Finger auf sein amüsiertes Gesicht. »*Du* bist böse.«

»Und offenbar schwul«, sagt er. Ich lache laut auf. »Fährst du wirklich nächsten Mittwoch ab?«, fragt er auf einmal ernst.

»Ja. Heimaturlaub über Ostern.« Ich gehe zurück zur Bettkante und grinse ihn an. »Warum, wirst du mich etwa vermissen?«

»Nein«, neckt er mich, während er mich wieder auf die Bettdecke zieht, »ich habe vor, bis dahin genug von dir zu haben.«

In den nächsten paar Tagen macht er es zu seiner Mission, so viel Zeit wie möglich mit mir zu verbringen – mit der Absicht, dass wir uns gegenseitig satthaben, wenn ich abfahren muss. Er schläft bei mir, macht mir das Frühstück, und wir verbringen die Abende auf der Couch und sehen uns Filme an. Ich schaue ihm beim Gitarrespielen zu, er jammert, während ich mit meinen Hausaufgaben zu kämpfen habe, und wir verbringen mehr Zeit im Bett als irgendwo sonst in meiner Wohnung. Selbst die Dusche ist keine sichere Zone mehr, was der Grund ist, weshalb wir zu den Auditions am Samstag zu spät kommen. Als wir das *Mayhem* endlich betreten, ist der erste Gitarrist bereits im Begriff, ohne uns anzufangen, und Rowan bedenkt mich mit einem tadelnden Blick, ermuntert mich aber gleichzeitig mit ihrem Lächeln.

»Wenn ich nicht im Bett bleiben darf«, mault Adam und stellt Joel ein Bein, als er zu seinem Platz geht, »dann dürft ihr zwei es auch nicht.«

»Wir waren nicht im Bett«, sagt Joel in einem selbstgefälligen Tonfall und mit einem noch selbstgefälligeren Grinsen. Ich zerzause seine kostbare Frisur, bevor ich mich neben ihn setze. Er funkelt mich wütend an, ich werfe ihm eine Kusshand zu, und Shawn räuspert sich.

»Können wir dann anfangen?«

Wir werden alle still, und nachdem wir die Auftritte von vier Gitarristen, die sich alle auf dem Papier weitaus besser anhörten, als sie dann letztendlich klangen, über uns haben ergehen lassen, geht Adam für eine Raucherpause nach draußen. Die anderen Jungs folgen ihm, und ich schlüpfe auf einen Platz neben Rowan.

»Hör dir das an«, sage ich und spiele ihr einen Song auf meinem Handy vor.

Sie nickt mit dem Kopf zu dem Rhythmus. »Das gefällt mir. Von wem ist das?«

»Von dem nächsten Kandidaten.« Ein fröhliches Lächeln

erhellt mein Gesicht, und Rowans blaue Augen leuchten auf, als sie sich von meiner guten Laune anstecken lässt. »Sein Name ist Kit. Bei ihm habe ich irgendwie ein gutes Gefühl.«

Ich habe die E-Mail von Kit am Mittwoch bekommen, als ich nach meinen Kursen auf dem Weg zurück zum Auto war. Bis ich zu Hause ankam, sprudelte ich vor Aufregung und zwang Joel fast mit Gewalt, sich den Song anzuhören. Er gab mir recht, dass er großartig war, und ich schickte Kit sofort eine E-Mail, um ihn zu den Auditions einzuladen.

»Ich glaube, Shawn platzt der Schädel, wenn wir nicht bald jemanden finden«, sagt Rowan, und ich lache. Der letzte Typ wusste nicht einmal, wie er seine Gitarre einstöpseln sollte. Shawn stöpselte sie für ihn ein, klopfte ihm auf den Rücken und schickte ihn dann weg. Er schüttelte nur den Kopf, als der Typ ihn zu überreden versuchte, ihn noch einmal auf die Bühne zu lassen.

»Wenn es mit dem nächsten Kerl auch nicht klappt, werde ich einfach selbst Gitarrespielen lernen.«

Rowan schmunzelt, bevor aus ihrem Lächeln ein breites Grinsen wird. »Aaalso, du und Joel …«

Als es an der Tür klopft, ergreife ich die Gelegenheit und katapultiere mich buchstäblich von meinem Platz, ohne meiner besten Freundin, die sich ständig einmischen muss, zu antworten. Rowan denkt, dass Joel und ich mehr sind als das, was wir sind, und sie will sich einfach nicht vom Gegenteil überzeugen lassen. Meine Absätze klappern über den Boden, als ich zur Tür flüchte. Als ich sie weit aufreiße, steht die Königin der gottverdammten Groupies vor mir.

Lange schwarze Haare mit dunkelblauen Strähnchen fallen wallend hinunter auf ein weites schwarzes Tanktop – tief ausgeschnitten, sodass jede Menge schwarze BH-Spitzen zu sehen sind. Die schwarzen Jeans des Mädchens – zerschlissener als jedes Paar, das ich Adam, Shawn oder Joel je habe tragen sehen – sind praktisch auf ihre Beine gemalt. Sie ist wie ein verdammtes Laufstegmodel mit Titten gebaut. Ihr Outfit wird gekrönt von aneinandergereihten Armreifen, einem winzigen Diamant-Nasenring und Kampfstiefeln: Sie ist der Inbegriff eines weiblichen Rockstars.

Ich widerstehe dem Drang, ihr die Tür vor der Nase zuzuschlagen.

»Die Band ist nicht hier, um Zeug zu signieren oder Fotos zu machen«, sage ich, während ich mich insgeheim frage, wie zum Teufel sie erfahren hat, dass wir heute hier sein würden.

»Okay?«, sagt sie mit einer perfekt geformten hochgezogenen Augenbraue, um ihre Verwirrung zu betonen. »Ich bin nicht wegen Autogrammen oder Fotos hier ...«

»Schön.« Ich will die Tür eben schon schließen, aber sie hält sie mit einer Hand auf.

»Bist du Dee?« Als ich einfach nur dastehe und sie mit einem vernichtenden Blick anstarre, stellt sie einen Stiefel in die Tür und streckt die Hand aus. »Ich bin Kit. Wir hatten E-Mail-Kontakt.«

»*Du* bist Kit?«, fragt Rowan hinter mir entgeistert, und ich schüttele Kit benommen die Hand.

In Kits Augen leuchtet die Erkenntnis auf, und sie lacht. »Oh, Entschuldigung. Ja, ich habe vier ältere Brüder, die fanden, Katrina sei ein zu mädchenhafter Name.«

»Und du bist für das Vorspielen hier?«, fragt Rowan.

Kit holt einen Gitarrenkoffer herein, den sie draußen gegen die Wand gelehnt hat. Sie schenkt uns ein Lächeln. »Ich hoffe es. Es *ist* doch okay, dass ich eine Frau bin, oder?«

»Ja«, beeilt sich Rowan zu sagen, aber ich bin skeptisch. Der Song, den ich mir angehört habe, klang toll, aber es fällt mir schwer, die Erwartung, die ich im Kopf hatte, mit der jungen Frau in Einklang zu bringen, die vor mir steht.

»Kommt drauf an«, werfe ich ein. »Bist du eine Frau, die Gitarre spielen kann?«

»Ich denke schon«, sagt Kit mit völlig ernstem Gesichtsausdruck. »Ich meine, es ist schwer zu sagen, da meine Vagina mir dabei ständig in die Quere kommt, aber ich habe gelernt, damit genauso umzugehen wie mit jedem anderen Handicap auch.« Sie legt die Stirn in Falten. »Bedauerlicherweise darf ich trotzdem nicht auf Behinderten-Parkplätzen parken.«

Ein langer Moment des Schweigens verstreicht zwischen uns, aber dann kann ich nicht anders: Ich pruste los. Kits Mundwinkel wandern nach oben, und ich führe sie hinein.

Erst als wir das *Mayhem* betreten, zeigen sich bei ihr erste Anzeichen von Nervosität. Sie lehnt die Gitarre gegen die Bühne, reibt sich mit den Händen über die Gesäßtaschen und lässt ihren Blick durch den Raum huschen. »Sind wir drei die Einzigen hier?«

»Nein …«

Gerade als ich ihr sagen will, dass die Band jeden Augenblick zurück sein müsste, geht die Hintertür auf, und sie kommen alle herein.

»Leute«, sage ich, als sie den Abstand zwischen uns rasch verringern, »das hier ist Kit. Sie ist die Nächste.«

Sie starren sie alle an, und ich versuche Joels Reaktion abzuschätzen. Auf einmal ist mir deutlich bewusst, dass wir ein *Mädchen* eingeladen haben, mit allem weiblichen Drum und Dran. Lange Beine, straffe Titten und, wie sie so freundlich hervorgehoben hat, einer Vagina. Wenn das hier gut läuft, dann könnten die Jungs bald mit einem Mädchen proben, auftreten und *auf Tournee gehen.*

Joel stellt sich neben mich und legt mir einen Arm um die Schultern. »Wir haben einen Kerl erwartet.«

Kit lächelt. »Ja, das dachte ich mir schon, als deine Freundin versucht hat, mir die Tür vor der Nase zuzuschlagen.«

Da Joel sie nicht berichtigt, tue ich es auch nicht. Ich habe absolut nichts dagegen, sie in dem Glauben zu lassen, dass Joel vergeben ist.

»Sind wir uns schon mal begegnet?«, fragt Shawn. Er starrt sie an, die tiefgrünen Augen leicht zusammengekniffen.

Kit erwidert sein Starren einen Moment lang, bevor sich ein feines Lächeln auf ihr Gesicht schleicht. »Wir sind auf dieselbe Schule gegangen.«

»In welchem Jahrgang warst du denn?«

»Drei unter dir.«

»Bist du früher nicht zu unseren Konzerten gekommen?«, fragt Mike, und Kit wirft Shawn noch mal einen langen Blick zu, als würde sie auf irgendetwas warten. Als er sie nur weiter wortlos anstarrt, als versuche er sie einzuordnen, wendet sie sich an Mike.

»Manchmal.«

Die Jungs – abgesehen von Shawn, der untypisch still geworden ist – stellen ihr weitere Fragen, und Kit beendet ihre Vorstellung, indem sie ihnen erzählt, sie hätte auf dem College in einer Band gespielt, die sich nach dem Abschluss jedoch aufgelöst hätte, da ein paar von ihnen einen Job mit geregelter Arbeitszeit wollten. Als niemandem mehr eine Frage einfällt, schnappt sie sich ihre Gitarre und betritt die Bühne. Wir anderen setzen uns an den Tisch. Sie schließt ihre Gitarre an und führt einen raschen Soundcheck durch.

»Könnt ihr euch an sie erinnern?«, frage ich die Jungs, nachdem wir Platz genommen haben. Die Frage ist an alle gerichtet, aber ich sehe Shawn dabei an.

»Ein bisschen«, sagt Mike.

»Sie sah *absolut* anders aus«, murmelt Shawn wie zu sich selbst. Er starrt zur Bühne hoch, und ich folge seinem Blick. Kit macht sich in Rekordzeit fertig, als hätte sie das schon tausendmal getan.

»Hat sie früher nicht eine Brille getragen?«, fragt Joel, den Kopf zur Seite geneigt, während er in seinen Erinnerungen kramt.

»Ja«, antwortet Shawn. »Und sie hatte kein Nasenpiercing, und keine …« Seine Stimme verliert sich, als ihm bewusst wird, dass wir ihn alle ansehen. »Ihr Bruder Bryce war in unserer Klasse, erinnert ihr euch?«

Sie fangen an, von irgendeinem Highschool-Abschlussstreich zu reden, den Bryce ausgeheckt hat, bis sich Kit schließlich zu ihrem Mikrofon vorbeugt und fragt: »Was soll ich spielen?«

»Deinen Lieblingssong«, ruft Adam ihr zu. Kit denkt kurz darüber nach, bevor sie lächelnd auf ihre Gitarre hinuntersieht und einen Schritt zurücktritt. Mit ihren Haaren, ihrem Outfit und der Gitarre, die ihr um den Hals hängt wie ein weiteres Accessoire, sieht sie aus, als wäre sie für die Bühne geboren.

Als sie »Seven Nation Army« von den *White Stripes* zu spielen beginnt – einen Song, den wir inzwischen öfter gehört haben, als wir zählen können –, beginnen wir alle zu stöhnen, aber sie fängt sofort an zu lachen und tritt wieder ans Mikrofon. »War nur ein Witz!«, sagt sie. Dann beginnt sie einen Song zu spielen, den ich noch nie gehört habe, den die Jungs aber offenbar alle mögen. Sie richten sich auf ihren Plätzen auf und sehen ihr beim Spielen zu, bis Adam sie mit einer Handbewegung unterbricht.

»Schreibst du eigenes Zeug?«, fragt er sie, und als sie nickt, fordert er sie auf, uns etwas davon vorzuspielen.

Als sie diesen Test bestanden hat, gesellen sich die Jungs zu ihr auf die Bühne. Sie werfen alle immer wieder einen Blick in ihre Richtung, während sie gemeinsam einen Song spielen – jedenfalls alle bis auf Shawn, der entschlossen scheint, sie nicht zu beachten. Danach bedankt er sich kurz angebunden bei ihr für ihr Kommen, und ihre Miene verdüstert sich.

»Sie ist perfekt, oder?«, frage ich, nachdem sie gegangen ist. Ich wünschte, wir hätten ihr sagen können, dass sie in der Band ist, bevor sie ging. Als sie zur Tür hinausschlüpfte, schien sie so unsicher, obwohl sie das Vorspielen klar für sich entschieden hatte.

»Was meint ihr?«, fragt Shawn, und Adam spricht laut aus, was ich denke.

»Ich wundere mich, warum wir überhaupt darüber reden.«

»Können wir den anderen Kandidaten absagen?«, fragt Mike. Sein Magen knurrt wie aufs Stichwort. »Bitte? Denn wenn nicht, werde ich gleich schreien wie ein kleines Mädchen.«

Rowan lacht, und Shawn sagt: »Beim dritten Song hat sie gepatzt.«

»Auf welchem Planeten warst du denn?«, fragt Joel. »Sie war perfekt bis zum letzten Ton.«

»Im Ernst, Shawn«, beklage ich mich, »was ist eigentlich dein Problem?«

Er versteift sich und kratzt sich im Nacken. »Nichts. Ich will nur sichergehen, dass wir keinen Fehler machen.«

»Irgendwann muss man sich nun mal für jemanden entscheiden«, sage ich zu ihm.

»Also, stimmen wir ab«, schlägt Adam vor. »Alle, die für Wie-heißt-sie-gleich-wieder sind, Hand hoch.«

Alle bis auf Shawn heben die Hand, doch dann seufzt er und hebt seine ebenfalls.

Als ich später an diesem Abend mit Joel auf meiner Couch sitze, frage ich ihn: »Was war heute eigentlich Shawns Problem?«

Ich informierte Kit, gleich nachdem im *Mayhem* alle Hände in die Luft geflogen waren, und sie klang am Telefon superaufgeregt. Doch Shawns völliger Mangel an Begeisterung will mir einfach nicht aus dem Kopf gehen. Wir haben *wochenlang* nach einem neuen Gitarristen gesucht, und er hat sich benommen, als wäre Kit das Schlimmste, was uns passieren konnte.

»Was ist grundsätzlich Shawns Problem?«, witzelt Joel, während er eines meiner Notizbücher durchblättert. Wir sitzen an entgegengesetzten Enden der Couch, getrennt von einem Berg von Hausaufgaben, da ich mit meinen Professoren vereinbart habe, dass ich, um meine Osterferien verlängern zu dürfen, alle Aufgaben fertigstellen und einreichen muss, bevor ich nach Hause fahre. Als hätte ich mit diesem ganzen Scheiß nicht schon genug zu kämpfen.

»Er hat sich seltsam benommen«, wende ich ein.

»Er benimmt sich immer seltsam.«

Ich wende mich wieder dem überhitzten Laptop auf meinen gekreuzten Beinen zu, während ich das Thema Shawn fallen lasse. »Findest du Kit hübsch?«

Joel hebt den Blick von meinem Notizbuch, und als ich ihn aus den Augenwinkeln ansehe, schenkt er mir ein schiefes Grinsen. »Nicht hübscher als dich.«

Ich verdrehe die Augen, versuche das Lächeln zu unterdrücken, das sich auf meinem Gesicht auszubreiten droht. »Also findest du sie hübsch«, sage ich provozierend.

»Mir sind High Heels lieber als Boots.«

»Also ist dir aufgefallen, was sie trägt.«

Joel lacht und beugt sich vor, um meinen Laptop zuzuklappen. »Wenn du Versöhnungssex haben willst, solltest du es einfach sagen, anstatt erst einen Streit vom Zaun zu brechen.«

»Du bist ein Arsch«, murre ich.

»Du bist eine …«

Ich hebe drohend einen Finger, und er grinst.

»Wie, streiten wir uns jetzt nicht mehr?«

Ich funkele ihn wütend an. Schmunzelnd lehnt er sich wieder gegen die Armlehne, und ich klappe den Laptop auf.

»Ich wollte sagen: eine Göttin unter Männern.«

Den Blick wieder auf meinen Bildschirm geheftet, lache ich schnaubend. »Bitte, red ruhig weiter.«

»Eine Rose in einem Garten voller Unkraut.«

»Was noch?«

»Eine … Pflaume … an einem Baum voller … Bananen …«

Ich kichere über meinem Laptop. »Vielleicht solltest du das Songschreiben besser Adam überlassen.«

»Hat dich aber zum Lächeln gebracht«, neckt er mich, und ich setze rasch eine ausdruckslose Miene auf. »Du lächelst noch immer«, sagt er. Ich werfe ihm einen vielsagenden Blick zu und verdrehe dann die Augen, als ich sehe, wie er mich angrinst. Aber er hat recht: Ich kann das Lächeln in meinem Gesicht nicht unterdrücken, und es ist sinnlos, es noch länger zu versuchen.

Joel und ich verfallen in ein angenehmes Schweigen, während ich meinen Aufsatz tippe und er seine Aufmerksamkeit abwechselnd seinem Handy, dem Fernsehen, den Keksen in seinem Schoß und meinem Notizbuch widmet. Schließlich unterbricht er mich in meinem Schreiben: »Hast *du* das gezeichnet?« Er hält mein Notizbuch hoch und tippt auf eine Seite.

Ich werde blass, als ich einen der Haute-Couture-Entwürfe erkenne, die ich während einer Vorlesung angefertigt habe. Ich hatte nie vor, sie irgendjemandem zu zeigen – und schon gar nicht ihm.

»Ja«, antworte ich. Ich muss mich schwer zusammenreißen, um *nicht* auszuflippen.

»Dee, das ist wirklich gut.« Er blättert weiter, und es juckt mir in den Fingern, ihm das Notizbuch aus den Händen zu reißen. Es ist, als würde er mein verdammtes Tagebuch genau vor meiner Nase lesen. Aber ich weiß, wenn ich irgendetwas dagegen unternehme, werde ich die Sache nur unnötig aufbauschen. »Verdammt … Das hier ist heiß.«

Meine Neugier ist zu groß, um widerstehen zu können, daher sehe ich zu ihm hinüber und frage: »Welches?«

Joel hält mir das Notizbuch wieder hin. Diesmal ist es bei der Skizze eines Kleides aufgeschlagen, die ich kürzlich gezeichnet habe. Es ist im Grunde nur eine etwas längere und figurbetontere Version der Shirts, würde aber ein bisschen Abmessen und Nähen erfordern, was ich beides noch nie wirklich gemacht habe – abgesehen von diesen Geburtstagsumhängen auf den letzten Drücker und einem Hauswirtschaftsprojekt in der sechsten Klasse, das nicht einmal zählt, da Rowan damals den Großteil meiner Arbeit erledigt hat.

»Das solltest du machen«, sagt Joel.

»Das kann ich nicht.«

Er runzelt die Stirn. »Warum denn nicht?«

»Ich habe noch nie ein Kleid genäht.«

»Das ist eine erbärmliche Ausrede, um etwas nicht zu versuchen.«

Als ich keine Antwort darauf gebe – denn wie könnte ich? –, blättert er weiter, und mein Magen verkrampft sich bei jeder Skizze, die er sich ansieht, immer wieder aufs Neue.

»Bist du nicht noch immer auf der Suche nach einem Hauptfach?«, fragt er, den Blick noch immer fest auf mein Notizbuch geheftet.

Ich ahne, worauf er mit seiner Frage hinauswill, daher sage ich: »Mode wird auf meinem College nicht als Hauptfach angeboten.«

»Dann bist du vielleicht auf dem falschen College.« Als er zu mir hinübersieht, kaue ich auf der Innenseite meiner Lippe. Ich frage mich, ob er recht hat, und versuche nicht darüber nachzudenken. »Ich glaube, hier in der Stadt gibt es sogar eine Modeschule. Du solltest dich bewerben …«

»Weißt du, was ich denke?«, frage ich, und er grinst bereits, denn er weiß, dass ich gleich irgendetwas Oberschlaues sagen werde. »Ich denke, du denkst zu viel.«

Joel lacht leise. »Außerdem habe ich darüber nachgedacht, was ich dir zu deinem Geburtstag zeichnen könnte. Darf ich darüber nachdenken?«

»Das ist noch über einen Monat hin … aber ja.« Wenn er nur darüber nachdenken würde, mir Geschenke zu kaufen, wären wir ein Traumpaar.

»Was soll ich dir denn zeichnen?«

»Ich weiß nicht … Irgendetwas Besonderes.«

»Irgendetwas Bestimmtes?«

»Überrasch mich.«

»Ich glaube, das kriege ich hin«, sagt er mit einem sanften Lächeln. Ich fange wieder an zu tippen, und er fährt im Plauderton fort: »Du wirst mich so was von vermissen, während du fort bist.«

Ich *werde* ihn vermissen, aber das werde ich mit Sicherheit für mich behalten. »Du wirst mich noch mehr vermissen.«

17

Der Schmerz in meiner Brust beginnt ungefähr nach der ersten der sechs Stunden Fahrt zurück nach Hause. Das Gefühl ist seltsam und unangenehm, und wenn ich es irgendwie aus meinem Herzen herauskratzen könnte, dann würde ich es tun. Mit einem Ohr höre ich Rowan zu, mit dem anderen überwache ich mein Handy und warte auf Nachrichten – die nie eintreffen. Ich setze Rowan bei ihr zu Hause ab und fahre das letzte Stück zu meinem Dad, parke in der Einfahrt und überprüfe noch einmal, ob mein Telefon versehentlich auf lautlos geschaltet ist. Als ich mich vergewissert habe, dass das nicht der Fall ist, seufze ich einmal entnervt auf und steige aus dem Wagen.

Mein Dad öffnet die Haustür, noch bevor ich die Veranda hochgestiegen bin, und ich stelle meinen vollgestopften Koffer ab, um ihn fest zu umarmen.

Er ist ein paar Zentimeter größer als ich, mit einer schlanken Statur und einem sanften Lächeln. Er und meine Mom waren beide zwanzig, als sie mich bekamen, aber er sieht sogar noch jünger aus als seine achtunddreißig Jahre, mit aschblonden Haaren und dunkelbraunen Augen. Als ich auf der Mittelschule war, verbot ich ihm, mich zu Schulveranstaltungen zu begleiten, da all meine Klassenkameradinnen wie verrückt für ihn schwärmten, und auch wenn er mit niemandem mehr zusammen war, seit meine Mom ihn verlassen hat, hätte er mit den Nummern all der Frauen, die sie ihm zuzustecken versuchten, leicht seine eigene Telefonbuchfirma gründen können.

Die Hände auf meine Schultern gelegt, lehnt er sich ein Stück zurück und mustert mich gut gelaunt. »Okay, lass dich ansehen.« Er dreht mein Kinn hin und her. »Keine Gesichtspiercings.« Er hebt meine Arme einen nach dem anderen hoch, und ich kichere, während er mich inspiziert. »Keine Stammestattoos. Umdrehen.«

»Was? Warum denn?«

Er dreht mich herum und hebt mein Oberteil etwas an. »Kein Arschgeweih. Gott sei Dank.« Ich verdrehe die Augen, und er lacht und küsst mich auf den Kopf.

»Bist du fertig?«, frage ich.

»Damit, mir Sorgen um dich zu machen? Niemals.«

»Damit, dich seltsam zu benehmen«, berichtige ich ihn.

Er greift nach meinem Koffer und öffnet die Tür. »Ebenfalls niemals«, sagt er und amüsiert sich über seinen eigenen Witz.

Ich verbeiße mir ein Lachen. Ich habe meinen Dad sogar noch mehr vermisst, als ich erwartet hatte – vermutlich, weil diese letzten paar Wochen mit die chaotischsten meines ganzen Lebens waren.

»Dein Zimmer ist noch immer dort, wo du es zurückgelassen hast«, sagt er. »Dein Kleiderschrank hat dich vermisst.«

Diesmal lache ich tatsächlich. »Ich habe meinen Kleiderschrank auch vermisst.«

Ich will eben schon den Flur hinuntergehen, als er mir hinterherruft: »Hilf mir in der Küche, wenn ihr euer rührseliges Wiedersehen hinter euch gebracht habt, okay?«

»Bin in einer Minute da.«

Mein Dad verschwindet in der Küche, und ich steuere auf

mein Zimmer zu. Ich stöhne langsam und verärgert auf, als ich unsere Diele mit den geschmacklosen Bildern durchquere. Seit ich ein Teenager war, führen mein Dad und ich eine Art passiv-aggressiven Krieg: Ich nehme alle Fotos von meiner Mom ab und verstecke sie; er findet sie immer und hängt sie sofort wieder auf. Er beharrt darauf, dass sie Erinnerungen enthalten, die ich nicht ausblenden, und eine gewisse Person, die ich nicht vergessen sollte. Ich beharre darauf, dass man manche Dinge besser vergisst und diese gewisse Person ein egoistisches Biest ist, die es nicht verdient, in unserem Haus zur Schau gestellt zu werden, wenn sie nicht einmal in der Lage war, ihrem Ehemann treu zu bleiben oder ihre Tochter großzuziehen.

Ich wende den Blick von der Bildergalerie ab und gehe in mein Zimmer, lasse meinen Koffer neben meinem alten Bett fallen und werfe mich mit dem Gesicht voran auf die königsviolette Decke. Mein Handy piepst in meiner Gesäßtasche. Ich zerre mir fast einen Muskel, als ich einen Arm auf den Rücken reiße, um es herauszuziehen. Ich bin fast enttäuscht, als es nur eine SMS von Rowan ist.

Meine Eltern arbeiten morgen beide. Kommst du vorbei, wenn du wach bist?

Ich schreibe ihr zurück, dass ich da sein werde, dann raffe ich mich vom Bett hoch, um nicht noch länger irgendwelchen Gedanken an Joel nachzuhängen. Ich frage mich, was er in diesem Augenblick tut. Fernsehen? Gitarre spielen? Mit all den Frauen schlafen, von denen er im letzten Monat die Finger gelassen hat, weil ich seine ganze Zeit für mich beansprucht habe?

»Dee?«, fragt mein Dad beim Abendessen über den Esstisch hinweg, und ich ertappe mich dabei, wie ich schon wieder auf mein Handy schiele und es beschwöre, endlich zu klingeln.

Ich wende den Blick rasch ab und schneide in mein verkohltes Stück Schweinekotelett. »Entschuldige.«

»Und die Typen in dieser Band«, sagt mein Dad, womit er mir in Erinnerung ruft, dass wir von dem Musikfestival geredet haben, woraufhin ich auf die T-Shirts zu sprechen kam, die sich auf der Website der Band inzwischen wie warme Semmeln verkaufen, woraufhin ich auf die Umhänge zu sprechen kam, die ich gemacht habe, woraufhin ich an Joel denken musste. »Das sind alles nur Freunde?«

»Ja«, sage ich und unterdrücke das Bedürfnis, wieder auf mein Handy zu schielen. »Sie sind alle echt cool.«

»Und dieser Joel?«

Ich habe sorgfältig darauf geachtet, über Joel nicht mehr oder weniger zu reden als über irgendeinen der anderen Jungs. Und trotzdem hat mein Dad aus einer verdammten unsichtbaren Reihe ausgerechnet ihn herausgepickt. »Dad«, stöhne ich, »wollen wir allen Ernstes über Männer reden?«

»Ich versuche nur den Grund herauszufinden, weshalb du ständig heimlich auf dein Handy guckst«, sagt er schulterzuckend. Er spießt sein Kotelett auf die Gabel und führt das ganze verkohlte Teil an seinen Mund, um davon abzubeißen.

Ich schalte mein Handy stumm und stecke es wieder ein. Für den Rest des Abends gebe ich mir alle Mühe, meinem Dad meine ungeteilte Aufmerksamkeit zu schenken. Wir reden über alles – Arbeit, Schule, Freunde. Fußball, Lasagne, Nachbarn. Nachdem wir ein paar Stunden zusammen ferngesehen haben und beide auf der Couch eingenickt sind, schlüpfe ich in meinen Pyjama. Mein Dad besteht darauf, mich ins Bett zu bringen. Er küsst mich auf den Kopf und verschwindet, schließt die Tür hinter sich. Sobald die Tür ins Schloss gefallen ist, schnappe ich mir mein Handy vom Nachttisch.

Nichts. Elf Uhr nachts und *nichts.* Nicht ein einziges Wort.

»Du bist ein Arschloch«, sage ich zu meinem Handy. Es hüllt sich noch immer in Schweigen.

Bist du wach?, texte ich Rowan.

So halb. Was ist los?

Eigentlich wollte ich mich nur vergewissern, dass mein Handy noch funktioniert. Ich knurre leise und schreibe zurück:

Nichts. Bis morgen.

Ich will sie anschreien und mich darüber auslassen, was für ein Riesenarschloch Joel ist, weil er weder angerufen noch eine Nachricht geschickt hat, nachdem wir in den letzten paar Wochen fast jeden Tag gemeinsam verbracht haben. Aber sie denkt schon jetzt, dass ich in ihn verliebt bin oder so, daher lege ich mein Handy stattdessen zurück auf den Nachttisch und starre es noch ein paar Stunden an, bis ich endlich einschlafe.

Am nächsten Morgen, als ich aufwache und keine entgangenen Anrufe oder neuen SMS oder sogar Rosen zur Entschuldigung vor meiner Tür vorfinde, bin ich zu frustriert, um mich noch länger zu beherrschen. Auf Rowans Couch, die Hand in einer Tüte Kartoffelchips vergraben, schimpfe ich: »Ich kann nicht *fassen*, dass dieses Arschloch mich nicht mal angerufen hat.«

»Vielleicht wartet er darauf, dass du ihn anrufst«, überlegt sie laut, während sie durch die Fernsehsender zappt.

»Wird nicht passieren.«

»Warum nicht?«

»Weil er der Mann ist.«

Sie wendet mir langsam den Kopf zu, und ihre Augenbrauen wandern hoch bis zu ihrem Haaransatz. »Sollte er dir auch das Wahl- und Eigentumsrecht absprechen?«

Ich werfe einen Kartoffelchip nach ihr, und sie lacht und schleudert ihn postwendend zu mir zurück. Wir wenden uns beide wieder dem Fernsehen zu, verschwenden den Vormittag damit, alles und nichts zu sehen, bis sie irgendwann auf einmal sagt: »Mir wäre um ein Haar herausgerutscht, dass ich mit Adam zusammenlebe.«

Als ich sie ansehe, ertappe ich sie dabei, wie sie an ihrem Daumennagel kaut. Sobald sie meinen Blick spürt, wendet sie mir ihr Gesicht zu.

»Ich habe Mom und Dad von Joels Geburtstagsparty erzählt, und ich habe aus Versehen gesagt, dass wir sie in deiner Wohnung gefeiert haben. Und mein Dad sagte nur: ›Meinst du nicht, in *eurer* Wohnung?‹ Und du weißt ja, wie schlecht ich lügen kann … Es war absolut peinlich.«

»Haben sie es dir abgekauft?«

Sie nickt mit gerunzelter Stirn, den Daumennagel fest zwischen den Zähnen. »Ich glaube schon«, nuschelt sie.

»Was glaubst du, wie sie reagieren würden, wenn sie es herausfinden?«

Sie zuckt die Schultern. »Vermutlich einen Anfall kriegen. Mir versuchen klarzumachen, dass es zu früh ist.«

»Sie würden ihn kennenlernen wollen«, sage ich. Ich versuche mir das Lachen zu verbeißen, als ich mir vorstelle, wie Rowans stämmiger, Football liebender Vater auf den langhaarigen Adam mit den lackierten Fingernägeln trifft.

»Die Sache ist die: Ich *will*, dass sie ihn kennenlernen.« Rowan seufzt und zieht die Knie auf der Couch an. »Ich meine, sie wissen, dass wir zusammen sind. Ich will, dass sie wissen, dass er der Richtige ist ... Ich habe nur ein bisschen Angst davor, sie könnten ihn nicht leiden.«

»Würde das denn etwas ändern?«, frage ich, und zu meiner Verblüffung lächelt sie.

»Nein.«

»Dann hör auf, dir darüber den Kopf zu zerbrechen.« Ich ziehe ihre Hand sanft von ihrem Mund weg, bevor ich hinzufüge: »Wenn sie ihn kennenlernen und nicht mögen, egal. Aber falls es dir etwas hilft: Ich bin davon überzeugt, sie werden ihn lieben.« Ich stehe auf und laufe in ihr Zimmer. Ihre Nägel sind so abgekaut, dass ich den Anblick nicht länger ertragen kann. Sie zu feilen und zu lackieren, wird eine bessere Zeitverschwendung sein, als herumzusitzen und mich wegen Joel zu stressen.

»Meinst du?«, ruft sie mir hinterher.

»Aber ja.«

»Woher weißt du das?«

Ich drehe mich um und gehe ein paar Schritte rückwärts. »Weil deine Eltern dich lieben«, sage ich lächelnd. »Und Adam auch.«

Ich verbringe den Nachmittag damit, ihr die Nägel zu machen, und versuche, sie nicht zu hassen, als sie eine Nachricht nach der anderen von Adam bekommt. Ich lenke mich ab, indem ich mit ihr über Kit rede und darüber, wie seltsam sich Shawn in ihrer Nähe benommen hat – was Rowan ebenfalls nicht entgangen ist –, aber trotzdem kann ich nicht umhin, zu bemerken, dass sich mein Handy in quälendes Schweigen hüllt, während Rowans die ganze Zeit piepst und klingelt und surrt wie eine Lottomaschine beim Hauptgewinn. Bis ich später an jenem Abend ins Bett krieche, bin ich überzeugt, dass das mit Joel nur eine flüchtige Liebelei war und er mich komplett vergessen hat.

Ich höre erst am nächsten Nachmittag um drei Uhr von ihm.

Mein Dad und ich sitzen in meiner ganzjährig geöffneten Lieblingseisdiele an einem Tisch im Freien und essen zwei große Eisbecher, und ich ziehe ihn gerade damit auf, wie die Eisverkäuferinnen vor ihm mit den Wimpern geklimpert haben, als mein Handy piepst und Joels atemberaubendes Lächeln auf meinem Display erstrahlt. Mein Herz läuft einen Parcours in meiner Brust, und ich stürze mich geradezu auf das Handy.

Ich vermisse dich.

Drei kleine Worte lassen eine unglaublich schwere Last von meinem Herzen purzeln, und mein Mund verzieht sich zu dem breitesten Lächeln aller Zeiten.

»Wer war das?«, will mein Dad wissen, und ich knalle das Telefon rasch mit dem Display nach unten auf den Tisch.

»Niemand.«

Als er misstrauisch den Mund verzieht, frage ich ihn schnell, ob er noch vorhat, die Kirsche auf seinem Eisbecher zu essen, bevor ich sie ihm stibitze, ohne seine Antwort abzuwarten.

Sobald wir zu Hause sind, flüchte ich mich in die Privatsphäre meines Zimmers und reiße mein Handy aus der Hosentasche.

Warum hast du nicht angerufen?, tippe ich, und Joels Antwort kommt prompt.

Warum hast DU nicht angerufen?

Ich überlege, ob ich irgendetwas Bissiges, irgendetwas Schlagfertiges und Unaufrichtiges erwidern soll. Aber stattdessen tippe ich:

Ich vermisse dich auch.

Ich drücke auf *Senden*, bevor ich es mir anders überlegen kann, und dann lausche ich auf das Ticken der Uhr an meiner Wand, während sich die Sekunden zu Minuten dehnen. Stunden später, lange nach dem Abendessen und Fernsehen bis tief in die Nacht mit meinem Dad, warte ich noch immer auf Joels Antwort. Ich stelle den Klingelton ganz laut, damit ich aufwache, falls er mir eine Nachricht schickt, und dann krieche ich unter die Bettdecke. Was er wohl in diesem Moment gerade tut? Und mit wem? Vielleicht hat er eine andere gefunden, die ihm hilft, mich nicht mehr zu vermissen – seine Kontaktliste im Handy ist weiß Gott voll mit Nummern von Mädchen, die die Gelegenheit beim Schopf packen würden.

Ich bin mir nicht sicher, wie lange ich brauche, um einzuschlafen, aber als ich aufwache, ist es noch immer dunkel draußen. Obwohl mir das Geräusch, das mich weckt, bekannt vorkommt, brauche ich einen Moment, um es einzuordnen – denn ich habe niemanden mehr an mein Schlafzimmerfenster klopfen hören, seit ich zu Hause ausgezogen bin.

18

»Was tust *du* denn hier?«, flüstere ich laut durch die Scheibe.

Joel lächelt mich an und deutet auf das Fenster, und ich reiße es rasch auf.

»Was tust du hier?«, flüstere ich noch einmal. Kalte Nachtluft strömt in die Wärme meines Zimmers, und ich schlinge die Arme um meinen Oberkörper, um mich vor der Kälte zu schützen. Ich trage nichts als ein Unterhemd und eine zu große Pyjamashorts.

»Kannst du das Fliegengitter hochschieben?«

Ich gehorche. Als Joel zu mir ins Zimmer klettert, bin ich gezwungen, einen Schritt zurückzutreten. Meinem Gehirn bleibt kaum Zeit, noch eine Frage zu formulieren, als er schon die Arme um mich schlingt und seine Lippen meinen Mund versiegeln. Zwei Tage ohne ihn, und ich hatte ganz vergessen, wie berauschend diese Küsse sein können.

»Ich habe dich vermisst«, wispert er an meinem Mund. Sein Körper drängt mich bereits rückwärts zum Bett, seine Hände reißen mir bereits die Kleider vom Leib. Mein Unterhemd flattert zu Boden, seine Jeans fällt zu Boden, und wir fallen beide auf die Matratze. Er lässt sich zwischen meine Beine sinken, und als ich ihm das Shirt über den Kopf ziehe, schmiegt sich seine nackte Brust an meine. Nichts als dünne Baumwollschichten trennen uns an den entscheidenden Stellen, und ich stöhne leise. Es ist acht Stunden her, seit er mir geschrieben und gesagt hat, dass er mich vermisst, und jetzt beweist er mir, dass er jedes Wort davon ernst gemeint hat.

Joels kalte Lippen gleiten hinunter zu meinem Hals, und es erfordert eine Menge Willenskraft, um fragen zu können: »Wie bist du denn hierhergekommen?«

»Ich habe mir ein Auto gekauft.« Er zieht eine Spur von Küssen an meinem Bauch hinunter, während er mir langsam die Pyjamahose herunterstreift.

»Du hast dir ein …« Mir stockt der Atem, als seine warme Zunge mich liebkost. Seine eiskalten Lippen folgen gleich darauf, nehmen meine winzige Knospe in seinen glühend heißen Mund und knabbern zärtlich daran.

»Joel!«, stöhne ich, die Zehen in die Matratze gebohrt. Er löst seine Lippen sanft von mir, und meine Finger krallen sich in die Bettwäsche.

»Schscht«, flüstert er nah an mich gedrückt. Sein Atem jagt mir einen Schauder über den Körper, sodass meine Nippel hart werden und mein Herz zu rasen beginnt.

»Mein Dad ist zu Hause«, protestiere ich ohne jegliche Überzeugung.

»Wir werden leise sein.« Seine Zunge liebkost mich zwischen meinen Falten. Ich drücke den Rücken durch. Joel gleitet mit der Zunge wieder über die geschwollene Klitoris, und ich stöhne auf und beiße mir gleich danach auf die Lippe.

Er lacht leise und drückt mir einen sanften, nassen Kuss auf den Schenkel. Er weiß genau, dass er mich quält, und er liebt es.

»Du bist ein Idiot«, sage ich. Unter seinen dichten schwarzen Wimpern wirft er mir einen Blick zu. Er liegt am Fußende meines Betts auf dem Bauch, dann verlagert er sein Gewicht so, dass seine Lippen über meiner empfindlichsten Stelle schweben.

»Ich bin was?« Jedes Wort jagt einen neuen warmen Atemstoß wie eine kribbelnde Welle über mich.

»Ein Idiot«, wiederhole ich mit leiser, schüchterner Stimme, und Joel schenkt mir ein sexy Lächeln, bevor er einen unglaublich leichten Kuss auf meine erregte kleine Knospe haucht.

Noch ein leichter Kuss. Ein leichtes Knabbern, ein leichtes Lecken, ein leichtes Saugen.

»Joel«, wimmere ich.

»Gefällt dir das nicht?«

»Nein«, keuche ich, aber kaum habe ich das Wort ausgesprochen, verschlingt mich sein begieriger Mund, und ich stöhne weitaus lauter auf als beabsichtigt.

Eine Sekunde später krabbelt Joel auf mich, schlüpft aus seinen Boxershorts, stützt die Ellenbogen zu meinen Seiten ab, und dann …

»Oh«, stöhne ich, als er tief in mich eindringt.

»Scheiße«, keucht er, die Stirn an meine gedrückt. Sein Körper bebt unter meinen Fingerspitzen, und meine Schenkel zittern um seine Hüften. »Ich habe dich wirklich, *wirklich* vermisst.«

Ich hebe das Kinn an und nehme seine Unterlippe zwischen die Zähne, als er in einen gleichmäßigen Rhythmus verfällt. Ich küsse ihn, ringe um Beherrschung, um nicht laut aufzuschreien. Meine Fingernägel krallen sich in die feste Haut auf seinem Rücken. Und dann knallt das Kopfende des Betts gegen die Wand.

»Scheiße!«, zische ich und löse meine Lippen von Joels, halte ihn fest, damit er in seinen Bewegungen innehält. Ich möchte ungern, dass das Geräusch meinen Dad aufweckt.

Es ist nicht das erste Mal, dass ich einen Jungen in meinem Zimmer habe – durchaus nicht –, aber trotzdem will ich nicht, dass er hört, wie sein kleines Mädchen unter seinem Dach Sex hat, während es über die Osterferien zu Hause ist.

Im Mondlicht, das durch mein noch immer geöffnetes Fenster ins Zimmer scheint, streckt Joel einen Arm aus, um die Oberkante des Brettes zu umklammern und es von der Wand wegzuziehen. Kalte Nachtluft umweht uns. Er hält das Kopfende fest und dringt wieder in mich ein. Sein Anblick in genau diesem Augenblick – eine Hand neben mir in die Matratze gedrückt, die andere am Bett abgestützt – raubt mir den Atem, und ich kann nicht anders: Ich richte mich auf, verlasse die Wärme des Lakens, und nehme sein kaltes Nippelpiercing in den Mund, gleite mit der Zunge in die Metallschlaufe und kratze mit den Fingernägeln über seine Seiten.

»Dee«, fleht Joel. Seine Stimme bricht, und ich weiß, dass er kurz davor ist.

Ich lasse den Kopf wieder aufs Kissen sinken, und er beginnt, ohne den Blick auch nur eine einzige Sekunde von mir abzuwenden, sich mit langsamen, langen Stößen wieder in mir zu bewegen. Sie werden immer langsamer und langsamer, bis sie schließlich ganz aufhören.

»Ich wünschte, du könntest dich jetzt sehen«, sagt er. »Du hast keine Ahnung, wie schön du aussiehst.«

Vielleicht liegt es an der Kälte, vielleicht an irgendetwas anderem, aber auf einmal muss ich ihn einfach in meinen Armen haben, und ich muss mich selbst in seinen spüren.

»Komm her«, wispere ich. Er lässt das Kopfende des Bettes los, um sich ganz auf mich legen zu können, neigt seine Lippen hinunter zu meinen und küsst mich lange und bedächtig. »Ganz langsam«, flüstere ich.

Joels Hüften bewegen sich langsam, seine Finger streicheln meine Wange, meine Haare, meinen Nacken. So bewegen wir uns bis zum frühen Morgen, bis ich an seinem Mund wimmere und er in mir pulsiert. Danach, während er noch immer tief in mir vergraben ist, schlinge ich die Arme um ihn und halte ihn, wie ich noch nie einen Mann gehalten habe.

Nach einer Weile küsst er mich seitlich auf das Kinn und steht auf, um das Fenster zu schließen, aber dann kriecht er wieder zu mir ins Bett und umarmt mich von hinten. Ich kuschele meinen Hintern fest an seinen Unterleib und fühle mich geborgen und zufrieden.

Wir schlafen zusammen ein, wir wachen am nächsten Morgen zusammen auf. Auf dem Bauch liegend sehe ich zu, wie er sich anzieht. Seine Rückenmuskeln treten hervor, als er sich bückt, um seine weiche Jeans vom Boden aufzuheben, und mein Blut gerät in Wallung, als ich mich erinnere, wie sich diese Muskeln erst vor ein paar Stunden unter meinen Fingerspitzen angespannt haben.

»Ich werde dich nicht anrufen«, sagt er, während er seine Jeans zuknöpft.

Ich runzele die Stirn. »Warum nicht?«

Er hebt den Blick, und ich kann sehen, dass er es ernst meint. »Du bist dran. Ich habe letztes Mal angerufen.« Er beugt sich zu mir hinunter und gibt mir einen zärtlichen Kuss. Ein zarter Atemstoß entfährt mir. »Wenn du mich vermisst, dann greif zum Telefon.«

Als er sich aufrichtet, reiße ich mich zusammen und bemühe mich um einen neckenden Tonfall: »Ich glaube, ich hatte für eine Weile genug.«

Joel kitzelt mich, bis ich meine Worte zurücknehme. Ich muss mich zusammennehmen, um nicht laut zu kreischen und meinen Dad zu wecken. Dann steht er auf und bittet mich mit einer Handbewegung, ihm sein Shirt zu reichen. Ich ziehe es mir über den Kopf und gebe es ihm wieder, wobei ich mir alle Mühe gebe, keinen Schmollmund zu ziehen, als er diesen hinreißend muskulösen Körper damit bedeckt. Er befeuchtet seine Finger und versucht wenigstens ein paar Stacheln seines Iros halbwegs wiederherzustellen, dann wischt er sich die Hände an der Vorderseite seiner Jeans ab. Ich finde derweil mein eigenes Shirt zusammengeknautscht unter der Bettdecke und ziehe es an.

»Wo hast du geparkt?«, frage ich ihn.

Gestern Nacht, vor dem Einschlafen, habe ich ihn nach seinem neuen Auto ausgefragt und erfahren, dass er eine Klapperkiste von einem Freund gekauft hat. Nachdem er den Namen meiner Heimatstadt von Adam bekommen hatte, schlug er meinen Dad im Telefonbuch nach und drückte sich selbst die Daumen, als er riet, welches Fenster das meine war. Ich kann noch immer nicht glauben, dass er sich endlich ein Auto gekauft hat – vor allem, dass er es nur getan hat, um mich zu sehen. Aber es sorgt dafür, dass ich ihm bereitwillig das dreitägige Schweigen verzeihe.

»Ein Stück die Straße hinunter«, antwortet er, während er den Blick durch mein Zimmer schweifen lässt. »Du magst Stephen King?« Er nimmt ein Buch aus einem Regal an der Wand und dreht es in seiner Hand.

»Nein, ich mag einfach Bücher über junge Mädchen, die ausrasten und alle umbringen«, erwidere ich mit einem zuckersüßen Lächeln.

Joel lacht und stellt das Buch zurück ins Regal, zieht stattdessen eine DVD heraus. »*Dirty Dancing*? Im Ernst?«

»Oh«, säusele ich, »gegen Johnny Castle hättest du keine Chance.«

Joel schnaubt verächtlich und stellt auch die DVD an ihren Platz zurück; dann tritt er an meinen Schreibtisch und nimmt einen Bilderrahmen in die Hand. Sein Mund verzieht sich zu einem breiten Grinsen. »Paintball?«

Er hält mir den Rahmen hin, und ich lächele über das Bild. Es zeigt Rowan und mich bei der Achtklässler-Abschlussparty. Wir sind über und über mit Farbe bekleckert, haben die Arme umeinandergelegt. Mit den Paintball-Markierern an den Hüften sehen wir einfach knallhart aus.

»Die Jungs hatten keine Ahnung, mit wem sie sich einließen«, sage ich, und Joel lacht. Er schaut sich weiter in meinem Zimmer um, betrachtet Bilder und Bücher und Nippes. »Musst du nicht los?« Ich steige aus dem Bett und lehne mich gegen das Fensterbrett.

Joel öffnet seufzend das Fenster. Er streckt ein Bein hinaus in die frühmorgendliche Kälte und sagt: »Ich wünschte, ich könnte bleiben.«

Als ich nichts erwidere, schwingt er auch das zweite Bein über die Fensterkante, springt ins Gebüsch und dreht sich dann noch einmal zu mir um. Ich beuge mich aus dem Fenster und gebe ihm einen langen Kuss. »Das wünschte ich auch«, gestehe ich.

Irgendetwas in seinen tiefblauen Augen leuchtet auf, und er vergräbt die Hände in meinen Haaren und zieht mich fast aus dem Fenster. Er drückt seine Lippen fest auf meine. Ich muss mich am Fensterbrett festhalten, um nicht hinauszupurzeln. Als er sich von mir löst, schenkt er mir noch ein strahlend weißes Lächeln, dann dreht er sich um und geht auf die Straße zu.

Mit weichen Knien schließe ich das Fenster und lasse mich in der Zimmermitte auf den Boden sinken. Ich berühre meine Lippen. Ein leises Kichern entfährt mir, das in einen regelrechten Lachanfall übergeht, und ich werfe mich auf den Rücken und sehe glücklich zu den hellgrünen Sternen an meiner Zimmerdecke hoch. Ich bin noch immer wie berauscht, als es an der Tür klingelt und die Sterne in apokalyptischen Feuerwerken explodieren.

Ich stürze zur Zimmertür und reiße sie auf. Hilflos muss ich mitansehen, wie mein Dad die Haustür öffnet.

»Hi«, höre ich Joel sagen, »ist Dee zu Hause?«

Mein Dad, bereits angezogen mit einer Khakihose und einem karierten Button-down-Hemd, starrt ihn eine Sekunde an, bevor er leise lacht. »Dee!«, ruft er und dreht sich um. »Der Typ, der sich gestern Nacht in dein Zimmer geschlichen hat, steht vor der Tür!«

Er grinst, als mir die Kinnlade herunterklappt, und geht in die Küche. Ich stürze zur Haustür.

Joel blickt ebenso verdattert wie ich. Er steht tatsächlich vor meiner Türschwelle – mit seiner Bad-Boy-Frisur, seinem zerknitterten Shirt und seiner zerschlissenen Jeans –, und wir starren uns einfach nur an, mit weit aufgerissenen Augen und ohne ein Wort zu sagen, bis mein Dad aus der Küche ruft: »Bittest du ihn herein, oder lässt du ihn dort draußen in der Kälte stehen?«

Ich überlege mir ernsthaft, ihn einfach dort draußen in der Kälte stehen zu lassen, aber dann schnappe ich mir doch seine Hand und zerre ihn ins Haus. Einen Augenblick später kommt mein Dad um die Ecke, mit einem breiten Grinsen im Gesicht und einem Becher Kaffee in der Hand. Er nimmt einen Schluck und fragt: »Willst du uns nicht vorstellen?«

Ich verschränke die Arme vor der Brust, als mir bewusst wird, wie spärlich ich bekleidet bin. »Dad, das hier ist Joel.« In den Augen meines Vaters leuchtet die Erkenntnis, und mir wird flau im Magen. »Joel, das hier ist mein Dad.«

»Keith«, sagt mein Dad und streckt Joel die Hand entgegen.

Sie geben sich die Hand, und dann sieht mein Dad naserümpfend auf seine Handfläche.

»Haargel«, beeilt sich Joel zu erklären, und ich würde am liebsten im Boden versinken.

Mein Dad schmunzelt und starrt hoch zu Joels Frisur. »Okay … Wollen wir frühstücken?«

Zusammen? Nein! Weder jetzt noch irgendwann später!

»Na klar«, sagt Joel und folgt meinem Dad in die Höllenküche.

Sie frühstücken zusammen. Und essen zusammen zu Mittag. Und lachen und unterhalten sich angeregt und werden verdammte beste Kumpel. Mittags sitze ich zwischen den beiden am Esstisch und tippe wie wild eine Nachricht an Rowan.

Es ist, als ob sie die allerbesten Freunde wären.

Ist das nicht gut?

IST DAS JETZT ETWA DEIN ERNST?

Ja?

NEIN!!!

… ich glaube, ich bin verwirrt.

Ich werfe schnaubend das Handy auf den Tisch, aber mein Dad und Joel scheinen es nicht mal zu bemerken.

»Das habe ich mir stechen lassen, als ich achtzehn war«,

sagt mein Dad, schlüpft mit einem Arm aus seinem Hemd und zeigt Joel das keltische Tattoo, das sich um seinen Oberarm schlängelt.

»Voll cool«, sagt Joel, und mein Dad grinst.

Joel steht auf, krempelt sein Shirt hoch und zeigt meinem Dad den Schriftzug, der sich an seiner Seite nach oben zieht. *Ich bin der Held dieser Geschichte* steht in feinen, geschwungenen Buchstaben dort, und ich stelle fest, dass ich bisher nie groß darüber nachgedacht habe, was es bedeutet. Jetzt will ich wissen, wann er es hat machen lassen, warum er es hat machen lassen, wo er es hat machen lassen. Ich will mit den Fingerspitzen über die Buchstaben gleiten und seine tätowierte Haut spüren. »Das habe ich mir mit einundzwanzig stechen lassen«, erzählt Joel und lässt meinen Dad die Worte lesen, bevor er das Shirt wieder herunterzieht.

»Nett«, sagt mein Dad, und ich verdrehe die Augen. »Und seit wann hast du das mit der Gitarre?«

Joel betrachtet das Tattoo auf der Innenseite seines Unterarms. Es ist sepiafarben. Der Hals einer Gitarre, die unter rissiger Haut verborgen ist. »Seit ich neunzehn bin.«

»Das heißt, das war dein erstes Tattoo?«

»Nein«, antwortet Joel und deutet auf die winzige Musiknote zwischen Mittelfinger und Zeigefinger. »Das war mein erstes. Da war ich fünfzehn. Habe ich selbst gemacht.«

»Wie denn?«, fragt mein Dad.

»Rasierklinge und Füller.«

Mein Dad lacht schallend. »Ich möchte wetten, deine Mom war begeistert.«

Ein Schatten huscht über Joels Gesicht, so schnell, dass es vermutlich niemand außer mir hätte bemerken können, doch dann lächelt er.

Ich möchte wetten, seine Mom hat sich einen Dreck darum geschert.

»Fährst du morgen zu Ostern zu deinen Eltern?«, fragt mein Dad, und ich stelle mir unwillkürlich dieselbe Frage. Wohin fährt Joel zu Ostern? Wohin fährt er über Thanksgiving und Weihnachten? Ich knabbere an einem kalten Stück Pizzarand herum, das noch übrig ist vom Mittagessen, das wir uns vorhin bestellt haben, und warte auf seine Antwort.

Er schüttelt den Kopf. »Wir stehen uns nicht sehr nahe. Vermutlich werde ich zu meinem Freund Adam gehen. Letztes Jahr habe ich mir einfach chinesisches Essen bestellt und Videospiele gespielt. Das war ziemlich klasse.«

Das Stirnrunzeln meines Dads spiegelt meine eigene Miene wider. »Willst du vielleicht hierbleiben und mit uns essen?«, bietet er ihm an, ohne mich zu fragen, was ich davon halte.

Joel dreht sich zu mir um, als ob in meinem Gesicht die Antwort stünde, und mein Dad schiebt nach: »Normalerweise sind Dee und ich nur zu zweit, aber wir würden uns sehr freuen, wenn du uns Gesellschaft leistest.«

»Ja«, sage ich gedehnt nach einem zu langen Moment des Schweigens, »du solltest bleiben.«

Joel mustert mich eingehend, aber falls er herauszufinden versucht, wie ich mich dabei fühle, dann wird er warten müssen, bis ich es selbst herausgefunden habe. Seit meine Mom gegangen ist, gab es immer nur meinen Dad und mich. Mein Magen verkrampft sich, und ich weiß nicht, ob es daran liegt, dass Joel die Feiertage allein verbringen könnte oder daran, dass er sie mit mir und meinem Dad verbringen könnte.

»Ich denke darüber nach«, sagt er und bedankt sich bei meinem Dad für das Angebot.

Später, nach dem Mittagessen, fährt mein Dad einkaufen, um die Zutaten für das morgige Essen zu besorgen. Es dauert nicht lange, bis Joel die verdammten Bilder in unserer Diele entdeckt. Heute Morgen erzählte mein Dad ihm alle möglichen intimen Geschichten über mich als Baby, als Kleinkind, als großmäuliges Mädchen, als großmäulige Jugendliche. Jetzt starrt Joel ein Foto an der Wand an und fragt: »Ist das deine Mom?«

Er meint ein Bild, das entstanden ist, als ich ungefähr drei war. Ich habe darauf einen wilden, schokoladenbraunen Lockenschopf, und meine Mom hält mich auf ihrem Schoß. Mein Dad steht hinter ihr, eine Hand auf ihrer Schulter, lächelt in die Kamera und sieht so gut aus wie eh und je. Aber meine Mom ist diejenige, die strahlend in der Mitte des Fotos sitzt, mit meiner olivfarbenen Haut, meinen hohen Wangenknochen und meinen glatten Lippen.

»Ja.« Was könnte ich auch anderes sagen?

»Du siehst genauso aus wie sie«, stellt er fest, und ich winde mich innerlich.

»Ich weiß.«

»Wirst du mir je von ihr erzählen?«, fragt Joel und dreht sich zu mir um.

»Muss ich?« Es ist eine rhetorische Frage, aber er antwortet trotzdem.

»Ich hätte es gern …«

Als ich ins Wohnzimmer gehe, folgt er mir. Ich lasse mich auf die Couch fallen, und er setzt sich neben mich.

»Ich habe dir von *meiner* Mom erzählt«, sagt er. Das weiß ich. Und ich weiß, worauf er hinaus will. Ich weiß, dass ich mich ihm genauso öffnen sollte, wie er sich mir geöffnet hat. Und es ist nicht so, als ob ich es nicht könnte. Ich will es nicht. Ich hatte nicht geplant, dass er bei mir zu Hause auftaucht, oder dass er und mein Dad sich so gut verstehen, oder dass er zum Osteressen eingeladen wird. Ich hatte nicht geplant oder gewollt oder darum gebeten, dass er hier ist.

»Meine ist es nicht wert, dass man über sie redet«, sage ich.

»Das heißt, sie ist am Leben …«

»Leider ja.« Schuldgefühle durchzucken mich, kaum dass die Worte meinen Mund verlassen haben. Ich will nicht wirklich, dass sie tot ist, aber ich habe mich daran gewöhnt, die Scham zu ignorieren, die ich jedes Mal empfinde, wenn ich wünschte, sie wäre es. Weil das immer leichter war, als sie zu vermissen.

Als Joel den Mund aufmacht, unterbreche ich ihn, bevor er etwas sagen kann. »Joel, hör zu. Du hast mein Haus gesehen. Du hast in meinem Bett geschlafen. Du hast meinen Dad kennengelernt. Reicht dir das nicht fürs Erste?«

Ich weiß, dass er mich kennenlernen will. Mir ist bewusst, dass das zwischen uns mittlerweile mehr ist als nur Sex. Aber ich habe ihn nicht gebeten hierherzukommen, und es ist nicht fair von ihm zu erwarten, dass ich ihm mein Innerstes offenbare, nur weil er mitten in der Nacht an mein Schlafzimmerfenster geklopft hat.

Er sieht mich noch eine Weile nachdenklich an, und dann seufzt er, lehnt sich auf der Couch zurück und zieht mich an sich. »Ich mag deinen Dad«, sagt er nach einer Weile, und ich könnte ihn dafür küssen, dass er das Thema wechselt.

»Das ist nicht zu übersehen.«

»Er liebt dich.«

»Ich weiß.«

»Wir haben viel gemeinsam.«

Ich hebe das Kinn, um in seinem Gesicht zu forschen, um

zu sehen, ob er eben wirklich das angedeutet hat, was ich vermute. Doch dann küsst er mich auf die Stirn und schaltet den Fernseher ein, und es ist, als hätte er nie irgendetwas gesagt.

19

In meinem alten Zimmer aufzuwachen ist immer irgendwie seltsam. Als würde ich in einem früheren Leben aufwachen. Es ist leicht, sich vorzustellen, dass das College und der Umzug in eine andere Stadt nur eine Aneinanderreihung von Träumen war. Dass die Leute, die ich kennengelernt habe, alle nur Figuren sind, die sich mein Unterbewusstsein erdacht hat, um mir Lektionen fürs Leben zu erteilen.

Leti, um mich zu lehren, offener zu sein. Adam, um mich zu lehren, dass alles möglich ist. Cody, um mich zu lehren, vorsichtiger zu sein.

Und Joel, der mich alles Mögliche zu lehren scheint.

Gestern Abend nahm er die Einladung zum Osteressen an, woraufhin mein Dad ihn im Gästezimmer einquartierte. Als es spät wurde, zogen wir uns alle zurück, doch ich lag eine gefühlte Ewigkeit wach im Bett und fragte mich, ob Joel tatsächlich die ganze Nacht in seinem eigenen Zimmer bleiben würde. Ich wartete auf ihn, bis mir die Augen zufielen und ich schließlich einnickte.

Ich wachte auf, als meine Tür knarrend einen Spaltbreit aufging und er in mein Zimmer schlüpfte. Er schloss die Tür leise hinter sich, und die Matratze hinter mir sank nach unten.

»Ich dachte schon, du kommst gar nicht mehr«, flüsterte ich in die Dunkelheit, während er die Arme um mich schlang und mich fest an sich zog.

»Das hatte ich auch nicht vor«, flüsterte er zurück, schob mir mit den Lippen die Haare aus dem Nacken und küsste meine empfindliche Haut.

Wenn ich mich nicht noch im Halbschlaf befunden hätte, dann hätte dieser Kuss ausgereicht, um mich in seinen Armen umzudrehen, in der Hoffnung, seine Lippen noch an einer Million anderer Stellen zu spüren. Stattdessen blieb ich von ihm abgewandt liegen. Ich hielt die Augen geschlossen, und mein Körper fühlte sich träge an. Ich erwartete, dass er mich weiter küssen, meinen Körper aufwecken, sich jedem Millimeter meiner Haut zuwenden würde. Aber stattdessen kuschelte er sich nur näher an mich und hielt mich, bis ich wieder einschlief.

In meinen Träumen fragte ich ihn, warum er in mein Zimmer gekommen war, wenn er gar nicht vorhatte, mit mir zu schlafen, warum er über dreihundert Meilen weit gefahren war, nur um mich zu sehen. Aber ich wachte auf, bevor er mir antwortete, überzeugt, dass ich es gar nicht wissen wollte.

Ich lag allein in meinem Bett, und kurz fragte ich mich, ob das *alles* nur ein Traum gewesen war. Aber dann erinnerte ich mich an das Gefühl seiner Arme, die mich gehalten hatten – warm, sicher, real.

Als wir uns vor dem Frühstück in der Küche tief und lange in die Augen sahen, hatte ich das absolut seltsame Verlangen, auf ihn zuzugehen. Die Arme um ihn zu schlingen und die Wange an seine Brust zu drücken. Ich wollte seine Arme um mich spüren. Doch ich verdrängte das Gefühl, so gut es ging.

Jeder Augenblick, den ich jetzt mit ihm verbringe, fühlt sich an, als würde ich meine Hand ins Feuer halten und es genießen. Je länger ich sie in die Flammen halte, desto mehr wird es später wehtun, aber im Augenblick brennen wir beide. Und es gefällt mir zu sehr, um meine Hand zurückzuziehen.

Wir frühstücken – Kaffee und Marshmallow-Ostereier –, und dann spielen wir mit meinem Dad bis zum Nachmittag Brettspiele. Danach plaudern und brennen wir noch ein bisschen mehr, bis es an der Zeit ist, das Osteressen in Angriff zu nehmen. Mein Dad ist dafür zuständig, Wasser zum Kochen zu bringen, während Joel und ich nebeneinander am Küchentresen stehen und Gemüse kleinschneiden.

Es ist auf eine beunruhigende Weise perfekt.

Joel stiehlt mir Küsse, immer dann, wenn mein Dad nicht hinsieht, und es ist seltsam, dass sich eine leichte Berührung seiner Lippen oder ein sanftes Streichen seiner Fingerspitzen unendlich intimer und gefährlicher anfühlen, als Sex unter dem Dach meines Vaters zu haben. Und das nicht nur, weil mein Dad in der Nähe ist, sondern wegen dieses Flackerns – dieses Etwas zwischen uns, das mir allmählich immer deutlicher bewusst wird.

Es ist, als würde ich mit Haien schwimmen. Mit Wölfen laufen.

Als würde ich fallen. Als würde ich springen.

»Normalerweise sind Dee und ich an Weihnachten auch nur zu zweit«, sagt mein Dad nach dem Essen zu Joel. Wir drei sitzen noch immer mit vollen Bäuchen am Tisch, und mein Magen schlägt Purzelbäume. »Du solltest dieses Jahr zu uns kommen. Wir würden uns sehr freuen.«

Fallen. Springen. Schwindel.

Ich erhebe mich abrupt. Mein Dad und Joel sehen mich verblüfft an.

»Ich habe Lust auf einen Spaziergang«, sage ich und entferne mich bereits vom Tisch.

»Jetzt?«, fragt Joel.

Ich muss ihn von diesem Tisch wegbringen. Von meinem Dad. Von Gesprächen über eine Zukunft, die vermutlich niemals eintreten wird. »Ja. Kommst du mit?«

Er folgt mir, ohne zu zögern, und nachdem er mir in eine Jacke geholfen und sich einen viel zu großen Kapuzenpulli von meinem Dad geborgt hat, flüchten wir endlich aus dem Haus. Sobald ich draußen in die kalte Nachtluft trete, habe ich das Gefühl, wieder atmen zu können.

»Was war das denn eben?«, fragt Joel. Er passt sich meinen Schritten an, als ich den Straßenlaternen folge, die von meinem Zuhause wegführen.

»Was war was?«

Er bleibt stehen, und ich starre zu ihm zurück. Seine Miene ist entschlossen.

Er verlangt eine Erklärung, aber was zum Teufel soll ich denn sagen? Dass mein Gehirn voller seltsamer Hormone ist, die in mir das Verlangen wecken, an seiner Haut dahinzuschmelzen? Dass dieses Gefühl mir schreckliche Angst einjagt?

Ich strecke die Hand nach ihm aus, außerstande, auch nur ein Wort zu sagen, und Joel betrachtet sie eine Weile, bis er seine Hand in meine schiebt. Wir gehen schweigend den ganzen Weg bis hin zu einem Ort, zu dem mich mein Unterbewusstsein geführt haben muss.

»Wo sind wir?«, fragt er, als ich einen Tastencode in die Alarmanlage des Klubhauses eintippe, in dem einer meiner Exfreunde arbeitet. Früher haben wir uns oft hier hereingeschlichen, wenn die Anlage geschlossen war, um nackt in den Pools zu baden oder einfach nur herumzuknutschen, und ich kenne den Code noch immer.

»Klubhaus«, antworte ich. Der Klub verfügt über drei Pools unterschiedlicher Größe, die jetzt alle leer sind –

Betonhüllen, entwässert bis zum Memorial Day. Auch wenn ich hin und wieder noch immer mit meinem Ex rummache und während der Öffnungszeiten auch schon mit anderen Jungen hier war, komme ich lieber allein. Dieser Ort ist anders ohne das Wasser – magisch, privat. Joel hierher zu bringen, ist, als würde ich ein Geheimnis mit ihm teilen, eines, das ich noch nie mit jemandem geteilt habe, nicht einmal mit Rowan.

»Woher kennst du denn den Sicherheitscode?«, fragt mich Joel. Ich drehe mich zu ihm um und gehe rückwärts weiter. Breit grinsend ziehe ich ihn durch das Tor.

»Einer der Vorteile, wenn man mal mit einem Rettungsschwimmer zusammen war.«

Ich führe ihn durch den Duschraum der Mädchen, wo wir uns einen Stapel Handtücher schnappen, und gehen dann in den umzäunten Poolbereich hinaus. Die meisten Sicherheitsleuchten an dem Maschendrahtzaun sind schon vor einer Ewigkeit erloschen und wurden nicht mehr ersetzt. Der fahle Mond und die blassen Sterne erhellen das Gelände dort, wo es die wenigen orangefarbenen Glühbirnen nicht tun, und Joel und ich durchqueren den niedrigen Pool, um zum Sportbecken zu gelangen. Zwischen Betonwänden gehen wir immer tiefer hinein, bis wir die Mitte des vier Meter tiefen Rundbeckens erreichen.

Wir breiten die Handtücher aus und legen uns auf den Rücken. Unsere Schultern berühren sich unter einem Baldachin winziger Sterne, die sich an den Wänden des Pools spiegeln und die Dunkelheit ein bisschen weniger dunkel erscheinen lassen.

»Ich habe das Gefühl, wir sollten irgendein klischeehaftes Gespräch über die Sterne führen«, sagt Joel, als wir so daliegen und zu ihnen hochstarren.

Mein helles Lachen hallt von den Wänden wider. »Muss das sein?«

»Was, wenn sich jemand einen Film von unserem Leben ansehen würde? Wir wären eine Riesenenttäuschung.« Er lächelt mich an, und als er wieder zum Himmel hochsieht, tasten seine Finger nach meinen.

So liegen wir da, atmen schweigend die kalte Nachtluft ein und tragen das Gewicht des Universums.

Irgendwann bricht er das Schweigen. »Ich dachte immer, dieses Zeug sei kitschig. Wie im Kino. Aber es fühlt sich irgendwie gut an … mit dir hier zu sein.«

Fallen. Springen. Seine Hand sollte eine Rettungsleine sein, aber sie stößt mich über die Klippe. Seine Worte dringen unter meine Haut.

»Warst du mit vielen anderen Typen hier?«, fragt er nach einer Weile mit unergründlicher Stimme.

»Nicht wenn kein Wasser in den Pools ist, so wie jetzt.«

»Und was ist mit diesem Rettungsschwimmer?«

Ich starre in den Himmel. Ich weiß, dass ich lügen sollte, aber ich bringe es nicht übers Herz. »Nein. Nur mit dir.«

Ich habe keine Ahnung, was wir hier eigentlich tun. Joel und ich gehören nicht zu den Leuten, die zusammen unter den Sternen liegen – wir halten uns nicht bei den Händen, führen keine Gespräche, die mich noch in fünfzig Jahren verfolgen werden, wenn wir uns kaum noch an das Gesicht des anderen erinnern können, weil zu viele andere dazwischengekommen sind.

»Ich habe das Gefühl, ein Geheimnis zu hüten«, sagt er auf einmal. Das Gefühl kenne ich. Ich hüte viele Geheimnisse. So viele. Zum Beispiel, wie stark das Bedürfnis ist, meine Hand wegzuziehen und danach in seinen Armen zu weinen, weil ich es getan habe.

Ich weiß, dass er auch Geheimnisse hat. Ich habe versucht, nicht über sie nachzudenken.

»Manche Geheimnisse sollten besser geheim bleiben«, flehe ich ihn an. Flehe ihn an, es nicht zu verraten.

»Ich liebe dich.«

Ich schließe die Augen, während mein Herz lautlos bricht. Ein Teil von mir wusste, dass das passieren würde, aber ich war zu egoistisch, um es zu verhindern. »Nein, das tust du nicht.«

Ich habe diese drei Worte schon früher zu hören bekommen. Bei manchen Typen waren sie nicht mehr als das: Worte. Bei anderen waren sie eine fehlgeleitete Überzeugung, die ihnen letztendlich das Herz brach. Diesmal bin ich diejenige, die zerbricht.

Joel setzt sich auf, ohne meine Hand loszulassen. »Dee, ich hätte fast jemanden umgebracht, weil er dir wehgetan hat. Ich habe mein ganzes Leben umgekrempelt, um mit dir zusammen zu sein. Ich habe mir ein Auto gekauft, damit ich dreihundert Meilen weit fahren kann, nur weil es mich verrückt gemacht hat, nicht bei dir zu sein. Du musst die Worte ja nicht auch sagen, aber erkläre mir nicht, was ich fühle.«

Ich sage die Worte nicht. Das kann ich nicht.

»Sag etwas«, fleht er nach einer Weile. Ich habe die Augen noch immer geschlossen. Wenn ich sein Gesicht dabei nicht sehen muss, vielleicht wird es dann nicht so wehtun.

»Was soll ich sagen?«

»Irgendwas.«

»Es tut mir leid.« Ich schlage die Augen auf, und die Art, wie er mich ansieht, so verletzt, berührt mich tief. Ich setze mich auf, will ihn nah an mich heranziehen, will mich dafür entschuldigen, dass ich mich entschuldigt habe. Aber ich tue das hier für uns beide. Denn keiner von uns ist jemand, dem man sein Herz schenken sollte. Nicht wenn man will, dass es heil bleibt.

Ich entziehe ihm meine Hand.

»Ich finde, du solltest nach Hause fahren.«

»Was?«

Jahrelange Übung hilft mir, eine ausdruckslose Miene zu bewahren. »Du solltest nach Hause fahren.« Ich beginne die Handtücher einzusammeln, aber Joel greift wieder nach meiner Hand, als ob er derjenige ist, der fällt und von mir gehalten werden muss.

»Warum? Warum tust du das?« Ich ziehe meine Hand zurück, und er fragt: »Ist es wegen deiner Mom?«

Eis schießt durch meine Adern und lässt mich an Ort und Stelle erstarren. »Was weißt du über meine Mom?«

»Dein Dad hat mir heute Morgen von ihr erzählt …«

»Er hat es dir *erzählt*?«

»Ich habe ihn nicht gefragt. Er hat es einfach zur Sprache gebracht. Ich weiß, dass es dich verletzt haben muss, als sie ging, aber …«

»Gar nichts weißt du«, fauche ich und springe voller Zorn auf.

»Dee …« Joel steht ebenfalls auf und stellt sich vor mich hin. Seine Stimme bleibt sanft, obwohl ich ihn wütend anfunkele. »Ich will mit dir zusammen sein. Deine Mom ist mir scheißegal. Du hast recht, ich weiß gar nichts. Ich weiß nur, dass ich dich liebe. Und zwar so richtig.«

Ich greife nach den Handtüchern, und er steht einfach nur da. »Es tut mir leid, dass du glaubst, du hättest dich verliebt, Joel. Die gute Nachricht ist, dass du darüber hinwegkommen wirst.«

»Das werde ich nicht.«

»Das wirst du müssen.«

Seine Miene verhärtet sich, und ich registriere es erleichtert. Wenn er mich hasst, wird es so viel leichter sein.

»Verarschst du mich jetzt? Hast du mich dazu gebracht, mich in dich zu verlieben, nur um mich jetzt wegzuwerfen wie ein verdammtes Stück Abfall?«

Da haben wir's. Ich *habe* ihn dazu gebracht, sich in mich zu verlieben. Genau wie all die anderen. Ich bin nicht besser als meine Mutter. Der einzige Unterschied ist, dass er mir genug bedeutet, um zu gehen, bevor es zu spät ist – bevor dieser verdammte Funke zwischen uns immer größer und größer und größer wird, bis nichts mehr übrig ist als Asche, wenn ihm schließlich der Brennstoff ausgeht.

»Ist es das, was du die ganze Zeit wolltest?«, fragt Joel. »War das dein verdammter Plan? Mich verdammt noch mal fertigzumachen?«

»Fahr nach Hause, Joel.«

Mit den Handtüchern unter dem Arm gehe ich davon.

Ich sehe nicht zurück. Das kann ich nicht.

20

Ich bin noch vor Joel zu Hause, laufe sofort ins Esszimmer und hole eine Flasche Tequila aus dem Spirituosenschrank.

»Dee?« Mein Dad ist hinter mir ins Zimmer gekommen. »Joel ist eben weggefahren. Ist irgendetwas …« Er bricht ab, als ich mir ein Glas einschenke und mich zu ihm umdrehe. »Was zum Teufel tust du denn da?«

»Wie jetzt? Es ist okay, dass ich mit Rockstars mit Tattoos und Piercings gehe, aber einen verdammten Drink genehmigen darf ich mir nicht?«

Mein Dad legt die Stirn in Falten und mustert mich eindringlich. »Was ist passiert?«

»Ach, du weißt schon«, sage ich und schwenke die klare Flüssigkeit in meinem Glas. »Klassischer Fall von Mädchen trifft Jungen, Junge rettet Mädchen, Mädchen hängt mit dem Jungen ab, Junge sagt dem Mädchen, dass er sie liebt, Mädchen sagt dem Jungen, dass er Leine ziehen soll.«

Als mein Dad mich nur anstarrt, als wäre ich irgendein Wesen, das in seine Tochter gefahren ist, fauche ich ihn an: »Warum zum Teufel hast du ihm von Mom erzählt?« Er wird blass, und ich frage ihn anklagend: »Hat es dir nicht gereicht, ihn zu bitten, über Ostern zu bleiben und ihn zu Weihnachten einzuladen? Musstest du ihm unbedingt auch noch von Mom erzählen?«

»Es hat sich einfach so ergeben«, stammelt mein Dad.

»Natürlich!« Ich knalle meinen nicht angerührten Drink

auf den Tisch. Tequila spritzt auf meine Hand. »Es ist sieben Jahre her, und du kannst verdammt noch mal noch immer nicht aufhören, von ihr zu reden!«

»Deandra«, sagt mein Dad, aber ich habe mich schon zu sehr in meine Wut hineingesteigert, um auf die Warnung in seiner Stimme zu achten.

Ich wische mir den Handrücken an der Jacke ab. »Nein, Dad«, entgegne ich. »Sag es mir. War es nicht genug, ihre Bilder überall an den Wänden zu haben? Musstest du sie mir auch noch unter die Nase reiben, indem du Joel von ihr erzählst?«

»Das ist nicht fair …«

»Weißt du, was nicht fair ist?«, brülle ich so laut, dass er zusammenzuckt. »Dass du mich sie nicht vergessen lässt! Es ist nicht fair, dass ich mir selbst beibringen musste, wie man sich schminkt oder die Beine rasiert. Es ist nicht fair, dass Rowans Mom mir erklären musste, wie man einen gottverdammten Tampon benutzt!« Tränen brennen mir in den Augen, aber ich ignoriere sie und schreie aus vollem Hals: »Sie hat es nicht verdient, dass ihre Fotos an unseren Wänden hängen, Dad!«

Er streckt eine Hand aus, um mich zu berühren, zögernd, als hätte er Angst, ich könnte in tausend Teile zerspringen. »Dee … Beruhige dich und sag mir einfach, was passiert ist.«

»Nein«, wehre ich kopfschüttelnd ab. Die Tränen kommen. Sie sind wie Säure in meinen Augen, Schwefel in meiner Nase, und ich laufe an meinem Dad vorbei und schnappe mir meine Schlüssel vom Frühstückstresen.

»Wohin gehst du?«, ruft er mir hinterher.

»Weg!«, brülle ich und knalle die Haustür hinter mir zu.

In meinem Wagen, auf dem Weg zu Rowan, kann ich die

Straße vor lauter Tränen kaum sehen, die irgendwo tief in mir aufgestiegen sind. Sie verschleiern meinen Blick, und der Schluchzer, der aus meiner Kehle entweicht, erschüttert meinen ganzen Körper. In Rowans Auffahrt angekommen, weine ich so heftig, dass ich mich nicht von der Stelle rühren kann, und als meine Autotür aufgeht, hebe ich nicht einmal den Kopf vom Lenkrad, um nachzusehen, wer es ist.

»Schscht«, flüstert Rowan und umarmt mich fest. »Ich habe dich. Es ist alles gut.«

»Verdammt, ich kann das nicht, Ro«, schluchze ich. Ich hasse mich dafür, eine solche Person zu sein. Eine Person, die nicht selbst auf sich aufpassen kann. Ich kann nicht glauben, dass ich meinen Dad angeschrien habe, oder dass ich so kalt zu Joel war, oder dass ich wegen meiner Mom geweint habe, nachdem ich es sieben Jahre lang geschafft habe, es zu vermeiden.

»Was ist passiert?«, fragt Rowan und streichelt mir über den Rücken.

Es ist so viel passiert, dass ich gar nicht weiß, wo ich anfangen soll. Ich schüttele nur den Kopf an ihrer Schulter, und sie hält mich, bis ich mich so weit beruhigt habe, dass ich wieder normal atmen kann.

»Gehen wir ins Haus«, schlägt sie vor, aber da ich mir nicht sicher bin, ob vielleicht doch noch weitere Tränen kommen, und keinesfalls ihre Eltern wecken will, schüttele ich nur wieder den Kopf. »Dann lass uns zum Versteck gehen«, sagt sie, und ich lasse mir von ihr aus dem Wagen helfen.

Wir betreten die Garage und steigen auf den Dachboden darüber, einen winzigen Raum, den wir uns in der siebten Klasse eingerichtet haben. Er ist vollgestopft mit riesigen Kissen, Sitzsäcken und alten Lampen, die wir uns auf

Flohmärkten zusammengesucht haben. Ich schalte meine Lieblingslampe ein, die ein flackerndes violettes und grünes Licht an die eierschalenfarbenen Wände wirft. Dann setze ich mich auf einen Sitzsack mit Zebramuster und stütze den Kopf in die Hände.

Rowan setzt sich mir gegenüber auf ihren blauen Sitzsack und reibt meine Schultern und Knie, bis ich schließlich einmal tief Luft hole und sage: »Er hat gesagt, dass er mich liebt.«

»Joel?«, fragt sie entgeistert, und ich lache bitter. Selbst Rowan kann nicht glauben, dass er es gesagt hat. Es passt nicht zu ihm.

»Ja. Joel.«

»Und was ist dann passiert?«

Sein verletzter Gesichtsausdruck taucht vor meinem geistigen Auge auf, und seine Worte hallen in den Rissen meines Herzens wider. *War das dein verdammter Plan? Mich verdammt noch mal fertigzumachen?*

Ich richte mich auf, wische mir mit den Handballen die Augen. »Ich habe ihm gesagt, er soll nach Hause fahren.«

Rowan sieht mich stirnrunzelnd an, und ich starre zu Boden.

»Warum?«, fragt sie nach einer Weile.

»Ich will nicht, dass irgendjemand verletzt wird.«

»Dee«, sagt sie und umfasst wieder meine Schulter, »im Augenblick bist du diejenige, die verletzt wird.«

»Ich komme schon darüber hinweg.«

»Und was ist mit ihm?«

Noch eine Welle von Tränen droht meine Augen zu überschwemmen, und ich wische sie rasch fort. »Er wird auch darüber hinwegkommen. Es ist besser so, Ro. Wir tun uns nicht gut. Das hast du selbst gesagt.«

»Das war vor *Monaten*, Dee …«

»Es hat sich nichts geändert.«

»Bist du sicher?«

Ich weiß, dass sie nicht ganz unrecht hat, aber darüber will ich im Moment lieber nicht nachdenken.

»Ich habe meinen Dad angeschrien«, sage ich, um ihrer Frage auszuweichen. Noch mehr stille Tränen fließen, und ich hebe den Saum meines Shirts, um sie fortzuwischen. »Er hat Joel von meiner Mom erzählt, und Joel hat das benutzt, um mich zu analysieren, als wir uns gestritten haben, und … Ich weiß es nicht, Ro. Ich war einfach … Ich war einfach so …« Ein Schluchzer entfährt meiner Brust, und ich vergrabe das Gesicht in den Armen.

Rowan lässt sich neben mir auf die Knie fallen und legt mir einen Arm um die Schultern.

»Ich habe meinem Dad alles ins Gesicht geschleudert. Ich habe alles an ihm ausgelassen. Das hat er nicht verdient.« Die Schluchzer kommen jetzt hart und schwer, und mein ganzer Körper schmerzt unter ihrer Wucht. »Er hat schon genug durchgemacht«, sage ich. »Er war immer so ein guter Dad.«

»Er wird es verstehen«, beruhigt mich Rowan, und ich weiß, dass sie recht hat, aber deswegen fühle ich mich auch nicht besser. Wenn überhaupt, fühle ich mich deswegen nur noch schlechter.

»Ich weiß einfach nicht, was ich tun soll.« Meine Worte klingen gedämpft und erstickt. Meine Augen sind verquollen, und meine Lunge ist zu beengt, um richtig atmen zu können.

»Sag ihm einfach, dass es dir leidtut …«

»Nein, ich meine *alles*.« Ich setze mich auf und wische mir mit dem Handrücken über die Nase und mit den Fingerspitzen über die Augen. »Er wird nie wieder ein Wort mit mir wechseln.«

»Dein Dad? Oder …«

»Joel. Wir können keine Freunde sein. Nicht mehr.«

»Liebst du ihn denn?«, fragt sie, und ich schüttele den Kopf. Tränen tropfen zwischen meine Knie.

Sie wartet eine Weile, hält meinem Blick stand, dann fragt sie: »Bist du sicher?«

Ich schüttele wieder den Kopf. Sie seufzt und streicht mit dem Daumen über meine nasse Wange. »Nachdem du Joel nach Hause geschickt hast – was ist dann passiert?«

»Er ist gefahren.«

»Hat er irgendetwas gesagt?«

Er hat mir gesagt, er würde nicht über mich hinwegkommen. Er hat mich praktisch angefleht, ihn nicht wegzustoßen. Er hat mir gesagt, ich würde ihn fertigmachen.

Ich hebe die Schultern. »Er ist einfach gegangen.«

»Vielleicht solltest du ihn anrufen …«

»Und was sagen?«

Sie presst die Lippen aufeinander und senkt den Blick, denn wir wissen beide, dass es nichts zu sagen gibt.

»Ich brauche Alkohol«, sage ich. Ich spüre schon jetzt neue Tränen in mir aufwallen und versuche verzweifelt, sie in Schach zu halten. Ich brauche einen Dämpfer, irgendetwas, das mir hilft zu vergessen. Irgendetwas, das mir hilft zu schlafen, bis es nicht mehr so wehtut, wach zu sein.

Rowan starrt mich einen Moment an, dann nickt sie. »Ich bin gleich wieder da.«

Ein paar Minuten später kommt sie mit einer Flasche Jack Daniel's wieder, die sie, so meine Vermutung, aus dem Vorratsschrank ihrer Eltern stibitzt hat. Sie schraubt den Deckel ab und reicht mir die Flasche, und ich nehme einen kräftigen Schluck, bevor ich sie ihr hinhalte. »Wir sollten uns betrinken.«

»Bist du sicher, dass das eine gute Idee ist?«, fragt sie, ohne nach der Flasche zu greifen.

»Ja«, beharre ich. Ich war mir in meinem ganzen verdammten Leben noch nie in etwas so sicher. Ich drücke ihr die Flasche in die Hand, und Rowan nimmt einen kleinen Schluck und gibt sie mir wieder. Ich nehme einen großen Schluck und dann noch einen, und dann nippt sie an der Flasche, und so machen wir immer weiter, bis meine Tränen schließlich versiegen – bis der Großteil des Whiskeys verschwunden ist, genau wie der Schmerz in meinem Herzen.

»Dee«, sagt Rowan etwas später an diesem Abend. Sie weckt mich mit einer leichten Berührung an der Schulter, und mein Kopf beginnt sofort zu hämmern. »Dee, dein Dad ist hier.«

Ich versuche aufzustehen, doch das ganze Zimmer dreht sich. Ich spüre große Hände, die mich halten, während die Welt langsam scharfe Konturen annimmt, und dann sehe ich das Gesicht meines Dads.

»Was … Wo …«, murmele ich orientierungslos.

»Komm schon, Kleine«, sagt er, als er mir hochhilft. Nach und nach kehren die Geschehnisse des Abends bruchstückhaft in mein Bewusstsein zurück. Joel, meine Tränen, Rowan, Jack Daniel's.

»Es tut mir leid, Dad«, lalle ich. In meinen Augen brennen ungeweinte Tränen, während wir die Treppe zu Rowans Garage hinuntersteigen. Er versucht mich zu beschwichtigen, aber ich drehe mich unter seinem Arm um und vergrabe mein Gesicht an seiner Brust. »Ich hab's nicht so gemeint.«

»Ich weiß.« Er hält mich aufrecht und reibt mir den Rücken. Ich höre, wie er Rowan irgendetwas zuflüstert und sie etwas zurückflüstert, aber ich bin zu sehr damit beschäftigt, in den Armen meines Daddys zu schluchzen, um darauf zu achten. »Gehen wir zum Auto. Okay, Süße?«

Ich nicke, aber ich höre nicht auf, ihn zu umarmen, und schließlich hebt er mich vom Boden hoch und trägt mich das restliche Stück.

Irgendwann auf der Fahrt nach Hause schlafe ich ein und wache erst um vier Uhr morgens wieder in meinem Bett auf. Der Wecker auf meinem Nachttisch leuchtet in einem wütenden, verschwommenen Rot, und ich merke erst nach einer Weile, dass ich noch immer angezogen, aber ohne Schuhe und Jacke, unter der Decke liege. Meine Augäpfel fühlen sich zu groß für ihre Augenhöhlen an – und mein Gehirn zu groß für seinen Schädel. Ich presse die Finger an die Schläfen, bis ich mir sicher bin, dass mein Kopf nicht explodieren wird, dann strecke ich eine Hand nach meiner Lampe aus – und zucke prompt vor dem Licht zurück, als es mir grell ins Gesicht scheint.

Ich bleibe liegen und halte die Augen noch ein paar Minuten fest geschlossen, bevor ich die Kraft aufbringe, mich aus dem Bett zu rollen. Dann schlurfe ich den Flur hinunter und wühle in dem Medizinschränkchen im Bad, bis ich das Aspirin finde. Als ich drei Stück in der Hand halte, drehe ich den Wasserhahn auf und halte den Mund unter das laufende Wasser. Mit den Händen am Waschbecken abgestützt, schlucke ich die Tabletten. In meinen Gedanken sehe ich tiefblaue Augen und höre eine Stimme, die ich nie vergessen werde, Worte, an die ich mich immer erinnern werde.

Ich weiß nur, dass ich dich liebe. Und zwar so richtig.

Ich taste nach der Gesäßtasche meiner Jeans, schließe meine klammen Finger um mein Handy und ziehe es hervor. Ich habe entgangene Anrufe von meinem Dad und neue Nachrichten von Rowan und Leti.

Nichts von Joel.

Fahr nach Hause, Joel.

Mein Herz verkrampft sich, und ich beiße mir auf die Innenseite meiner Lippe, um nicht wieder zu weinen.

Ich habe getan, was getan werden musste. Ich habe das Feuer gelöscht, bevor es uns beide verzehren konnte. Jetzt muss ich ihn loslassen.

Nachdem ich das Wasser abgestellt habe, führen mich meine Schritte unwillkürlich von meinem Zimmer fort anstatt darauf zu. Ich schlüpfe in das Gästezimmer auf der anderen Seite des Hauses und starre hinunter auf das ungemachte Bett, in dem Joel vor weniger als vierundzwanzig Stunden geschlafen hat.

Ich habe das Gefühl, ein Geheimnis zu hüten.

Manche Geheimnisse sollten besser geheim bleiben.

Ich schlüpfe aus meiner Jeans und krieche unter die Decke. Ich will ihm nah sein, auch wenn ich es nicht sein kann und nie wieder sein werde. Meine Knie streifen irgendetwas Weiches, und ich ziehe ein T-Shirt unter der Decke hervor. Gestern Morgen hat er sich ein frisches von meinem Dad geborgt, und gestern Abend ist er nicht mehr ins Haus gekommen, um sein eigenes zu holen, bevor er abgefahren ist.

Ich liebe dich.

Du musst die Worte ja nicht auch sagen, aber erkläre mir nicht, was ich fühle.

Ich halte mir den Stoff an die Nase – atme seinen Geruch ein, vermisse ihn, will die Uhr zurückdrehen, selbst wenn das nichts hätte ändern können –, und dann lege ich mir das Shirt unter die Wange und schlafe allein ein.

21

»Willst du bei IHOP halten?«, fragt Rowan vom Fahrersitz meines Wagens aus. Heute Nachmittag hat sie mich mit meinem Civic von zu Hause abgeholt, um zurück zum College zu fahren. Ich habe nicht angeboten, selbst zu fahren, und sie hat auch nicht gefragt.

»Ich sehe beschissen aus«, murmele ich. Ich habe die Stirn an das kühle Glas des Beifahrerfensters gelehnt, und jedes einzelne Haar auf meinem Kopf ruft mir in Erinnerung, wie viel ich gestern Abend getrunken habe.

»Du trägst eine alienmäßig große Sonnenbrille«, entgegnet Rowan. »Es kann dich sowieso niemand sehen.«

Ich drehe den Kopf zur Seite, um ihr einen missbilligenden Blick zuzuwerfen, aber er geht hinter der Sonnenbrille verloren, die genauso groß ist, wie sie behauptet.

»Funkelst du mich gerade wütend an?«, fragt sie.

»So ähnlich.« Ich lehne den Kopf behutsam wieder an die Scheibe, wobei ich achtgebe, den Troll nicht zu wecken, der gegen mein Gehirn hämmert.

Heute Morgen, nachdem ich unter einem heißen Wasserstrahl trocken gewürgt und unter einem kalten zu Ende geduscht habe, zog ich mich an und fand meinen Dad in der Küche. Er schob einen Becher Kaffee und einen Stapel selbst gemachter Pancakes in meine Richtung, und ich setzte mich an den Frühstückstresen.

»Wie fühlst du dich?«, fragte er vorsichtig.

Die Wahrheit war: Ich fühlte mich zu beschissen, um die Pancakes auch nur *anzusehen.* Ich schob den Teller beiseite und legte die Wange auf die kalte Granitarbeitsplatte. »Schlecht.«

»Willst du über Joel reden?«

Schon bei der Erwähnung seines Namens blutete mein Herz.

»Eigentlich nicht.«

Mein Dad stützte seine großen Hände auf den Tresen. »Okay«, sagte er. »Aber du weißt, dass du es tun kannst, oder? Ich bin hier, um dir zuzuhören, wenn du mich brauchst …«

Ich schloss für einen kurzen Augenblick die Augen und wagte den Versuch, mich aufzusetzen. Mein Kopf protestierte, aber es gelang mir, die Ellenbogen auf den Tresen und den Rest von mir in eine aufrechte Position zu bringen. »Dad, wegen gestern … Es tut mir wirklich leid. Ich habe nichts von dem gemeint, was ich gesagt habe.«

Er sah mich ernst an. »Schatz, wir wissen beide, dass das nicht stimmt, und ich glaube, es ist an der Zeit, darüber zu reden.«

Ich wollte nicht darüber reden, aber mein Dad zog mich trotzdem in ein Gespräch, und jedes Geständnis, das ich ablegte, fühlte sich an, als würde eine Last von meiner Seele genommen werden. Ich erzählte ihm, wie sehr ich meine Mom hasste, wie sehr ich eine Mom *brauchte,* denn auch wenn er der beste Dad war, den ein Kind sich wünschen könnte, gibt es ein paar Rollen, die ein Vater einfach nicht ausfüllen kann. Ich erzählte ihm von dem Abend, an dem ich ihn hatte weinen hören, nachdem sie gegangen war, und seine Augen füllten sich mit neuen Tränen, während er sich dafür entschuldigte, dass ich das hatte mitanhören müssen. Ich erzählte ihm, dass ich sie für das hasste, was sie ihm angetan hatte, dass ich die Tatsache hasste, dass er nie nach vorn geblickt oder es mit irgendeiner anderen Frau versucht hatte.

Und mein Dad erzählte mir auch Dinge – Dinge, die ich nicht wissen wollte, die ich aber, wie er betonte, hören und verstehen sollte.

»Deine Mom wurde mit dir schwanger, als wir neunzehn waren, Dee«, sagte er, als ich schließlich doch an einem Pancake zu knabbern begann. Es war leichter, sich darauf zu konzentrieren, als ihm in die Augen zu sehen. »Wir waren noch nicht lange zusammen.« Er stieß einen Seufzer aus und fuhr sich mit einer Hand durch sein aschblondes Haar, als stände er kurz davor, mir etwas zu offenbaren, was er nicht einmal sich selbst eingestehen wollte. »Sie hat mich nie geliebt«, sagte er leise, »nicht wirklich … Ich dachte, meine Liebe würde für uns beide reichen, aber …« Er schüttelte den Kopf über irgendeine Erinnerung, die er noch einmal durchlebte. »Jedenfalls, als ich erfuhr, dass sie schwanger war, hatte ich sofort all diese Vorstellungen von Heirat und einem Haus und einer Familie im Kopf. Und deine Mom hat sich darauf eingelassen, weil sie – auch wenn du es nicht glauben möchtest – dich geliebt hat. Sie hat ihr Bestes gegeben … Es war nur nicht genug.«

Ich saß auf meinem Hocker, hatte meine Kopfschmerzen vergessen und lauschte gebannt auf jedes seiner Worte. Ich klammerte mich an jede neue Information und schwieg, da ich nicht riskieren wollte, dass er aufhörte und mich im Dunkeln zurückließ.

»Manchmal kam ich von der Arbeit nach Hause, und deine Windel war voll. Und das nur, weil deine Mutter allein schon damit überfordert war, sie zu wechseln. Im Nachhinein ist mir klar, dass sie Hilfe brauchte, professionelle Hilfe, aber damals redete ich mir ein, ich könnte das alles alleine schaffen. Ich habe versucht, für dich beides zu sein, Vater und Mutter, und das tut mir leid.«

»Dad …«, begann ich. Ich hasste die Vorstellung, dass er sich vorwerfen könnte, ein liebevoller Vater und hingebungsvoller Ehemann gewesen zu sein, aber er hob nur die Hand.

»Lass mich das alles einfach loswerden, okay? Ich versuche nicht, deine Mom in Schutz zu nehmen, und ich weiß, dass du sie immer noch hassen wirst, wenn ich fertig bin, aber … sie hat dich wirklich geliebt, Dee. Sie wusste nur nicht, *wie* sie dich lieben sollte. Sie hat immer wieder versucht, so zu sein, wie sie glaubte, sein zu müssen, aber ich glaube, im Laufe der Jahre hat sie sich einfach … hat sie sich einfach selbst verloren.«

»Es gibt keine Entschuldigung dafür, sein elfjähriges Kind im Stich zu lassen, Dad«, sagte ich, fest in meinen Überzeugungen, trotz allem, was er gesagt hatte.

»Nein, das gibt es nicht«, stimmte er mir zu. »Und ich nehme an, das ist der Grund, weshalb ich sie nicht hassen kann. Ich habe *Mitleid* mit ihr, Dee.« Seine mandelförmigen Augen wurden glasig, und er starrte mich über den Tresen hinweg an. »Denn sieh nur, was für eine schöne Frau du geworden bist. Was sie alles verpasst hat.«

Als wir am Rand des Tresens aufeinander zutraten und uns umarmten, wusste ich nicht, wer für wen stark war. Vielleicht waren wir beide füreinander stark. So wie wir es immer gewesen sind.

»Ist da drüben irgendwer zu Hause?«, reißt mich Rowan aus meinen Gedanken.

»Ja.«

»Sicher, dass du nicht zu IHOP willst?«

»Ja … Ich will nur noch nach Hause.«

Die ganze nächste Woche verbringe ich damit, die einzige Frage an sie runterzuschlucken, die mir auf der Seele brennt: *Hast du dich so gefühlt, als du dich von Brady getrennt hast?*

Ich kann nicht schlafen. Ich kann nicht essen. Ich mache T-Shirts für die Website der Band, aber es bereitet mir keine Freude. Ich bin wie ein Roboter – ich gehe zu meinen Vorlesungen, ich quäle mich durch die Hausaufgaben, und alles in meinem Inneren schmerzt.

Ich höre nichts von Joel, wie auch alle anderen nicht. Er ist ein Geist, der mich mit seiner Abwesenheit heimsucht, mich an ein Handy fesselt, das nie klingelt. Am Freitag, nachdem er die erste Bandprobe mit Kit hat sausen lassen, droht Rowan ihm damit, eine Vermisstenanzeige aufzugeben, und er schreibt ihr endlich zurück. Aber er sagt nur, dass es ihm gut geht, weigert sich zu sagen, wo er ist. Ich verbringe meine Nächte damit, mir die Mädchen vorzustellen, mit denen er schläft, wie sie aussehen könnten, wie er sie berühren könnte. Ich frage mich, wie lange er brauchen wird, um mich zu vergessen.

Doch dann, am Samstagnachmittag, klingelt das Handy, und Rowan ist in der Leitung. »Sie glauben, er könnte bei seiner Mom sein.«

»Seiner *Mom?*«, frage ich. Gleichzeitig hallt meine eigene Stimme in meinen Ohren wider.

Fahr nach Hause, Joel.

»Ja. Die Jungs fahren jetzt hin, um nachzusehen.«

»Halt sie auf«, rufe ich, während ich mir bereits meine Autoschlüssel schnappe und zur Wohnungstür stürze.

»Warum?«

»Weil ich mitkomme.«

Es ist meine Schuld, dass Joel dort ist, und es liegt in

meiner Verantwortung, ihn zurückzubringen. Ich biege auf den Parkplatz vor Adams Wohnhaus ein, als er, Shawn und Mike eben aus dem Gebäude kommen. Ich parke neben seinem offenen Cabrio und springe aus meinem Wagen. »Ich komme mit.«

Shawn, der alles andere als überrascht scheint, mich zu sehen, schüttelt nur den Kopf. »Ich glaube, das ist keine gute Idee.«

»Vielleicht aber doch«, wendet Adam ein. Er drückt seine Zigarette unter der Schuhspitze aus, rutscht auf den Fahrersitz und wartet darauf, dass Shawn und ich eine Entscheidung treffen.

Ich setze mich neben Mike auf die Rückbank und blitze Shawn herausfordernd an. Wenn er mich zum Aussteigen zwingen will …

»Dee«, seufzt er, »du kennst Joels Mom nicht.«

»Ich weiß genug.« Ich werfe ihm einen vielsagenden Blick zu und bitte ihn stumm um Verständnis. Ich versuche ihm zu sagen, dass ich das mit Joels Mom weiß. Auch wenn ich sie nicht *kenne*, weiß ich alles, was ich wissen muss. Und zwar, dass wir ihn nach Hause bringen müssen.

Shawn zögert, hört meine unausgesprochenen Worte, dann steigt er wortlos neben Adam auf den Beifahrersitz.

Eine Stunde später biegen wir auf eine heruntergekommene Straße ein, die zu der Wohnwagensiedlung Sunny Meadows führt.

Wenn wir in meinem eigenen Wagen wären, würde ich die Fenster hochfahren und die Türen verriegeln. Aber Adam rollt mit offenem Verdeck und laut dröhnendem Radio in den Dandelion Drive. Die Leute auf den Veranden drehen die Köpfe und sehen uns nach, und ich setze meine Sonnenbrille auf und lasse mich tiefer in den Sitz sinken.

Wir parken neben Joels brauner Klapperkiste in der steinigen Einfahrt eines rostigen braunen Wohnwagens mit einem Windspiel, das von der Veranda baumelt. Tulpen verstecken sich in einem vernachlässigten Garten und drohen, von überwuchertem Gras und Unkraut erstickt zu werden.

»Wie kann es sein, dass dieser Hund noch am Leben ist?«, fragt Adam, als ein einohriger Köter uns vom Nachbargarten aus anbellt. Adam hebt einen Stock vom Boden auf und wirft ihn über den Maschendrahtzaun. Er verzieht verwirrt das Gesicht, als der Hund ihm nicht nachjagt. Ich klettere auf Mikes Seite aus dem Auto, um möglichst weit weg von dem Hund zu sein.

»Vielleicht wartest du besser im Wagen«, schlägt Shawn mir vor, und ich antworte ihm mit einem Blick, der ihn fragt, ob er allen Ernstes will, dass ich ermordet werde.

»Ganz bestimmt nicht«, sage ich.

Er reibt sich die Stirn, als hätte sich dort ein starker Schmerz festgesetzt. Dann erklimmt er ohne ein weiteres Wort die Stufen zur Veranda des Wohnwagens und klopft an die kaputte Fliegentür. Sie scheppert gegen den Rahmen. Ich folge ihm. Jede Stufe knarrt unter meinem Gewicht.

Er klopft noch einmal, und als niemand antwortet, schiebt sich Adam an uns vorbei, stöhnt einmal auf und öffnet die Tür. Er verschwindet im Inneren des Wohnwagens, und ich folge ihm im Gänsemarsch zwischen Shawn und Mike.

»Hey, Darlene«, sagt Adam zu der Frau auf der Couch, die offenbar eben erst wach geworden ist. Eine weiße Katze springt von dem Kissen neben ihr und reibt sich an meinem Bein, aber meine ganze Aufmerksamkeit gilt der Frau, die unverkennbar Joels Mutter ist. Sie hat das gewisse Etwas – ein schönes gewisses Etwas, das Joel eindeutig von ihr geerbt hat –, aber sie hat nicht seine blonden Haare oder blauen

Augen. Ihre Haare sind ein verwaschenes Braun mit ungleichmäßigen Stufen und splissigen Spitzen, und ihre Augen haben einen schlammigen Braunton. Sie hat die Beine auf der eingebauten Fußstütze des Sofas ausgestreckt und einen Aschenbecher im Schoß. Sie ist so hübsch wie ein Rubin, der von jahrelanger Vernachlässigung gezeichnet ist. Es ist dieselbe Frau, die die Geburtstagsgeschenke ihres Sohns veräußert hat, dieselbe Frau, über die zu reden Joel nicht ertragen kann, es sei denn, er tut es leise im Dunkeln.

»Wer bist du denn?«, fragt sie mich lallend, und ich stelle fest, dass ich sie zornig anfunkele.

»Sie ist eine Freundin von uns«, erklärt Adam schlicht mit einem Nicken in meine Richtung, als ich meine Sonnenbrille in die Haare hochschiebe. »Wo ist Joel?«

Darlenes Blick kehrt zurück zu Adam, als hätte sie vergessen, dass er auch noch anwesend ist. »In seinem Zimmer.«

Adam geht sofort den Flur hinunter, Shawn, Mike und ich bleiben verlegen auf dem zerschlissenen braunen Teppich stehen. Im ganzen Haus riecht es nach Vanille-Raumduft, und mir graut bei der Vorstellung, wie es ohne ihn riechen würde. Jede verfügbare Oberfläche scheint mit irgendetwas übersät zu sein – Schnapsflaschen, Bierdosen, überquellenden Aschenbechern, leeren Zigarettenschachteln, Zeitschriften, alten Papptellern, leeren Chipstüten.

Darlene furcht ihre buschigen Augenbrauen, als sie Adam hinterhersieht, und dann wendet sie ihre Aufmerksamkeit den beiden Jungen links und rechts von mir zu. »Wer hat euch überhaupt reingelassen?« Sie hat eine Raucherstimme und die Geduld einer Betrunkenen. Verärgerung mischt sich in die Verwirrung in ihrer Stimme.

»Tür stand offen«, lügt Mike.

Darlene stößt ein mürrisches Brummen aus. Sie versucht

die Fußstütze herunterzuklappen, aber gibt irgendwann auf. Ich bezweifle, dass sie auf einer geraden Linie laufen könnte, selbst wenn ich ihr eine Pistole an den Kopf halten würde, was ich irgendwie tun will.

Ich reiße mich von ihrem Anblick los, um die Bilder an den Wänden anzustarren – Engel, Jesus, ein Holzkreuz. Daneben hängen Bilder von Joel, mit seinen dunkelblauen Augen und einem unschuldigen kleinen Lächeln. Vor mir hängt ein Foto, auf dem er mit seinem blonden Schopf, in einem leuchtend orangefarbenen T-Shirt und mit einem Lächeln auf dem Gesicht vor einem blauen Laser-Hintergrund zu sehen ist. Dann wende ich mich dem nächsten zu, und dann wieder dem nächsten. Während ich sie alle in mich aufnehme, wird mir bewusst, dass er auf keinem der Bilder älter als acht oder neun ist. Vielleicht wurden sie von seiner Großmutter gerahmt, bevor diese einen Schlaganfall erlitt, oder vielleicht von einem der Exfreunde seiner Mutter, von denen Joel mir erzählt hat. Vielleicht sogar von dem, der sich die Mühe gemacht hat, ihm eine Hot-Wheels-Rennbahn zu schenken, und ihm seine Gitarre überlassen hat.

Mein Blick kehrt zurück zu Darlene. Sie betrachtet mich mit kalten, zusammengekniffenen Augen. Ich weiß nicht, warum sie mich nicht mag, aber ich weiß, warum *ich sie* nicht mag.

»Wie war dein Name noch gleich?«, fragt sie. Ihre Worte fließen alle ineinander.

Doch ich mache mir gar nicht erst die Mühe, ihr zu antworten, da Joel in diesem Moment auftaucht. Er bleibt wie angewurzelt im Flur stehen, ohne Hemd und barfuß. Seine Haare sind ganz zerzaust, als ob er eben erst aufgewacht ist. Seine Haut hat etwas Farbe verloren, und seine Augen sind gerötet von einem Kater. »Ihr wollt mich wohl verarschen.«

»Er weigert sich mitzukommen«, sagt Adam hinter Joel zu Shawn und Mike, aber Joel starrt mich unverwandt an.

»Warum zum Teufel bist du hier?« In seiner Stimme ist nichts von dem Mann zu hören, der mir vor nicht einmal einer Woche seine Liebe gestanden hat.

»Um sicherzustellen, dass du nach Hause kommst«, antworte ich traurig, doch Joel lacht nur und fährt sich mit beiden Händen durch die Haare.

»Nur damit ich das recht verstehe«, sagt er. »Du sagst mir, dass ich nach Hause fahren soll, aber wenn ich es tue, darf ich verdammt noch mal nicht dort bleiben? Wohin zum Teufel soll ich denn gehen, Dee?«

»Das ist *sie*?«, knurrt seine Mom von der Couch aus. Endlich gelingt es ihr, die Fußstütze herunterzuklappen, und sie beugt sich vor und zeigt mit einem zittrigen Finger auf mich. »Du hast vielleicht Nerven, in mein Haus zu kommen.«

»Ich gehe nicht ohne Joel«, erkläre ich vollkommen ruhig, und mir wird bewusst, dass ich es ernst meine. Er gehört nicht hierher, zu dieser egoistischen Frau, die ihm seine Kindheit gestohlen hat. Er gehört zu seinen Freunden, zu Leuten, die ihn lieben.

Der Finger seiner Mom zuckt nach vorne. »Du wirst tun, was ich dir sage, du dumme kleine Schlampe!«

»Mom!«, bellt Joel so laut, dass wir alle zusammenzucken. Krallen werden in den Teppich geschlagen, als die Katze, die an meinen Beinen geklebt hat, den Flur hinunter und in Joels Zimmer saust.

Joels Mom funkelt erst ihn und dann mich wütend an. »Du hast meinem Sohn das Herz gebrochen, und jetzt meinst du, du kannst einfach hier reinspazieren und ihn mir wegnehmen?«

Ich bin versucht, ihr an den Kopf zu werfen, dass das schon längst jemand hätte tun sollen, als er noch in einem Alter war, in dem es etwas geändert hätte, aber das ist etwas, was nur Joel und seine Mom etwas angeht, und es steht mir nicht zu, mich einzumischen. Ich balle die Hände an den Seiten zu Fäusten und beiße mir auf die Unterlippe, bis ich mir sicher bin, dass mir die Worte nicht herausrutschen, wenn ich den Mund aufmache. Dann sehe ich Joel flehend an und sage: »Joel, bitte.«

Er starrt mich an, als würde er mit sich ringen, ob er mitkommen soll oder nicht.

Da sagt seine Mom: »So verdammt hübsch ist sie doch gar nicht.«

»Mom«, warnt Joel sie, aber Darlene ist noch nicht fertig.

Sie durchbohrt mich mit ihren Blicken. »Ich war früher viel hübscher als du.«

»Und sieh dich jetzt an«, gebe ich zurück, und ein glühendes Rot schießt ihr in die Wangen. Sie versucht aufzustehen, und ich bezweifle nicht, dass sie, wenn sie nüchtern wäre, inzwischen dabei wäre, mir die Haare auszureißen. Stattdessen gibt das Sofakissen unter ihrer flachen Hand ständig nach, und sie versucht mühsam, Halt zu finden.

»Du glaubst, du bist etwas Besseres als ich?«, keift sie und schwankt dabei gefährlich. »Du bist nichts als eine dumme, verdammte …«

»Setz dich verdammt noch mal hin!«, brüllt Joel, woraufhin seine Mom buchstäblich zurück auf ihren Platz fällt. Sie stiert ihn eine Sekunde mit offenem Mund an, bevor sich Wut auf ihrem Gesicht ausbreitet. Shawn und Mike, die näher an die Couch herangetreten sind, um notfalls einzugreifen, stehen nur wie angewurzelt da, als seien sie sich nicht sicher, wie sie reagieren sollen. Adam legt Joel eine Hand auf die Schulter, aber Joel scheint es kaum zu bemerken.

»Wirst du dich etwa gegen mich und auf die Seite dieser Schlampe stellen?«, fragt Joels Mom ihn.

»Sie ist keine Schlampe«, faucht er sie an.

»Du bedeutest ihr nichts!«

Joel lacht bitter, erst leise und dann etwas lauter. »In meinem Zimmer ist etwas Geld«, sagt er. »Behalte es. Tu so, als ob ich noch eine Weile hier wäre. Wir wissen beide, dass das der einzige verdammte Grund ist, weshalb du mich je hier haben wolltest.«

»Wie kannst du es wagen, in meinem eigenen gottverdammten Zuhause so mit mir zu reden?«, keift sie.

»Ich habe dieses gottverdammte Zuhause bezahlt!«, donnert er. »Und das heißt, ja, ich werde tun, was zum Teufel ich will!«

Joel und seine Mom starren sich an, dann beginnt Darlene zu weinen, und er verdreht die Augen.

»Ich hau ab«, sagt er, schnappt sich einen Schlüsselbund vom Tresen und schiebt mich praktisch zur Tür hinaus. Die anderen folgen. Ich höre Joels Mutter hinter ihnen schreien, höre, wie sie sich entschuldigt und ihn anfleht zu bleiben, aber er ignoriert sie. Eine Hand auf meinen Rücken gelegt, schiebt er mich die Stufen hinunter. Vor der Veranda weicht er vor mir zurück, als hätte ich irgendeine ansteckende Krankheit. Er geht zu seinem Wagen, öffnet die Tür …

Er zögert.

Als er sich umdreht, hört die Welt auf, sich zu drehen, und ich bin in einem dieser Momente gefangen – die Art von Moment, der die Macht hat, alles oder nichts zu ändern.

Eine Kreuzung. Ein Wendepunkt. Ein Moment, von dem es kein Zurück gibt. »Warum bist du hier?«

Ich gebe ihm die schlichteste Antwort, die es gibt; eine, die es auf den Punkt bringt und nicht zu viel verrät. »Weil ich sichergehen wollte, dass du mit Adam nach Hause fährst.«

»Warum?«

Falls es eine richtige Antwort gibt, dann weiß ich, dass die, die ich im Begriff bin zu geben, es nicht ist, und ich spreche die Worte laut aus, weil sie sich am sichersten anfühlen. »Du hättest dasselbe für mich getan. Ich war dir etwas schuldig.«

»Du warst mir etwas schuldig?«

Als ich daraufhin schweige, senkt er den Blick zum Boden unter seinen nackten Füßen und wendet sich von mir ab. Er steigt in seinen Wagen, wartet darauf, dass Mike auf den Beifahrersitz klettert, und dann sind sie verschwunden.

Mit zitternden Knien, noch immer aufgeputscht von Adrenalin nach meiner verbalen Auseinandersetzung mit Joels Mom und geschwächt davon, ihn wegfahren zu sehen, lasse ich mich auf Adams Rückbank fallen.

In aller Seelenruhe zündet Adam sich eine Zigarette an, bevor er seinen schwarzen Camaro endlich anlässt und losfährt.

»Tja«, sagt er mit der Zigarette zwischen den Lippen, »das ist ja großartig gelaufen.«

»Ich habe ja gleich gesagt, wir hätten sie nicht mitbringen sollen«, sagt Shawn, während er mich im Rückspiegel stirnrunzelnd ansieht. »Nimm's mir nicht übel, Dee.«

»Sie«, widerspricht ihm Adam und zeigt mit einem Daumen nach hinten in meine Richtung, »ist der einzige Grund, weshalb er nach Hause kommt.«

Ich setze meine Sonnenbrille wieder auf und tue so, als

würde ich auf die Bäume starren, die an uns vorbeiziehen, um ihren Blicken auszuweichen. »Nein. Er kommt wegen euch nach Hause.«

Ich bin der Grund, weshalb er gegangen ist.

22

Rowan betritt ein paar Minuten, nachdem ich nach Hause gekommen bin, unsere Wohnung und findet mich auf der Couch sitzend vor. Den Kopf habe ich in die Hände gestützt. Als sie leise die Tür hinter sich schließt, sehe ich mit feucht glänzenden Augen zu ihr hoch. Auf ihrem Gesicht liegt ein mitleidiger Ausdruck.

Auf der Heimfahrt bin ich nicht zusammengebrochen. Ich bin nicht zusammengebrochen, als ich seinen verbeulten Wagen leer auf Adams Parkplatz entdeckte. Auch auf der Fahrt zurück zu meiner Wohnung bin ich nicht zusammengebrochen. Und selbst zu Hause, in der Privatsphäre meiner eigenen vier Wände, bin ich nicht zusammengebrochen.

Ich habe es nicht verdient zu weinen. Obwohl ich es tue – fast jeden Tag –, habe ich nicht das Recht dazu.

»Sie haben mir erzählt, was passiert ist.« Rowan setzt sich neben mich. »Dee, das hier muss aufhören.«

Meine Miene verhärtet sich, und ich blinzele unvergossene Tränen weg, bevor sie fließen können. »Wovon redest du?«

»Joel sieht hundeelend aus. Es *geht* ihm hundeelend. Und du verkriechst dich hier und weinst …« Sie legt mir eine Hand aufs Knie, und ihre Stimme ist sanft, aber entschieden, als sie sagt: »Du musst ihm sagen, was du empfindest.«

»Und was empfinde ich, Rowan?«

»Du liebst ihn.«

Eine Träne kullert aus meinem Augenwinkel, und ich schüttele den Kopf.

»So?«, fragt sie provozierend. »Und warum weinst du dann?«

Noch eine Träne bahnt sich ihren Weg über meine Wange, dann noch eine. Ich weine, weil er ohne Hemd und ohne Schuhe losgefahren ist, weil er von Anfang an nie dort hätte sein sollen, weil ich ihm auf seine Frage, weshalb ich dort aufgekreuzt bin, hätte sagen sollen, wie entsetzlich diese Woche ohne ihn war, wie sehr ich sein Lächeln vermisse, sein Lachen, seine Gutenachtküsse. Dass ich noch immer in seinem T-Shirt schlafe, weil ich das Gefühl seiner Arme um mich vermisse. Dass ich es nicht übers Herz bringe, es zu waschen.

»Lass gut sein, Rowan.«

»Nein«, widerspricht sie mir energisch. »Das ist lächerlich. Ich bin deine beste Freundin, und ich weiß, dass du noch nie verliebt warst, aber …«

»Hör auf«, warne ich sie. Ich kann spüren, wie der ganze Schmerz in mir zu Wut verbrennt – was sich vertrauter und sicherer anfühlt. Ich klammere mich daran fest.

Rowan seufzt. »Er liebt dich auch, Dee. Niemand außer dir selbst tut dir hier weh.«

»Du hast doch keine Ahnung, wovon zum Teufel du redest«, fahre ich sie an. Ich springe auf und gehe den Flur hinunter auf mein Zimmer zu, doch sie folgt mir.

»Ach wirklich? Warum bist du dann heute Abend zu seiner Mom mitgefahren? Und wage es nicht, mir denselben bescheuerten Grund zu sagen, den du Joel genannt hast.«

Ich schlage ihr die Tür vor der Nase zu, aber Rowan reißt sie wieder auf.

»Was zum Teufel kümmert dich das überhaupt?«, brülle

ich sie an. »Dein Leben ist doch perfekt! Du hast einen perfekten Freund und eine perfekte Familie, und alles ist so gottverdammt einfach!«

»Oh, jetzt hör doch auf, dich in deinem Selbstmitleid zu suhlen, Dee«, zischt sie mich an. »Joel ist großartig! Und er himmelt dich an. Wenn das nicht ein Grund zum Weinen ist! Klar, das macht ja auch *richtig* viel Sinn!« Ihre Stimme trieft vor Sarkasmus.

Ich gehe ins Badezimmer, aber Rowan stellt den Fuß in die Tür, bevor ich sie schließen kann. Ich wirbele herum und funkele sie wütend an. Meine Wangen sind heiß.

»Ich versuche dir zu helfen«, sagt sie mit versteinerter, kompromissloser Miene.

»Du kannst mir helfen, indem du dich um deine eigenen verdammten Angelegenheiten kümmerst.«

»Wie bitte?«

»Du hast mich gehört. Lass. Mich. Verdammt. Noch. Mal. Allein!«

Sie presst die Lippen fest aufeinander, um mich nicht anzuschreien, und ich weiß schon jetzt, dass ich das nicht hätte sagen sollen. Aber ich nehme die Worte nicht zurück, nicht ein einziges davon. Nach einer Weile sagt sie: »Na schön. Du willst, dass ich gehe? Ich gehe. Ruf mich an, wenn du bereit bist, endlich mit dem Lügen aufzuhören.«

»Wen lüge ich denn an?«, rufe ich ihrem Hinterkopf nach, als sie aus dem Zimmer rauscht.

»Dich selbst!«, brüllt sie zurück. Dann knallt sie die Tür hinter sich zu.

Später an diesem Abend stehe ich weinend unter der Dusche. Ich weine nicht nur, weil ich Joel vermisse. Ich weine, weil ich meine beste Freundin vermisse. Weil ich mein altes Selbst vermisse. Weil ich eine Zeit vermisse, die es nie wirklich gegeben hat – eine Zeit, in der ich glücklich war.

Ich schlüpfe in einen Pyjama und schlinge mir ein Handtuch um den Kopf, mache mir nicht die Mühe, die Haare zu trocknen, bevor ich mit Joels T-Shirt ins Bett krieche. Ich atme seinen Geruch ein und wünsche mir, er wäre hier, würde mich fest an sich drücken und mir versichern, dass ich nicht zerbrochen bin.

Als sein Lächeln und seine Küsse alleine mir gehörten und er seine Geheimnisse mit mir teilte – da war ich zum ersten Mal in meinem Leben richtig glücklich, glaube ich. Als wir uns einander an den Händen hielten und gegenseitig zum Lachen brachten. Als er mich liebte.

Tränen kullern auf mein Kissen, als ich mich daran erinnere, wie er barfuß in der Kiesauffahrt seiner Mom stand und von mir wissen wollte, weshalb ich dort war. Rowan hat mir dieselbe Frage gestellt. Rowan gab ich keine Antwort, und Joel tischte ich eine Lüge auf.

Weil ich sichergehen wollte, dass du mit Adam nach Hause fährst.

Die ehrliche Antwort auf seine Frage hätte gelautet: *Weil ich dich liebe.*

Ein verzweifelter Schluchzer entweicht aus irgendeinem tief verborgenen Ort in mir und drängt meine Kehle hoch. Ich drücke Joels T-Shirt fester an mich und gestatte mir, die Worte zu sagen … auch wenn es nur in meinem Kopf ist, während ich in mein Kissen schluchze.

Ich sage ihm an Ostern im leeren Pool, dass ich ihn liebe. Ich sage ihm, dass ich ihn liebe, während wir mit meinem Dad das Abendessen kochen. Ich sage ihm, dass ich ihn liebe, als er zu meinem Schlafzimmerfenster hereinklettert.

Ich sage es, während er an seinem Geburtstag in meinen

Armen weint. Ich sage es, als ich im Bus an seiner Brust liege.

Ich weine mich in den Schlaf. Ich weiß, dass es zu spät ist, aber ich sage die Worte trotzdem immer und immer wieder.

Ich liebe dich, ich liebe dich, ich liebe dich.

Es tut mir leid, es tut mir leid, es tut mir leid.

23

Ich warte sieben Tage, bis ich Rowan eine Nachricht schicke. Sieben Tage, um meine Gefühle zu sortieren und mir zu überlegen, was ich sagen werde. Am Samstagmorgen treffen wir uns im IHOP. Ich sitze in einer Nische, als sie auf den Platz mir gegenüber rutscht. Ihre langen blonden Haare sind zu einem unordentlichen Knoten hochgesteckt, und ihre blauen Augen glänzen vor Besorgnis, die sie mit aller Macht zu verbergen versucht.

»Ich habe dich vermisst«, sage ich, und sie steht prompt wieder auf, setzt sich neben mich und zieht mich zu einer knochenbrechenden Umarmung an sich.

»Ich dich auch«, flüstert sie in meine Haare. »Tut mir leid, dass ich so ein Biest war.«

Ich schüttele den Kopf an ihrer Wange, halte sie ebenso fest wie sie mich. »Nein, du hattest recht.«

Sie lockert verblüfft die Hände um meinen Nacken, weicht ein Stück zurück und sieht mich an, als wäre sie sich nicht sicher, ob sie mich richtig verstanden hat.

Ich hole einmal tief Luft, will ihr sagen, dass mir klar geworden ist, dass ich Joel liebe, aber die Worte bleiben mir im Hals stecken.

»Recht womit?«, fragt sie.

»Mit …« Ich reibe mir mit dem Zeigefinger die Stelle zwischen den Augen. »Gott, das hier war so viel leichter, als ich es im Kopf geübt habe.«

Rowan mustert mich einen Moment, bevor Erkenntnis in ihren Augen aufleuchtet und sich ein Lächeln auf ihrem Gesicht ausbreitet. Mir graut vor ihrer überschwänglichen Reaktion. Doch zum Glück werde ich von der Bedienung gerettet, die vorbeikommt, um unsere Bestellung aufzunehmen. Rowan rutscht wieder auf ihren eigenen Platz, ohne mich aus den Augen zu lassen oder ihr breites Lächeln zu verlieren. Ich bestelle für uns beide, gebe der Kellnerin die Speisekarten wieder und warte, bis sie außer Hörweite ist, bevor ich meiner besten Freundin zuzische: »Hör schon auf, so zu grinsen.«

»Ich kann nicht anders.« Ihr Lächeln wird noch breiter. »Sag es einfach.«

»Du weißt es doch eh schon.«

»Dann tu so, als ob ich es nicht wüsste.«

Gott, sie ist so aufgeregt, dass ich ihr am liebsten eine knallen würde. »Warum tust du das?«, stöhne ich, aber ihr Lächeln ist durch nichts zu erschüttern.

»Weil ich dich liebe.« Sie sagt es so leicht – als wäre es die leichteste Sache der Welt. Und vielleicht sollte es das ja auch sein.

»Ich dich auch«, sage ich.

Sie stützt eine Hand auf ihre Faust und hat noch immer dieses alberne Grinsen im Gesicht. »Und wen noch?«

Ich atme einmal tief ein und wieder aus. »Und Joel.«

»Und jetzt alles zusammen.«

»Gott, ich hasse dich.«

Sie lacht hell, und ich schließe die Augen und sage es einfach.

»Ich liebe Joel.«

Als ich durch die noch leicht zusammengekniffenen Augen hindurchblinzele, erweckt Rowan den Anschein, am liebsten über den Tisch stürzen zu wollen, um mich noch einmal zu umarmen.

»Zufrieden?«, frage ich. Als ihre Augen verräterisch glänzen, beginnen auch meine eigenen zu brennen. »Warum zum Teufel weinst du denn?«

»Deinetwegen«, sagt sie und reibt sich mit einem Knöchel den Augenwinkel.

»Hör schon auf«, flehe ich, den Blick zur Decke gerichtet. Ich blinzele rasch ein paarmal, um die Tränen in Schach zu halten. »Im Ernst, ist es denn zu viel verlangt, dass mir wenigstens einen Tag lang mein Mascara nicht ruiniert wird? Warum zum Teufel weinen wir denn eigentlich?«

»Weil wir Frauen sind«, sagt sie lachend. »Das tun wir eben, wenn wir uns verlieben.«

»Wir benehmen uns albern?« Sie lacht noch lauter, und ich falle unwillkürlich mit ein. »Gott, es ist ein solches Chaos.«

»Wann sagst du es ihm?«, will sie wissen, und schließlich senke ich den Kopf wieder und verliere mich in einem völlig anderen Gefühl.

Ein Schatten fällt auf unseren Tisch. Die Kellnerin steht vor uns und schenkt uns beiden eine Tasse Kaffee ein. »Ihre Pancakes kommen gleich«, verspricht sie freundlich.

»Danke.« Ich zwinge mich, ihr Lächeln zu erwidern, aber als ich zu Rowan zurücksehe, ist ihres verschwunden.

»Du *wirst* es ihm doch sagen, oder?«

Ich kratze mit dem Zeigefinger über eine Schramme auf der Tischplatte. »Meinst du, ich sollte?«

»Ist das überhaupt eine Frage?«

Ich atme einmal langsam aus. »Wie geht es ihm?«

Sie legt die Stirn in Falten. »Ich habe ihn die Woche nicht oft gesehen. Er hat versprochen, nicht wieder zurück zu seiner Mom zu fahren, aber er ist auch nicht die ganze Zeit bei uns in der Wohnung. Ich vermute mal, er schläft in seinem Auto.«

»Oder in den Betten anderer Frauen«, füge ich hinzu, und als sie es nicht abstreitet, seufze ich. »Vielleicht ist es besser, wenn er es nicht weiß.«

»Wieso sollte das denn besser sein?«

»Was passiert denn, wenn ich es ihm sage?« Ich hebe die Hand vom Tisch und streiche mir eine Haarsträhne hinters Ohr. »Ja, er hat gesagt, er liebt mich, aber ich bezweifle, dass er das wirklich durchdacht hat. Was passiert denn, nachdem man jemandem seine Liebe gestanden hat?« Sie wartet darauf, dass ich fortfahre, aber ich schüttele nur den Kopf und sage dann: »Joel und ich wissen nicht, wie man eine Beziehung führt, Ro. Wir sind nicht der Typ für Beziehungen.«

»Du hattest schon früher Freunde«, wendet sie ein.

»Ja, und was habe ich jedem einzelnen von ihnen angetan?« Es wurde mir schon früher unzählige Male die große Liebe vorgegaukelt, aber ich habe keinem der Typen je geglaubt. Ich habe Blumen und Geschenke und Geständnisse von ihnen bekommen, die ich nicht wollte, und alles, was sie damit erreicht haben, war, dass ich nur noch schneller davonlief. Ich habe erwachsene Männer zum Weinen gebracht und habe bei ihrem Anblick jedes Mal nur eine Augenbraue hochgezogen und mich gefragt, warum ich überhaupt je mit ihnen zusammen war.

»Aber du *liebst* Joel.«

»Und schau, was er jetzt schon alles wegen mir hat durchmachen müssen.«

Rowan sieht mich einen Moment lang nachdenklich an, bevor sie die Hände über den Tisch streckt und meine ergreift. »Hör mir zu, okay?« Ich nicke langsam. »Ich weiß, das ist alles neu für dich, und ich weiß auch, dass es beängstigend ist. Du wirst Joel weiterhin lieben, egal, ob du es ihm sagst oder nicht. Doch wenn du ihm nicht die Wahrheit sagst und euch beiden nicht mal die Chance gibst, herauszufinden, wohin es führt, dann wird das ein Fehler sein, der dich für den Rest deines Lebens verfolgen wird.«

Unsere Hände lösen sich voneinander, als die Bedienung die Teller mit Pancakes vor uns hinstellt. Diesmal bedankt Rowan sich bei ihr, da ich noch immer völlig im Bann ihrer Worte bin.

»Aber was, wenn wir uns letztendlich nur gegenseitig das Herz brechen?«, wispere ich kaum hörbar.

»Das tut ihr doch schon jetzt«, antwortet sie ernst. »Was hast du denn schon zu verlieren?«

An jenem Abend, nachdem ich die Reißverschlüsse meiner glitzernden, knöchelhohen Stiefel mit Stilettoabsatz hochgezogen habe, denke ich über all die Antworten auf Rowans Frage nach: meinen Stolz, mein Herz, meine Unabhängigkeit. Aber als ich ihr genau diese Dinge beim Frühstück aufzählte, konterte sie mit einer einzigen schlichten Gegenfrage: »Sind sie wichtiger als Joel?«

Ich stehe auf, befehle meinen Knien, mit dem Zittern aufzuhören, und werfe einen letzten Blick in meinen Schlafzimmerspiegel. Mein violettes Wickelkleid schmiegt sich eng an alle richtigen Stellen, betont meine Kurven und passt perfekt zu meinen schokoladenbraunen Locken. Mein Make-up ist tadellos. Ich sehe umwerfend aus – und fühle mich wie ein verdammtes Wrack.

Rowan hat mir versichert, dass Joel heute Abend auf jeden Fall ins *Mayhem* kommen wird. Eine seiner Lieblingsbands spielt, und alle werden da sein, um den Auftritt zu sehen. Mein Plan ist, einfach hinzugehen, so heiß wie nur menschenmöglich auszusehen und die Worte zu sagen, die ich schon längst hätte sagen sollen.

»Ich liebe dich«, übe ich vor dem Spiegel. Ich verdrehe die Augen, atme tief durch und starre wieder mein Spiegelbild an. »Ich liebe dich. Ich liebe dich, Joel.«

Als es an der Tür klopft, fahre ich vor Schreck fast aus der Haut.

Nachdem ich meine Fassung wiedergefunden habe, kichere ich leise und öffne die Tür. Leti steht in einem dunkelvioletten Button-down-Hemd und einer Dark-Wash-Jeans vor mir. Ich lächele, als ich feststelle, dass unsere Outfits farblich aufeinander abgestimmt sind, ohne dass wir uns abgesprochen haben. Wenn er nicht diese albernen T-Shirts und Bleach-Stained-Jeans trägt, weiß sich der Mann eindeutig zu kleiden.

»Freust du dich, mich zu sehen?«, fragt er.

»Du hast lange genug gebraucht.«

»Dir ist aber schon klar, dass *du* diejenige mit dem Auto bist, oder?«

Ich ignoriere ihn, drehe mich vor ihm einmal im Kreis und sage: »Wie sehe ich aus?«

»Wie ein heißer kleiner Sukkubus«, sagt er grinsend. »Was ist der Anlass?«

Ich schnappe mir eine leichte Lederjacke aus dem Garderobenschrank, werfe Leti meine Schlüssel zu und schiebe ihn in den Hausflur hinaus. »Joel wird da sein.«

Leti schließt für mich ab, bleibt lange genug still, um mir zu zeigen, dass er seine Worte genau abwägt. »Ich dachte, ihr zwei seid fertig miteinander.«

»Es hat sich herausgestellt, dass ich ihn liebe.« Als ihm die Kinnlade herunterklappt, sage ich schulterzuckend: »Ich weiß, das soll mal einer verstehen!«

Er lacht schallend auf und legt mir einen Arm um die Schultern, während wir durch die Flure des Wohnhauses gehen. »Das heißt, du wirst es ihm heute Abend im *Mayhem* sagen?«

»Ich werd's versuchen.«

»Sag es zu mir«, fordert er mich auf, als wir an meinem Auto angekommen sind und er mir die Beifahrertür öffnet.

Ich lege ihm eine Hand auf die Schulter, sehe mit klimpernden Wimpern zu ihm hoch und sage mit einer Stimme wie die verführerische Heldin aus einer Sechzigerjahre-Romanze: »Oh Leti, du heißes Prachtexemplar von einem Mann, ich liebe dich.« Sein Lachen lässt mich schmunzeln.

»Ich glaube, ich bin eben für eine Minute hetero geworden.«

»Das war doch nur eine Frage der Zeit.« Ich zwinkere ihm zu und steige ein, und dann reibe ich mir mit den Händen über die Schenkel, als mir bewusst wird, dass ich wirklich und ernsthaft im Begriff bin, es zu tun.

»Sei nicht so nervös«, sagt Leti und schiebt sich hinter das Lenkrad.

»Bin ich nicht«, lüge ich.

»Sei es einfach nicht.«

»Bin ich nicht«, sage ich noch einmal, und er tätschelt mein Knie.

»Gut.«

Als wir das *Mayhem* erreichen, pulsiert das Innere des Klubs bereits von der Musik und ist in dicke Wolken aus Parfüm, Eau de Cologne und Schweiß gehüllt. Leute drängen sich in dichten Reihen an der Bar, aber da ich weiß, dass Rowan dort irgendwo sein muss, schnappe ich mir Letis Hand und beginne mir einen Weg durch das Gewühl zu bahnen. Ich bilde das spitze Ende unseres menschlichen Keils und ziehe ihn durch die Gasse, die Leute für uns bilden, während ich höre, wie er sich hinter mir auf dem ganzen Weg für seine breiten Schultern entschuldigt.

»Hey«, sage ich zu Rowan, als wir sie und Adam endlich finden. Ich lasse Letis Hand los und wische mir, wie er auch, die verschwitzten Finger an den Klamotten ab.

Rowan reicht mir ihren vollen Becher, und ich nehme dankbar einen großen Schluck. »Dieses Kleid ist der Wahnsinn«, sagt sie.

Ich sehe an mir hinunter, bekomme einen Blick auf mein Dekolleté geboten. »Gut möglich, dass ich auf dem Weg hierher ein paar Herzinfarkte ausgelöst habe.«

»Das passiert eben, wenn man mit einem heißen Prachtexemplar wie mir im Schlepptau wie ein Torpedo durch eine Menge schießt«, witzelt Leti, und ich werfe lachend den Kopf in den Nacken.

»Prachtexemplar?«, fragt Rowan mit hochgezogenen Augenbrauen.

»Ihre Worte, nicht meine.« Er zeigt mit einem Daumen in meine Richtung. Ich lächele und zucke die Schultern, dann trinke ich Rowans Becher aus und suche die Bar heimlich nach Joel ab.

»Okay, wer kommt mit mir tanzen?«, frage ich, was Adam als Stichwort auffasst, um für eine Zigarette nach draußen zu gehen. Rowan und Leti folgen mir beide auf die Tanzfläche, und ich werde mit meinen beiden besten Freunden von der Menge verschluckt.

»Er ist noch nicht da«, ruft Rowan mir zu.

»Sind wir denn sicher, dass er kommt?«, schreit Leti zurück. Er steht hinter mir und Rowan vor mir. Ich lege ihr die Hände auf die Schultern und versuche so zu tun, als würde mein Herz nicht auf einem Drahtseil balancieren, während es auf ihre Antwort wartet.

»Ja. Adam hat ihm eine Nachricht geschickt, um auf Nummer sicher zu gehen.«

»Adam *weiß* es?«, frage ich entsetzt und fühle, wie meine Wangen bereits zu glühen beginnen.

»Natürlich nicht«, beruhigt mich Rowan spöttisch, bevor ich ausrasten kann. »Für wen hältst du mich denn? Ich habe ihm nur gesagt, dass ich mir Sorgen um Joel mache und ein lustiger Abend genau das Richtige ist. Und dass ich gern sicherstellen würde, dass er kommt.«

»Und er hat es dir abgenommen?«

Rowan nickt. »Es war ja nicht gelogen.«

Ohne dass Leti es hinter mir sehen kann, forme ich lautlos die Worte: »Ich bin nervös.«

Sie lächelt und ruft Leti über meine Schulter zu: »Leti, weißt du, was ich an Dee am meisten liebe?«

»Ihre Garderobe?«, ruft er zurück.

»Ihr Herz!«

»Nicht ihren Hintern?«

Rowan und ich lachen beide. Dann sagt sie: »Ihre Ausstrahlung!«

»Ihre Titten!«

Ich flippe völlig aus und lache so heftig, dass ich mit dem Tanzen aufhören und mich an Rowans Schultern festhalten muss, um nicht das Gleichgewicht zu verlieren. Als ich mich wieder gefangen habe, bleibt ein strahlendes Lächeln auf meinem Gesicht zurück, das sich in Rowans blauen Augen und rosigen Wangen spiegelt.

Ich tanze, bis meine Schenkel brennen und mir die Haare im Nacken kleben. »Drinks?«, frage ich in einer Pause zwischen zwei Songs, und wir schlängeln uns zurück an die Bar.

Mein Herz taumelt gefährlich auf dem Drahtseil, während ich nach Joel Ausschau halte, und es stürzt fast ab, als sich herausstellt, dass er immer noch nicht aufgetaucht ist. Früher konnte ich den Gedanken, ihm zu sagen, was ich empfinde, nicht ertragen. Jetzt fühlt es sich an, als ob wir uns mit jeder Sekunde, in der er es nicht weiß, weiter voneinander entfernen.

Ich vermisse ihn. Ich vermisse ihn so sehr, dass ich nicht einmal darüber nachdenken kann, ohne dass Tränen in mir aufsteigen. Es ist eine ganze Woche her, seit ich ihn zuletzt gesehen habe, zwei Wochen, dass er noch in der Lage war, mir in die Augen zu sehen.

»Ich muss aufs Klo«, sage ich zu Rowan und Leti, noch bevor wir Adam, Mike und Shawn erreichen.

»Soll ich mitkommen?«, fragt Rowan, aber ich lehne ab. Ich brauche eine Minute für mich, um meine Gesichtszüge wieder unter Kontrolle zu bekommen.

»Bin gleich wieder da.«

Ich drehe mich auf dem Absatz um, bevor sie etwas einwenden kann, und schlängele mich zwischen Grüppchen von Leuten zum Eingangsbereich des Gebäudes hindurch, wo die Toiletten am saubersten sind. Als ich dort ankomme, ist die Damentoilette mit dem Schild *Außer Betrieb* versehen, aber ich drücke die Tür trotzdem auf und ducke mich unter dem gelben Absperrband hindurch. Die anderen Toiletten befinden sich auf der anderen Seite des Klubs, und ich brauche diese Zeit allein zu dringend, um jetzt noch dorthin zu gehen.

Vor dem wandbreiten Spiegel über den Waschbecken hole ich einmal tief Luft, dann beginne ich mein Make-up aufzufrischen und gehe in Gedanken noch einmal durch, was ich zu Joel sagen werde.

Ich liebe dich. Es tut mir leid, dass ich es nicht schon früher gesagt habe. Ich will mit dir zusammen sein.

In meiner Vorstellung sieht er mich missbilligend an. *Du hast mir das Herz gebrochen, und jetzt soll ich dich zurücknehmen?*

Ich stütze die Hände am Waschbecken ab und schließe die Augen. Ich sage mir immer wieder, dass es erst zwei Wochen her ist. In zwei Wochen kann man nicht aufhören, jemanden zu lieben – nicht wenn man die Person je wirklich geliebt hat.

Als ich die Toilette verlasse, versuche ich mir einzureden, dass ich mir unnötig Sorgen mache, dass alles gut gehen wird, dass er mich will und wir zusammen sein werden. Aber als ich mich der Bar nähere, entdecke ich ihn, und mein Herz stürzt von dem Drahtseil ab.

Er geht auf Rowan und die Jungs an der Bar zu, den Arm um ein Mädchen mit langen blonden Haaren gelegt, das ein Kleid trägt, das noch kürzer als mein eigenes ist. Er grinst, er lacht. Sein Blick schweift durch den Raum, und mir bricht das Herz.

Als sein Blick meinem begegnet, schwindet sein Lächeln. Tränen verschleiern meine Sicht, und ich mache auf dem Absatz kehrt, schlängele mich hierhin und dorthin, um mir einen Weg durch die Menge zu bahnen. Ich drängele mich durch das Gewühl von Körpern und ducke mich unter dem gelben Absperrband hindurch, stürze durch die Tür und stolpere zurück auf die Damentoilette.

Er war glücklich. Es ist erst zwei Wochen her, und er ist glücklich ohne mich. Zwei Wochen, und er ist mit einer anderen glücklich.

Hässliche Tränen tropfen auf den Boden. Plötzlich geht die Tür auf. Joel bückt sich und zwängt sich ebenfalls unter dem Absperrband hindurch. Er bleibt stehen und sieht mich an, und ich starre nur zu ihm zurück, während ich den Tränen freien Lauf lasse. Es hat keinen Sinn zu versuchen, sie zu verbergen.

»Nein«, sagt er und verringert mit langen Schritten rasch den Abstand zwischen uns. Er nimmt mein Gesicht in seine Hände und sieht auf mich herab. »Nein. Tu das nicht.«

Ein winziger Schluchzer entfährt mir. Auch wenn mein Herz in diesem Augenblick bricht, fühlt es sich so richtig an, seine Hände auf mir zu spüren. Ich will sie noch fester an meine Wangen drücken. Ich will, dass er mich hält.

»Tu das nicht, Dee«, sagt er noch einmal. Seine Stimme bricht. Mit den Daumen streicht er über meine nassen Wangen und presst die Stirn an meine. »Hör auf zu weinen«, sagt er mit einer Stimme, die so sanft und traurig ist, dass mein ohnehin schon gequältes Herz sich schmerzhaft zusammenzieht. »Ich lasse nicht zu, dass du weinst.«

Ich will ihm sagen, dass ich ihn liebe. Aber was hätte das für einen Sinn? Ich dachte, er wäre ohne mich besser dran – und jetzt weiß ich, dass ich recht hatte.

Joels Lippen streifen über meine, und er schließt seine blauen Augen. »Tu das nicht.« Er küsst mich noch einmal, und meine Finger krallen sich in sein Shirt. Ich erwidere den Kuss. Tränen strömen mir über die Wangen. »Du willst mich doch gar nicht.« Er sagt es zwischen Küssen, die immer leidenschaftlicher werden, und als er mich mit dem Rücken gegen die Wand presst, küsst er mich so innig, dass das Geräusch, das mir über die Lippen kommt, eher einem Stöhnen als einem Schluchzen gleicht. Im nächsten Augenblick hebt er mich hoch, und ich gleite mit den Händen unter sein Shirt. Ich muss seine Haut auf meiner Haut spüren, seine Lippen auf meinen Lippen.

Ein Funke flackert zwischen uns auf, und wir sind verloren. Unsere Küsse sind gierig und hektisch. Mein Kleid wird hochgeschoben, der Reißverschluss seiner Hose geöffnet, und mein Slip zur Seite gerissen.

Als er in mich eindringt, kralle ich die Fingernägel in seinen Rücken, und ein leises Stöhnen wird zwischen uns laut. Seines. Meines. Tränen rinnen mir noch immer über die Wangen, und als ich die Augen aufschlage, sind seine ebenfalls glasig. Ich halte sein Gesicht zwischen meinen Händen und küsse ihn verzweifelt. Immer wieder stößt er in mich. Wir atmen einander ein, und er nimmt mich, küsst mich und hält mich, und es ist nie auch nur annähernd genug. Ich will ihm sagen, dass ich ihn liebe, aber als ich an das Mädchen denke, das drinnen im Klub auf ihn wartet, und an sein Lachen, bringe ich die Worte nicht über die Lippen. Stattdessen küsse ich seinen Mund, sein Kinn, seinen Hals, seine Ohren.

Joel bebt, seine Finger umklammern meine Schenkel fester, und sein harter Körper presst mich gegen die Wand. Ich küsse die Geräusche fort, die von seinen geöffneten Lippen kommen, als er sich in mich ergießt. Er lässt den Kopf auf meine Schulter sinken und setzt mich langsam wieder auf den Fliesen ab. Ich habe die Arme noch immer um ihn geschlungen und kann ihn einfach nicht loslassen, doch da hebt er den Kopf und starrt mich mit blutunterlaufenen Augen an. Seine Wangen sind tränenverschmiert, und seine Stimme ist heiser von einer Emotion, die ich in meinen eigenen Knochen spüren kann. »Ich kann das nicht mehr.«

Als seine verschwommene Gestalt sich von mir abwendet, halte ich ihn nicht auf.

Als er zur Tür hinausgeht, sieht er nicht zurück.

24

Nachdem Joel mich einfach hatte stehen lassen, wollte ich am liebsten zu Boden sinken. Ich wollte zusammenbrechen und weinen, bis ich keine Tränen mehr zu vergießen hatte.

Stattdessen lief ich ihm nach.

Meine Beine brauchten ein paar Sekunden, um sich in Bewegung zu setzen, aber schließlich machte irgendetwas in meinem Gehirn *klick*. Eine verzweifelte Stimme sagte: *Das ist deine letzte Chance* – und ich ergriff sie. Ich riss die Tür auf, schob mich durch das Gedränge und suchte nach ihm. Und blieb wie angewurzelt stehen.

Er war dabei zu gehen – mit ihr. Mein Blick fiel auf ihre ineinander verflochtenen Hände, und ich starrte sie an, bis sie sich in mein Gehirn eingebrannt hatten und die beiden verschwunden waren. Mir wurde mit erdrückender Klarheit bewusst, dass meine Chance mit Joel verpufft war. Die Chance hatte sich zwei Wochen zuvor in einem leeren Pool geboten, doch jetzt war es zu spät.

Ich verließ das *Mayhem*, sobald ich mir sicher war, dass Joel nicht mehr auf dem Parkplatz sein würde. Vom Auto aus schickte ich Rowan eine Nachricht und schrieb ihr, ich hätte es mir anders überlegt, ich würde ihm lieber nicht sagen, was ich für ihn empfand. Ich bat sie, Leti nach Hause zu fahren, und ich bat sie außerdem sehr höflich, mir bitte meine Privatsphäre zu lassen.

Eine halbe Stunde später tauchte sie in meiner Wohnung

auf, aber zu dem Zeitpunkt war ich bereits wie betäubt. Es war leicht, ihr zu sagen, ich hätte meine Meinung geändert, dass ich nicht gebunden sein wollte und ich davon überzeugt sei, dass Joel es auch nicht sein wollte. Sie stritt sich mit mir und fragte mich immer wieder, ob irgendetwas vorgefallen sei. Aber ich hatte nicht die Absicht, ihr je zu erzählen, was auf der Toilette passiert war.

Die Tage wurden zu Wochen, und irgendwann ließ sie das Thema endlich fallen.

Ich dachte jeden Tag und jede Nacht an Joel, aber irgendwann hörte ich auf, um ihn zu weinen. Er schickte weder Nachrichten noch rief er mich an, und auch ich unterließ jede Kontaktaufnahme und machte einen großen Bogen um das *Mayhem*. Auch wenn ich nach wie vor um Dates gebeten wurde, wenn ich mir doch mal die Mühe machte, mir die Haare zu bürsten und auszugehen – ich ließ jeden abblitzen. Stattdessen konzentrierte ich mich ganz darauf, das Semester abzuschließen und T-Shirts für *The Last Ones to Know* zu entwerfen.

In der Woche vor den Abschlussprüfungen schleppt mich Rowan zu IHOP, und ich stimme zu, weil ich eine Entscheidung getroffen habe, von der sie besser früher als später erfahren sollte. Wir lassen uns an einem Tisch nieder, wir geben unsere Bestellung auf, und wir schneiden beide in hohe Stapel mit Erdbeerpancakes, als sie sagt: »Was meinst du, wie du bei deinen Abschlussprüfungen nächste Woche abschneiden wirst?«

»Ganz ehrlich?« Sie sieht mich erwartungsvoll an, und ich nehme kein Blatt vor den Mund. »Ich werde nicht einmal an zweien davon teilnehmen, denn ich kann die Kurse unmöglich bestehen, sogar wenn ich in den Prüfungen selbst ein Sehr gut schaffen würde.« Sie öffnet den Mund, aber ich lasse sie nicht zu Wort kommen. »Bei zwei anderen Prüfungen handelt es sich um Aufsätze, an denen ich bereits sitze, aber ich werde von Glück sagen können, wenn ich die Kurse mit einem Ausreichend bestehe. Im Marketingkurs rechne ich fest mit einem Sehr gut, andernfalls werde ich ernsthaft in Erwägung ziehen, das College abzufackeln.«

Rowans Sorgenfalten vertiefen sich. »Bist du sicher, dass du nicht noch einen anderen Kurs bestehen kannst?«

»Sieh mich nicht so an«, sage ich. »Ich habe es versucht, Ro. Ich habe es wirklich versucht. Ich meine, du hast mich doch gesehen, ich …«

»Ich weiß«, versichert sie mir. »Du hast richtig hart gearbeitet …«

Ich atme einmal tief ein und aus. »Ich habe meinem Dad versprochen, meine Noten zu verbessern … aber der Schaden war schon vor den Zwischenprüfungen angerichtet. Ich konnte den Stoff nicht mehr aufholen, und dann ist … dieser ganze Mist passiert.« Ich muss nicht erst sagen, was ich damit meine. Ich habe vor ein paar Wochen aufgehört, Joels Namen zu erwähnen. »Es sollte einfach nicht sein.«

»Es gibt immer noch nächstes Semester«, sagt sie in einem schwachen Versuch mich aufzumuntern. Ihr Lächeln wirkt gezwungen, und auch die Traurigkeit in ihren Augen ist nicht zu übersehen.

Ich hole noch einmal tief Luft. Ich weiß, dass ich es ihr sagen muss, und ich hoffe, dass ich es schaffe, ohne dabei zu weinen. »Ro … ich komme nächstes Semester nicht mehr wieder.«

Sie lässt ihre Gabel sinken, mit der sie eben ein Stück Pancake aufgespießt hat, und starrt mich an. »Was meinst du damit?«

»Ich fahre nach Hause. Ich komme nicht mehr zurück. Ich …«

»Du kommst nicht mehr zurück?«

Meine Augen beginnen zu brennen, daher kneife ich sie fest zusammen. »Ich halte es hier einfach nicht mehr aus. Das ist nicht das Richtige für mich.«

Als sie neben mich rutscht, schlage ich die Augen wieder auf und sehe sie an. Sie nimmt meine Hand. »Dee, ich weiß, du vermisst Joel, aber …«

»Es ist nicht nur wegen Joel«, sage ich wahrheitsgemäß. Die letzten paar Wochen waren mit die unglücklichsten meines Lebens, und obwohl ein Teil meines Gehirns darauf beharrt, dass das alles nur an einem gewissen Mann liegt, den ich nicht vergessen kann, weiß ich, dass das nur die halbe Wahrheit ist. In der letzten Zeit habe ich so viel fürs College gearbeitet, aber je ernster ich mein Studium nehme, desto *falscher* fühlt es sich an – als ob ich nicht das tue, was ich tun sollte, oder an dem Ort bin, an dem ich sein sollte. Im Laufe des letzten Jahres habe ich versucht, diese Stimme in mir zum Schweigen zu bringen, und mir eingeredet, dass es nur an meiner Faulheit oder meinem Desinteresse liegt – denn jeder mit nur einem Fünkchen Grips geht schließlich aufs College, oder? Aber inzwischen bin ich an dem Punkt angelangt, an dem es mir einfach egal ist, was diese Stimme sagt, denn ich will nur noch nach Hause.

Ich will zurück an einen Ort, wo Fächer wie Mathe und Biologie keine Rolle spielen. Zurück dorthin, wo es keine Hausaufgaben gibt und die Männer berechenbar sind. Zurück dorthin, wo ich mir darüber klar werden kann, wer ich eigentlich bin. Denn im Augenblick weiß ich nur, wer ich *nicht* bin: Ich bin nicht mehr die Frau, die das College für ihre einzige Option hält. Ich bin nicht mehr die Frau, die besessen von Joel ist oder sich von Aiden besabbern lässt oder sich einbildet, sie könnte Cody als Schachfigur benutzen, um ihr Ziel zu erreichen.

Und ich bin eindeutig nicht mehr die Frau, die sich die Schuld an dem gibt, was Cody ihr angetan hat.

Die Frau, die ich jetzt bin, weiß es besser. Auch wenn es Tage gibt, an denen ich noch immer über jenen Abend nachdenke. Jedes Mal, wenn Codys Gesicht vor meinem geistigen Auge auftaucht, glaube ich mehr daran, nicht das verdient zu haben, was passiert ist. Ein Kuss, selbst einer, den ich initiiert habe, bedeutet *keine* uneingeschränkte Zustimmung. Mich traf keine Schuld an dem, was er mir anzutun versuchte.

Es war nicht meine Schuld.

Es dauerte eine Weile, bis ich diese Gewissheit erlangte, und an manchen Tagen fällt es mir immer noch schwer, aber ich weiß, dass Rowan recht hatte, als sie mir versicherte, ich hätte alles getan, was ich tun musste, als ich dieses eine Wort zu ihm sagte: »Stopp!«

Vor diesem Abend war ich gebrochen, und danach war ich am Boden zerstört. Es war ein gebrochenes Mädchen, das Joel abwies, als er mir seine Gefühle gestand, und ein gebrochenes Mädchen, das zusah, wie er das *Mayhem* mit einem anderen Mädchen an der Hand verließ. Ich versuche noch immer, mich wieder in den Griff zu bekommen, aber dafür muss ich in Ruhe nachdenken können. Und das ist einfach nicht möglich, wenn jeder einzelne Atemzug, den ich in dieser Stadt tue, an den Rissen meines völlig gebrochenen Herzens zerrt. Wenn meine Zukunft weder das College noch den einzigen Mann, für den ich je wahre Gefühle hegte, beinhaltet, dann weiß ich nicht, wie es weitergehen soll. Doch genau das gilt es jetzt herausfinden.

»Es wird besser werden«, sagt Rowan. »Nächstes Semester …«

»Mein Entschluss steht bereits fest, Süße.« Ihre Lippen beginnen leicht zu zittern, aber meine Stimme bleibt fest. »Ich ziehe Ende des Monats zurück nach Hause. Mein Dad weiß schon Bescheid.«

Rowan schüttelt den Kopf, und ihre blauen Augen füllen sich mit Tränen. »Und was ist mit mir?«

Ich lächele und streiche ihr die Haare über der Schulter glatt. »Du schaffst das schon. Du wirst mit Adam hierbleiben und das College abschließen und deine Sache großartig machen, und wir werden uns gegenseitig besuchen. Und wir werden ständig telefonieren.«

»Dee …«

Ich ziehe sie zu einer Umarmung an mich, und sie drückt mich fest. Als die Bedienung vorbeikommt, um sich zu vergewissern, dass alles zu unserer Zufriedenheit ist, zieht sie sich nach einem Blick auf uns taktvoll zurück.

»Und was wirst *du* tun?«, fragt Rowan, als sie sich von mir löst. Sie wischt sich schniefend die Tränen aus den Augen.

»Jeremy anrufen und sehen, was er so treibt.«

Sie kichert, als ich den Namen des Rettungsschwimmers erwähne, und ich zwinge mich zu einem Lächeln. Doch ich bin ihr gegenüber nicht ehrlich. Ich habe kein Interesse daran, irgendjemanden zu sehen, vor allem nicht angesichts der Tatsache, dass es meine ganze Kraft erfordert, morgens auch nur aus dem Bett zu kriechen.

Letzte Woche erzählte mir Rowan, dass Joel sich eine eigene Wohnung gesucht hat, und ich bat sie daraufhin, mir keine Updates mehr zu geben. Sie versicherte mir, dass er mit niemandem zusammen sei, doch ich antwortete nur, es sei mir egal.

Ich freue mich, dass er endlich einen Ort gefunden hat, den er Zuhause nennen kann, aber ich glaube nicht eine Sekunde daran, dass er diese ganze Zeit allein gewesen ist. Und ich hasse die Vorstellung, dass irgendeine andere als Erste in seinem Bett schlafen durfte. Oder überhaupt in seinem Bett schlafen darf.

»Ich habe gestern Abend übrigens eine E-Mail von Van bekommen.« Ich reiche Rowan mein Handy, um uns beide abzulenken. Das wird sie aufmuntern, und mir wird es hoffentlich helfen, Joel für weitere fünf Minuten aus meinen Gedanken zu verbannen. Wenn ich in kleinen Schritten denke, immer nur weitere fünf Minuten, werde ich vielleicht nie wieder an ihn denken müssen.

»Von Van?«, wiederholt sie.

»Er wollte mir mitteilen, dass er sich endlich mit den Leuten seiner Marketingabteilung in Verbindung gesetzt hat. Eine halbe Stunde später bekam ich eine E-Mail von ihnen, mit einem Vertrag im Anhang.«

»Im Ernst?«, ruft sie aus, und ihre Miene hellt sich auf. »Du wirst T-Shirts für *Cutting the Line* machen?«

Ich zwinge ein weiteres Lächeln auf mein Gesicht, in der Hoffnung, dass es ebenso aufgeregt und aufrichtig aussieht wie ihres. Gestern Abend, als die E-Mail eintraf, hätte ich tanzen, schreien, meine beste Freundin anrufen und vor Freude ausflippen sollen. Stattdessen brach ich in Tränen aus.

Das Einzige, was ich denken konnte, war: *Das hier sollte mich glücklich machen. Ich sollte glücklich sein. Warum bin ich nicht glücklich?* Aber da saß ich und heulte in eine Schachtel Kleenextücher.

»Ja«, antworte ich. »Van hat sich wirklich für mich eingesetzt.«

»Und warum freust du dich dann gar nicht?«, fragt sie.

»Glaub mir, das tue ich.«

»Hast du den Vertrag schon unterschrieben?«

»Ich wollte eine Nacht darüber schlafen, aber ich werde es tun.«

Rowan setzt sich wieder gegenüber auf ihren Platz, und wir unterhalten uns über die Vertragsbedingungen. Van hat mir geraten, ohne Scheu alle Punkte zu verhandeln, die mir nicht gefielen. Doch der Vertrag war mehr als großzügig. Unter Berücksichtigung des Zeitaufwandes, der für die Fertigstellung der Shirts erforderlich ist, verdiene ich fast das Dreifache des Mindestlohns. Meine *Marke* wird außerdem auf der Website der Band und an ihrem Merchandise-Stand zu sehen sein. Sie haben mich um ein Foto und einen Lebenslauf gebeten und wissen lassen, dass sie meine Kollektion richtig groß rausbringen werden.

»Ich spiele mit dem Gedanken, mich vielleicht auch bei der Modeschule zu bewerben«, ergänze ich.

Rowans Augen werden ganz groß. »Wirklich?«

Nikki und Molly waren die Ersten, die es mir vorschlugen, gefolgt von Joel. »Ja, vielleicht. Ich meine, ich überlege noch. Ich …«

»Ich finde, du solltest es tun«, sagt Rowan. »Du wärst richtig gut darin, Dee.«

»Meinst du?«

»Ich weiß es.« Sie presst die Handballen auf die Augen, als ihr die Stimme wieder zu versagen droht. »Aber ich will trotzdem nicht, dass du gehst.«

»Ich weiß.« Doch wir wissen beide, dass ich trotzdem gehen werde.

»Ich werde dich vermissen.«

Ich schenke ihr ein mattes Lächeln. »Nein, du wirst mich hassen, sobald dir klar ist, was das bedeutet.«

Sie lässt die Hände sinken, und ich grinse sie an – das erste echte Grinsen seit langer Zeit.

»Du wirst deinen Eltern sagen müssen, dass du mit Adam zusammenlebst.«

25

Während der letzten Woche in der Wohnung weicht Rowan mir nicht von der Seite. Sie verbringt jede Nacht entweder in meinem Bett oder kampiert mit mir zusammen im Wohnzimmer. Wir haben ein riesiges Fort aus Kissen und Decken gebaut und lassen es stehen, bis es an der Zeit ist, alles einzupacken.

»Sie wollen ihn kennenlernen«, erzählt sie mir, als wir ein Laken zusammenlegen. Ich wünschte, ich könnte das Gesicht ihres Dads sehen, wenn er Adams schwarz lackierte Fingernägel entdeckt.

»Natürlich wollen sie ihn kennenlernen.«

Wir führen das übergroße Laken an den Rändern aneinander. Rowan übernimmt das restliche Zusammenlegen und schaut mich dabei mit zusammengekniffenen Augen an. »Du musst deswegen nicht so glücklich klingen.« Als ich sie nur angrinse, sagt sie: »Er fährt für uns am Sonntag den Umzugswagen und übernachtet bei mir zu Hause.«

»Sie werden ihn auf der Couch schlafen lassen«, warne ich sie, und Rowan nickt.

»Ich bete, dass er auf der Couch bleibt.«

Ich lache. »Wirst du ihn zwingen, sich rauszuputzen?« Ich versuche, mir Adam in einer Jeans ohne Risse vorzustellen, ohne seine Armbänder und in einem Hemd mit Knöpfen.

Rowan schüttelt den Kopf. »Nein. Ich liebe ihn so, wie er ist, und das sollen sie auch.«

Ich lächele und versuche zu ignorieren, wie ihre Worte in der offenen Wunde in meiner Brust brennen. Ich frage mich, ob Joel mich je auf diese Weise geliebt hat – so, wie ich bin –, und wenn ja, wie er so schnell damit aufhören konnte. Er war der erste Mann, den ich je geliebt habe, der erste Mann, den ich je ohne irgendetwas zwischen uns in mich gelassen habe, der erste Mann, mit dem ich je wirklich zusammen sein wollte. Und er ist, ungefähr zwei Sekunden nachdem er mich an einer Toilettenwand gevögelt hat, mit irgendeiner Tussi aus dem *Mayhem* abgezogen, um sie vermutlich auf dieselbe Weise zu vögeln wie mich.

Ich habe ihm das Herz zuerst gebrochen, aber er meines zuletzt.

»Weißt du, was *ich* liebe?«, frage ich. Ich schiebe die Erinnerungen an Joel beiseite und tue so, als wäre alles in bester Ordnung. Tue so, als wäre ich ich selbst. Ich werfe mich auf die Couch und sehe zu, wie Rowan weiter Bettwäsche zusammenlegt. Sie klemmt sich eine lange Kante unters Kinn und lässt ihre Hände geschickt über den Stoff huschen.

»Was denn?«, fragt sie, sobald sie das Kinn frei hat.

»Dieses neue Du. Adam tut dir wirklich gut. Du lässt dir nichts mehr gefallen.«

»Ich habe mir von Brady für den Rest meines Lebens genug gefallen lassen«, sagt sie, woraufhin ich ein halb geleertes Margarita-Glas erhebe. Ich sauge an dem salzigen Rand des Glases, als es an der Wohnungstür klopft. Leti drückt sie auf, ohne auf eine Aufforderung zu warten, und schlendert herein, dicht gefolgt von Kit. Ich habe Kit ein paarmal gesehen, seit sie zu der Band gestoßen ist, und ich glaube, wir könnten vielleicht sogar Freundinnen werden, wenn ich hierbleiben würde.

»Hilfe ist eingetroffen!«, ruft Leti und reißt beide Arme in die Luft.

Rowan, genial, wie sie ist, bestand darauf, eine Einpackparty zu organisieren, die als Mädchentag getarnt ist, was ich für eine brillante Möglichkeit hielt, mir ein paar willige Arbeitskräfte zu sichern. Morgen wird sie für mich eine Geburtstags-Schrägstrich-Abschiedsparty schmeißen, bei der jeder ein Geschenk mitbringen *und* uns helfen muss, den Umzugswagen vollzuladen. Die Party steigt in meiner leeren Wohnung. Danach werde ich mit zu Rowan fahren und bei ihr übernachten. Bis dahin muss ich mich von allen verabschiedet haben, und am Sonntagmorgen werde ich dieses Leben hinter mir lassen.

»Das Fort packst du aber nicht ein, oder?«, fragt Leti mit einem übertriebenen Maß an Bestürzung und verhindert so, dass ich gedanklich in eine Zukunft abdrifte, die sich ebenso einsam anfühlt wie die Gegenwart.

»Ähm, doch«, antwortet Rowan.

»Aber ich habe meinen Pyjama mitgebracht!« Er hält einen Rucksack hoch, und ich zwinge mich zu einem Kichern.

»Man hat mir ein Fort versprochen«, mischt sich Kit ein, und Rowan hebt schließlich ergeben die Schultern und schüttelt die Decke wieder aus.

Mit Kits Hilfe packen wir den Großteil meiner Sachen zusammen und bauen ein Fort, das sogar noch besser ist als das erste. Nicht zusammenpassende Bettwäsche – zum Teil lavendelfarben, zum Teil mit rosa Tupfern – hängt über dem Sofa und Lampen und gepackten Umzugskartons, und das ganze Fort ist voller Kissen und Decken. Zwei winzige Lampen erhellen das Innere, und wir kampieren zwischen den nach Weichspüler duftenden Stoffwänden.

Kit schreibt ihre Fortbaukünste ihren älteren Brüdern zu,

denen, so mein Verdacht, auch ihre Bereitschaft zu verdanken ist, sich mit Rowan, Leti und mir in eine winzige Höhle zu zwängen. Obwohl wir seit ihrem Vorspielen vor ein paar Monaten erst ein paarmal zusammen abgehangen sind, mag ich sie, und solange sie weiterhin kein Interesse an Joel bekundet, werde ich sie auch weiterhin mögen. Sie ist hübsch, und sie weiß es – aber auf eine toughe, undurchdringliche Art. Sie ist nicht süß wie Rowan oder mädchenhaft wie ich, aber sie strahlt etwas aus, was sie sowohl feminin als auch wild erscheinen lässt.

»Ich habe das Gefühl, eine grässliche Freundin zu sein«, gestehe ich Leti, als dieser sich endlich von mir die Fingernägel lackieren lässt. Er hatte gesagt, es würde sein Geburtstagsgeschenk für mich sein, und ich schraubte den Deckel von dem glitzerndsten, violettesten Nagellack, den ich besitze, noch bevor er seinen Satz beenden konnte. »Was ist denn eigentlich aus diesem Mark geworden?«

»Aus wem?«, fragt Leti. Er scheint nicht allzu glücklich zu sein über die, wie ich mit Nachdruck erkläre, fabelhafteste Maniküre, die er je bekommen wird. Er beäugt misstrauisch den Nagellack, als könnten ihm die Finger davon abfallen, und scheint mir nur mit halbem Ohr zuzuhören.

»Mark. Der Feuerwehrmann.« Leti zieht die Stirn kraus, und ich schiebe nach: »Du hast ihn vor ein paar Wochen im *Mayhem* kennengelernt … bist eine Weile mit ihm gegangen … Wir haben darüber gewitzelt, dass er heiß genug ist, um im Feuerwehrmann-Kalender Mr. Februar zu sein …«

»Ach ja!« Leti kichert vor sich hin. »Mark, richtig. Du weißt aber schon, dass er nicht wirklich ein Feuerwehrmann war, oder?«

Jetzt ist es an mir, die Stirn zu runzeln. Letis Grinsen wird noch breiter.

»Ich habe ihm nur diesen Spitznamen gegeben.«

»Warum denn?«, fragt Rowan.

Ein schelmisches Funkeln glänzt in Letis Augen.

»Weil er ein Feuer in deiner Hose gelöscht hat?«, rate ich, und Leti grinst kopfschüttelnd.

»Weil er einen richtig großen Schlauch hatte«, sagt er.

»Oh mein Gott«, ruft Rowan, und wir prusten beide los.

Wir kichern noch immer, als Kit, die auf irgendeinen Punkt an der Stoffwand unseres Forts stiert, auf einmal sagt: »Ich habe mit Shawn geschlafen.«

Mit einem Schlag ist es mucksmäuschenstill. Drei Augenpaare starren sie an, und drei Kinnladen klappen herunter. Sie sieht uns der Reihe nach an, als hätte sie eben erst gemerkt, dass sie es laut ausgesprochen hat. Dann lächelt sie verlegen.

»Du hast mit *Shawn* geschlafen?«, wiederholt Rowan, und Kits Wangen röten sich.

»Nicht kürzlich … es ist lange her. Als wir auf der Highschool waren.«

Rowan und ich tauschen einen Blick. Rowan war bei ein paar Bandproben mit Kit dabei, und sie hat mir erzählt, wie seltsam sich Shawn in ihrer Nähe benimmt. Trotzdem weiß ich, dass Rowans Loyalität eher Shawn als Kit gilt, daher wählt sie ihre Worte mit Bedacht. »Hat er es zur Sprache gebracht?«

Kit schüttelt den Kopf. »Er erinnert sich nicht.«

»Bist du dir da sicher?«, frage ich. Der Girl-Code in mir will Kit widersprechen und ihr sagen, dass ich glaube, sie irrt sich, wenn man bedenkt, was er bei der Audition über sie gesagt hat. Genau wie Rowan bin ich jedoch weitaus länger mit Shawn befreundet.

»Warum, hat er irgendwas gesagt?«, fragt sie, und ich kann den Anflug von Hoffnung in ihrer Stimme hören.

Ich schüttele den Kopf. »Nein, aber …« Ich weiß nicht einmal, wie ich diesen Satz zu Ende führen soll. Ich möchte ihr ungern falsche Hoffnungen machen, aber ich erkenne irgendetwas in ihr, das mir selbst jedes Mal entgegenblickt, wenn ich in den Spiegel sehe. Eine stille Sehnsucht nach etwas Verlorenem. »Aber ich glaube, dich könnte man nur schwer vergessen.«

Sie schenkt mir ein Lächeln, das heller strahlt, als es sein sollte, als würde sie versuchen, es auf dem Gesicht festzutackern. »Auf der Highschool sah ich nicht so aus wie jetzt. Ich war eher unscheinbar – T-Shirts und Flanellhosen, weniger Make-up, keine Tattoos oder Piercings, Brille.«

»Aber heiß genug, um Sex mit dir haben zu wollen«, wirft Leti ein, und Kit zieht einen Mundwinkel nach oben.

»Warum sagst du es ihm nicht?« Ich sehe, wie ihr Lächeln breiter und zugleich entschlossener wird. Es ist das Lächeln einer Frau, mit der man sich nicht anlegen sollte, das Lächeln einer Frau, die mit vier älteren Brüdern aufgewachsen ist und weiß, wie man selbst auf sich aufpasst.

»Es macht Spaß, mit ihm zu spielen. Irgendwann werde ich es ihm schon noch sagen … vielleicht.«

Ich schmunzele. Leti zieht einen Schmollmund. »Na ja, jetzt ist es offiziell. Ich bin hier der Einzige, der mit niemandem aus der Band geschlafen hat. Shawn, Adam, J…« Er bricht ab, und wir alle wissen, warum. Schamesröte steigt ihm ins Gesicht, und er wirft mir einen entschuldigenden Blick zu. »Scheiße.«

»Du solltest dich glücklich schätzen«, sage ich. Ich ziehe einen letzten violetten Pinselstrich über seinen kleinen Finger, bevor ich das kleine Fläschchen zuschraube. »Sieht aus, als ob Rowan die Einzige ist, für die es ein Happy End gegeben hat.«

Als ich mich zurücklehne, sieht sie mich stirnrunzelnd an. »Bist du sicher, dass ich ihn nicht doch auf die Party morgen einladen soll?«

»In was für einer Welt würde das denn gut ausgehen?«

»Was ist zwischen euch beiden denn passiert?«, fragt Kit, doch Leti schüttelt fast unmerklich den Kopf und erstarrt, als ich ihn dabei ertappe.

»Viel«, antworte ich, und als sie mich weiter erwartungsvoll anblickt, füge ich hinzu: »Zu viel.«

»Wart ihr verliebt?«

Die Antwort lautet: Wir waren es. Die Antwort lautet: Ich bin es noch immer. Ich liebe ihn, und ich hasse es, und wenn ich meine Gefühle abstellen könnte, dann würde ich es tun. Ein Teil von mir will, dass er glücklich ist, in seiner eigenen Wohnung mit seinem neuen Leben, aber der andere Teil von mir hofft, dass er nicht schlafen und nichts essen kann und sein Herz niemals irgendeiner anderen schenken wird. Ich hoffe, dass er die Nächste, die ihm sagt, dass sie ihn liebt, nach Hause schickt. »Wer will noch eine Margarita?«

An diesem Abend, nachdem ich genug getrunken habe, um Joel zu vergessen, und alle anderen genug getrunken haben, um ihn nicht mehr zu erwähnen, wickeln Leti und Rowan mich in einen Kokon aus Armen. Sie machen es zum Spaß, und wir kichern alle, aber niemand zieht seine Arme zurück, und schließlich schlafen wir alle so ein. In weniger als sechsunddreißig Stunden werde ich zurück nach Hause ziehen, und nächstes Semester wird Leti seinen Abschluss machen. Der Kokon ist etwas Kostbares, eine Erinnerung, die noch keine Erinnerung ist, und wir halten sie an dem Abend fest, solange wir können.

Am nächsten Morgen winde ich mich aus meiner eingezwängten Position zwischen den beiden heraus. Ich fühle mich noch immer eher wie eine Raupe als ein Schmetterling. Ich krabbele über einen schwankenden Berg aus Kissen, schlüpfe durch den Ausgang unseres Forts ins Freie und treffe eine stöhnende Kit in der Küche an.

»Ich fasse es nicht, dass wir deine Kaffeemaschine eingepackt haben«, ächzt sie. Ihre schwarzen Haare mit den blauen Akzenten sind wild und zerzaust, ihre Wimpern so dicht und dunkel, dass sie ihre Augen selbst ohne Eyeliner oder Mascara umrahmen. Ich hasse sie nur ein klein wenig dafür.

»Lass uns Dornröschen und den Märchenprinzen wecken, damit wir zum IHOP fahren können«, schlage ich vor.

Ich bin bereits auf dem Weg zurück zur Kissenburg, als ich Kit murmeln höre: »Ich *liebe* die Pancakes dort.« Meine Mundwinkel wandern nach oben, und ich weiß mit absoluter Gewissheit, dass wir die Richtige für die Band gefunden haben.

Nach dem Frühstück fahren Adam, Shawn und Mike mit dem Umzugswagen vor dem Haus vor und fangen an, mein Zeug einzuladen – mein Bett, meine Kommoden, meine Kartons über Kartons über Kartons mit Schuhen. Dieses ganze Zeug wird unmöglich alles in mein Zimmer bei meinem Dad passen. Vielleicht sollte ich mir zu Hause eine eigene Wohnung suchen. Vielleicht eine Mitbewohnerin. Hoffentlich keine, die so seltsam ist wie die, die ich im Wohnheim hatte. Wenn ich für die Band eine spitzenmäßige Gitarristin finden konnte, dann sollte ich auf jeden Fall imstande sein, eine nicht allzu seltsame Mitbewohnerin zu finden, oder?

Die Tatsache, dass Rowan hierbleiben wird, über dreihundert Meilen weit entfernt, macht den Gedanken völlig abwegig, eine andere Mitbewohnerin als sie mögen zu können. Sie könnte die tollste Person der Welt sein, und sie würde sich trotzdem falsch anfühlen – ich würde sie immer dafür hassen, dass sie nicht Rowan ist.

»Was ist los?«, fragt Rowan, als wir dabei zusehen, wie Mike und Shawn meine Kommode in den Umzugswagen hieven. Leti und Kit legen im Gras eine Pause ein, und Adam lungert in einem Korbstuhl rum, der darauf wartet, verladen zu werden, raucht eine Zigarette und sieht rundherum entspannt aus.

»Nichts.«

»Lügnerin.«

Ich seufze, und sie wendet wieder ihren Blick ab. Es hat keinen Sinn, ihr zu sagen, dass ich sie vermissen werde. Ich habe es ihr schon tausendmal gesagt.

»Ich dich auch«, sagt sie und stößt mich mit der Schulter an.

Ich wünschte, sie wäre die Einzige, die ich vermissen werde, aber beim Anblick der Jungs weiß ich, dass ich jeden Einzelnen von ihnen vermissen werde. Und es gelingt mir nicht, nicht zu bemerken, dass einer von ihnen fehlt.

26

Meine Gläser einzupacken, war unser erster Fehler. Zu vergessen, im Supermarkt Plastikbecher zu kaufen, unser zweiter. Jetzt machen eine Reihe Flaschen mit hochprozentigem Inhalt und Getränkedosen die Runde. Wir sitzen alle auf dem verwaisten Hartholzboden meiner Wohnung. Pizzaschachteln stehen in der Mitte unseres Kreises, und ein Kuchen, von dem ich vorher kein einziges Mal kosten durfte, wartet im Kühlschrank.

»Auf dein Sehr gut in Marketing«, sagt Shawn und hebt eine Flasche Tequila.

»Auf die Modeschule«, ergänzt Leti und hebt eine Flasche Wodka.

»Darauf, gleich aus der Flasche zu trinken«, witzelt Adam und hebt eine Flasche Whiskey.

Ich kichere, und Rowan hebt einen Alcopop. »Auf Dee.«

Ich lächele, schnappe mir den Tequila von Shawn und halte ihn Adam hin. »Auf Adam. Dafür, dass er der Einzige hier ist, der keinen völlig abgedroschenen Spruch vom Stapel gelassen hat.«

Er lacht und stößt seine Flasche gegen meine, und wir nehmen beide einen kräftigen Schluck.

»Auf jeden, der heute mit angepackt hat«, ergänzt Mike, und Rowan lässt lachend ihre Flasche gegen seine Bierflasche klirren. Auch Adam lacht, denn er weiß, dass Mike auf ihn anspielt. Adam hat es heute fast den ganzen Tag auf wunderbare Weise geschafft, so auszusehen, als würde er mithelfen, ohne wirklich einen Finger krumm zu machen.

»Wie viel Paar Schuhe besitzt du eigentlich?«, fragt Kit, die neben Shawn sitzt. Er schafft es auf bemerkenswerte Weise, diese Sexbombe an seiner Seite nicht zur Kenntnis zu nehmen, und Kit schafft es auf bemerkenswerte Weise, besonders sexbombig auszusehen. Ich frage mich, was wohl passieren würde, wenn sich ihre Ellenbogen aus Versehen berühren würden. Würden sie sich wütend anfunkeln und die Zähne fletschen, oder würden Funken fliegen und mitten in diesem Zimmer plötzlich haufenweise Klamotten von zwei Körpern gerissen werden?

»Etwa eintausend«, antwortet Leti, »danach zu urteilen, wie schwer diese ganzen Kartons waren.«

»Ihr solltet mal meinen Schrank zu Hause sehen«, sage ich, und dann füge ich lachend hinzu: »Und den Keller und das Gästezimmer.«

Rowan nickt. »Das stimmt. Früher musste ich mir eigentlich fast nie Schuhe kaufen, weil wir dieselbe Größe haben.«

»Welche Größe habt ihr denn?«, erkundigt sich Kit.

»Achtunddreißig«, antworten Rowan und ich gleichzeitig.

»Ich habe vierzig«, antwortet Kit. »Eure Füße sind winzig.«

»Du hast Schuhgröße vierzig, weil du groß und wie ein verdammtes Supermodel gebaut bist«, betone ich, hauptsächlich Shawn zuliebe.

Kit lächelt, aber sie schüttelt den Kopf über das Kompliment. »In meiner Familie sind alle groß. Meine älteren Brüder sind riesig. Sie sind über eins achtzig.«

»Wir auch«, sagt Shawn und zeigt auf sich und die anderen Jungs.

»Ja, aber du«, sagt Kit, während sie ihm einen Finger in

den Bizeps bohrt, »bist hager. Du siehst überhaupt nicht groß aus.«

Shawn versteift sich, und ich beiße mir auf die Lippen. Kit lächelt nur wieder dieses undefinierbare Lächeln, sodass ich mich unwillkürlich frage, was passiert ist, nachdem die beiden auf der Highschool miteinander geschlafen haben. Es kann nicht sehr schön gewesen sein.

»Seid ihr bereit für Kuchen?«, fragt Rowan in die Runde, um die Anspannung aufzulockern.

»Ich bin bereit für Geschenke«, sage ich mit einem sehnsüchtigen Blick auf den aufgetürmten Stapel in der Ecke des Zimmers. Es ist immer so leicht zu erkennen, welches von einem Mann eingepackt worden ist – lose Ränder von Geschenkpapier und viel zu viel Klebeband überall.

»Du kennst die Spielregeln«, weist mich Rowan zurecht. Als sie sich vom Boden hochstemmt, mache ich Anstalten, ihr in die Küche zu folgen, aber sie scheucht mich mit einer Handbewegung zurück ins Wohnzimmer. »Nicht gucken.«

»Hoffentlich ist es Vanille«, sagt Kit, doch ich schüttele den Kopf.

»Es wird Schokolade mit Schokoladenglasur sein.«

Die Lichter gehen aus, und Rowan stimmt ein Geburtstagslied an. Alle fallen mit ein, und im Dunkeln bildet sich ein Kloß in meiner Kehle. Ich werde sie vermissen. Jeden Einzelnen von ihnen. Ich versuche die Tränen wegzublinzeln, bevor die Kerzen mein Gesicht erhellen.

»Liebe Deee-eee«, singen alle, »zum Geburtstag viel Glück.«

»Wünsch dir was.« Rowan hält mir den Kuchen hin.

Was könnte ich mir wünschen? Ich könnte mir wünschen, auf der Modeschule angenommen zu werden. Ich könnte mir wünschen, mit meinen T-Shirt-Kreationen berühmt zu werden. Ich könnte mir wünschen, dass Joel unverhofft auftaucht. Mir sagt, dass er mich immer noch liebt, und mich bittet, nicht wegzuziehen. Als mir klar wird, dass das tatsächlich mein sehnlichster Wunsch ist, blase ich die Kerzen aus, ohne mir überhaupt irgendetwas zu wünschen. Rowan lächelt, meine Freunde jubeln, und ich gebe vor, die Art von Mädchen zu sein, die noch immer daran glaubt, dass Wünsche in Erfüllung gehen.

Das Licht geht wieder an.

»Wir haben schon Plastikteller und Besteck gekauft, oder?«, fragt Rowan, und alle sehen sich an.

»Freiwillige vor!«, ruft Adam.

Nach einigem Hin und Her erklären sich Mike und Shawn bereit, zum Supermarkt zu fahren. Sie kommen kurz darauf mit Tellern und Besteck wieder. Als Rowan wissen will, weshalb sie nicht auch Becher mitgebracht haben, da wir schließlich immer noch aus den Flaschen trinken, zucken sie nur die Schultern und weisen darauf hin, dass sie nur den Auftrag hatten, Teller und Besteck zu besorgen.

»Okay«, sage ich und unterbreche damit Rowans ungläubiges Stöhnen, »kann mir jemand bitte ein Geschenk geben?« Zum vierten Mal tauche ich meinen Finger in den Schokoladenguss und schlecke ihn ab.

Rowan schneidet den Kuchen an und beginnt Stücke zu verteilen, während Leti den Stapel mit Geschenken vor mir aufbaut. Ich öffne sie wahllos, packe einen Geschenkgutschein von Kit aus, eine Duftkerze von Shawn, ein tolles Parfüm von Leti und eine zweite Duftkerze von Mike, der, so mein Verdacht, mit Shawn ein Geschenkidee-Brainstorming veranstaltet hat. Rowan und Adam schenken mir eine lächerlich teure Nähmaschine, bei deren Anblick mir fast die Tränen kommen, und Rowan überreicht mir als zweites

Geschenk noch das coolste Scherenset, das ich je gesehen habe – mit funkelnden violetten Griffen und vielen unterschiedlich geformten Klingen.

»Von wem ist das denn?«, frage ich, als ich das letzte Geschenk aufreiße. Es hängt keine Karte daran, aber es ist ordentlich eingepackt, mit einfarbigem, dunkelviolettem Papier, daher nehme ich an, dass es von einem der Mädchen ist. Doch sie sind ebenso neugierig wie ich. Schließlich kommt eine lange Posterrolle zum Vorschein. Ich öffne sie, ziehe ein festes Blatt Papier hervor und rolle es auseinander.

Eine Bleistiftzeichnung von einer Frau starrt mir entgegen. Die Frau liegt auf dem Rücken, die dichten Haare fächerartig um ihr glattes Gesicht ausgebreitet. Der Himmel ist dunkel und voller Sterne, die die blasse Wand hinter ihr einzufangen versucht. Sie lächelt mich an, und die Liebe in ihren Augen ist so deutlich zu sehen, dass mir der Atem stockt. Bei der Frau handelt es sich unverkennbar um mich selbst.

Es ist eine auf Papier festgehaltene Erinnerung. Und auch wenn mich die Frau auf dem Bild anlächelt, weiß ich doch, dass ich nicht gelächelt habe, als ich in diesem leeren Pool lag.

»Wer hat das gezeichnet?«, frage ich, außerstande, mich von dem Anblick der Zeichnung in meinen Händen loszureißen. Als niemand antwortet, hebe ich den Blick. »Wer hat das mitgebracht?«

»Was ist es denn?«, fragt Shawn, und ich drehe die Zeichnung so um, dass die anderen sie sehen können. Sie verschlägt allen den Atem, genau wie mir.

Wir alle wissen, wer sie gezeichnet hat.

»Ich habe einfach alle Geschenke genommen, die auf dem Tisch lagen«, murmelt Mike.

»Ich dachte, es wäre eines von deinen«, ergänzt Adam.

»Scheiße«, haucht Shawn.

Ich sehe noch einmal in die Rolle, suche nach einer Karte oder einer Nachricht oder *irgendetwas* – aber es ist nichts anderes darin.

»Warum tut er das?«, sage ich zu mir selbst und werde wütend, als mir niemand antwortet. »Warum zum Teufel tut er das?«, frage ich Rowan.

Es ist drei Wochen her, seit er mich an einer Toilettenwand gevögelt hat, vier Wochen, seit er mich bei seiner Mom zu Hause angeschrien hat, über einen verdammten Monat, seit er mir gesagt hat, dass er mich liebt, und jetzt schickt er mir diese Zeichnung? Warum? Nur um mich an eine Zeit zu erinnern, in der ich tatsächlich verdammt glücklich war?

»Wo wohnt er?«, fauche ich, rolle das Blatt wieder zusammen und stopfe es in die Posterrolle zurück.

»Dee«, sagt Rowan in diesem Tonfall, den sie manchmal anschlägt, um die Viper in mir zu beschwören. »Ich glaube, du solltest einfach …«

»Wo. Wohnt. Er?«, knurre ich noch einmal. Ich kann mich kaum noch beherrschen. Doch ich hebe mir meine Wut für Joel auf. Jeden verdammten Funken davon.

Wieder antwortet mir niemand. Sie sitzen alle in schockiertem Schweigen um mich herum da und starren mich an, als wäre ich eine Granate, bei der der Stift gezogen wurde. Ich sehe erst Rowan und dann Leti an, erwarte, dass sie es mir verraten, und als sie es nicht tun, sehe ich Adam, Shawn und Mike an. Noch mehr Blicke, noch mehr Schweigen. Ein Gefühl von Verrat lodert in meinen Adern wie ein brennendes Gift, und ich bin im Begriff, jeden Einzelnen von ihnen zu verfluchen, als Kit das Wort ergreift.

»Im Wohnhaus von Adam und Shawn«, sagt sie, und alle

Köpfe rucken zu ihr herum. »Erste Etage … die Wohnungsnummer weiß ich nicht mehr.«

Ich bedanke mich bei ihr und schnappe mir meine Schlüssel vom Küchentresen. Jede einzelne Tür in der ersten Etage werde ich eintreten, falls das nötig sein sollte, um ihn zu finden.

Ich bin schon fast zur Tür hinaus, als Rowan brüllt: »C!« Ich werfe ihr über die Schulter einen Blick zu, und sie erwidert ihn mit einem besorgten, aber entschuldigenden Nicken. »C. Er wohnt in Apartment 1C.«

Ich schlage die Tür hinter mir zu.

27

Im Laufe der letzten paar Wochen habe ich mehr als nur ein paarmal darüber nachgedacht, was ich zu Joel sagen würde, wenn ich ihm über den Weg laufen sollte. Ich würde lächeln, ich würde ihn fragen, wie es ihm geht, ich wäre übertrieben freundlich, und ich würde als Erste weitergehen.

»Was zum Teufel soll das?«, schleudere ich ihm entgegen, als ich in seine Wohnung platze. Ich halte die Posterrolle zum Beweis hoch, und er starrt mich von seinem Platz auf der Couch aus an, als hätte ich eben seine Tür eingetreten – was ich wie gesagt getan hätte, wenn sie abgeschlossen gewesen wäre.

Eine Gitarre liegt auf seinem Schoß, und ein Verstärker steht zu seinen Füßen. Ohne Schuhe, ohne Hemd und mit einem einzelnen Kopfhörer, der von einem Ohr baumelt, sitzt er da. Sein Anblick berührt mein Herz so, dass es ihm am liebsten entgegenfliegen will.

»Joel?« Ein Mädchen steckt den Kopf aus einem Zimmer im Flur.

Und dann fliegt ihm die Posterrolle genau an den Kopf.

»Was zum Teufel?«, bellt er. Er reißt im letzten Moment einen Arm hoch, um zu verhindern, dass ihn die Rolle im Gesicht trifft. Sie prallt von seinem Unterarm ab, fällt runter und rollt über den Hartholzboden.

»Was ist los?«, erkundigt sich ein zweites Mädchen und steckt den Kopf aus dem zweiten Zimmer im Flur.

»Warum zum Teufel hast du mir das geschickt?«, kreische ich. Ich klinge hysterisch. Ich *bin* hysterisch. Zwei verdammte Frauen? ZWEI?! »Springt als Nächstes eine Schlampe aus dem Garderobenschrank? Sollte ich besser nicht in den Kühlschrank sehen?«

»Wen nennst du hier Schlampe?«, fragt die erste Schlampe.

»Dich!«, brülle ich den Flur hinunter. Wenn ich noch mehr Posterrollen hätte, würde ich sie wie Schnellfeuermunition abfeuern.

Sie tritt einen Schritt auf mich zu, ich trete einen Schritt auf sie zu, und Joel tritt zwischen uns. »Was tust du hier?«

»Ich ruiniere dir deine verdammte Orgie, da du mir meinen verdammten Geburtstag ruiniert hast!«

Er legt mir eine Hand auf den Arm, und ich schlage sie weg. Im vollen Bewusstsein, dass wir ein Publikum haben, sehe ich zornig zu ihm auf – ich hasse ihn dafür, dass er mich verletzt, und ich hasse mich selbst dafür, dass ich es zulasse –, dann mache ich auf dem Absatz kehrt und gehe zurück in Richtung Wohnungstür.

»Was hätte ich denn tun sollen?«, ruft er mir in einem eisigen Ton hinterher. »Für den Rest meines Lebens todunglücklich sein, damit du endlich verdammt glücklich sein kannst?«

Meine Hände ballen sich an meinen Seiten zu Fäusten, und ich schnelle zu ihm herum. »Du glaubst, dass es das ist, was ich wollte?« Als er mich nur anstarrt, eine wortlose Bestätigung, brülle ich: »Ich war im *Mayhem*, um dir zu sagen, dass ich mit dir zusammen sein will, Joel! Und du hast mich auf einer Toilette gevögelt und bist zwei Sekunden später mit irgendeiner dämlichen Tussi abgeschwirrt!«

Die Wut weicht aus seiner Miene, verschiedene Gefühlsregungen huschen über sein Gesicht. Schock. Verwirrung.

Ich wende mich an die Mädchen im Flur hinter ihm. »Herzlichen Glückwunsch, Ladys, ihr habt da einen echten Hauptgewinn gezogen!«

Ich drehe mich wieder um. Ich muss zusehen, dass ich verdammt noch mal aus Joels Wohnung verschwinde, bevor ich die Posterrolle vom Boden aufhebe und jemanden damit aufspieße. Ich schaffe es bis zur Tür, lege eine Hand um den Türknauf, und dann werde ich auf einmal hochgerissen.

»Raus hier!«, befiehlt Joel, die Arme fest um mich gelegt.

Er reißt mich von der Tür weg, und ich schreie ihn an, dass er mich verdammt noch mal loslassen soll.

Er trägt mich den Flur hinunter, auf die Mädchen zu, die uns anstarren, als wären wir ein Zugwrack, das in Flammen aufgeht. »Raus hier!«, bellt er noch einmal, und sie werden beide blass, als ihnen klar wird, dass er sie damit meint.

»Lass mich runter!«, brülle ich und schlage und trete nach seinen Armen und Beinen. Er schiebt sich mit der Schulter an dem Mädchen im Türrahmen seines Schlafzimmers vorbei und stellt mich im Zimmer ab. Dann tritt er die Tür hinter uns zu und lehnt sich mit dem Rücken dagegen, um mir den Rückweg zu versperren.

»Stopp«, sagt er. Er hebt eine Hand, als ich einen entschlossenen Schritt auf ihn zugehe.

»Du kannst mich nicht einfach in deinem Zimmer einschließen«, knurre ich, packe seine ausgestreckte Hand und reiße sie zur Seite.

»Wenn du mit mir zusammen sein wolltest, warum zum Teufel hast du es dann nicht gesagt? Warum hast du mir bei deinem Dad gesagt, ich soll nach Hause fahren, und mich bei meiner Mom mit einem Schulterzucken abblitzen lassen? Und warum hast du verdammt noch mal im *Mayhem* nichts gesagt?«

»Du warst mit … einer … anderen da«, sage ich. Meine Stimme wird mit jedem Wort lauter.

Seine Füße tragen ihn vorwärts, und er umklammert mit den Fingern meine Schultern. »Weil du mir mein verdammtes Herz gebrochen hast, Dee!«

Ich gebe ein humorloses Lachen von mir, und er versteift sich. »Das ist wirklich witzig, Joel. Du hast schon nach einer *Sekunde* einfach weitergemacht wie bisher, aber ich war seit *Monaten* mit niemand anderem zusammen.«

»Du glaubst, ich habe einfach weitergemacht?«, fragt er.

Ich schüttele seine Hände von meinen Schultern und verschränke die Arme vor der Brust. Ich bin davon überzeugt, dass die Tussis, die vielleicht, vielleicht auch nicht noch immer in seiner Wohnung sind – selbst die, die sich im Garderobenschrank oder im Kühlschrank verstecken –, mir recht geben würden.

»Du meinst, ich bin glücklich?«, fragt er. Als ich keine Antwort gebe, hebt er ein zerknülltes Blatt Papier vom Boden auf. Als ich mich umsehe, erkenne ich, dass das Zimmer voll davon ist. Überall auf dem Boden liegt Papier verstreut und quillt aus einem Drahtpapierkorb in der Ecke des Zimmers. »Ich habe dich immer und immer wieder gezeichnet, aber verdammt, ich habe dich einfach nie richtig hinbekommen«, sagt Joel, während er ein Papier nach dem anderen in die Hand nimmt und glättet. Er hält sie mir hin, jede Zeichnung eine etwas andere Version des Bildes, das er mir zum Geburtstag geschenkt hat. »Ich hatte schreckliche Angst, dein Gesicht zu vergessen. Doch dann, als ich es schließlich hingekriegt hatte, wollte ich es nur noch weggeben, damit ich es verdammt noch mal nie wieder ansehen musste.«

»Warum hast du mich dann überhaupt gezeichnet?«, gifte ich ihn an.

»Weil ich dir versprochen habe, dir zum Geburtstag etwas Besonderes zu zeichnen.«

»Du hast auch gesagt, dass du mich liebst«, erinnere ich ihn spöttisch. »Auf eine Lüge mehr oder weniger kommt es doch auch nicht mehr an.«

»Das sagt ja die Richtige«, faucht er, und Wut wallt in mir auf.

»Was zum Teufel soll *das* denn heißen?«

Er reagiert auf meine Frage mit einem Blick, der mich versengt, und seine Stimme droht die Wände zum Einsturz zu bringen. *»Warum bist du hier, Dee?«*

Jede Zelle in meinem Körper zittert und drängt danach, ihn ebenfalls anzuschreien.

»Sag mir die verdammte Wahrheit!«, donnert er, und irgendetwas in mir bricht hervor.

»Weil ich dich liebe!«, schreie ich aus vollem Hals. Ich sehe, wie die Worte ihn treffen und fast nach hinten taumeln lassen. »Verdammt, ich liebe dich, okay? Bist du jetzt zufrieden?«

»Ja!«, brüllt Joel, und ein Lächeln beginnt, sein Gesicht trotz der Wut in seiner Stimme zu erhellen.

Ich bin so aufgebracht und verwirrt, dass ich nur noch weinen will, aber Joel tritt vor und umfasst mein Gesicht mit seinen Händen.

»Ja«, sagt er noch einmal, leise und ruhig. »Sag es noch einmal.«

»Nein.«

»Sag es noch einmal. Ich werde es ebenfalls sagen, und dann werde ich dich küssen.«

Ich will es so unbedingt, dass mein Herz in meiner Brust hämmert. Einmal, zweimal, dreimal. Er wartet. Er wartet auf mich, genau wie er es die vergangenen Monate getan hat. Darauf muss ich vertrauen. Ich muss *ihm* vertrauen.

»Ich liebe dich«, flüstere ich.

Er lächelt mich nicht an, erwidert nichts, wartet nicht einmal, bis ich ausgeredet habe. In einem Moment sage ich noch das letzte Wort, und im nächsten sind seine Lippen auf meinen. Joel zu küssen fühlt sich an, als würde ich in einer Erinnerung ertrinken, an einem geheimen Ort sein, an dem ich immer glücklich, immer zu Hause bin. Sein Kuss ist eindringlich, aber sanft, und ich öffne die Lippen für ihn, muss seine Zunge, seine Lippen, die Hitze zwischen uns spüren. Meine Fingernägel fahren über die kurz geschnittenen Seiten seines Irokesenschnitts, und er hebt mich vom Boden hoch, schlingt die Arme um meine Taille und küsst mich, bis die letzten fünf Wochen aufhören zu existieren. Unsere Herzen pochen aneinander, und schließlich bringe ich die Willenskraft auf, seinen Kopf festzuhalten und meine Lippen von seinen zu lösen. Als er lächelnd zu mir hochsieht, sind seine Augen von einem strahlenden Blau und seine Lippen von einem unwiderstehlichen, gründlich geküssten Rot.

»Du hast es nicht zurückgesagt«, sage ich, und er stellt mich auf den Boden und lächelt mich auf eine Art an, die die Schmetterlinge in meinem Bauch hochfliegen lässt. Normale Mädchen haben Schmetterlinge im Bauch, die flattern, aber Joel versetzt meine in einen regelrechten Aufruhr.

»Verdammt, ich liebe dich.« Er knabbert an meinen Lippen und küsst mich noch einmal. Zwischen zwei Küssen fragt er: »Dee?«

»Hm?«, mache ich, aber es klingt deutlich mehr nach einem Stöhnen als nach einer Frage.

Joel lacht leise und hebt den Kopf. »Eine Sache noch.« Ich habe keine Ahnung, wovon er redet, daher warte ich ab. Voller Ungeduld. Meine hungrigen Augen verharren auf diesen wunderbaren roten Lippen, als er sagt: »Ich will mit dir zusammen sein. Nur ich und du.«

Ich schaue ihn an.

»Bittest du mich etwa, deine Freundin zu sein?«, sage ich in einem neckenden Tonfall. Doch die Schmetterlinge in mir scheinen auf einmal wie von Sinnen. Ich habe ihm diese Frage schon früher gestellt, und seine Antwort war jedes Mal Nein.

Diesmal umspielt ein feines Lächeln seine Lippen. »Sagst du Ja?«

»Musst du immer so kompliziert sein?«

Er lacht und küsst mich leicht auf den Mund. »Musst du?«

»Ja«, sage ich.

Er sieht mich fragend an. »Meinst du den Teil mit der Freundin oder den Teil mit dem Kompliziertsein?«

»Du gibst also zu, dass du mich bittest, deine Freundin zu sein«, sage ich, und Joel lacht laut auf.

»Na schön. Ja. Deandra Dawson, wirst du bitte in Gottes Namen meine verdammte Freundin sein?«

Ich verschränke die Finger in seinem Nacken und schenke ihm ein Lächeln, das nur er mir entlocken kann. »Ich dachte schon, du fragst mich nie.«

28

In einem fast leeren Schlafzimmer klopfe ich mir mit einem Finger ans Kinn und deute dann auf eine Ecke. »Dorthin.«

Shawn und Mike beginnen meine Kommode zu der Stelle zu schleppen, auf die ich gezeigt habe, doch ich schüttele den Kopf. »Nein, dorthin.« Ich deute auf die andere Wand, und sie stöhnen auf und ändern die Richtung.

»Erklär mir noch mal, warum ich dir ein Einweihungsgeschenk machen muss, wenn ich dir gerade erst ein Abschiedsgeschenk gekauft habe?«, fragt Shawn und schiebt nur eine Sekunde später nach: »*Und* wenn ich dir erst vor ein paar Monaten ein Einweihungsgeschenk zu deiner letzten Wohnung gemacht habe?«

»Das gestern war ein Geburtstagsgeschenk«, erinnere ich ihn spöttisch und überhöre den letzten Teil.

»Und erkläre mir noch mal, warum *ich* dir ein Einweihungsgeschenk besorgen muss, wenn ich auch hier wohne?«, fragt Joel.

Lächelnd schlinge ich ihm die Arme um den Hals. »Weil du mich liebst.«

Er neigt den Mund zu meinem, zu einem einzigen Kuss, der mein Inneres zum Flattern bringt.

Dann löst er sich von mir und verflucht sich selbst. »Verdammt.«

Ich schenke ihm mein süßestes Lächeln, irgendjemand hinter uns macht ein würgendes Geräusch, und wir alle kehren wieder dazu zurück, meine Sachen in Joels Schlafzimmer zu schleppen.

Gestern, nachdem ich in seine Wohnung geplatzt war, ihm eine Posterrolle an den Kopf geworfen und mich bereit erklärt hatte, seine Freundin zu sein, fiel mir wieder ein, dass ich sechs Stunden weit fortziehen würde. Die Realität drückte schwer wie ein Stein auf meinen Magen. Ich sagte Joel, dass es keine Rolle spielte, ob wir zusammen sein wollten oder nicht, denn irgendjemand anders sei bereits im Begriff, in meine Wohnung einzuziehen, und ich sei im Begriff, zurück nach Hause zu ziehen. Ich erzählte ihm, dass das College einfach nicht das Richtige für mich sei, dass ich mit dem Gedanken spielte, auf die Modeschule zu gehen, dass die T-Shirts immer beliebter würden und vor allem, dass ich zurück nach Hause ziehen müsste, da ich keine anderen Optionen hätte. Rowan hatte ihren Eltern bereits gebeichtet, dass sie mit Adam zusammenlebte. Selbst wenn ich eine andere Wohnung in der Stadt finden könnte, müssten wir also die Lüge, dass wir zusammenlebten, nicht länger aufrechterhalten. Ich müsste eine Mitbewohnerin finden, und ich hatte keine Ahnung, wie lange das dauern würde.

»Zieh bei mir ein«, hatte Joel meine erschütternde Bestandsaufnahme einfach unterbrochen.

Die einzige Antwort, die ich zustande brachte, war: »Hä?«

»Bleib hier bei mir.«

»Joel …«

»Wenn du glaubst, dass ich dich noch einmal gehen lasse, dann bist du noch verrückter, als ich dir zugetraut hätte«, zog er mich auf, und ich ignorierte den Spott, denn ausnahmsweise einmal war mir nicht nach Streiten zumute.

»Meinst du nicht, das geht zu schnell?«, fragte ich, und seine Stimme wurde sanfter.

»Ich denke, alles, was wir tun, ist schnell. Wenn wir versuchen, vom Gas zu gehen, bauen wir Mist.«

Als wir aus seiner Wohnung kamen – nach dem heißesten Versöhnungsquickie aller Zeiten –, warteten alle anderen bereits ängstlich in der Lobby auf mich. Rowan, die an ihrem Daumennagel kaute, erblickte unsere ineinander verhakten Finger und ließ ihre Hand sinken. Ein breites Lächeln erhellte ihr Gesicht.

»Sag jetzt nichts«, warnte ich sie, aber ich konnte nicht aufhören zu lächeln, und sie begann zu lachen.

»Ist ihr Zeug schon gepackt?«, fragte Joel die Jungs.

»Ja«, antwortete Shawn zögernd. »Warum?«

Als Joel verkündete, dass ich bei ihm einziehen würde, lachte Adam schallend. Rowan fiel die Kinnlade herunter, und Leti grinste wie ein Idiot. Nach den Mienen auf allen Gesichtern zu urteilen, dachten sie offenbar, wir wären völlig übergeschnappt. Und vielleicht sind wir das ja auch, aber ich kann entweder mit ihm verrückt werden oder ohne ihn, und das ist endlich einmal eine Entscheidung, die mir leichtfällt.

Heute Morgen rief ich meinen Dad an, um ihm zu berichten, dass ich bei Joel einziehen würde, anstatt zurück nach Hause zu kommen.

»Bist du noch dran?«, fragte ich in die Stille hinein, die auf meine Erklärung folgte.

»Ja ... Gib mir eine Minute, ich versuche mir nur darüber klar zu werden, wie ich mich damit fühle.« Nach einer Weile sagte er schließlich: »Ist Joel bei dir?«

Ich warf einen besorgten Blick auf Joel, der neben mir auf seiner Couch saß. »Ja ...«

»Gib ihn mir.«

»Warum?«

»Weil mein kleines Mädchen bei ihm einzieht und wir davor reden müssen.«

Ich kaute auf meiner Unterlippe. »Dad?«

»Dee?«

»Es gibt da etwas, was du vorher wissen solltest …«

Eine weitere Stille trat zwischen uns, in der ich den Mut aufzubringen versuchte, meinem Dad zu sagen, dass ich mich verliebt hatte. Doch er kam mir zuvor, indem er nüchtern sagte: »Du bist schwanger.«

»Nein!«, brüllte ich in die Leitung, und bei meinem Ausbruch zuckte Joel sichtlich zusammen. »Nein! Oh mein Gott, nein! *Nein*.«

Ein hörbarer Seufzer der Erleichterung bahnte sich über dreihundert Meilen Entfernung hinweg seinen Weg durchs Telefon. »Gott sei Dank.«

»Mein Gott, Dad. Was zum Teufel?!«

»Ich glaube, ich bin eben um dreißig Jahre gealtert.«

»Wir reden hier von *mir*!«

»*Du* benimmst dich in letzter Zeit seltsam«, wandte er ein. »Also, was wolltest du sagen?«

Joel beugte sich näher vor, um auch mitbekommen zu können, was mein Dad sagte. Während ich mir eine Stelle zwischen den Augen rieb, gestand ich meinem Vater leise: »Ich liebe ihn. Ich wollte nur, dass du weißt, dass ich ihn liebe.«

»Schatz«, sagte mein Dad, »das wusste ich schon an Ostern.«

»Wie denn das?«, hauchte ich.

Mein Dad gluckste ins Telefon. »Weil ich dein Vater bin. Ich weiß ein paar Dinge.«

»Das heißt, du hast nichts dagegen, dass ich mit ihm zusammenlebe?«, fragte ich.

»Das habe ich nicht gesagt. Und jetzt gib ihn mir.«

Widerstrebend reichte ich Joel mein Handy, und er und mein Dad führten ein langes Gespräch. Er versicherte meinem Dad, dass er mich liebe und nie irgendetwas tun würde, um mich zu verletzen. Bis er mir das Handy wiedergab, wollte ich nur noch auflegen und Joel um den Verstand küssen für all diese wundervollen Dinge, die er gesagt hatte.

»Okay«, sagte mein Dad. »Ihr habt meinen Segen, aber falls er sich je danebenbenimmt, sag ihm, ich habe eine Knarre.«

»Aber du hast doch gar …«

»Das muss er ja nicht wissen.«

Ich lachte und sagte meinem Dad, dass ich ihn liebte, und als er mich endlich auflegen ließ, strahlte ich Joel an. Wenig später fuhren Rowan und die Jungs mit dem Umzugswagen vor, und ich machte mich sofort daran, alle Leute herumzukommandieren – was ich noch immer tue, als Shawn und Mike in diesem Augenblick meine Kommode im Zimmer herumschleppen.

Die Möbel unterzubringen, ist leicht – es sind die kleinen Dinge, die schwer sind. Wie zum Beispiel meinen Kaffeebecher neben Joels zu stellen oder meine Bettdecke auf seinem Bett auszubreiten. Als ich meine lilafarbene Zahnbürste neben seiner grünen in einen Plastikbecher stelle, hämmert mein Herz gegen meinen Brustkorb, und ich muss ein paarmal tief Luft holen, um es zu beruhigen. Die kleinen Dinge fühlen sich wie Bungee-Jumping an, wie Fallschirmspringen.

Als würde ich fallen.

Und es gibt Augenblicke, da will ich wieder von der Kante zurückweichen, aber als ich daran denke, wie einsam ich war und wie schlecht es mir ging, lasse ich mich fallen. Auf dem Weg nach unten klammere ich mich an Joel fest – ich halte seinem Blick stand, streichele über seine Finger und drücke ihm sanfte Küsse auf die Lippen, während wir auspacken –, und er fällt mit mir gemeinsam.

Später an diesem Abend, nachdem die kleinen Dinge erledigt sind und ich nicht ein einziges Mal in Ohnmacht gefallen bin, schlüpfe ich in klitzekleine Pyjamashorts und eines von Joels T-Shirts.

»Und dein Dad hat wirklich nichts dagegen?«, fragt er mich zum zweiten Mal an diesem Tag, als ich dabei zusehe, wie er sich sein Shirt über den Kopf zieht. Gott, diesen Anblick werde ich nie leid sein.

»Mein Dad liebt dich«, sage ich und klettere ins Bett – unter meine frische Decke, auf seine feste Matratze. *Unser* Bett. Mein Herz hämmert wieder, aber diesmal fühlt es sich ein bisschen wärmer, ein bisschen leichter an.

Joel wirft mir einen skeptischen Blick zu, bevor er ebenfalls ins Bett kriecht. »Am Telefon klang er nicht so, als ob er mich liebte …«

»Was hat er denn gesagt?«

»Er meinte, er wäre nicht begeistert darüber, sein kleines Mädchen wegen eines Jungen weinen zu sehen.« Joel rutscht näher an mich heran und legt eine Hand in die Vertiefung meiner Taille. Seine Stimme ist sanft, und er zögert kurz, bevor er fragt: »Hast du geweint?«

Ich kämpfe gegen den Drang an, es zu leugnen, das Elend herunterzuspielen, das ich empfunden habe. Stattdessen gebe ich zu: »Ich bin zusammengebrochen.«

»Ich dachte, du wärst erleichtert, weil ich nicht mehr da war …«

Ich schmiege mich an seine Brust, um ihm nicht in die Augen sehen zu müssen, und er nimmt mich fest in die Arme. »Nachdem du gegangen bist, habe ich meine Wut an meinem Vater ausgelassen. Dann bin ich zu Rowan gefahren und habe mich bei ihr ausgeweint. Ich habe mich sinnlos betrunken und bin umgekippt. Mein Dad musste kommen und mich abholen.«

Er reibt mit festen Fingern meinen Nacken. »Es tut mir leid.«

Ich schüttele den Kopf an seiner nackten Haut, schließe die Augen und atme seinen Geruch tief ein. »Ich habe in dieser Nacht im Gästezimmer geschlafen und in das T-Shirt geweint, das du zurückgelassen hast. Ich habe es seitdem ein paarmal im Bett getragen, nur weil ich dich so vermisst habe.«

»Das hast du getan?«

»Ja. Ich habe es immer noch.«

Joel weicht ein Stück zurück, um seine Lippen auf meine zu drücken, und sagt mir mit einem sanften Kuss, deutlicher als jedes Wort es könnte, dass er mich liebt.

»Ich liebe dich«, sage ich. Allmählich gelingt es mir immer leichter, die drei Worte auszusprechen. Mein Herz schlägt kräftig und gleichmäßig.

»Ich liebe dich auch«, erwidert er und gibt mir noch einen süßen Kuss. »Hast du mich an Ostern geliebt?«, fragt er.

»Ich habe dich schon geliebt, als wir auf dem Festival waren«, gestehe ich. Ich kuschele mich wieder an ihn, denn ich weiß, dass es die Wahrheit ist. »Ich wusste es damals nur noch nicht.«

»Ich dich auch«, sagt Joel. »Aber ich hatte keine Ahnung, bis du nach Hause gefahren bist, und ich nichts von dir gehört habe.«

»Es hätte mir früher klar werden müssen. Ich wollte es nur nicht zugeben.«

»Warum nicht?«

»Ich wollte mich nie verlieben. Meine Mom …«

»Du musst es mir nicht erklären«, sagt er, als meine Stimme bricht. Ich schlucke und hole dann einmal tief Luft. Ich habe nie mit irgendjemandem außer Rowan – und zu einem gewissen Grad mit meinem Dad – über meine Mom geredet. Aber ich will, dass Joel über sie Bescheid weiß. Ich will, dass er über *mich* Bescheid weiß.

Ich muss aufhören, mich zu verstecken. Ich muss mich ihm zeigen.

Ich lehne mich zurück, damit ich mich in seinen blauen Augen verlieren kann. »Meine Mom hatte eine Affäre«, beginne ich, bestärkt von dem festen Blick, mit dem er mich ansieht. »Ich habe keine Ahnung, wie lange es schon lief, aber sie verließ uns, als ich elf war, und als sie es tat, da war mein Dad am Boden zerstört. Ich wollte nicht, dass irgendjemand jemals diese Macht über mich hat.«

»Du weißt, dass ich dir das niemals antun würde, oder?«

»Woher willst du das wissen?« Er starrt mich einfach nur stumm an, als sei er sich nicht sicher, was ich ihn da frage. Also fahre ich fort: »Die Band ist dabei, richtig groß zu werden, Joel. Bei jedem Auftritt werfen sich euch die Mädchen an den Hals.«

»Sie sind nicht du«, sagt er nur.

»Was passiert, wenn du mich leid wirst?«

»Wird nicht passieren.«

»Aber woher willst du das wissen?«

Er betrachtet seine Finger, mit denen er mir sanft eine Haarsträhne hinters Ohr schiebt, und ich betrachte sein Gesicht, während er mich berührt. »Du bist das einzige Mädchen, das ich je zeichnen wollte«, sagt er und sieht mir fest in die Augen. »Du bist die Einzige, mit der ich je zusammen sein wollte. Mit der ich je zusammenleben wollte. Dein Dad ist der Einzige, den ich je kennenlernen wollte. Du bist die Einzige, mit der ich je einschlafen und aufwachen wollte. Es gab viele Mädchen vor dir, Dee … *viele* Mädchen … aber du bist die Einzige. Ich weiß, dass du es immer sein wirst, weil es immer nur dich gegeben hat.«

Ich schließe die Augen, doch die Tränen fließen trotzdem, und Joel beugt sich vor und drückt mir einen zärtlichen Kuss auf die Stirn.

»Ich habe es ernst gemeint, als ich gesagt habe, dass ich dich liebe«, sagt er.

»Ich weiß.«

»Meine Gefühle für dich werden sich nicht ändern.« Er streicht mit einem Daumen über meine nasse Wange, und ich schlage die Augen auf.

»Versprochen?«

»Dee, ich verspreche es dir jedes Mal, wenn ich diese drei Worte sage.« Ein Moment verstreicht, dann flüstert er: »Ich liebe dich.«

Ein leises Lächeln schleicht sich auf meine Lippen, und ich bin noch immer in diesen tiefblauen Augen verloren – die die Geheimnisse meines eigenen Herzens widerspiegeln –, als ich ihm meinerseits ein Versprechen gebe: »Ich liebe dich auch.«

Epilog

Joel

Auf der Bühne gibt es verschiedene Ebenen des Multitaskings. Da ist Adam, der Songtexte schmettert und gleichzeitig das Publikum in Stimmung bringt. Da ist Mike, der mit den Händen auf das Schlagzeug und mit den Füßen auf die Pedale einhämmert. Da sind Shawn und Kit, die so tun, als würden sie sich auf die Show konzentrieren anstatt aufeinander – was immer *das* auch bedeuten soll. Und da bin ich, der versucht, den Rhythmus zu halten, während Dee in einem kleinen schwarzen Rock abseits der Bühne steht, der, das schwöre ich bei Gott, jedes Mal, wenn ich in ihre Richtung sehe, ein bisschen höher rutscht.

Zwischen den Songs greife ich hinter meine Gitarre, um meine Jeans zurechtzurücken, die auf meinen harten Schritt drückt, obwohl ich weiß, dass es ein aussichtsloses Unterfangen ist. Dee wirft mir ein verführerisches Grinsen zu, und das Stöhnen, mit dem ich ihr antworte, geht im Kreischen der Menge unter.

Mikes Drumsticks geben den Takt für den nächsten Song vor, und ich wende meine Aufmerksamkeit wieder dem Publikum zu. Adam legt sich heute Abend mächtig ins Zeug, und die Wellen brechen in einem Sturm herein, der meine Haut kribbeln lässt. Unter den sengenden blauen und grünen Scheinwerfern klebt mein T-Shirt auf meiner Haut, und mein Blut ist kochend heiß. Mein Bass dröhnt durch die riesigen Lautsprecher des *Mayhem*, und mein ganzer Körper vibriert im Rhythmus. Die Mädchen, die nicht auf Adam oder Shawn fixiert sind, schreien mir Liebesbekundungen entgegen und strecken mit Schmuckreifen verzierte Arme und verzweifelte Hände nach mir aus. Ein Slip fliegt in meine Richtung, aber ich mache einen Schritt nach hinten und lasse ihn auf die Bühne fallen. Ich sehe auffordernd zu Dee hinüber, die die Arme vor der Brust verschränkt hat und grinsend den Kopf schüttelt.

Ich wende mich wieder der Menge zu, völlig aus dem Konzept gebracht. Meine Finger spielen wie von selbst, denn tatsächlich denke ich in diesem Moment darüber nach, warum zum Teufel Dee gerade einfach nur kopfschüttelnd dastand, anstatt mir ihr Höschen zuzuwerfen. In den letzten paar Wochen haben wir ein kleines Spiel gespielt: Wenn ich ihr Höschen auffange, bekomme ich eine Belohnung. Wenn ich es nicht kann, bekommt sie eine. In beiden Fällen bin ich der verdammt glücklichste Kerl aller Zeiten. Meistens lasse ich es absichtlich fallen, um eine Ausrede zu haben, sie lecken und schmecken zu können.

»Warum hast du deinen Slip nicht auf die Bühne geworfen?«, flüstere ich ihr nach unserem Auftritt ins Ohr. Die Menge ruft im Sprechgesang nach einer »Zu-ga-be«, immer und immer wieder, aber die Jungs sind damit beschäftigt, Wasser hinunterzustürzen und eine dringend benötigte Pause von den Scheinwerfern einzulegen. Dee zupft mich an meinem feuchten Ärmel, damit sie mir ins Ohr flüstern kann.

»Weil ich gar keinen anhabe«, sagt sie, und meine Hand gleitet prompt über die Rundungen ihres Hinterns. Kein

Slip. *Großer Gott.* Außerstande, meine Lippen noch länger von ihr zu lassen, küsse ich das Salz in ihrer Halsbeuge und beginne mit den Fingern unter ihren Rockbund zu gleiten, um nach dem Bändchen eines Stringtangas oder Minislips zu tasten, für den Fall, dass sie mich nur aufzieht.

»Letzter Song, Mann.« Shawn klopft mir auf dem Weg zurück auf die Bühne auf die Schulter.

Ich presse den Mund wieder an Dees Ohr, will sie vor all den Dingen warnen, die ich mit ihr anstellen werde, sobald dieses Konzert vorüber ist. Aber mein Gehirn ist zu verdammt benebelt, um auch nur zu wissen, *was* ich tun werde, daher gleite ich stattdessen mit der Zunge hinter ihr Ohrläppchen und knabbere an der weichen Haut. Ihre Finger klammern sich um meinen Bizeps, und ein Grinsen drängt sich auf meine Lippen. Ich lasse sie stehen und sehe nicht mehr zurück.

Als der Song zu Ende ist, bin ich der Erste, der die Bühne verlässt. Ich lehne die Gitarre gegen den erstbesten Gegenstand, den ich finde, und schnappe mir Dees Hand. Sie quiekt leise auf und stolpert fast in diesen sexy Stilettos, aber sie fängt sich und schafft es, sich meinen raschen Schritten anzupassen. Nächsten Monat werde ich zu einer einmonatigen Tour aufbrechen, um das Album zu promoten, das die Band in der letzten Woche aufgenommen hat, aber bis dahin gehöre ich ganz ihr.

»Wohin gehen wir?«, fragt sie, aber die Tatsache, dass sie mir folgt, anstatt mich dafür anzufauchen, dass ich sie buchstäblich hinter mir herzerre, verrät mir, dass es ihr im Grunde gleichgültig ist.

»Irgendwohin.« Ich drücke die erstbeste Tür auf, die ich finde, erleichtert, als es ein leeres Büro ist. Ich ziehe Dee hinein, schließe hinter uns ab und drücke sie gegen die schwere

Holztür. Meine Lippen legen sich auf ihre, und meine Hand stiehlt sich unter ihren Rock, um zu sehen, ob sie die Wahrheit über den nicht vorhandenen Slip gesagt hat.

Meine schwieligen Finger gleiten über seidig weiche Haut, und als ich ihre unbedeckte kleine Knospe finde und drücke, entfährt ihr ein Keuchen, bei dem ich in meinen Jeans zu pochen beginne. Eine Sekunde später fummeln ihre Finger an meinem Reißverschluss herum, und dann hebe ich sie gegen die Tür und schiebe mich zwischen ihre Schenkel. Ihre Finger kratzen über meinen Rücken, als ich in sie eindringe, und ich fange mit meinem Mund das Stöhnen auf, das ihr über die Lippen kommt.

»Ich liebe dich«, sage ich zwischen meinen Stößen. Es gab einmal eine Zeit, da versteifte sie sich bei diesen Worten und wich vor mir zurück. Jetzt wird sie dabei zu Wachs in meinen Händen. »Verdammt, ich liebe dich«, sage ich noch einmal, und sie schmilzt an meiner Haut dahin.

Sie hat die Fußknöchel hinter meinen Beinen fest ineinander verhakt und stöhnt, als auf einmal jemand am Türknauf rüttelt. Ihre Augen weiten sich, und ich halte eine Sekunde inne. »Warte kurz.«

»Hey, das ist mein verdammtes Büro!«, brüllt ein Mann auf der anderen Seite der Tür.

Ich schiebe Dee an eine andere Wand und fange wieder an, sie um den Verstand zu vögeln. »Sind. Gleich. Weg!«

Ich kann sehen, wie Angst und Verlangen in ihren Augen miteinander ringen, aber als ich sie küsse, ist der Kampf leicht entschieden.

Der Mann auf der anderen Seite hört nicht auf, an der Tür zu rütteln und zu klopfen, und ich dringe immer wieder in Dee ein, bis ihr Stöhnen in meinem Ohr das Einzige ist, was ich höre. Als ich ihr schließlich alles gegeben habe, was ich habe, und meine Stirn schwer auf ihrer Schulter ruht, klopft sie mit den Fingern gegen meine Hände, und ich stelle sie wieder auf dem Boden ab. Sie säubert sich mit ein paar Papiertüchern vom Schreibtisch, wirft sie in einen Abfalleimer und nimmt meine Hand. Ich schenke dem Besitzer des *Mayhem* ein erschöpftes, entschuldigendes Lächeln, als wir sein Büro verlassen, und er murmelt irgendetwas von dem Arschloch, das ich doch sei, als wir an ihm vorbeigehen.

»Irgendwann wirst du dir noch Ärger einhandeln«, warnt mich Dee.

»Das ist es wert«, entgegne ich, und ihr Kichern ermuntert mich nur noch mehr darin.

Im Bus unterhalten sie und Peach sich über die Modeschule, auf der Dee nächste Woche anfängt, und auch wenn Dee mir mit geröteten Wangen nur sagt, dass ich den Mund halten soll, erzähle ich allen, wie stolz ich auf sie bin. Sie hat sich beworben, sie wurde angenommen, und ich weiß, dass sie ihre Sache großartig machen wird. Die Shirts sind toll, aber ihre Designs sind das, wofür sie sich wirklich begeistert, und wenn sie lernen kann, an sich selbst zu glauben, so wie alle anderen an sie glauben, dann wird sie nichts aufhalten.

Zu Hause bereite ich ihr eine weitaus befriedigendere Version dessen, was in dem Büro passiert ist, und danach kuschelt sie sich an meine Seite und zeichnet mit ihrem violetten Fingernagel geistesabwesend unsichtbare Muster auf meine Brust. Ich sehe ihr dabei zu, atme ganz langsam und sachte, um sie nicht von dem Ort zurückzuholen, an dem sie gerade ist, wo immer das auch sein mag. Sie ist so verdammt hinreißend, vor allem in Augenblicken wie diesen, in denen sie in Gedanken verloren ist und ihre Gefühle für mich durch kleine Gesten offenbart, ohne sich überhaupt dessen bewusst zu sein.

Ihre mandelförmigen Augen sehen langsam zu mir hoch, begegnen meinen und ertappen mich dabei, wie ich sie anstarre. Ich küsse sie auf den Kopf. Sie seufzt zufrieden und kuschelt sich noch enger an mich. »Warum liebst du mich?«

Ich lasse ihre seidigen braunen Haare durch meine Finger gleiten. »Das wäre so, als würde ich dich fragen, warum du Eiscreme liebst«, ziehe ich sie auf.

»Weil sie gut schmeckt«, erwidert sie, und ich hebe amüsiert einen Mundwinkel.

»*Du* schmeckst gut.«

»Oh, du bist so ein …«

Ich schneide ihr das Wort ab, indem ich meine Finger in ihre Seiten bohre, und sie kreischt hysterisch auf und versucht sich gleichzeitig aus meiner Umklammerung zu winden. Als es ihr gelungen ist, funkelt sie mich wütend an, und ich drücke ihr einen besänftigenden Kuss auf die Lippen und nehme sie wieder in die Arme. Sie knurrt, lässt es aber zu, und ich lächele, denn ich kann einfach nicht anders.

»Ich liebe dich, weil ich dich nicht *nicht* lieben kann«, sage ich, und sie legt den Arm um meinen Oberkörper, um mich nah an sich zu ziehen.

Der Abend, an dem ich Cody fast umgebracht hätte, war auch der Abend, an dem mir klar wurde, wie viel sie mir wirklich bedeutet – mehr, als es jedes andere Mädchen je getan hat oder tun wird. Ich glaube nicht, dass ich sie damals schon liebte, nicht so, wie ich es jetzt tue, aber es war der Beginn von etwas, und ich hätte es nicht aufhalten können, selbst wenn ich es versucht hätte. Die kommenden Wochen verbrachte ich damit, mich zu verlieben – schnell und heftig, genau so, wie es für uns beide typisch ist. Ich verliebte mich bei dem Festival, an meinem Geburtstag, in stillen Nächten in ihrer Wohnung. Ich verliebte mich jedes Mal, wenn sie mich anlächelte, jedes Mal, wenn sie sich von mir halten ließ.

»Glaubst du, das mit uns wird halten?«, fragt sie. Ihre Worte sind ein leises Flüstern, das über meine Brust schwebt.

Ich drücke sie fest an mich, antworte ihr nicht, da ich es nicht weiß. Dee zu lieben ist, als würde man das Feuer lieben. An dem Abend, an dem ich ihr zum ersten Mal meine Liebe gestand, als sie mich nach Hause schickte, da brach es mir das Herz auf eine Art, auf die es noch nie zuvor gebrochen wurde. Letztendlich ließ ich mich gemeinsam mit meiner Mom sinnlos volllaufen, brachte einen Toast auf die Frau aus, die mich verbrannt hatte, und hasste jeden, dem es nicht ebenso elend ging wie mir. Dann tauchte Dee auf, gab mir Hoffnung und nahm sie mir im gleichen Atemzug wieder. An jenem Tag fuhr ich zurück in die Stadt und schwor mir, jeden Gedanken an sie zu verdrängen.

»Glaubst du es denn?«, gebe ich die Frage zurück. Ob unsere Beziehung hält, weiß ich nicht – ich weiß nur, dass ich es hoffe. Je mehr Zeit nach dem Vorfall auf der abgesperrten Toilette im *Mayhem* verstrich, desto mehr Mädchen habe ich benutzt, um endlich ihr Gesicht vergessen zu können. Aber jeden Abend saß ich da und zeichnete sie mit den Bleistiften, die sie mir zum Geburtstag geschenkt hatte. Sie zu vergessen war unmöglich, und sie musste mir erst eine Posterrolle an den Kopf werfen und aus vollem Halse schreien, dass sie mich liebt, damit mir klar wurde, dass ich sie auch gar nicht vergessen wollte. Das mit uns wird vermutlich nie leicht sein, aber die besten Dinge im Leben sind nun mal nie leicht. Wichtig ist nur, dass ich ihr jeden Tag aufs Neue das Versprechen gebe, sie ewig zu lieben, und dass sie mir jeden Tag dasselbe verspricht.

»Ich hoffe es«, sagt sie, und ich lächele, als sie meine Gedanken laut ausspricht.

»Ich auch«, erwidere ich und lasse wieder meine Finger durch ihre seidigen Haare gleiten.

So liegen wir da, bis nichts mehr zwischen uns ist außer ihrem Herzschlag und meinem Herzschlag und einer Zukunft, die wir beide wollen. Nach einer Weile sage ich leise: »Das hier habe ich mir gewünscht.« Als Dee mich verwirrt anschaut, erkläre ich: »An meinem Geburtstag. Als du mich aufgefordert hast, die Kerzen auszublasen. Da habe ich mir genau das hier gewünscht.«

»Du hast dir mich gewünscht?«, fragt sie, und ich sehe sie zärtlich an.

An jenem Abend, als ihr Gesicht hinter weichen Flammen erhellt war, wünschte ich mir das Einzige, was ich je wirklich wollte. Ich wünschte mir, glücklich zu sein.

»Ja«, sage ich, führe ihre Finger an meine Lippen und hauche einen zarten Kuss auf ihre Handfläche. »Ich habe mir dich gewünscht.«

Danksagung

Lassen Sie mich vorwegnehmen: Ich identifiziere mich beim Schreiben jedes Mal mit meinen Figuren, ob ich will oder nicht. Das bedeutet, meine Heldin ergreift Besitz von mir. Und in Dees Kopf zu leben, war ... eine Erfahrung. Wöchentliche Zusammenbrüche. Jede Menge Drama. Ungeahnte Ängste. Dees Geschichte zu schreiben war eine Herausforderung – für mich und für jeden, der dieselbe Luft atmen musste wie ich. Daher ein RIESEN-Dankeschön an den Mann, der mit mir leben musste: meinen Ehemann Mike. Und ein Dankeschön an die vier Damen, die immer da waren, um mich durch gutes Zureden zu beschwichtigen: Rocky Allinger, Kim Mong, Kelleigh McHenry und meine Mom, Claudia.

Ich danke meiner Agentin, Stacey Donaghy, die bei denselben Szenen wie ich Tränen vergossen hat. Ich danke meiner Lektorin, Nicole Fischer, die selbst im Schlaf Zeit mit Joel verbracht hat. Ich danke Jay Crownover, die mich mit tollen Klappentexten verwöhnt hat. Ich danke allen bei HarperCollins, die an meinen Geschichten ihren Zauber vollbracht haben, um sie Euch in die Hände zu geben. Und nicht zuletzt danke ich EUCH, jeder einzelnen Leserin. Ihr alle seid der Grund, weshalb ich weiterhin tun kann, was ich liebe. Danke, danke, danke.

Über die Autorin

JAMIE SHAW, geboren und aufgewachsen in South Central Pennsylvania, hat ihren Master in Professional Writing an der Towson University erworben, bevor ihr klar wurde, dass die kreative Seite des Schreibens ihre wahre Berufung ist. Als unverbesserliche Nachteule entwickelt sie zu später Stunde Romane mit Heldinnen, mit denen man sich identifizieren, und männlichen Hauptfiguren, für die man in Ohnmacht fallen will. Sie ist eine treue Anhängerin von weißem Mokka, eine entschiedene Verfechterin der Emo-Musik und ein leidenschaftlicher Fan von allem, was romantisch ist. Sie liebt den Austausch mit ihren Leserinnen und bemüht sich ständig, deren fiktive Traummann-Listen um neue Namen zu erweitern.

Leseprobe

aus *Rock my Soul*
von Jamie Shaw

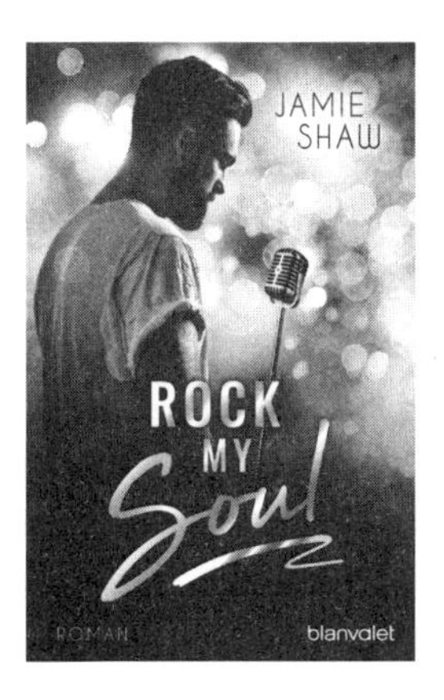

Als Kit Larson Shawn Scarlett das erste Mal Gitarre spielen sieht, ist es um sie geschehen! Doch nach einer verhängnisvollen Party wird Kit klar, dass sie für den hinreißenden Typen mit den grünen Augen nie mehr sein wird als ein One-Night-Stand. Die Liebe zur Musik aber lässt sie nie wieder los, und als sie Jahre später erfährt, dass Shawns inzwischen sehr erfolgreiche Band *The Last Ones to Know* einen neuen Gitarristen sucht, kann sie nicht widerstehen und spielt vor. Kurz darauf erhält sie die Zusage und ist überglücklich. Doch das heißt auch, dass sie Shawn, den sie nie vergessen konnte, von jetzt an jeden Tag sehen wird …

Prolog

Fast sechs Jahre zuvor

»Bist du *sicher*, dass du das tun willst?«, fragt mich mein Zwillingsbruder, Kaleb. Er hat die Arme vor der schmalen Brust verschränkt und kaut auf seiner Unterlippe. Ich verdrehe die Augen.

»Wie oft willst du mich das denn noch fragen?« Mein eines Bein baumelt bereits aus meinem Schlafzimmerfenster im ersten Stock, und mein schwerer Kampfstiefel zieht mich Richtung Boden. Ich habe mich schon eine Million Mal aus dem Haus geschlichen – um mit Taschenlampen Verstecken zu spielen, meinen Brüdern nachzuspionieren, etwas dringend benötigte Zeit für mich allein zu haben –, aber ich war noch nie so nervös wie heute Abend.

Oder so verzweifelt.

»Wie oft muss ich es denn noch fragen, bis du begreifst, dass das hier *verrückt* ist?«, zischelt Kaleb zu laut, während er einen nervösen Blick über die Schulter wirft. Unsere Eltern schlafen, und damit der heutige Abend so verläuft wie geplant, sollte es auch dabei bleiben. Als er mich wieder ansieht, hat er immerhin so viel Anstand, eine schuldbewusste Miene aufzusetzen, weil er mich um ein Haar hätte auffliegen lassen.

»Das ist meine letzte Chance, Kale«, flehe ich mit leiser Stimme, aber mein Zwillingsbruder lässt sich nicht beirren.

»Deine letzte Chance *worauf*, Kit? Was hast du denn vor? Ihm deine ewige Liebe gestehen, nur damit er dir das Herz brechen kann so wie jedem anderen Mädchen, das diesem Typen über den Weg läuft?«

Ich seufze und schwinge mein zweites langes Bein über das Fenstersims. Ich starre zu den Wolken hoch, die sich in diesem Moment über die Mondsichel schieben. »Es ist nur …« Noch ein tiefer Seufzer entfährt mir. »Wenn Mom und Dad aufwachen, deck mich einfach, okay?«

Als ich einen Blick über die Schulter werfe, schüttelt Kale den Kopf.

»Bitte?«

Er stellt sich zu mir ans Fenster. »Nein. Wenn du gehst, komme ich mit.«

»Du wirst nicht …«

»Entweder komme ich mit, oder du bleibst hier.« Der Blick meines Bruders spiegelt meinen eigenen wider – düster und entschlossen –, seine Augen sind von einem solch dunklen Braun, dass sie fast schwarz wirken. Ich kenne diesen Blick, und ich weiß, dass jede weitere Diskussion zwecklos ist. »Deine Entscheidung, Kit.«

»Du Partytier«, ziehe ich ihn auf und springe, bevor er mich aus dem Fenster schubsen kann.

»Also, wie sieht dein Plan aus?«, will er wissen, nachdem er neben mir auf dem Boden gelandet ist und sich meinem Laufschritt angepasst hat.

»Bryce bringt uns hin.«

Als Kale anfängt zu lachen, zwinkere ich ihm selbstgefällig zu. Dann hüpfen wir beide in den SUV unserer Eltern und warten.

Adam Everest schmeißt heute Abend die größte Party aller Zeiten. Er und die anderen Mitglieder seiner Band haben heute Morgen ihre Abschlusszeugnisse entgegengenommen, und es geht das Gerücht um, dass sie alle bald nach Mayfield ziehen. Mein Bruder Bryce hätte auch seinen Abschluss gemacht, wenn er nicht mit Schulverweis dafür bestraft worden wäre, dass er im Rahmen eines Highschool-Abschlussstreichs den Wagen des Schulleiters demoliert hat. Unsere Eltern haben ihn zu lebenslangem Hausarrest verdonnert – oder zumindest so lange, bis er von zu Hause auszieht –, aber wie ich Bryce kenne, wird ihn das nicht davon abhalten, sich auf der Party des Jahres blicken zu lassen.

»Bist du sicher, dass er kommt?«, fragt Kale. Er klopft nervös mit den Fingern auf die Armlehne des Beifahrersitzes.

Ich zeige mit dem Kinn zur Haustür. Unser drittältester Bruder schlüpft gerade auf die Veranda. Er hat mitternachtsschwarze Haare – die Haare, für die wir Larson-Kinder alle bekannt sind. Er zieht die Haustür leise hinter sich zu, sieht nervös in beide Richtungen und sprintet dann auf den Durango unserer Eltern zu. Er verlangsamt sein Tempo, als ich ihm vom Fahrersitz aus kurz zuwinke.

»Was zum Teufel, Kit?«, poltert er, nachdem er die Autotür weit aufgerissen und eine spätfrühlingshafte Windböe hereingelassen hat. Er wirft einen wütenden Blick auf Kale, aber der zuckt nur eine knochige Schulter.

»Wir kommen auch mit«, teile ich ihm mit.

Bryce schüttelt entschieden den Kopf. Als Star-Quarterback unseres Footballteams hat er gelernt, Befehle zu erteilen, aber offenbar hat er zu oft eins auf den Schädel gekriegt, um sich zu erinnern, dass ich mir von ihm nichts befehlen lasse.

»Nein, verdammt«, sagt er, doch als ich eine Hand auf die Hupe lege, spannt er sich an.

Ich bin das Nesthäkchen der Familie, aber da ich mit Kale, Bryce und noch zwei weiteren älteren Brüdern aufgewachsen bin, kenne ich mich aus mit dreckigen Tricks.

»Doch, verdammt.«

»Macht sie Witze?«, fragt Bryce Kale.

Kale zieht eine Augenbraue hoch. »Sieht sie so aus, als ob sie Witze macht?«

Bryce schaut unseren Bruder missbilligend an, bevor er den Blick wieder auf meine Hand am Lenkrad heftet. »Warum willst du überhaupt mitkommen?«

»Weil ich es will.«

Ungeduldig wie immer, lässt er seine Aggression an Kale aus. »Warum will sie mitkommen?«

»Weil sie es will«, wiederholt Kale, und Bryce' Miene verfinstert sich, als ihm klar wird, dass wir die Zwillingsnummer abziehen. Im Moment könnte ich behaupten, dass der Himmel neonpink ist, und ich hätte Kales volle Rückendeckung.

»Ihr wollt mich allen Ernstes zwingen, euch mitzunehmen?«, beschwert sich Bryce. »Ihr seid neu auf der Highschool. Das ist so peinlich!«

Kale murmelt irgendetwas davon, streng genommen im zweiten Highschooljahr zu sein, was jedoch in meinem Knurren untergeht. »Als ob wir überhaupt mit dir abhängen wollen.«

Genervt drücke ich aus Versehen zu fest auf die Hupe, und ein unglaublich kurzes, unglaublich lautes Tuten lässt die Grillen um uns herum verstummen. Wir drei erstarren alle, unsere obsidianfarbenen Augen weit aufgerissen, und unsere Herzen rasen so schnell, dass ich mich wundere, dass Bryce sich nicht in die Hose macht. Stille dehnt sich in dem Raum zwischen unserem Fluchtwagen und unserem Sechszimmerhaus aus. Als keine Lichter angehen, erfüllt ein kollektiver Seufzer der Erleichterung die Luft.

»Tut mir leid«, murmele ich, und Bryce lacht nervös, während er sich mit einer Hand durch seine kurz geschnittenen Haare fährt.

»Du bist eine gottverdammte Nervensäge, Kit!« Er streckt die Hand nach mir aus und zerrt mich am Arm aus dem Wagen. »Steig hinten ein. Und gib mir nicht die Schuld, wenn Mom und Dad dir Hausarrest aufbrummen, bis du vierzig bist.«

Die Fahrt zu Adams Haus dauert ewig und drei Tage. Bis mein Bruder schließlich hinter einer langen Autoschlange auf der Straße parkt, den Motor ausschaltet und sich auf dem Sitz zu mir umdreht, habe ich mich beinahe selbst davon überzeugt, dass das hier die idiotischste Idee ist, die ich je hatte. Ich weiß schon gar nicht mehr, wie viele Telefonmasten und Straßenlaternen mich von meinem Zuhause trennen.

»Okay, hört zu«, ermahnt uns Bryce und lässt seinen Blick zwischen Kale und mir hin- und herhuschen. »Wenn die Cops die Party hier sprengen, treffen wir uns bei der großen Eiche unten am See, okay?«

»Augenblick, was?«, ruft Kale, als wäre ihm eben erst aufgegangen, dass wir auf einer Party sein werden, auf der Minderjährige Alkohol konsumieren und rekordverdächtig oft gegen den Lärmschutz verstoßen wird.

»Okay«, erkläre ich für uns beide. Bryce mustert meinen Zwillingsbruder noch einen Moment länger, bevor er einen resignierten Seufzer ausstößt und aus dem Wagen steigt. Ich steige ebenfalls aus, warte, bis Kale an meiner Seite auftaucht, und folge Bryce dann hin zu dem Grundstück, von dem aus laute Musik dröhnt, die den Asphalt unter unseren Füßen aufzureißen droht. Die Party ist bereits in vollem Gange, Teenager schwärmen überall durch den riesigen Garten wie Ameisen, die sich über rote Plastikbecher hermachen. Nachdem Bryce sich hinter der Haustür sofort ins Gewühl gestürzt hat und verschwunden ist, tauschen Kale und ich einen kurzen Blick, bevor wir ihm in Adams Haus folgen.

In der Diele wandert mein Blick höher und höher bis hin zu einem Kronleuchter, der ein grelles weißes Licht über, wie es scheint, eine Million ausgeflippter Körper wirft, die sich alle in dem Raum drängen. Ich schlängele mich durch ein Meer von Schultern und Ellenbogen, durch Flure und überfüllte Zimmer, um zur Hintertür zu gelangen, die in den Garten führt. Die Musik in meinen Ohren dröhnt mit jedem Schritt, den ich tue, lauter und lauter. Bis Kale und ich wieder ins Freie treten, hämmert sie auf meine Trommelfelle ein und pulsiert in meinen Adern. Ein riesiger Swimmingpool, überfüllt mit halb nackten Highschoolschülern, erstreckt sich zwischen mir und der Stelle, wo Adam Everest steht und Songtexte in sein Mikrofon schmettert. Links von Adam spielt Joel Gibbon auf seiner Bassgitarre. Daneben steht der neue Typ, Cody Soundso, mit seiner Rhythmusgitarre, und Mike Madden trommelt hinter ihnen auf sein Schlagzeug ein.

Aber sie alle sind nur verschwommene Gestalten am Rande meines Blickfelds.

Shawn Scarlett steht rechts von Adam und schreddert mit seinen talentierten Fingern die Leadgitarre. Seine zerzausten schwarzen Haare hängen ihm wild über die tiefgrünen Augen. Sein Blick ist auf die vibrierenden Saiten geheftet. Hitze tänzelt meinen Nacken hoch, und ich höre Kale murmeln: »Er ist nicht einmal der Heißeste.«

Ich ignoriere ihn und befehle meinen Füßen, sich in Bewegung zu setzen, mich um den Pool dorthin zu tragen, wo sich eine riesige Menge versammelt hat, die der Band zujubelt. Ich stelle kurz darauf fest, dass ich mit meinen schweren Lederboots, den zerschlissenen Jeans und dem weit geschnittenen Tanktop eindeutig zu viele Klamotten anhabe. Ich finde mich hinter Cheerleadern im Bikini wieder, die den Unterschied zwischen einer Fender und einer Gibson nicht einmal erkennen würden, wenn ich beide Instrumente über ihren wasserstoffblonden Köpfen zusammenschlagen würde.

Auf den Zehenspitzen stehend versuche ich, über wippende Haare hinweg irgendetwas zu erkennen. Doch da endet der Song, die Band bedankt sich bei der Menge und beginnt, ihr Zeug einzupacken. Mit einem entnervten Seufzer drehe ich mich zu Kale um.

»Können wir jetzt nach Hause?«, drängt er.

Ich schüttele den Kopf.

»Warum denn nicht? Die Show ist vorbei.«

»Das ist nicht der Grund, weshalb ich hergekommen bin.«

Kales Blick bohrt sich unter meine Haut, gräbt sich tiefer und tiefer, bis er in meinen Hirnwellen schwimmt. »Du willst allen Ernstes versuchen, mit ihm zu reden?«

Ich nicke, während wir uns langsam von der Menge entfernen.

»Und wirst was sagen?«

»Das habe ich mir noch nicht überlegt.«

»Kit«, warnt mich Kale. Seine marineblauen Chuck Taylors bleiben abrupt stehen. »Was erwartest du denn, was passieren wird?« Er sieht mich mit traurigen dunklen Augen an, und ich wünschte, wir würden näher am Pool stehen, damit ich ihn hineinschubsen und ihm so diesen Ausdruck aus dem Gesicht wischen könnte.

»Ich erwarte gar nichts.«

»Warum dann das alles?«

»Weil ich muss, Kale. Ich muss einfach mit ihm reden, wenn auch nur, um ihm zu sagen, wie sehr er mein Leben verändert hat. Okay?«

Kale seufzt, dann lässt er das Thema fallen. Er weiß, dass Shawn für mich mehr als nur eine Teenie-Schwärmerei ist. Das erste Mal überhaupt, dass ich ihn Gitarre spielen sah, war bei einer Talentshow unserer Schule, als wir alle noch auf die Junior High gingen. Ich war in der fünften Klasse, Shawn in der achten. Er und Adam legten eine Akustik-Performance hin, bei der mir eine Gänsehaut von den Fingern bis zu den Zehen lief. Sie saßen beide auf Hockern, ihre Gitarren im Schoß, und Adam sang den Lead- und Shawn den Backgroundgesang, aber die Art, wie Shawns Finger über die Saiten tänzelten, und die Art, wie er sich in der Musik verlor – er packte mich einfach und nahm mich mit, sodass ich mich ebenfalls verlor. In der Woche darauf überredete ich meine Eltern, mir eine gebrauchte Gitarre zu kaufen, und ich begann Unterricht zu nehmen. Meine Lieblingsbeschäftigung wird für immer mit dem Menschen verbunden sein, der mir beigebracht hat, sie zu lieben, dem Menschen, in den ich mich an jenem Tag in der Turnhalle der Junior High verliebt habe.

Verliebt, so ungern ich es auch zugebe. Mit einer Intensität, die wehtut. Mit einer Intensität, die ich vermutlich besser für mich behalten sollte, da ich weiß, dass sie mir nur das Herz brechen wird.

Ich weiß, dass ich keine Chancen habe, und doch muss ein nicht zu unterdrückender Teil von mir ihn unbedingt wissen lassen, was er für mich getan hat, selbst wenn ich ihm nicht gestehe, was er für mich *ist*.

Mein Körper bewegt sich roboterartig, und mein Verstand ist auf einem völlig anderen Stern, als Kale und ich uns in der Küche zwei Plastikbecher schnappen und damit auf das Bierfass hinter dem Haus zusteuern. Meine Gedanken kehren langsam zurück in die Gegenwart. Ich habe schon früher mit meinen Brüdern Bier getrunken, aber ich habe noch nie ein Fass bedient, daher sehe ich ein paar Leuten zu, wie sie ihre Becher füllen, damit ich nicht wie ein Idiot dastehe, wenn ich am Zapfhahn an der Reihe bin. Ich hebe ihn mit bebenden Fingern, fülle meinen und Kales Becher und schlendere dann mit meinem Bruder über das Grundstück – zwei Minderjährige mit Alkohol. Adams Garten ist so riesig, dass er ein öffentlicher Park sein könnte. Ein schmiedeeiserner Zaun, der ringsum verläuft, schützt den Pool, ein paar große Eichen und genügend Teenager, um damit die Turnhalle der Schule zu füllen. Ich sehe hinüber zu meinem Zwillingsbruder und folge seinem Blick zu einer Gruppe Jungen, die lachend am Rand des Pools stehen.

»Er ist niedlich.« Ich zeige mit einem Nicken auf einen der Typen, und Kale tut so, als hätte er ihn nicht gerade noch angestarrt. Einen gut aussehenden, sonnengebräunten Jungen in Hawaii-Boardshorts und Flipflops.

»Das ist er allerdings«, fordert mich Kale mit gespielter Gleichgültigkeit heraus. »Du solltest mit ihm reden.«

Ich sehe ihn eindringlich an und sage: »Willst du denn nie einen festen Freund haben?«

»Dir ist schon klar, dass Bryce hier irgendwo herumhängt, oder?«

Ich schnaube verächtlich. »Na und?«

Kale wirft mir einen Blick zu, der alles besagt, und ich versuche mir nicht anmerken zu lassen, wie sehr mich seine Haltung ärgert. Es ist nicht so, als ob ich etwas dagegen hätte, seine Geheimnisse zu wahren – ich hasse die Tatsache, dass er bei diesem Geheimnis die Notwendigkeit verspürt, es wahren zu müssen.

»Wenn Shawn nicht der Heißeste ist«, sage ich, um das Thema zu wechseln, »wer ist es denn dann?«

»Bist du blind?« Kale schiebt sein Gesicht nah vor meines, als wolle er das Schwarz um meine Pupillen herum mustern. Ich schiebe seine Stirn mit meiner freien Hand von mir weg.

»Sie sind alle ziemlich niedlich.«

Ein Mädchen in der Nähe schreit Zeter und Mordio, als der Junge in den Boardshorts sie hochhebt und mit ihr in den Pool springt. Kale sieht den beiden zu und seufzt.

»Also, welcher?«, frage ich noch einmal, in dem Versuch, ihn abzulenken.

»Mount Everest.«

Ich kichere. »Das sagst du nur, weil Adam eine männliche Hure ist. Er ist der Einzige, den du vermutlich überreden könntest, die Seiten zu wechseln.«

»Vielleicht«, entgegnet Kale mit einem Anflug von Traurigkeit in der Stimme, und ich runzele die Stirn. Dann schlendere ich mit seinem Becher zu dem Bierfass hinüber, um ihn aufzufüllen. Ich betätige eben den Zapfhahn, als er mich mit dem Ellenbogen in den Arm knufft.

Ich hebe den Blick und entdecke Shawn Scarlett und Adam Everest – die auf das Bierfass, auf *mich*, zukommen.

Es gibt zwei Möglichkeiten, wie das hier ablaufen kann. Ich kann mich selbstbewusst geben, ihnen anbieten, ihr Bier zu zapfen, lächeln und ein ganz normales Gespräch beginnen, damit ich sagen kann, was ich sagen muss, oder – nein! Ich lasse den Zapfhahn los, verrenke mir fast die Fußknöchel, als ich mit Überschallgeschwindigkeit herumschnelle und davonlaufe, bis ich einen einsamen Ort erreiche, der sich nicht annähernd einsam genug anfühlt. Ich beiße mir auf die Lippe.

»Was zum Teufel war das denn?«, fragt Kale atemlos hinter mir.

»Ich glaube, ich habe eine allergische Reaktion.« Meine Handflächen schwitzen, meine Kehle fühlt sich an wie zugeschnürt und mein Herz hämmert in der Brust.

Kale gibt mir lachend einen Schubs, der mich nach vorne stolpern lässt. »Ich bin *nicht* den ganzen Weg hierhergekommen, um mitansehen zu müssen, wie du dich in diese bestimmte Art Mädchen verwandelst.«

Auf der Unterlippe kauend sehe ich zurück in die Richtung, aus der wir gekommen sind. Shawn und Adam, beide mit einem Bier in der Hand, schlüpfen gerade durch die Hintertür ins Haus.

»Was soll ich denn sagen?«, frage ich.

»Was immer du sagen musst.«

Kale legt die Hände auf meine Schultern und schiebt mich vor sich her auf die Tür zu. Benommen bewege ich mich vorwärts. Schritt für Schritt für Schritt tragen mich meine Füße den langen Weg zurück. Mir ist gar nicht bewusst, dass mein Bruder mir gar nicht mehr folgt, bis ich mich umdrehe und sehe, dass er verschwunden ist. Mein Plastikbecher ist leer, aber ich klammere mich an ihm fest, als wäre er eine Rettungsleine, meide den Blickkontakt zu jedem in meiner Nähe und tue so, als wüsste ich, wohin ich gehe. Ich schlängele mich zwischen ein paar bekannten Gesichtern von der Schule hindurch, aber offenbar erkennen mich nicht viele, und die, die es tun, ziehen irgendwie nur eine Augenbraue hoch, bevor sie mich weiter ignorieren.

Alle von der Schule kennen meine älteren Brüder. *Alle.* Bryce war im Footballteam, bevor er entschied, dass es ihm wichtiger war, sich Ärger einzuhandeln, als ein Stipendium zu ergattern. Mason, zwei Jahre älter als Bryce, ist dafür berüchtigt, den Rekord für die meisten Schulverweise zu halten. Und Ryan, eineinhalb Jahre älter als Mason, war zu seiner Zeit ein rekordebrechendes Läuferass und ist noch immer eine Legende. Sie alle bewegen sich auf diesem seltsamen schmalen Grat, auf dem sie mich entweder wie einen Jungen behandeln oder so tun, als wäre ich aus Porzellan.

Ich halte unwillkürlich nach Bryce Ausschau, auf der verzweifelten Suche nach einem vertrauten Gesicht, aber stattdessen entdecke ich Shawn. Er sitzt mitten auf der Couch im Wohnzimmer, mit Joel Gibbon auf einer Seite und irgendeiner Tussi, die ich prompt hasse, auf der anderen. Ich stehe wie angewurzelt da, als irgendein Idiot mich auf einmal von hinten anrempelt.

»Hey!«, brülle ich über die Musik hinweg und wirbele herum, als sich der Idiot auf mich stützt, als würde er sonst das Gleichgewicht verlieren.

»Scheiße! Ich bin …« Bryce heftet den Blick auf mich, dann beginnt er zu lachen und legt mir die Hände um die Schultern, um jetzt *wirklich* nicht das Gleichgewicht zu verlieren. »Kit! Ich habe total vergessen, dass du auch noch hier bist!« Er strahlt wie ein fröhlicher Säufer, und ich sehe ihn nur mürrisch an. »Wo ist Kale?«

»Draußen beim Bierfass.« Ich verschränke die Arme vor der Brust, anstatt meinem stockbesoffenen Bruder zu helfen, sich auf den Beinen zu halten.

Er legt verwirrt die Stirn in Falten, als er endlich die Balance wiederfindet. »Was tust du denn ganz allein hier drinnen?«

»Musste pinkeln«, lüge ich mit geübter Leichtigkeit.

»Oh, soll ich dich zur Toilette begleiten?«

Ich bin im Begriff, ihn dafür zusammenzustauchen, dass er mich wie ein Baby behandelt, als eine seiner Gelegenheitsfreundinnen sich an ihn schmiegt und ihn bittet, ihr ein Bier zu holen.

»Ich glaube, ich bin in der Lage, allein die Toilette zu finden, Bryce«, fauche ich, woraufhin er mich mit glasigen Augen mustert und mir schließlich beipflichtet.

»Okay.« Er beäugt mich noch ein bisschen länger, dann bindet er das viel zu große Flanellhemd von meiner Taille los und zwängt meine Arme hinein. Er zieht es mir vor der Brust zu und nickt vor sich hin, als hätte er soeben die nationale Sicherheit gewährleistet. »Okay, stell nichts an, Kit.«

Ich verdrehe die Augen und ziehe das Flanellhemd wieder aus, sobald er sich abwendet. Doch als ich auf einmal ganz allein mitten in dem überfüllten Raum stehe, bereue ich es, ihn so rasch abgewimmelt zu haben. Ich suche mir einen Platz neben einem riesigen Gaskamin und gebe vor, an meinem Bier zu nippen, obwohl der Becher leer ist. Gleichzeitig versuche ich, mir meine Verlegenheit nicht anmerken zu lassen – was vermutlich sinnlos ist angesichts der Tatsache, dass ich Shawn aus der Ferne anstiere wie ein verdammter Stalker.

Was zum Teufel habe ich mir eigentlich dabei gedacht, heute Abend hierherzukommen? Er ist umringt. Er ist *immer* umringt. Er ist umwerfend und beliebt und weit außerhalb meiner Liga. Die Blondine neben ihm sieht aus, als wäre sie dazu geboren, eine Papp-Werbefigur zu sein, die vor Abercrombie & Fitch aufgestellt wird. Sie ist heiß und weiblich und riecht vermutlich nach verdammten Narzissen und … steht auf und geht.

Der Platz neben Shawn wird frei, und bevor ich kneifen

kann, stürze ich durch den Raum und lasse mich mit einer Arschbombe darauffallen.

Das Kissen kollabiert unter meinem plötzlichen Gewicht, und Shawn wendet den Kopf, um zu sehen, was für ein Idiot da um ein Haar gegen ihn geknallt wäre. Vermutlich sollte ich mich vorstellen, sollte meine Schwäche für Stalking und Arschbomben offenbaren, aber stattdessen halte ich die Klappe und zwinge mich zu einem nervösen Lächeln. Ein Moment verstreicht, in dem ich mir sicher bin, dass er mich gleich fragen wird, wer zum Teufel ich bin und was zum Teufel ich mir eigentlich dabei denke, mich einfach neben ihn zu setzen, aber dann verzieht er den Mund nur zu einem netten Lächeln und nimmt wieder das Gespräch mit Joel auf der anderen Seite auf.

Oh Gott! Was jetzt? Jetzt sitze ich einfach nur verlegen neben ihm, ohne ersichtlichen Grund, und Blondie wird jeden Augenblick zurück sein und mir befehlen, mich zu verkrümeln, und dann was? Dann wird meine Chance verpufft sein. Dann werde ich völlig umsonst aus meinem Schlafzimmerfenster gesprungen sein.

»Hey«, sage ich und klopfe Shawn auf die Schulter. Ich versuche nichts Demütigendes zu tun, wie zum Beispiel zu stottern oder mich auf ihn zu übergeben oder so.

Gott, sein T-Shirt ist so weich. Irgendwie richtig flauschig weich. Und warm. Und …

»Hey«, erwidert er, und eine Mischung aus Verwirrung und Interesse huscht über sein Gesicht, als er mich ansieht. Seine Augen, glasig von den Drinks, die er intus hat, sind tiefgrün. In ihnen zu versinken, ist, als würde man um Mitternacht die Grenze zu einem Zauberwald überschreiten. Als würde man sich an einem Ort verlieren, der einen vollständig verschlucken könnte.

»Ihr habt euch heute Abend richtig gut angehört«, sprudele ich los, und Shawns Lächeln wird breiter und gibt den Schmetterlingen in meinem Bauch einen kleinen Selbstvertrauensschub.

»Danke.« Er macht Anstalten, sich wieder abzuwenden, aber ich spreche etwas lauter, um seine Aufmerksamkeit zu behalten.

»Dieser Riff, den du bei eurem letzten Song gespielt hast«, platze ich heraus und erröte, als er mir den Kopf wieder zudreht, »der war einfach fantastisch. Den kriege ich nie so hin.«

»Du spielst?« Shawn dreht mir jetzt seinen ganzen Oberkörper zu, und seine Knie kommen an meinen zu ruhen. Wir haben beide durchgewetzte Stellen an den Knien, und ich schwöre, meine Haut kribbelt, wo seine sie streift. Er schenkt mir seine ungeteilte Aufmerksamkeit, und es ist, als ob jedes Licht im Raum seine Hitze genau auf mich richtet, als ob jedes Wort, das ich sage, fürs Protokoll festgehalten wird.

Ein Schatten fällt über mich. Das Abercrombie-Model von vorhin sieht finster zu mir herunter, mit Teufelsaugen zwischen lauter blonden Haaren. »Du sitzt auf meinem Platz.«

Shawns Hand landet auf meinem Knie, um zu verhindern, dass ich mich bewege. »Du spielst?«, fragt er noch einmal.

Mein Blick ist auf seine Hand geheftet – seine *Hand* auf meinem *Knie* –, als die Tussi mit den Teufelsaugen winselt: »Shawn, sie sitzt auf meinem Platz.«

»Dann such dir einen anderen«, entgegnet er mit einem kurzen Blick auf sie, bevor er ihn wieder auf mich heftet. Als sie sich schließlich entfernt, gleichen meine Wangen zwei Liebesäpfeln, die zu lange in der Sonne liegen gelassen wurden.

Shawn starrt mich erwartungsvoll an, und ich starre peinlich lange zu ihm zurück, bevor mir wieder einfällt, dass ich eine Frage beantworten soll. »Ja«, erwidere ich schließlich. Seine Hand ruht noch immer schwer auf meinem Knie, und mein Herz schlägt Purzelbäume in meiner Brust. »Ich habe dich gesehen … bei einer Talentshow auf der Mittelschule …« – *bitte übergib dich nicht, bitte übergib dich nicht, bitte übergib dich nicht* – »… vor ein paar Jahren, und …« – *oh Gott, tue ich das hier wirklich?* – »… und danach wollte ich unbedingt auch spielen lernen. Weil du so gut warst. Ich meine, du *bist* so gut. Noch immer, meine ich …«, *Katastrophe, Katastrophe, Katastrophe!*, »… du bist noch immer richtig, richtig gut …«

Mein Versuch, meine tief empfundenen Gründe auszudrücken, wird mit einem warmen Lächeln belohnt, das die ganze Peinlichkeit wettmacht. »Du hast meinetwegen angefangen zu spielen?«

»Ja.« Ich schlucke schwer und widerstehe dem Drang, die Augen fest zusammenzupressen, während ich auf seine Reaktion warte.

»Wirklich?«, fragt Shawn, und bevor ich weiß, was er tut, hebt er die Finger von meinem Knie und nimmt meine Hände in seine. Er mustert die Schwielen an meinen Fingerkuppen und reibt mit den Daumen darüber, sodass ich innerlich dahinschmelze. »Bist du gut?«

Ein großspuriges Lächeln umspielt seine Lippen, als er den Blick hebt, und ich gestehe: »Nicht so gut wie du.«

Sein Lächeln wird sanfter, und er lässt meine Hände los. »Du warst bei ein paar Konzerten von uns, stimmt's? Du trägst normalerweise eine Brille?«

Bin das *ich*? Das Mädchen mit der bescheuerten Brille? Ich habe mich bei mehr als nur ein paar Konzerten der Band im hiesigen Freizeitzentrum in der ersten Reihe heiser geschrien, aber ich hätte nie gedacht, dass Shawn mich bemerkt hat. Und jetzt, während ich darüber nachdenke, wie idiotisch ich mit meinem klobigen, quadratischen Gestell vermutlich ausgesehen habe … bin ich mir nicht so sicher, ob ich froh bin, dass er es getan hat. »Ja. Ich habe erst letzten Monat Kontaktlinsen bekommen …«

»Sieht gut aus«, sagt er, und die Röte, die mir schon seit einer ganzen Weile in den Wangen sitzt, nimmt auf einmal epische Ausmaße an. Ich kann die Hitze in meinem Gesicht, meinem Nacken, meinen *Knochen* spüren. »Du hast schöne Augen.«

»Danke.«

Shawn lächelt, und ich erwidere sein Lächeln, doch bevor einer von uns noch ein Wort sagen kann, zupft Joel ihn am Ärmel. Er lacht lauthals über irgendeinen Witz von Adam, und Shawn wendet sich von mir ab, um sich wieder in die Unterhaltung einzuklinken.

Und einfach so ist der Moment vorbei, und ich habe nicht einmal ansatzweise das gesagt, wofür ich extra hierhergekommen bin. Ich habe mich nicht bei ihm bedankt oder ihm gesagt, dass er mein Leben verändert hat, oder irgendetwas auch nur *annähernd* Bedeutungsvolles zum Ausdruck gebracht.

»Hey, Shawn«, versuche ich es noch einmal. Ich klopfe ihm wieder auf die Schulter, als Joels Lachen verebbt ist.

Shawn schaut mich neugierig an. »Ja?«

»Ehrlich gesagt, wollte ich dich etwas fragen.«

Er dreht mir wieder seinen Oberkörper zu, und mir wird bewusst, dass ich keine verdammte Ahnung habe, was ich als Nächstes sagen soll. *Ehrlich gesagt, wollte ich dich etwas fragen?* Von all den Dingen, die mir über die Lippen hätten kommen können, hat sich mein Gehirn ausgerechnet *dafür* entschieden? Der verzweifelte, mädchenhafte Teil von mir, den ich nicht gern zur Kenntnis nehme, will ihm sagen, dass ich ihn liebe, und ihn anflehen, nicht wegzuziehen. Aber dann müsste ich mich anschließend im Swimmingpool ertränken.

»Ach ja?«, fragt mich Shawn über die Musik hinweg, die irgendjemand noch lauter gedreht hat. Um Zeit zu gewinnen, beuge ich mich zu seinem Ohr vor. Er beugt sich ebenfalls vor, lehnt sich zu mir hinüber, und als ich den Geruch seines duschfrischen Eau de Cologne einatme, habe ich auf einmal eine totale Mattscheibe. Ich habe die Fähigkeit verloren, Worte zu bilden, selbst einfache Worte wie *Danke.* Er zieht bald weg, und ich vermassele meine letzte Chance, ihm zu sagen, was ich fühle. Die Wange genau neben seiner, drehe ich mein Gesicht, und plötzlich sind Shawns Augen genau vor meinen, und unsere Nasen berühren sich praktisch, und seine Lippen sind nur wenige Zentimeter vor meinen – und mein Gehirn sagt: *Scheiß drauf.* Und ich beuge mich vor.

Und küsse ihn.

Nicht schnell, nicht langsam. Mit geschlossenen Augen drücke ich einen warmen Kuss auf seine weiche Unterlippe, die nach einer Million verschiedener Dinge schmeckt. Nach Bier, nach einem Traum, danach, wie die Wolken heute Abend vor dem Mond vorbeigezogen sind. Mein Gehirn schwankt zwischen dem Verlangen, an ihm dahinzuschmelzen, und dem Bedürfnis zurückzuzucken, doch Shawn nimmt mir schließlich die Entscheidung ab.

Als sich seine Lippen öffnen und er den Kuss vertieft, hämmert mein Herz gegen meine Rippen, und meine zitternden Hände suchen an Shawns Seiten Halt. Er vergräbt die Finger in meinen dichten Haaren, zieht mich näher an sich. Ich bin viel zu verloren, um je gefunden werden zu wollen. Ich balle die Hände in dem lockeren Stoff seines T-Shirts zu Fäusten. Shawn löst die Lippen von meinen und schnurrt mir leise ins Ohr: »Komm mit.«

Bevor ich weiß, wie mir geschieht, liegt meine Hand in seiner, und ich folge ihm durch das Gewühl. Die Treppe hoch. Einen Flur hinunter. In ein dunkles Schlafzimmer. Die Tür fällt hinter uns zu, und in dem fahlen Mondlicht, das einen sanften Schimmer ins Zimmer wirft, nehmen diese köstlichen Lippen meine wieder in Besitz.

»Wie heißt du?«, fragt Shawn zwischen zwei Küssen, bevor sein talentierter Mund zu meinem Hals hinuntergleitet.

Vermutlich würde ich ihm antworten – wenn ich mich an meinen Namen erinnern könnte. Aber stattdessen bin ich berauscht von seinen Lippen und seinen Händen und dem Gefühl, wie sie über meine Haut auf verbotenes Terrain vordringen. Seine Berührung lässt erst einen weiteren Schauer über meine Gänsehaut tänzeln, und dann Hitze – ein Feuer, das über meinen Hals, meine Arme, mein Herz züngelt.

»Ist doch egal«, keuche ich.

Shawn lacht leise an meinem Hals, dann richtet er sich auf und schenkt mir ein Lächeln, das meine Beine in Wackelpudding verwandelt. Er löst den Knoten meines Flanellhemds und lässt es zwischen uns auf den Boden fallen. Dann verhakt er die Finger in meinem Tanktop und zieht es mir über den Kopf.

Ich habe schon früher mit Jungs rumgeknutscht. Geknutscht und ein bisschen rumgefummelt. Aber als Shawn mich jetzt zu diesem Bett zieht und mich darauflegt, weiß ich, dass ich im Begriff bin, in eine völlig andere Liga geholt zu werden – eine, für die ich vermutlich nicht bereit bin, auch wenn ich trotzdem versuchen werde, gut darin zu sein.

Weil es *er* ist. Weil es Shawn ist. Weil ich jetzt, auch wenn ich heute Abend nicht deswegen hergekommen bin, sterben müsste, wenn ich wieder ginge, ohne es getan zu haben.

Mein Körper versinkt in der fremden Bettwäsche, und ich ziehe Shawn auf mich herunter, damit ich seine Lippen wieder spüren kann. Ich stöhne auf, als jeder Zentimeter seines Körpers sich an die Rundungen und Vertiefungen meines eigenen schmiegt. Meine Finger gleiten unter sein weiches T-Shirt, und gemeinsam ziehen wir es ihm über den Kopf.

»Shawn«, seufze ich. Ich küsse ihn. Die Härte in seiner Jeans treibt mich in den Wahnsinn. Ich hauche seinen Namen, nur um sicherzugehen, dass das hier echt ist, um mich zu überzeugen, dass ich nicht träume.

»Scheiße!«, keucht er. Er löst unsere Körper nur so weit voneinander, dass er seinen Hosenschlitz öffnen kann, ohne seine Küsse zu unterbrechen. Im nächsten Augenblick knöpft er mir die Hose auf, und ich winde mich aus meiner Jeans und meinem Slip, während er seine Jeans und Boxershorts von sich kickt. Eine Sekunde später steckt eine kleine, quadratische Verpackung zwischen seinen Zähnen, dann streift er schon das Kondom über. Ich werfe einen verstohlenen Blick nach unten und beiße mir auf die Lippe.

Alles passiert im Zeitraffer, so schnell, dass mein Gehirn immer wieder schreit: *Das hier passiert nicht wirklich.* Shawn ist ein süßer Traum, der zwischen meinen Beinen kniet, und als mein Blick wieder hoch zu seinem Gesicht wandert, grinst er mich frech an. »Weg damit«, sagt er und zerrt an meinem BH-Träger. Ich krümme den Rücken, um den Verschluss zu öffnen.

Er zieht mir das letzte Kleidungsstück, das ich noch trage, über die Schultern herunter, und während sich seine Augen an mir weiden, bebe ich unter seinen Blicken. Seine schwielige Hand umfasst die üppige Wölbung meiner Brust, und er massiert sie sanft, bevor er mit dem Daumen so über meinen Nippel gleitet, wie er über die gestimmte Saite einer Gitarre gleiten würde. Ich stöhne auf bei diesem Gefühl, das in jede Faser meines Körpers schießt. Shawn sucht wieder meinen Blick und hält ihn fest, als er es sich gleichzeitig zwischen meinen Beinen bequem macht. Als er langsam seine Hüften nach vorne schiebt, verspüre ich einen Druck, dann ein schmerzhaftes Dehnen, das mich die Augen fest zusammenkneifen lässt. Meine Fingernägel krallen sich in seinen Rücken. Ich ziehe ihn so nah wie möglich an mich und schmiege das Kinn an seine warme Halsbeuge.

»Geht es dir gut?«, fragt er, und ich lüge, indem ich eine Hand in seinen Haaren vergrabe und an seinem Ohrläppchen knabbere. Er weiß nicht, dass er mir gerade meine Jungfräulichkeit nimmt – weil er es nicht wissen *muss*, weil ich nicht *will*, dass er es weiß.

Was würde er denken? Würde er aufhören?

Er beginnt sich langsam in mir zu bewegen, und ich befehle meinem Körper, sich zu entspannen, sich für ihn locker zu machen, damit es nicht ganz so wehtut. So hatte ich mir mein erstes Mal eigentlich nicht vorgestellt. Ich hatte mir Duftkerzen und Musik vorgestellt und … dass der Typ zumindest meinen Namen kennt.

Oh mein Gott, ich verliere meine Jungfräulichkeit an einen Kerl, der *nicht einmal weiß, wie ich heiße.*

»Kit«, platze ich heraus.

Ohne in seinen Bewegungen innezuhalten, fragt Shawn keuchend: »Hä?«

»Mein Name«, sage ich mit immer noch geschlossenen Augen. Ich drücke mein Gesicht an seine warme Haut, inhaliere seinen Geruch. Kerzen und Musik sind nicht wichtig, denn das hier ist schließlich Shawn. Und von dem, was wir hier gerade miteinander tun, hatte ich nicht mal zu träumen gewagt.

»Kit«, wiederholt er. Als er diesmal in mich eindringt, ziehe ich meine Zehen an, und ein gehauchtes Stöhnen kommt mir über die Lippen. Er löst sich aus meinem Schraubstockgriff, um mich zu küssen, und mein Körper reagiert auf ihn, passt sich dem immer schneller werdenden Tempo seiner Stöße an.

Seine Zunge ist zwischen meinen Lippen, seine Hüften sind zwischen meinen Schenkeln, und sein Körper ist unter meinen Händen – aber ich bin es, die an ihn verloren ist. Ich gehöre ihm, und ich flehe wortlos um mehr, während er sich mir in dem dunklen Zimmer eines Fremden hingibt. Als sein Körper sich anspannt und er schließlich auf mir zusammenbricht, halte ich ihn fest an mich gedrückt, gestatte meinen Händen, sich die Konturen seines Rückens und die Art, wie seine schweißnassen Haare sich in seinem Nacken ringeln, genau einzuprägen.

Ich will ihn noch einmal küssen, aber jetzt, wo das, was wir getan haben, vorbei ist, weiß ich nicht, ob ich es mich traue. Die Finger in seinen Haaren vergraben, ringe ich zu lange mit mir, und ich verliere den Kampf, als Shawn sich hochstemmt und seine Klamotten einzusammeln beginnt. Mit einem erschöpften Lächeln im Gesicht wirft er mir meine eigenen Klamotten zu, und ich rede mir ein, glücklich zu sein. Auch wenn ich ihn niemals wiedersehen werde, hatte ich wenigstens diesen Abend.

»Hast du irgendwo mein Handy gesehen?«, fragt er. Ich taste das Bettzeug um mich herum danach ab. Als er das Licht anknipst, bin ich heilfroh, nirgends Blut zu entdecken. Wir sind in Adams Zimmer – nach den Bandpostern und

Songtexten zu urteilen, die an die Wände gekritzelt sind. Schließlich finde ich Shawns Handy zwischen dem schwarzen Satinbettzeug und reiche es ihm. Ich ignoriere den Schmerz, der bei jeder kleinen Bewegung zwischen meinen Beinen pocht. Wenn er gewusst hätte, dass es mein erstes Mal war, wäre er vermutlich sanfter gewesen. Doch wenn er gewusst hätte, dass es mein erstes Mal war, hätte er es vermutlich überhaupt nicht getan.

Die Erkenntnis trifft mich wie eine Abrissbirne in die Magengrube – denn ich *weiß*, dass er nach dieser Sache nie wieder ein Wort mit mir wechseln wird. Er wird fortgehen, einhundert Meilen weit wegziehen, und mein Herz wird noch schlimmer brechen, als wenn ich ihn einfach so hätte gehen lassen.

»Wie lautet deine Nummer?«, fragt er. Ich starre zu ihm hoch. Er hält sein Handy in der Hand, wartet auf meine Antwort, und die Abrissbirne explodiert zu eintausend Schmetterlingen, die über meine Haut flattern und meine Wangen kitzeln.

Ohne dass ich es ändern kann, keimt Hoffnung in mir, und ich rassele Zahlen herunter, die Shawn in sein Handy tippt. Danach streife ich mir das letzte Kleidungsstück über den Kopf und ergreife begierig die Hand, die er mir hinhält. Er hilft mir hoch, steckt sein Handy ein und sagt grinsend: »Warte.« Er hebt eine Hand, um mir mit den Fingern die Haare zu kämmen, aber er gibt den Versuch rasch auf, streicht sie stattdessen einfach glatt und schiebt mir schließlich eine lange Strähne hinters Ohr.

»Besser so?«, frage ich, und er lächelt. Dann beugt er sich vor und gibt mir einen unerwarteten Kuss, der in mir das Verlangen weckt, mehr von dem zu machen, was wir eben auf dem Bett getan haben, pochender Schmerz hin oder her.

Der Moment wird jäh unterbrochen, als Shawn nach dem Türknauf greift, die Tür öffnet und wir in den Flur hinaustreten. Sein Arm liegt über meiner Schulter. Vor allen Leuten. Ich unterdrücke ein Quietschen, mache einen auf cool und lächele, als würde ich hierher, auf Adams Party gehören. Als wäre ich nicht nur irgendeine streberhafte Highschoolanfängerin, die früher eine klobige Brille getragen hat. Als wäre gar nichts dabei, dass Shawn Scarletts Arm besitzergreifend auf meiner Schulter liegt. Als hätte er mir nicht eben meine Jungfräulichkeit genommen und mein ganzes Leben verändert. Als würde mein Herz nicht am liebsten in meiner Brust explodieren, weil er mich nach meiner Nummer gefragt, mir einen Kuss gegeben und den Arm um mich gelegt hat. Als wäre ich nicht hoffnungslos verliebt in ihn.

»Was zum Teufel tust du da, Mann?«, fragt eine vertraute Stimme, als wir das Wohnzimmer erreichen. Alle Härchen an meinem Körper stellen sich auf, als Shawn und ich uns umdrehen und meine beiden Brüder aus dem Gedränge auf uns zusteuern sehen. Bryce' Tonfall ist unbekümmert und amüsiert, was mir verrät, dass er keine Ahnung hat, dass wir aus dem oberen Stockwerk gekommen sind. Er lacht, als ich unter seinem Blick erröte. »Alter, das ist meine *Schwester*«, sagt er zu Shawn, bevor er von mir wissen will: »Ist das der Grund, weshalb du heute Abend hierherkommen wolltest?«

Oh Gott, oh Gott, oh Gott.

»Du bist seine Schwester?«, fragt mich Shawn, und ich sehe ihn – den Moment, in dem er mich als eine Larson erkennt, den Moment, in dem er begreift, dass ich die kleine Schwester von Bryce, Ryan und, was am schlimmsten ist, von Mason bin.

»Ja«, antwortet Bryce für mich, »und sie ist *fünfzehn*, Mann.«

Mir bleibt gerade noch Zeit, den beschämten Blick aufzufangen, den Shawn mir zuwirft und der sich mir für immer ins Gedächtnis brennt. Sein Arm rutscht von meiner Schulter, kurz bevor irgendjemand draußen brüllt: *»Die Bullen!«*

Rot-blaue Lichter blinken durch die Fenster, gefolgt von Sirenen, die eine panische Massenflucht auslösen. Bryce packt mich am Arm und zerrt mich von Shawn weg. Shawn verschwindet tiefer und tiefer im Chaos und starrt mir mit einem Gesichtsausdruck hinterher, der mir das Herz bricht. Als ob das, was wir getan haben, ein Fehler war und ich nur etwas bin, was er bereut.

Er entfernt sich. Er ruft mich nicht an.

Er vergisst es, aber ich vergesse es nie.

1

»Das ist hundert Jahre her, Kale!«, brülle ich meine geschlossene Schlafzimmertür an, während ich mich in eine hautenge Jeans zwänge. Ich hüpfe rückwärts, rückwärts, rückwärts – bis ich beinahe über die Kampfstiefel stolpere, die mitten in meinem alten Kinderzimmer liegen.

»Und warum fährst du dann zu diesem Casting?«

Gerade noch rechtzeitig gelingt es mir herumzuwirbeln, um auf dem Bett anstatt dem Hintern zu landen. Mit gefurchten Brauen starre ich an die Decke und zerre meine Hose weiter hoch. »Darum!«

Kale scheint unzufrieden zu sein über diese Antwort, denn von der anderen Seite meiner geschlossenen Tür her knurrt es: »Ist es, weil du ihn immer noch magst?«

»Ich *kenne* ihn doch gar nicht!«, brülle ich einen weißen Schnörkel an der Decke an. Ich strecke die Beine, rappele mich hoch und kämpfe mit dem straffen Jeansstoff, während ich auf die Tür zumarschiere. Ich umklammere den Knauf und reiße die Tür auf. »Und er erinnert sich vermutlich nicht einmal mehr an mich!«

Der mürrische Ausdruck weicht aus Kales Gesicht. Er reißt die Augen auf, als er mein Outfit betrachtet – enge schwarze, völlig zerschlissene Jeans, dazu ein lockeres schwarzes Tanktop, das nur fadenscheinig den Spitzen-BH bedeckt, den ich darunter trage. Der schwarze Stoff passt perfekt zu meinen Armbändern und dem Teil meiner Haare, der nicht von blauen Strähnchen durchzogen ist. Ich wende mich von Kale ab und greife nach meinen Stiefeln.

»*Das* willst du anziehen?«

Ich schlüpfe in die Stiefel und wirbele einmal theatralisch um die eigene Achse, bevor ich mich auf die Bettkante fallen lasse. »Ich sehe heiß aus, oder?«

Kale verzieht das Gesicht genauso wie damals, als ich ihm als Kind versicherte, eine Zitrone sei eine gelbe Mandarine und schmecke genauso süß. »Du bist meine *Schwester.*«

»Aber ich bin heiß«, beharre ich mit einem selbstbewussten Grinsen. Kale stöhnt entnervt auf und schaut mir dabei zu, wie ich meine Stiefel fertig zuschnüre.

»Du kannst von Glück sagen, dass Mason nicht zu Hause ist. Er würde dich so niemals aus dem Haus gehen lassen.«

Scheiß auf Mason. Ich verdrehe die Augen.

Ich bin erst seit ein paar Monaten wieder zu Hause – seit Dezember, nachdem ich entschieden hatte, dass ein möglicher Bachelorabschluss in Musiktheorie ein weiteres Jahr mit nichts als allgemeinbildenden Fächern nicht wert war –, aber ich stehe schon wieder kurz vor einem Kamikazesprung aus dem Nest. Eine hyperaktive Mitbewohnerin zu haben, war nichts verglichen mit meinen überfürsorglichen Eltern und noch überfürsorglicheren älteren Brüdern. Ganz zu schweigen von Kale, der immer weiß, was ich denke, selbst wenn ich es lieber für mich behalten würde. Entweder muss ich mir schnellstmöglich überlegen, was zum Teufel ich mit meinem Leben eigentlich anfangen will, oder mich damit abfinden, dass mich irgendwann die Pfleger mit der Zwangsjacke hier rausholen müssen.

»Tja, aber Mason ist nicht zu Hause. Und Mom und Dad auch nicht. Also, sagst du mir jetzt, wie ich aussehe, oder nicht?« Ich stehe wieder auf und stemme die Hände in die

Hüften. Ich wünschte, mein Bruder und ich könnten uns noch immer auf Augenhöhe begegnen. Ein Wachstumsschub auf der Highschool hat ihm ein paar Zentimeter Vorsprung verschafft, und jetzt ist er fast genauso groß wie der Rest unserer Brüder, auch wenn er weitaus schlaksiger ist. Mit meinen eins zweiundsiebzig muss ich das Kinn recken, damit ich ihn wütend anfunkeln kann.

Kales Stimme klingt tiefunglücklich, als er sagt: »Du siehst umwerfend aus.«

Ein Lächeln huscht über mein Gesicht, bevor ich mir meinen Gitarrenkoffer schnappe, der an der Wand lehnt. Auf dem Weg durch das Haus trottet Kale hinter mir her. Das Echo unserer Schritte folgt uns den Flur hinunter.

»Warum hast du dich denn so für ihn aufgebrezelt?«, fragt er.

»Wer sagt denn, dass ich das für ihn getan habe?«

»Kit«, nörgelt Kale, und ich bleibe stehen. Am oberen Ende der Treppe drehe ich mich zu ihm herum und sehe ihn an.

»Kale, du weißt, dass das genau das ist, was ich mir sehnlichst wünsche. Seit der Mittelschule träume ich davon, in einer bekannten Band zu spielen. Und Shawn ist ein umwerfender Gitarrist. Genau wie Joel. Und Adam ist ein umwerfender Sänger, und Mike ist ein umwerfender Drummer … Das hier ist meine Chance, *umwerfend* zu sein. Kannst du mich nicht einfach ein bisschen unterstützen?«

Mein Zwillingsbruder legt mir die Hände auf die Schultern, und ich frage mich unwillkürlich, ob er es tut, um mich zu trösten, oder weil er es ernsthaft in Betracht zieht, mich die Treppe hinunterzuschubsen. »Du weißt, dass ich dich unterstütze. Es ist nur …« Er zieht seine Unterlippe zwischen die Zähne, kaut auf ihr herum, bis sie kirschrot ist, bevor er sie wieder loslässt. »Musst du denn unbedingt mit *ihm* umwerfend sein? Er ist ein Arschloch.«

Es ist nicht so, als ob ich nicht verstehen würde, weshalb Kale besorgt ist. Er wusste schon vor jener Party, wie sehr ich Shawn mochte, und an jenem Abend hat er alles bis ins letzte Detail aus mir herausgequetscht. Er wusste, dass ich Shawn meine Jungfräulichkeit geschenkt hatte, daher wusste er auch, warum ich mich in den Wochen danach jede Nacht in den Schlaf weinte, als Shawn nie anrief.

»Vielleicht ist er jetzt ja ein anderer Mensch«, überlege ich laut, aber in Kales dunklen Augen lese ich Skepsis.

»Vielleicht auch nicht.«

»Selbst wenn er es nicht ist, bin *ich* jetzt ein anderer Mensch. Ich bin nicht mehr dieselbe Streberin, die ich auf der Highschool war.«

Ich laufe die Treppe hinunter, aber Kale folgt mir dicht auf den Fersen wie ein kleiner kläffender Terrier. »Du trägst dieselben Stiefel.«

»Diese Stiefel sind der Hammer«, sage ich – was offensichtlich sein sollte, aber anscheinend laut ausgesprochen werden muss.

»Kannst du mir wenigstens einen Gefallen tun?«

An der Haustür schnelle ich herum und trete rückwärts auf die Veranda. »Was denn für einen Gefallen?«

»Wenn er dich wieder verletzt, benutz diese Stiefel, um dich dort zu rächen, wo es wehtut.«

Lachend mache ich einen großen Schritt nach vorn, um meinen Bruder fest zu umarmen. »Versprochen. Ich liebe dich, Kale. Ich rufe dich an, wenn das Casting vorbei ist.«

Er erwidert meine Umarmung mit einem schweren Seufzer. Und dann lässt er mich gehen.

Die Fahrt nach Mayfield dauert eine Stunde. Eine Stunde,

in der meine Finger auf das Lenkrad meines Jeeps trommeln und die Musik dabei so laut dröhnt, dass ich mich nicht denken hören kann. Mein Navi unterbricht das Trommelfell-Massaker, um mir den Weg zu einem Klub namens *Mayhem* zu beschreiben, und ich fahre auf den Parkplatz eines riesigen, kastenförmigen Gebäudes.

Nachdem ich meinen Jeep in eine Parklücke manövriert und den Motor ausgeschaltet habe, klopfe ich noch ein paarmal mit den Fingern aufs Lenkrad, bevor ich schließlich mit dem Handballen gegen das Handschuhfach schlage. Es springt auf, und eine Haarbürste fällt heraus. Ich fange sie auf und versuche, meine vom Wind zerzausten Haare zu bändigen.

Anfang der Woche tauchte der Name von Shawns Band – *The Last Ones to Know* – auf der Website einer meiner Lieblingsbands auf. Ich blinzelte einmal, zweimal, und dann drückte ich die Nase fast an den Bildschirm, um mich zu vergewissern, dass ich nicht träumte.

Sie suchen einen neuen Rhythmusgitarristen. Nach ein paar Recherchen fand ich heraus, dass sie ihren alten, Cody, aus der Band geschmissen hatten. Auf der Website war kein Grund angegeben, und es war mir auch egal. Das hier war *die* Gelegenheit, und alles in mir schrie förmlich danach, eine Nachricht an die E-Mail-Adresse zu schicken, die unten auf dem Online-Flyer angegeben war.

Ich tippte die E-Mail wie im Rausch, als würden meine gitarrebegeisterten Finger noch lieber in der Band sein als mein benebeltes Gehirn. Ich schrieb, ich hätte auf dem College in einer Band gespielt, wir hätten uns aber aufgelöst, um getrennte Wege zu gehen. Ich hängte einen YouTube-Link zu einem unserer Songs an, bat um die Chance, vorspielen zu dürfen, und unterzeichnete mit meinem Namen.

Keine halbe Stunde später bekam ich eine Antwort, die von Ausrufezeichen nur so wimmelte, mit einem Termin für ein Vorspielen, und plötzlich war ich mir nicht mehr sicher, ob ich lachen oder weinen sollte. Es war eine Chance, all meine Träume wahr werden zu lassen. Aber um das zu erreichen, würde ich mich dem einen Traum stellen müssen, der bereits zerschlagen worden war.

In den letzten sechs Jahren habe ich versucht, nicht darüber nachzudenken. Ich habe versucht, sein Gesicht aus meinem Kopf zu löschen. Aber an jenem Tag, als diese E-Mail vor mir auf dem Bildschirm flimmerte, stürzten auf einmal die Erinnerungen wieder über mir zusammen.

Grüne Augen. Zerzauste schwarze Haare. Ein berauschender Geruch, der noch Tage, Wochen später an meiner Haut zu haften schien.

Ich schüttele sanft den Kopf, um Shawn aus meinen Gedanken zu verscheuchen. Dann bürste ich noch ein paar Mal durch meine Haare und werfe einen letzten Blick in den Rückspiegel. Erleichtert, dass ich nicht annähernd so zerzaust aussehe, wie ich mich fühle, springe ich auf den Asphalt und hieve meinen Gitarrenkoffer von der Rückbank.

Jetzt oder nie.

Ich atme die Großstadtluft einmal tief ein und beginne die Betonfestung zu umrunden, die einen Schatten über den Parkplatz wirft. Die Nachmittagssonne strahlt schonungslos auf meinen Nacken, und Schweißperlen rinnen mir zwischen den Schulterblättern hinunter. Meine Kampfstiefel poltern schwer über den Asphalt, und ich zwinge meine Füße, sich zu heben und zu senken, zu heben und zu senken, bis ich schließlich vor einer schweren Doppeltür stehen bleibe. Ich halte einen Augenblick inne, um mich zu sammeln.

Ich hebe die Hand. Ich lasse sie sinken. Ich hebe sie wieder. Ich dehne die Finger.

Ich hole einmal tief Luft.

Ich klopfe.

In den Sekunden, die zwischen meinem Klopfen und dem Öffnen der Tür verstreichen, spiele ich mit dem Gedanken, mir meinen Gitarrenkoffer zu schnappen, den ich an die Wand gelehnt habe, und zurück zu meinem Jeep zu flüchten. Ich bin gespannt, wer die Tür öffnen wird. Ich denke an Kale, und ich frage mich, was zum Teufel ich hier eigentlich tue.

Doch da schwingt die Tür auf, und ich stehe an der Schwelle zu einer Entscheidung, die mein Leben verändern oder es ruinieren könnte.

Lange, dunkle schokoladenbraune Haare. Entschlossene braune Augen. Ein durchdringender Blick, der mich wie eine Ohrfeige ins Gesicht trifft. Das Mädchen – ich nehme an, sie ist diejenige, die meine E-Mail beantwortet und mit *Dee* unterzeichnet hat – lässt den Blick hinunter zu meinen Stiefeln und dann wieder nach oben schweifen. »Die Band ist nicht hier, um Zeug zu signieren oder Fotos zu machen«, knurrt sie.

Offenbar habe ich sie allein schon dadurch, dass ich atme, beleidigt. »Okay?« Ich nehme die greifbare Feindseligkeit, die sie mir entgegenschleudert, mit einer hochgezogenen Augenbraue zur Kenntnis und widerstehe dem Drang, mich umzudrehen, um mich zu vergewissern, dass ich am richtigen Ort bin. »Ich bin nicht wegen Autogrammen oder Fotos hier …«

»Schön.« Sie macht Anstalten, mir die Tür vor der Nase zuzuschlagen, aber ich drücke noch rechtzeitig eine Hand dagegen, ehe sie ins Schloss fallen kann.

»Bist du Dee?«, frage ich, woraufhin sich der zornige Blick des Mädchens noch mehr verfinstert, entweder weil sie langsam begreift, oder aus Verärgerung. Vielleicht beides. Sie ist so versessen darauf, mich mit Blicken zu töten, dass sie es nicht einmal bemerkt, dass ein blondes Mädchen hinter ihr auftaucht. Da ich nichts zu verlieren habe, schiebe ich einen Stiefel in die Tür und strecke die Hand aus. »Ich bin Kit. Wir hatten E-Mail-Kontakt, nicht wahr?«

»*Du* bist Kit?«, fragt die Blonde, und das braunhaarige Mädchen, bei der es sich, wie ich annehme, um Dee handelt, reicht mir zögerlich die Hand.

»Oh, Entschuldigung«, sage ich lachend, als mir auf einmal klar wird, warum sich die beiden so benehmen, als wäre ich irgendeine Art Groupie. Vermutlich weil ich wie eines aussehe, mit meinem kaum vorhandenen Top und dem auffälligen Mascara. »Tja, ich habe vier ältere Brüder, die Katrina für einen viel zu mädchenhaften Namen halten.«

Dass ich bis zur Grundschule nicht einmal *wusste*, dass ich Katrina heiße, ist der Running Gag in unserer Familie. Doch eigentlich ist es auch kein richtiger Witz, denn ich bin mir ziemlich sicher, dass ich es wirklich nicht wusste. Die Jungs haben den Namen, auf den meine Mom bestand, einfach boykottiert, und irgendwann gab sie sich geschlagen. Von dem Tag an, an dem ich geboren wurde, war ich Kit, und die einzigen Leute, die mich Katrina nennen, sind Leute, die mich nicht kennen.

»Und du bist für das Casting hier?«, fragt die Blonde.

Ich nehme meinen Gitarrenkoffer und schenke den Mädchen ein breites Lächeln. »Ich hoffe es. Es *ist* doch okay, dass ich ein Mädchen bin, oder?«

»Ja«, beeilt sie sich zu sagen, aber Dee hat die Augen noch immer skeptisch zusammengekniffen.

Da ich in unserer Band auf dem College das einzige Mädchen unter lauter Jungs war, bin ich an diese Reaktion gewöhnt. Aus diesem Grund wundere ich mich nicht, als sie entgegnet: »Kommt drauf an … Bist du ein Mädchen, das Gitarre spielen kann?«

»Ich denke schon«, erwidere ich mit völlig ernster Miene. »Ich meine, es ist schwer zu sagen, da meine Vagina mir dabei ständig in die Quere kommt, aber ich habe gelernt, damit genauso umzugehen wie mit jedem anderen Handicap auch.« Ich lege eine theatralische Pause ein, bevor ich betont düster hinzufüge: »Bedauerlicherweise bekomme ich keinen Behinderten-Parkplatz.«

Ein langer Moment des Schweigens verstreicht, und ich beginne schon zu fürchten, dass meine etwas eigene Art von Humor an den beiden Tussis vor mir völlig abprallt. Doch da lacht Dee schallend auf und tritt zur Seite, um mich reinzulassen.

Als wir einen kurzen Flur hinuntergehen, entschuldigt sich die Blonde für die ruppige Begrüßung und stellt sich als Rowan vor. Dann betreten wir den höhlenartigen Raum. Das ist also das *Mayhem.* Eine massive Bar säumt eine Wand, eine Bühne die andere, und in der Mitte des Raums stehen eine Reihe Klapptische und sechs Klappstühle – wie eine Art improvisierter Aufbau für die Juroren von *American Idol.*

Ich durchquere den Klub und lehne die Gitarre gegen die Bühne. In einem Versuch, mir einzureden, dass Shawn nicht jeden Moment wie durch ein verdammtes Wunder auftauchen wird, frage ich: »Sind wir drei die Einzigen?«

»Nein …«, beginnt Dee, aber sie hat das Wort kaum ausgesprochen, als eine Hintertür aufschwingt und helles Nachmittagslicht über den Boden fällt und die vier restlichen Mitglieder von *The Last Ones to Know* ankündigt.

Joel Gibbon kommt als Erster herein, leicht zu erkennen an seinen blonden Haaren. Auf der Highschool glichen sie einem gegelten Chaos, das in alle Himmelsrichtungen abstand; jetzt trägt er einen akkurat frisierten Irokesenschnitt, der mitten auf seinem Kopf nach hinten verläuft. Ihm folgt Mike Madden, der immer noch genauso aussieht, aber irgendwie doch männlicher wirkt, als wäre er in seinen Körper hineingewachsen. Der Nächste ist Adam Everest, der noch heißer aussieht als vor sechs Jahren. Seine Haare sind noch immer lang und ungebändigt, seine Jeans sieht noch immer so aus, als hätte sie einen Kampf mit einem Aktenvernichter ausgetragen – und verloren –, und seine Handgelenke sind noch immer mit einer Unmenge an nicht zusammenpassenden Armbändern verziert.

Und dann erhasche ich einen ersten Blick auf Shawn Scarlett, kurz bevor die Tür hinter ihm zufällt. Meine Augen versuchen angestrengt, sich wieder an die düstere Beleuchtung zu gewöhnen, und als sie es schließlich tun, ist er das Einzige, was ich sehen kann. Er hat noch immer dieselben dunklen Haare, dasselbe markante Kinn, denselben Look, bei dem mir der Atem stockt.

»Leute, das hier ist Kit«, stellt Dee mich vor, während ich noch immer versuche, Luft in meine Lunge zu zwingen. »Sie ist als Nächste dran.«

Beim Näherkommen mustern sie mich alle von Kopf bis Fuß, und nur Adam und Joel gelingt es, nicht zu gaffen. Als ich bemerke, wie Shawn langsam den Blick über meinen Körper schweifen lässt, schleicht sich ein zufriedenes Lächeln auf meine Lippen. Sechs lange Jahre, in denen ich ihn nicht vergessen konnte, werden durch diesen einen Moment wettgemacht. Egal, ob er sich an mich erinnert oder nicht: Er starrt mich an, als wäre ich die heißeste Tussi, die er je gesehen hat.

. Diese Hose war es *absolut* wert.

»Wir haben einen Typen erwartet«, sagt Joel, während er den Arm um Dees Schultern legt und mir die Gelegenheit liefert, mich möglichst cool zu geben.

»Ja«, sage ich und wende den Blick von Shawn ab, auch wenn ich spüren kann, wie seine grünen Augen noch immer über die Rundungen meiner entblößten Haut gleiten. »Das dachte ich mir schon, als deine Freundin versucht hat, mir die Tür vor der Nase zuzuschlagen.«

»Sind wir uns schon mal begegnet?«, fragt Shawn, und beinahe sprudelt ein Lachen aus mir heraus. Sind wir uns schon mal *begegnet?* Ja, ich nehme an, so könnte man es nennen.

Er starrt mich an, ein leichtes Funkeln glänzt in seinen hinreißenden waldgrünen Augen, aber ich lasse mich von ihnen nicht bezaubern. Stattdessen erwidere ich grinsend: »Wir sind auf dieselbe Schule gegangen.«

»In welchem Jahrgang warst du?«

»Drei unter dir.«

»Bist du früher nicht zu unseren Konzerten gekommen?«, fragt Mike, doch ich fixiere nach wie vor Shawn. Ich warte ab, warte, ob mein Lächeln, meine Augen oder meine Stimme seinem Gedächtnis auf die Sprünge helfen. Die abgewiesene Jugendliche in mir will ihm die Augen dafür auskratzen, weil er mich vergessen hat, aber mein Kopf suggeriert mir triumphierend, dass ich soeben die Oberhand in einem Spiel gewonnen habe, von dem ich gar nicht wusste, dass ich es spiele. Eines, bei dem ich die Regeln festlege, während es seinen Lauf nimmt.

Als Shawn mich einfach nur anstarrt und einzuordnen versucht, wende ich mich an Mike. »Manchmal«, antworte ich.

Die Jungs stellen mir weitere Fragen – ob ich schon mal in einer Band gespielt habe, ob wir gut waren, warum wir uns aufgelöst haben –, und ich gebe ihnen weitere Antworten – auf dem College, wir hätten besser sein können, weil sie Jobs mit geregelten Arbeitszeiten wollten. Insgeheim frage ich mich die ganze Zeit, was passierte, wenn Shawn sich an mich erinnern *würde*. Würde ich glücklich sein? Würde er es mit einem Lachen abtun? Würde er sich dafür entschuldigen, dass er mir damals mein jugendliches Herz gebrochen hat?

Jede Entschuldigung wäre zu wenig, käme zu spät. Sie wäre bedeutungslos. Und würde mich so wütend machen, dass ich meine Boots benutzen müsste, um genau das zu tun, was Kale mir geraten hat.

»Und du bist sicher, dass es das ist, was du wirklich willst?«, hakt Mike nach, und ich nicke.

»Mehr als alles andere.«

Zufrieden mit meiner Antwort wendet sich Mike an Shawn. »Sonst noch irgendwas? Oder sollen wir sie spielen lassen?«

Shawn, der seit der Frage nach meinem Jahrgang kein Wort mehr gesagt hat, reibt sich den Nacken und nickt dann. »Na klar. Lass sie spielen.«

Ich fasse das als Aufforderung auf und entferne mich, schnappe mir meinen Gitarrenkoffer und schiebe ihn auf die Bühne, bevor ich hinterherklettere. Ich verscheuche Shawn aus meinem Kopf und bereite mich in Rekordzeit vor, hänge mir meine Fender um den Hals und trete ans Mikrofon. Während ich es auf meine Größe einstelle, setzen sich die Jungs alle an die Tische, albern herum und unterhalten sich. Alle bis auf Shawn, der von meinem Auftritt offenbar zu gelangweilt ist, um gemeinsam mit den anderen zu lachen.

»Was soll ich spielen?«, frage ich. Ich ignoriere Shawn, der auf den Tisch vor sich starrt, als wäre dieser weitaus interessanter als alles, was ich auf der Bühne tun könnte.

»Deinen Lieblingssong!«, ruft Adam, und die Schmetterlinge in meinem Bauch verziehen sich, als ich mich auf die Musik in meinem Kopf konzentriere. Ich denke einen Moment über meine Optionen nach, bevor ich leise kichere und einen Schritt zurücktrete. Sobald ich meine Finger in Position gebracht habe und die E-Saite zupfe, fangen alle sechs *American Idol*-Juroren an zu stöhnen, und ich muss unwillkürlich lachen.

»War nur ein Witz«, sage ich ins Mikrofon, in dem Wissen, dass sie »Seven Nation Army« von den *White Stripes* inzwischen schon hundertmal von irgendwelchen Amateurgitarristen gehört haben müssen. Während ich wieder vom Mikrofon zurücktrete, sehe ich lächelnd auf meine Gitarre hinunter und denke noch einen kurzen Moment nach. Dann stimme ich »Vices« von *Brand New* an. Meine Finger gleiten über die Saiten, und die Härte meiner Akkorde erschüttert die Grundfesten des Gebäudes, in dem wir uns befinden, was mir in Erinnerung ruft, wie sehr ich es vermisst habe, auf einer Bühne zu stehen. Mit meiner alten Band habe ich auf kleinen Bühnen vor kleinem Publikum gespielt, aber eine Bühne ist eine Bühne und eine Show ist eine Show. Das Auftreten liegt mir inzwischen im Blut – wie A positiv oder B negativ zu sein. Ich könnte nicht vergessen, wie es sich anfühlt, selbst wenn ich es versuchen würde.

Als Adam eine Hand hebt, höre ich widerstrebend auf zu spielen.

»Schreibst du dein eigenes Zeug?«, fragt er und verhindert so glücklicherweise, dass meine Stimmung noch tiefer sinken kann. Als ich nicke, fordert er mich auf, etwas davon zu spielen, und ich entscheide mich für einen meiner neuen, noch unbetitelten Songs – einfach weil er mir am frischesten im Gedächtnis ist und mir deshalb am leichtesten von der Hand geht.

Wieder komme ich nicht sehr weit, bevor Adam mich bremst.

Ich warte darauf, dass er mir sagt, ich sei mies und solle zusehen, dass ich Land gewinne, aber dann wechseln die Jungs ein paar Worte miteinander und stehen alle gleichzeitig auf. Ihre Stühle quietschen über den Boden, als sie zurückgeschoben werden. Als sich Shawn, Adam, Joel und Mike der Bühne nähern, hämmert mein Herz heftig, schlägt mir Zentimeter für Zentimeter bis zum Hals hinauf. Ich versuche, lässig zu wirken, während Mike sich hinters Schlagzeug setzt, Joel und Shawn ihre Gitarren holen und anstöpseln und Adam seinen Platz am Mikrofon einnimmt.

Adam nennt einen ihrer Songs und fragt mich, ob ich ihn kenne. Wie benommen nicke ich. Mein Kopf bewegt sich noch immer, als Adam einen Daumen hebt und Mike mit seinen Drumsticks anzählt. Drei Schläge, und dann performe ich auf einmal tatsächlich gemeinsam mit den verdammten *The Last Ones to Know.*

Wir spielen Ausschnitte einer Handvoll Songs, und ich habe ein richtig, *richtig* gutes Gefühl, was meinen Auftritt bei diesem Casting angeht.

Irgendwann dreht sich Adam mit einem breiten Lächeln zu mir um. »Okay. Ich glaube, das reicht. Haben wir genug gehört?«, fragt er an die anderen gewandt.

Er wirft Mike und Joel einen Blick zu, die beide ebenso breit grinsen und nicken. Dann sieht er Shawn an, der ebenfalls nickt, allerdings ohne den geringsten Anflug von Begeisterung. Auch kein Lächeln – kein kleines, kein gezwungenes, einfach gar nichts. Er versucht es nicht einmal.

»Ja«, sagt Shawn, bevor er mich mit dieser unbewegten Miene fixiert. »Danke fürs Kommen. Wir rufen dich an.«

Ich starre ihn ausdruckslos an, befehle mir selbst, nichts zu erwidern – oder irgendetwas zu denken oder zu fühlen. Nicht wenn er hier vor mir steht und mich ansieht, als wäre ich ein Nichts. Ich bedanke mich höflich bei den Jungs und beginne meine Sachen einzupacken.

Ich gehe in dem Wissen, dass ich nie wieder von ihnen hören werde.

Denn ich weiß, was es heißt, wenn Shawn Scarlett sagt, dass er anrufen wird.

ISBN 978-3-7341-0356-8
ISBN 978-3-641-18920-4 (E-Book)

blanvalet